한국사논술 지도의 방법과 실제

교사를 위한 수업이야기

한국사논술 지도의 방법과 실제

교사를 위한 수업이야기

이은주 저

역락

머리말

우리는 의식적이든 무의식적이든 항상 "선택"을 하게 됩니다. 오천년 동안 한국사를 이끌어 온 것도 선조들의 "선택"이었고, 그 "선택"의 결과가 현재를 살아가는 우리의 모습인 것입니다. 이러한 선조들의 "선택"에 의해 남겨진 "한국사"를 연구하고 후배들을 지도해야하는 것은 현재를 살아가는 우리의 몫이 되었습니다.

수많은 선학들의 논의와 연구로 한국사는 풍부하고 탄탄해졌습니다. 필자는 이러한 한국사의 연구에 "역사논술"이라는 새로운 패러다임을 보태고자 합니다. 사실, "역사논술"은 순수학문이라기보다는 "교육 방법론" 중의 하나입니다.

"역사논술"은 사료(史料)에 대한 다양한 해석을 통해 학습자들의 역사에 대한 관점을 다원화할 수 있으며, 역사적 사건에 대한 학습자의 "선택" 결과를 스스로 예측해보고 실제 역사와의 공통점과 차이점을 찾는 일련의 과정들을 통해 학습자의 문제해결력, 종합적 사고력을 향상시킬 수 있을 것입니다. 결국 논술에서 필요한 능력을 기르는 데 역사는 매우 좋은 소재입니다. 반대로 논술 과정을 통해 한국사에 대한 지식과 역사에 대한 관심을 키울 수 있는 역사교육이 될 수 있는 일석이조의 효과를 가지고 있습니다.

2010년에 발간된 졸저(拙著) <역사논술지도의 방법과 실제>에서 "역사논술"의 패러다임을 만들어 역사논술지도과정을 수업하였다면, 본 책 <한국사논술 지도의 방법과 실제>에서는 비판력과 논리력을 기를 수 있는 중학교 수준의 한국사를 토대로 논제를 정리하여 첨가하였습니다. 또한 생각하고 고민해 보아야할 인물들을 추가하여 지도할 수 있게 하였습니다.

그동안 역사논술지도과정을 강의하면서 들은 현장 교사들의 고충을 조금이라도 덜어드리기 위해 역사적 흐름과 지식을 정리하였습니다. 또한 수업 목표에 대한 설정과 실제 논술 지도방식 등을 수록하였습니다.

한국사는 현재를 살아가는 한국인들의 거울이고 미래를 살아가는 한국인들에게는 길잡이가 됩니다. 오늘을 사는 우리가 멈추어도 안 되고 주저앉아서도 안 되는 이유입니다. 오천년 역사를 간직한 한국인의 자부심으로 오늘도 역사 위에 동참하여 올바른 역사의식을 갖는 한국인이 되어야 합니다. 본 책이 이러한 역사인식을 함양하는 데 미약하나마 도움이 되었으면 합니다. 또한 본 책에 대한 질타의 말씀이 있다면 겸허히 받아들이고 멈추지 않고 발전하는 한국사 교육인이 되겠습니다. 감사합니다.

본 면을 빌어 그간에 도움을 주신 분들에게 감사의 인사를 전하고자 합니다. 먼저, 한국사교육을 하는 과정에서 만든 동아리(한꿈사) 선생님들, 특히 아낌없이 자료를 보내주신 이선화 선생님, 유물·유적 사진을 직접 찍어 활용하게 해주신 이하영 선생님과 박수인 선생님, 교정 보느라 시간 내 준 손석철 선생님, 교재 내 지도를 손수 그려준 이상아, 인물화를 맡은 대전예술고등학교 2학년 김나현, 표지의 그림을 그려준 윤영일, 모두에게 감사드립니다. 마지막으로 이 책이 발간되어 나올 수 있게 해주신 도서출판 역락 이대현 사장님과 안현진 부장님, 박윤정 과장님께 감사함을 전합니다.

2017년 2월 21일
저자 씀

차 례

삼국시대와 역사논술의 전개방법 _ 53

09

현대와 평가 및 첨삭 _ 339

01

역사의 의미와
한국사의 역사인식

역사 훑어보기

1. 역사학습의 목적

1) 역사의 어원

한자의 역사(歷史)라는 말 중에서 역(歷)이란 세월, 세대, 왕조 등이 하나하나 순서를 따라 계속이어 가는 것으로서 '과거에 있었던 사실'이나 '인간이 과거에 행한 것'을 의미하며, 사(史)란 활쏘기에 있어서 옆에서 적중한 수를 대신 기록하는 사람을 가르키는 말로서 '기록을 관장하는 사람' 또는 '기록한다'는 의미로 쓰였다.

한편, 영어에서 역사를 뜻하는 'history'라는 단어의 어원으로는 그리스 어의 'historia'와 독일어의 'Geschichte'를 들 수 있다. 그리스 어의 'historia'라는 말은 '탐구' 또는 '탐구를 통하여 획득한 지식'을 의미하며, 독일어의 'Geschichte'라는 말은 '과거에 일어난 일'을 뜻한다.

__국사편찬위원회/교육인적자원부 교과서[1]

역(歷)은 과거에 있었던 사실이나 인간이 과거에 행한 것을 말하고 사(史)는 '기록을 관장하는 사람' 또는 '기록한다'는 의미이다. 그리스어의 'Historia(과거의 인간 행위를 탐구하여 얻은 지식)'와 독일어의 'Geschichte(과거에 일어난 일)'에서 어원을 찾을 수 있다.

2) 역사의 의미

역사는 과거에 있었던 사실, 조사되어 기록된 과거라고 말할 수 있다. 역사의 의미는 두 가지로 사실로서의 역사와 기록으로서의 역사를 말한다.

---

1) 국사편찬위원회, 『고등학교-국사』, 교육과학기술부 교과서, 2009.

사실로서의 역사는 객관적 사실, 즉 시간적으로 현재에 이르기까지 일어났던 모든 과거 사건들의 집합체라 할 수 있으며 객관적 의미의 역사 즉 실증주의 사관이 사실로서의 역사이다.

기록으로서의 역사는 과거 사실을 토대로 역사가의 주관적으로 재구성한 것을 말하며 이 과정에서 필연적으로 역사가의 가치관과 주관적 요소가 개입하게 되므로 주관적 의미의 역사라고 한다. 다른 말로 상대주의 사관이라 할 수 있다.

따라서 역사 학습은 역사가들이 선정하여 연구한 기록으로서의 역사를 배우는 것이다.

3) 역사학습의 목적

역사학습의 두 측면으로 역사 그 자체의 학습과 역사를 통한 학습을 들 수 있다. 역사 그 자체로의 학습은 과거 사실에 대한 지식의 확대를 의미하고 역사를 통한 학습은 역사적 인물이나 사실들을 통해 인간 생활에 대한 능력과 교훈을 습득하는 것을 말한다.

역사학습의 목적은 역사가 정치, 경제, 사회, 문화, 종교 등 여러 방면에 걸친 지식이 포함되어 있는, 과거 인간 생활에 대한 지식의 총체라는 것을 의미하며 역사학습을 통해 지식의 보고에 접근 가능하다는 말이다.

역사학습의 의의는 과거의 사실을 바탕으로 현재를 바르게 이해하여 개인과 민족의 정체성 확립에 있다. 또한 역사를 통하여 삶의 지혜를 습득하고 현재에 대한 이해와 미래에 대한 전망이라 할 수 있다.

따라서 역사학습의 목적은 역사적 사실의 외면 파악과 내면의 이해의 방법으로 역사적 사건의 보이지 않는 원인과 의도, 목적을 추론하는 역사적 사고력과 비판력 함양에 있다.

2. 한국사와 세계사

1) 한국사의 보편성과 특수성

한국사는 국가와 민족을 초월한 전 세계 인류의 공통점인 세계사적 보편성과 지역의 환경 차이에서 기인한 그 민족만의 고유한 성질인 특수성을 함께 지니고 있다. 우리 민족은 지역적 특징으로 인해 다양한 민족·국가와의 문물 교류를 통한 보편성과 단일 민족 국가로서의 특수성을 지니고 있다.

따라서 한국사를 바르게 이해하려면 역사적 삶의 특수성을 이해하고 역사와 문화의 특수성을 바르게 이해하는 것이 전제되어야 한다.

2) 민족 문화의 이해

민족사적 특수성과 세계사적 보편성을 균형 있게 파악하여 올바른 문화를 이해하여야 한다. 또한 튼튼한 전통 문화의 기반 위에 선진 외래문화의 주체적 수용으로 특수성과 보편성의 조화를 이루어 민족 문화 수호와 발전의 자세를 확립해야 한다.

배타적 민족주의와 사대주의를 탈피하여 개방적 민족주의와 인류 공동의 가치를 추구하려는 진취적 역사 정신이 요구되는 세계화 시대의 역사의식이 필요하다.

3. 한국사에 대한 역사인식 방법

1) 선택된 사실(사건)을 다룰 수밖에 없다

한국사는 무엇을 선택하느냐 하는 선택하는 사람의 주관에 따라 달라지지만 어떤 역사적 사건이나 사실을 선택하여도 그것을 그대로 복원하는 것은 아니라는 것이다. 역사적 사건이나 사실의 어느 특정 측면을 선택하여 그것을 다룰 수밖에 없다.

2) 역사 인식에는 주관적 관심이 반영

역사 인식에는 인식하는 사람의 선택이 반영되어 해석하고 판단하는 것이다. 역사 인식은 시간과 공간을 초월하여 인식하는 사람의 감각과 주관적 관심이 반영된다.

3) 시대적 감각과 주관적 관심이 반영된 역사

역사를 인식하는 사람들의 시대적 감각과 주관적 관심을 부정하기보다는 어떠한 시대적 감각과 주관적 관심이 역사인식에 반영되었는지, 특징이 어떠한 것인지에 대한 자각이 필요하다. 반면에 특정 집단의 시대 의식이나 주관적 관심이 지나치면 조작된 역사인식(민족적 편견, 정치적·이데올로기적 편견, 계급적 편견, 성적 편견)을 형성할 수도 있다. 또한 편향된 시각이 객관과 보편을 가장하여 학생들에게 교육되면 안 된다. 따라서 지식 정보화와 통일 사회에 맞는 인식이 필요하다.

우리나라 역사인식에 나타난 시대 의식 혹은 주관적 관심이 무엇인지를 비판적으로 검토하고 아울러 21세기의 지식 정보화 사회 및 통일 사회에 걸맞은 새로운 문제의식으로부터 새로운 역사 인식의 방향을 모색해야 한다.

4) 새로운 역사 인식의 필요

무수한 사실을 분석, 정리하여 체계 있게 배열함으로써 개별적인 사실에 의미를 부여한 새로운 역사인식이 필요하다. 참된 역사학은 죽어 있는 역사를 살아 꿈틀거리는 역사로 만드는 체계화 작업이 중요하다. '역사의 사실은 하나다'라는 역사의 사실성을 합리적으로 설명해야 한다. 합리적으로 설명하려면 증거의 사실성, 논지의 타당성, 서술의 논리성이 전제되어야 한다.

새로운 역사인식은 진보적 역사 인식론이 토대가 된다. 차세대의 역사 인식론으로 올바로 자리 잡게 하기 위해서는 확고한 진보적 역사 인식론의 토대와 합리적 이론을 정립해야 한다. 또한 당면 과제를 해결하는 역사학의 발전으로 건강한 역사인식의 정립, 바람직한 역사의식의 배양, 열린 마음으로 모두가 하나 되어 시각을 조정하는 것 등이 새로운 역사인식에서 꼭 필요하다.

4. 한국사에서의 사관

1) 사관의 뜻

사관이란 역사를 생각하는 방식, 역사에 대한 견해나 의식, 역사가가 과거 사실을 볼 때 역사가 자신의 고유 입장, 사실 선택의 기준, 해석 원리, 가치관 등을 포함한다. 또한 선택의 문제와 현재성이 함께 조화되어 작용하는 것을 의미하며, 사관은 서술 전체를 일관하는 통일된 사상과 이념이 필요하다.

역사 인식에 있어서 '사관'의 개입 문제를 부정하고 배제하기보다는 '사관'의 개입을 전제로 역사인식의 특징이 달라짐을 파악하여 비판적으로 받아들여야 할 것이다.

2) 근·현대 한국사 연구의 세 가지 사관

① 식민사관

식민사관은 일제 관학자들이 일제에 의한 한반도의 식민 통치를 학문적으로 합리화시키기 위한 의도를 강하게 반영시켜 역사 사실을 선택하고 해석·평가하는 한국사 연구의 틀을 말하며, 정치적 의미를 강하게 띠고 학문에 있어서의 식민 정책이다.

- 타율성 이론 : 북쪽은 기자·위만·한군현의 지배, 남쪽은 임나 일본부의 지배, 만선 사관, 반도적 성격론, 사대주의론
- 정체성 이론 : 봉건제의 결여, 한·일 합병 후 한국의 문화는 일본의 후지하라 시대에 정체, 한국이 고대 상태에 정체, 일본인과 조선인은 동조(同祖)·동원(同源)의 민족이라 주장하는 이론

② 민족주의 사관

민족주의는 통일된 민족 국가의 건설과 발전을 추구하며 민족 구성원이 균등한 자격을 지니는 사회의 건설을 추구하는 이념이라 할 수 있다. 따라서 민족주의 사관은 민족주의의 개념에서 발전된 역사로 본다.

- 초기의 민족주의 사관 : 계몽 사학
- 민족주의적 정서 태동 : 대한 자강회 취지문, 대한 매일 신보
- 박은식의 역사 연구 : 한국독립운동지혈사, 한국통사, 국혼사상
- 신채호의 역사 연구 : 독사신론, 조선상고사, 신라 중심에서 부여·고구려 중심의 역사 인식으로 전환
- 광복 후 초기 민족주의 사학 : 신민족주의 사관(안재홍의 이념적·정치적 입장에서 신민족주의, 손진태의 역사 연구 및 교육의 입장에서 신민족주의)
- 1970년대 이후 민족주의 사학의 새로운 전개 : 현실주의 민족의식, 민주주의 지향론, 문화적 전통 속에서의 민족주의 지향론, 분단 극복 민족주의 사학론, 민중적 민족주의 사학론

③ 실증주의 사관

실증주의 사관은 일본 사학계의 일반적인 학풍인 랑케의 사학을 밑바탕으로 개별적인 역사 사실에 대한 문헌적 고증을 주된 방법으로 하는 역사 연구의 한 계열이다. 실증주의 사관은 오로지 학문적으로 역사를 연구하는 사관으로 역사적 사실을 원래 있었던 그대로 기술하는 것을 이상으로 삼은 사관을 말한다.

- 이병도의 실증 사관

역사와 논술 마주보기

1. 논술교육

1) 논술의 개념

논술은 우리 주변에서 일어나거나 우리에게 주어지는 어떤 문제에 대하여 일정한 근거를 바탕으로 합리적으로 문제 해결방안을 제시하는 글쓰기이다. 논술쓰기를 잘하려면 먼저 문제를 발견하는 능력을 길러야 하고 발견된 문제를 해결하는 과정에서는 논리적 사고가 뒷받침 되어야 한다. 아울러 종합적으로 문제를 검토할 줄 아는 능력이 있어야 한다.

이처럼 논술은 어떤 일이나 현상에 대하여 문제를 발견하고, 원인을 규명하며, 결과를 예측하고, 해결방안을 모색하는 일련의 과정을 의미한다.

2) 논술의 성격

논술은 문제를 발견하고, 비판적, 창의적으로 사고를 통해 얻은 다양한 사고결과를 종합하여 해결방안을 모색하며, 설득하는 글을 쓰는 일련의 과정을 포함하고 있다.

① 문제 발견으로서의 논술

논술은 문제의 발견에서 비롯된다. 문제가 먼저 주어지는 경우도 있지만 글쓰는 사람이 문제를 발견하여 문제를 설정하고 문제를 해결하는 것이다. 문제 발견이란 설명, 해결, 개선, 입증, 분석, 선택 등의 필요한 사상을 독자적으로 찾아내는 일을 말한다. 논술은 문제를 발견하는 데서 시작되며 문제적 안목으로 파악하는 것이며, 발산적 사고라

할 수 있다. 발산적 사고란 문제 상황을 다른 여건이나 조건과 연관 지어 해결하고자 하는 능동적이고 적극적인 사고를 뜻한다.

문제를 발견하기 위해서는 사태가 어떠한가 하는 관찰과 그 관찰의 결과를 문제적인 명제로 요약할 수 있는 능력이 있어야 하는데 이를 위하여 통찰과 인식이 동반되어야 한다. 통찰과 인식은 문제를 다면적으로 검토하는 데서 이루어지는 종합적인 사고를 뜻하며, 끊임없이 질문하는 자세로 문제를 대하는 태도가 필요하다.

② 문제 해결로서의 논술

문제 해결이란 문제 상황에 대한 판단을 통하여 마련되는 대처 행위로서, 발견한 문제의 성격을 분명히 파악한 다음 문제 해결방안을 모색하는 것이다. 논리에 맞더라도 현실에 부합되지 않거나 주관적으로 문제를 해결한 것은 진정한 문제 해결이라 할 수 없다. 남이 공감할 수 있어야 하고, 보편성을 지닌 방식이라야 진정한 문제 해결이라 할 수 있다.

③ 논리적 사고로서의 논술

논리적 사고란 일어난 현상에 대하여 문제를 발견하고, 원인을 규명하며, 결과를 예측하고, 해결방안을 모색하는 일련의 사고로서 논리성과 창의성의 바탕 위에서 전개하는 것을 뜻한다.

논술에서 논리적 사고가 필요한 이유는 논지 전개의 객관성을 유지하기 위해서이다. 이는 사물의 객관적 파악만을 의미하는 것은 아니다. 사실을 바탕으로 논리적으로 재구성하는 능력을 필요로 하는 것이 논술이기 때문이다. 객관성 확보의 방식으로 필요한 논리적 사고는 언어적 활동의 측면에서도 중요한데, 이는 언어 자체가 지닌 논리의 오류를 벗어나야 하기 때문이다.

논리적 사고를 위해서는 적정한 논거를 발견하고 그 논거를 바탕으로 문제를 해결하는 과정에 합당하게 정리하는 능력이 필요하다. 또한 적정한 논거를 발견하는 데에서 끝나는 것이 아니라 문제의 전체 상황과 연관 지어 이를 활용할 수 있어야 하며, 또한 객관성, 규칙성, 일관성을 유지하면서 논리를 전개할 수 있는 추론 능력이 있어야 한다.

④ 종합적 사고로서의 논술

논술은 종합적인 사고력을 요구하는 글쓰기이다. 논술은 편파적인 면이 배제된, 보편적이고 객관적인 사고 과정을 토대로 한 최선의 해결방안 제시를 요구한다. 즉 문제를 파악할 때 문제와 관련된 여러 부분들을 상호 연관 속에서 종합적으로 파악함으로써 편파적인 지식을 극복하고, 그에 대한 합리적인 해결방안을 제시할 수 있어야 한다. 그러기 위해서는 문제의 핵심을 파악하고, 그에 대해 종합적이고 다각적인 사고를 할 수 있어야 한다.

⑤ 글쓰기로서의 논술

논술은 일차적으로 글쓰기의 한 양식으로 논리를 중심으로 하는 글이다. 따라서 논술은 다양한 글쓰기의 한 영역이므로 글쓰기의 특성을 고려할 필요가 있다.

글쓰기는 지적 활동의 대표적인 양상이며 문제제기 활동이다. 일반적으로 글을 쓰는 일은 문제를 발견하고 그 문제를 주체적인 관점에서 해결의 과정을 모색하며 그 결과를 형식 조건에 맞는 언어로 표현하는 과정을 보여준다. 논술 역시 문제를 발견하고 해결하여 언어로 표현한다는 점에서 글쓰기와 같다. 그러나 논술은 논리성과 합당한 논거를 바탕으로 견해를 주장하는 글이라는 점에서 정서표현의 글쓰기와 다르다. 또한 실용적인 글쓰기가 문제의 구체적인 해결과 현실적인 적용을 중시한다면 논술은 적용의 단계까지 나아가고 내적인 논리와 논거의 타당성이 우선이 된다는 점에서 실용적인 글쓰기와도 다르다.

이처럼 논술은 논리적인 글쓰기의 하나로 글쓰기의 일반적인 절차와 과정을 밟게 된다. 그러나 논술은 단순히 글쓰기 재주가 아니라 사고력의 문제이기 때문에 표현력을 익히되 사고력 함양에 보다 중점을 두어야 한다.

2. 역사논술

1) 역사논술의 개념

역사는 생각하는 힘과 논술을 가르치기에 가장 좋은 교과이다. 역사 속 사건들을 살펴보면 제 각기 다른 원인과 과정, 그리고 결과가 숨겨져 있기 때문이다. 왜 그렇게 밖에 할 수 없었는지 까닭을 고민하고, 과정을 생각하고, 결과적으로 일어난 일들을 분석하다보면 학습자들은 여러 가지 교훈들을 얻게 된다.

역사논술은 역사의 장점을 살려 역사를 소재로 하여 역사에 대한 이해와 과거 학습을 함과 동시에, 역사의 의미를 되새기게 하고, 역사적 사건을 곰곰이 따져보고 다양한 관점에서 역사를 바라보는 것을 말한다. 역사적인 사실을 그냥 단순히 받아들이는 것에서 벗어나 역사적 사실의 원인을 생각해 보고 따져 보는 지적 활동을 통해 비판적, 논리적 사고능력을 키우고 역사적 사건에 새로운 의미를 구성해 볼 수 있다. 또한 자신의 생각을 정리하고, 역사적 사실을 비판해 보면서 고등 사고력을 신장 시킬 수 있다. 이러한 측면에서 역사를 활용하여 논술 수업을 전개하면 논술교육의 목표를 달성 할 수 있다고 생각하여 역사논술이 통합 논술 방법으로 지도되고 있다.

2) 역사논술의 장점

① 역사를 바라보는 시각을 넓혀 준다. 역사논술을 통해서 역사적 시각을 넓혀 역사적 사건을 다른 시각으로 바라보고 비판해 보는 능력을 키울 수 있다.

② 역사 사건이나 인물에 대한 이해를 높이고 배경지식을 넓혀준다.

③ 역사에 대한 여러 가지 의견을 듣게 되어 다른 사람의 의견을 열린 태도로 받아들일 수 있게 된다.

④ 역사에 대해 반성적 사고를 가지고 다시 한 번 생각해 보고 자신의 의견을 타당한 근거를 들어 내세우는 과정을 통해 비판적 사고 능력을 키울 수 있다.

⑤ 역사에서 얻은 교훈을 바탕으로 오늘날의 문제를 슬기롭게 해결해가는 방법을 배울 수 있다. 역사에 숨겨진 논리를 통해서 현재 삶의 여러 가지 문제를 논리적으

로 해결할 수 있는 능력을 키울 수 있는 것이다. 이러한 능력은 학생들이 일상생활에서 부딪히게 될 다른 문제를 해결할 때 밑바탕이 될 수 있으며 문제 해결을 위해 비판적이고 창의적으로 사고 할 수 있는 능력까지 더불어 키울 수 있다.

역사 테마로 논술쓰기

한국사의 보편성과 특수성

> 민족이란 일정한 특징을 지니는 것을 말한다. 각각의 민족은 민족으로서의 기본적인 공통성을 지니고 있다. 민족은 정도의 차이는 있겠지만 비슷한 역사적 경험을 지니고 형성된 것이다. 이러한 특징은 민족에 작용하는 힘이나 압력, 이를 극복하기 위하여 요구되는 노력이 공통성을 지니고 있기 때문이다. 하지만 모든 민족들이 전부 공통점만 있는 것은 아니다. 공통점을 가지고 발전하는 것이 역사라 하여도 실제의 역사는 각 민족에 따라 다양하게 전개되었다. 즉 모든 민족이나 국가의 역사에 하나의 일관된 법칙이 적용되는 것이 아니다. 따라서 한국사가 지닌 특수성을 생각할 수 있어야 한다.[2]

논제 1 역사학자 '박병선'은 프랑스 국립 도서관에서 잠자고 있던 '직지심체요절'을 발견하였다. 또한 '직지심체요절'이 세계에서 가장 오래된 금속 활자로 인쇄된 책이라는 사실을 밝혀냈다. 이 사실이 나타내는 의미를 서술해 보자.

논제 2 역사 학습의 목적을 서술해 보자

논제 3 한국인의 정체성과 한국사의 발전을 바라보는 자세에 대해 말해 보자.

---

2) 김대식, 『한국사능력검정시험(고급 상)』, 한국고시회, 2009.

박은식

박은식은 1859년 음력 9월 30일 황해도 황주에서 출생하였다. 10세가 되면서 부친인 박용호(朴用浩)의 서당에서 정통파 주자학의 교육을 받기 시작했고, 26세 때 평북 진천으로 가서 이항로(李恒老)의 문인인 박문일(朴文一)·박문오(朴文五) 형제에게서 배우며 더욱 본격적으로 주자학을 수학하였다. 그러나 40세(1898년)에 이르러 사상적 변화를 겪으면서 애국계몽운동에 투신하여, 1898년 『황성신문』 주필, 1905년 『대한매일신보』 주필로서 민족정신을 고취하고 유교개혁을 주장하는 많은 논설을 발표하였다. 1906년에는 서우학회를 조직하고, 1908년에는 서우학회와 한북흥학회를 통합하여 서북학회를 창립하였으며, 그 산하교육기관으로 서북협성학교를 설립하였다. 대한제국이 멸망하자 중국 및 러시아 각지를 순력하면서 독립운동을 전개하였다.

1915년 이후 상하이에서 신한혁명당, 대동보국단을 조직하였으며, 1919년에는 블라디보스토크에서 노인동맹단을 조직하고, 상해 임시정부에 참여하여 독립신문사 사장으로 취임하였다. 1924년 국무총리 겸 대통령대리에 취임하였다가 1925년 3월 임정의 제2대 대통령으로 선임되었다. 그러나 같은 해 11월 기관지염이 악화되어 사망하였다. 1907년에 번역 전기문학인 「서사건국지(瑞士建國誌)」를, 1911년경에는 몽유록인 「몽배금태조(夢拜金太祖)」와 전기문학인 「천개소문전(泉蓋蘇文傳)」을 저술하였는데, 이들 문학작품에는 애국계몽사상가로서 지녔던 유교구신론(儒敎求新論), 생존경쟁설(生存競爭說), 교육구국론(敎育救國論)이 반영되어 있다. 1920년에 『한국독립운동지혈사(韓國獨立運動之血史)』를 1925년에 『한국통사(韓國痛史)』를 저술하였는데, 이 두 저서에서는 동양 전래의 혼백사상(魂魄思想)에 따라 역사사상을 정립하였다.

— 네이버 백과사전 요약

역사 깊이읽기

신채호

 신채호는 1880년 충남 대덕에서 출생하였다. 1897년 신기선(申箕善)의 추천으로 성균관(成均館)에 들어가 1905년 성균관 박사가 되었으나, 그해 을사조약이 체결되자 <황성신문(皇城新聞)>에 논설을 쓰기 시작하였다. 이듬해 <대한매일신보(大韓每日申報)> 주필로 활약하였으며, 내외의 민족 영웅전과 역사 논문을 발표하여 민족의식 함양에 힘썼다. 1907년 신민회 (新民會)와 국채보상운동(國債報償運動) 등에 가입·참가하고, 이듬해 순한글 <가정잡지>를 편집·발행하였다.

1915년 상하이[上海]로 가서 신한청년회(新韓靑年會) 조직에 참가하고, 박달학원(博達學院)의 설립 운영에 힘썼다. 1919년 상하이에서 대한민국임시정부 수립에 참가, 한성임정(漢城臨政) 정통론과 이승만 배척운동을 내세워 공직을 사퇴하고 주간지 <신대한(新大韓)>을 창간하여 임시 정부 기관지 <독립신문(獨立新聞)>과 맞서기도 하였다. 1923년 민중의 폭력혁명으로 독립의 쟁취를 부르짖고 임시정부 창조파(創造派)의 주동역할을 하다가 다시 베이징[北京]으로 쫓겨가 다물단(多勿團)을 조직 지도했으며, 중국과 본국의 신문에 논설과 역사논문을 발표하였다.

1927년 신간회(新幹會) 발기인, 무정부주의 동방동맹(東方同盟)에 가입, 1928년 잡지 <탈환>을 발간하고 동지들과 합의하여 외국환을 입수, 자금 조달차 타이완으로 가던 중 지룽항[基隆港]에서 체포되어 10년형을 선고받고 뤼순[旅順] 감옥에서 복역 중 1936년 옥사했다.

적과 타협없이 독립투쟁을 전개하는 동안 '독립이란 주어지는 것이 아니라 쟁취하는 것이다'라는 결론에 도달, 이와 같은 견해가 곧 그의 역사연구에도 그대로 반영되어 고조선(古朝鮮)과 묘청(妙淸)의 난(亂) 등에 새로운 해석을 시도했고 '역사라는 것은 아(我)와 비아(非我)의 투쟁이다'라는 명제를 내걸어 민족사관을 수립, 한국 근대사학(近代史學)의 기초를 확립했다.

저서에 『조선상고사(朝鮮上古史)』, 『조선상고문화사(朝鮮上古文化史)』, 『조선사연구초(朝鮮史研究艸)』, 『조선사론(朝鮮史論)』, 『이탈리아 건국삼걸전(建國三傑傳)』, 『을지문덕전(乙支文德傳)』, 『이순신전(李舜臣傳)』, 『동국거걸최도통전(東國巨傑崔都統傳)』 등이 있다. 1962년 건국훈장 대통령장이 추서되었다.

— 네이버 백과사전 요약

02

선사시대와
역사논술의 사고력
향상

역사 훑어보기

1. 우리나라의 선사시대

선사시대에 인류는 세계 여러 지역에서 자연환경에 따라 다양한 문화를 형성하면서 역사를 이루어 갔다. 우리나라의 역사도 구석기 시대에서 신석기·청동기·철기시대의 단계를 거치면서 발전하였다. 이러한 발전 과정에서 우리 민족은 시대에 따라 다양한 도구를 사용하여 생활을 개선해 나갔다. 청동기에는 우리나라 최초의 국가 고조선이 성립되어 중국과 대결할 정도로 크게 발전하였다. 또한 기원전 4세기경부터 철기가 보급되었고, 여러 나라가 건국되었다. 이들 가운데 일부는 다른 나라에 통합되었고, 일부는 연맹왕국으로 발전하여 중앙집권국가를 형성할 수 있는 기반을 마련하였다.

1) 우리 민족의 기원

우리 민족의 기원은 만주지역과 한반도를 중심으로 한 동북아시아에 넓게 분포하여 생활하였으며, 구석기시대에 사람이 살기 시작하여 신석기시대와 청동기시대를 거치면서 민족의 기틀을 형성하였다. 우리 민족은 황인종, 알타이 어족이며, 농경생활을 바탕으로 독자적인 문화를 형성하였다.

2) 구석기시대

구석기시대는 약 70만 년 전부터 시작하여 사냥도구로는 주먹도끼, 찍개, 팔매돌이 있고 조리도구로 긁개, 밀개가 있으며, 뼈도구와 슴베찌르개가 후기의 뗀석기 도구였다.

구석기시대의 유적

주먹도끼

슴베찌르개

유적지로는 평남 상원 검은모루 동굴, 경기도 연천 전곡리, 충남 공주 석장리 등이 있다. 구석기 사람들의 생활은 주로 동굴이나 바위 그늘, 강가의 막집에서 생활하였으며, 무리지어 이동하는 평등한 공동체적 생활사회였다.

　　구석기 사람들은 석회암이나 동물의 뼈·뿔로 만든 조각품에 고래, 물고기 등을 새기면서 사냥감의 번성을 기원하였다.

* 구석기에서 신석기시대로 넘어가는 전환기인 중석기 시대 : 빙하기가 지나고 기후가 따뜻해져 동식물이 번성하여 식물 채집과 고기잡이의 비중이 증가한 시기이며, 작고 빠른 짐승을 잡기 위해 한 개 내지 여러 개의 석기를 나무나 뼈에 꽂아 쓰는 이음도구를 제작하여 활, 창, 톱, 작살 등을 사용한 새로운 도구가 등장한 시대이다.

3) 신석기시대

　　신석기시대는 기원전 8000년경부터 시작되었으며, 이 때 돌을 갈아서 제작한 간석기를 사용하였다. 음식물의 저장과 조리에 빗살무늬 토기를 이용하였고, 이것은 농경을 통한 식량 생산과 저장을 의미한다. 신석기시대는 사냥이나 고기잡이가 발달하였으며, 농경과 목축이 시작되어 정착생활을 하였다. 농경은 텃밭과 강가의 퇴적지를 바탕으로 소규모로 경작하였다. 이 때 돌괭이, 돌보습, 돌낫, 혹은 나무로 만든 농기구를 사용했을 가능성도 있었다. 황해도 봉산 지탑리의 탄화된 좁쌀이 발견됨으로 잡곡류의 경작을 알 수 있다.

신석기시대의 유적

암사동선사주거지(문화재청)

또 뼈바늘과 가락바퀴를 보면 의복이나 그물을 제작하여 원시적 수공업이 발달하였음을 알 수 있다. 주로 바닷가나 큰 강가에서 움집을 짓고 생활하였다. 움집은 둥근 네모꼴 바닥이며, 중앙에 화덕을 놓고, 남쪽에 출입구를 두었으며, 저장 구덩을 설치하였다. 한 가족이 4~5명 정도였고, 30~40명 정도의 규모로 부족사회였으며, 경험 많은 자가 지도자가 되었던 평등사회였다. 신석기시대는 농경과 정착 생활을 하며 자연의 섭리에 관심을 가지게 되면서 원시신앙이 발생하였다. 신앙은 애니미즘, 토테미즘, 샤머니즘, 영혼 숭배와 조상 숭배 등의 정신적 사상을 형성하였다. 예술로는 흙으로 빚어 구운 얼굴 모습과 동물 모양을 새긴 조각품, 조개껍데기 가면, 짐승의 뼈나 이빨로 만든 치레걸이 등의 장신구를 만들었다.

빗살무늬토기

가락바퀴

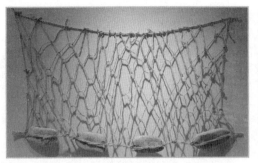
돌그물

조개껍데기 가면

갈돌과 갈판

돌보습

4) 청동기시대

청동기는 덧띠새김무늬 토기 문화가 형성되며, 기원전 2000년경~기원전 1500년경에 시작되었다. 생산 경제의 발달, 사유 재산 제도 형성, 계급의 발생이 청동기의 특징이라 할 수 있다. 이 시기는 만주 지역과 한반도에 걸쳐 널리 분포된 반달돌칼, 바퀴날 도끼, 홈자귀 등이 농기구로 사용되었다, 또한 비파형동검, 거친무늬거울은 있으며 토기로는 미송리식토기, 민무늬토기, 붉은 간토기가 있다. 무덤은 고인돌, 돌널무덤, 돌무지무덤이 발견되었다. 고조선을 성립하게 된 군장국가였으며, 농경이 발달하여 벼농사의 시작과 함께 사냥과 고기잡이 비중이 축소하고 가축사육이 증가하였다. 주거는 구릉지대에 농경발달과 인구의 증가를 보이는 배산임수의 취락을 형성하며 직사각형의 움집이다. 움집은 점차 지상 가옥으로 변화하여 4~8명이 거주 하는 부부 중심의 한가족형태이며, 화덕위치가 벽 쪽으로 변경되고 저장구덩·창고가 따로 설치되며 주춧돌을 이용하였다.

사회는 남녀 간의 역할 분화와 사유재산의 발생과 선민사상이 대두되어 권력과 경제력을 가진 족장(군장)이 출현하였다. 종교가 정치적 요구와 밀착되어 발전하였으며, 주술적 성격으로 청동제 의식용 도구와 토우 등이 사용되었다. 또 미의식과 생활 모습이 표현된 칼·거울 등이 의기화 되어 풍요로운 생산을 기원하였다. 사냥과 고기잡이의 성공과 풍성한 수확을 기원한 울주 반구대 바위그림과 동심원 무늬로 태양숭배와 풍요로운 생산을 비는 제사 터로 추정되는 고령 양전동 알터 바위그림이 있다.

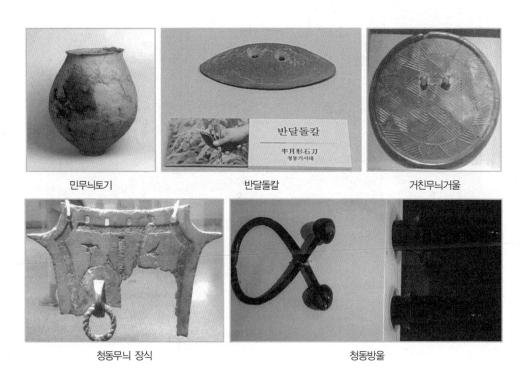

민무늬토기 반달돌칼 거친무늬거울

청동무늬 장식 청동방울

5) 철기시대

철기시대는 기원전 5세기경에 시작되었으며, 철제농기구의 사용과 함께 농업의 발달로 경제 기반이 확대되고, 청동기는 의식용 도구로 변모하게 되었다. 철기 도구를 바탕으로 초기 여러 국가들의 성장을 기반으로 연맹왕국을 형성하였다. 명도전과 반량전, 오수전이 한반도에서 사용된 것을 통해 중국과의 교역이 있었으며, 붓의 사용(경남 창원 다호리 유적에서 붓 출토)으로 한자의 사용을 짐작케 한다.

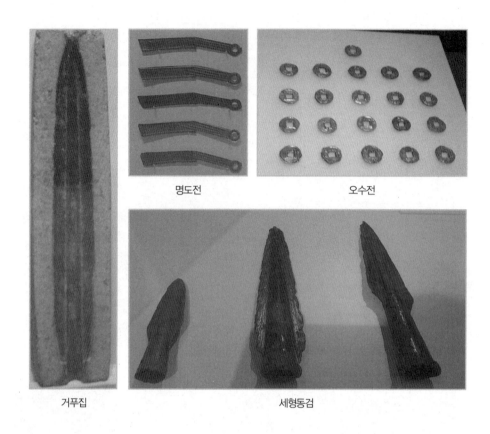

명도전

오수전

거푸집

세형동검

6) 고조선의 건국과 발전

고조선의 건국은 청동기 문화를 바탕으로 한 최초의 국가였으며, 제정일치의 지배자인 단군왕검이 건국(기원전 2333년)하였다. 요령 지방을 중심으로 성장하여 한반도의 대동강 유역으로 발전한 고조선의 세력범위는 비파형동검, 북방식 고인돌, 미송리식 토기를 통해 알 수 있다. 고조선의 발전은 부왕과 준왕 시대였으며, 기원

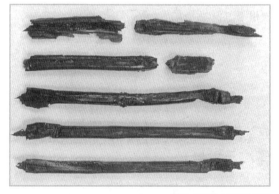

창원 다호리 붓(문화재청)

전 3세기경 왕위를 세습하였고 상·대부·장군 등의 관직이 마련되어 요서를 경계로 연과 대립할 만큼 세력이 성장하였다.

중국 진·한 교체기에 유이민 집단이었던 위만이 준왕을 몰아내고 왕이 되었다. 위만조선은 철기문화를 본격적으로 수용하였으며, 중계무역으로 번성하였다. 이에 위협을 느낀 한과 대립하게 되면서 한나라가 조선을 침략하여 왕검성이 함락되어(기원전 108년) 멸망하고 한군현이 설치되었다. 그러나 한군현의 세력은 토착민의 반발로 약화되고 고구려의 공격으로 소멸되었다.

7) 고조선의 건국이야기와 8조법

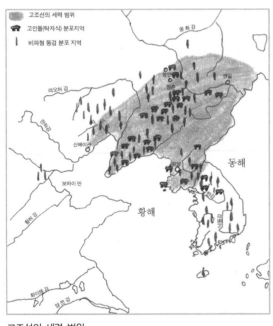

고조선의 세력 범위

고조선은 농경사회, 청동기문화를 기반으로 성립되어 정복전쟁으로 부족을 통합하였다. 단군의 건국이야기에는 고조선의 건국과정과 홍익인간, 선민사상 등이 나타나 있다. 단군왕검의 명칭은 제정일치를 뜻하며, 삼국유사, 제왕운기, 응제시주, 세종실록지리지, 동국여지승람 등에 기록되어 전하고 있다.

또한 고조선의 8조법은 생명·노동력·사유재산을 중시하고 형벌과 노비계급이 발생하였다는 것을 알 수 있으며, 한군현 설치 이후에는 토착민들의 저항이 심해 한군현은 생명과 재산 보호를 위해 엄한 율령으로 60여 조항을 시행하였음을 알 수 있다.

고인돌

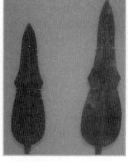
비파형동검

미송리식토기

2. 여러 나라의 성장

고조선의 옛 영토인 만주와 한반도에는 새로운 여러 나라가 나름대로 고유한 특색을 가지고 성장하였다. 강한 나라를 중심으로 뭉쳐 더 큰 나라를 이루며 성장하였다.

여러 나라의 성장

1) 부여

부여는 고조선 후기(기원전 3세기경)에 만주 송화 강 유역의 평야 지대를 중심으로 사방 2,000리의 큰 영토와 약 40만 명의 인구를 갖고 600여 년을 지속한 나라이다. 부여는 이미 1세기 초에 왕호를 사용하였고, 중국과 외교관계를 맺는 등 발전된 국가의 모습을 보였으나, 3세기 말 선비족의 침략으로 크게 쇠퇴하여 연맹왕국 단계에서 고구려에 편입(494년)되었다.

중앙(왕이 통치)과 사출도(마가, 우가, 저가, 구가)로 구성되고 가(加)들이 왕을 추대하고 흉년의 책임을 묻기도 하는 등 왕권이 미약했다.

농경과 목축, 말, 주옥, 모피가 특산물이며, 고조선과 닮은 부여의 법률 1책 12법이 있었다. 법률은 4조목이 전하며, 무척 엄격한 법률이 있어 도둑질을 하면 훔친 것의 12배를 갚게 하고, 영고, 우제점법, 순장 등의 풍속이 있었다.

2) 고구려

동가강 유역의 졸본 지방에서 주몽(부여 계통)이 기원전 37년 건국하여 평야 지대인 국내성으로 천도하고, 한 군현의 공략과 요동 진출, 동쪽으로는 옥저를 정복하였다.

정치는 상가·고추가 등의 대가가 존재하여(독립 세력으로 각기 사자, 조의, 선인 등의 관리를 거느림), 5부족 연맹으로 왕권이 미약하였다. 경제구조는 농토의 부족으로 주변 지역을 정복한 약탈경제였다.

법률과 풍속은 중대한 범죄자는 제가 회의에서 심판하여 사형에 처하고 가족을 노비로 삼았으며, 서옥제, 조상신 숭배, 동맹(10월), 왕과 신하들이 극동대혈에 모여 제사를 지냈다.

3) 옥저

옥저는 부여에서 떨어져 나와 세워진 나라이다. 나라의 위치는 지금의 함경도와 강원도 북부의 동해안 지역이었다. 고구려에게 멸망하고 말았지만, 고구려와는 다른 독특한 풍습을 지니고 있는 나라였다.

옥저는 군장(읍군, 삼로 등)이 자기 부족을 지배하고 변방에 치우쳐 선진 문화수용이 늦었으며, 고구려의 압박과 수탈 등으로 군장 사회 단계에 머물렀다.

또한 토지가 비옥하여 농경이 발달하고 어물, 소금 등의 해산물이 풍부하고 민며느리제와 가족 공동 무덤의 풍습이 있다. 사람이 죽으면 바로 장사를 지낸 것이 아니라 시체를 다른 곳에 임시로 묻어 두고, 시간이 지나 뼈만 남으면 그 뼈를 거두어 목곽 안에 넣어 두었다. 가족 중 다른 사람이 죽으면 또 그렇게 해서 모든 가족의 뼈를 한 목곽 속에 묻었다. 목곽의 입구에는 죽은 사람의 양식으로 쌀 항아리를 매달아 두었다.

4) 동예

동예는 옥저처럼 한반도 동쪽에 위치해 바다를 끼고 있어 해산물이 풍부했으며, 농사짓기에 기름진 땅을 갖고 있었다. 그러나 옥저처럼 고구려 옆에 있어 고구려의 지배를 받게 되었다. 동예의 영토는 강원도의 강릉 일대에 자리 잡은 작은 나라였다고 짐작하고 있다. 동예의 특산물은 단궁과 과하마, 반어피 등이 유명하였다. 특히 명주와 삼베를 짜는 방직 기술이 매우 발달한 나라였다.

동예에서는 함부로 남의 마을에 들어갈 수 없었다. 만약 그랬다간 소나 말로 변상해야 했다. 변상할 수 있는 재산이 없다면 그 땅을 침범한 사람은 노비가 되어야 했고 이처럼 영역 침범에 대한 벌로 소나 말을 대신 변상해 주는 것을 책화라 하고, 침범한 사람이 노비가 되는 것을 '생구'라고 불렀다. 또한 같은 부족끼리는 결혼을 할 수 없는 족외혼이 있었다. 또한 하늘을 향해 춤추는 제천 의식인 무천이 매년 10월에 있었다.

5) 삼한

고조선 때부터 한반도의 남쪽지역에는 진의 성장과 고조선의 유이민이 융합하여 크고 작은 여러 부족 국가를 이루었다. 그 중 마한의 목지국 지배자가 마한왕으로 추대되어 삼한 전체를 주도하였다.

지배자 세력의 강약에 따라 신지·견지, 부례·읍차 등으로 불리며, 제사장인 천군이 소도를 주관하고 군장의 세력이 미치지 못한 고대 신앙의 변화와 제정의 분리를 보여준다.

경제는 철기 문화를 바탕으로 농경이 발전하고 벼농사가 성행하였으며, 변한에서는 철을 많이 생산하여 낙랑이나 왜 등 주변 국가에 수출하기도 하고, 철을 화폐처럼 사용하기도 하였다.

삼한 사람들은 초가 지붕의 반움집·귀틀집에 거주하였고, 두레라는 것을 조직하여 여러 사람이 힘을 모아 공동 작업을 하기도 하였다. 귀틀집은 굵은 통나무를 '정(井)'자 모양으로 맞춰 층층이 흙으로 메워 지은 집이었다.

삼한에는 왕처럼 나라를 다스리는 정치적 통치자와 함께 나라의 제사를 담당하는 천군이라는 제사장이 있었다. 제사장인 천군은 5월과 10월에 하느님께 제사를 드리는 의식을 주관하였다. 마한 지역은 백제가 통합하고 변한 지역은 가야연맹의 기반이었던 구야국이, 진한 지역은 신라로 통합된다.

1. 역사논술을 위한 사고력 함양

1) 자유롭게 생각하기

글을 쓸 때는 먼저 생각부터 해야 한다. 생각하는 건 쉽다고 느낄 수도 있다. 그러나 실제로 어떤 단어를 던져 줬을 때 그걸 가지고 20개 이상 뭔가를 쉽게 떠올릴 수 있는 사람은 많지 않다. 오히려 생각을 끌어내는 데 어려움을 느끼는 경우가 많다. 이런 생각하기의 어려움을 해결하기 위해서는 생각을 꺼내는 훈련이 필요하다.

2) 브레인스토밍

브레인스토밍(brainstorming)은 말 그대로 머릿속에서 폭풍을 일으키듯이 떠오르는 생각을 자유롭게 쏟아내는 활동이다. 이때 주의할 점은 생각난 것은 무엇이든 아무리 사소해도 허투루 보지 말라는 것이다. 어디에서 좋은 아이디어가 나올지, 어떤 아이디어로 연결될지 모르기 때문이다. 자신의 생각을 비판한다거나, 맞춤법이나 문법 등에 구애를 받으면 브레인스토밍을 잘 할 수 없다. 생각이 떠오르는 대로 일단, 자유롭게 써 내려가는 것이 중요하다.

3) 생각그물

생각그물은 과제와 관련해 가장 먼저 떠오르는 것들을 큰 가지를 쳐서 쓴 뒤, 거기서부터 연상되는 것들을 작은 가지를 치면서 적어 나가는 방법이다. 이렇게 생각의 가지를 치다보면 연관이 있는 항목들이 한 가지로 묶인다. 생각그물은 큰 가지에서 작은 가지로 생각을 연속적으로 이어가기 때문에 깊이 있는 사고가 가능하며, 가지별로 관련 있는 내용이 연달아 나오므로 생각을 정리하는 데 좋다.

4) 생각 풍선

생각 풍선은 과제에서 연상되는 것과 그 이유를 함께 적는 방법이다. 이유를 밝히는 과정에서 생각을 정리할 수 있어 글을 보다 논리적이고 분명하게 쓰는 데 유용하다.

2. 창의적인 글쓰기

1) 창의적인 생각을 키우는 방법

① 의심하라

역사 속에 있는 사건이나 사실들을 의심하고 비판해 보자. 누구의 해석으로 그런 사건들이 서술되었는가? 왜 그렇게 읽어야 하는가?

그 사건은 진실일까? 그 당시의 시대 상황과 고려하여 의심하고 비판해 보자.

② 비교하고 대조하라

비교는 대상 사이의 공통점을, 대조는 차이점을 밝혀 대상을 깊이 있게 이해하는 방법이다. 비교나 대조를 할 때 주의할 점은 대상들이 같은 범주나 위계에 속해 있어야 한다는 것이다.

예를 들어 '구석기'와 '신석기'는 둘 다 '도구로 석기를 사용하는 시대'라는 범주에 속해 있고, 또한 청동기와 철기는 도구를 사용하였다는 것을 범주로 같은 위계에 속하기 때문에 비교나 대조를 할 수 있다.

③ 입장 바꾸어 생각하라

다른 사람, 혹은 어떤 사물의 입장이나 상황 등에 처해 있다고 가정해 보자. 고정된 역사적 관점에서 벗어나 '문제 상황'이 아닌 '문제해결의 관점'에서 '역사의 승자'가 아닌 '역사의 패자'의 관점에서 바라보면 문제점이나 역사의 주인에 대해 새로운 생각을 가질 수 있다.

④ 연상하라

"부여에서 도망 와 고구려를 세우니 부여와 고구려는 같은 5부족 국가, 고구려에서 내려와 백제를 세우니 고구려의 유적과 백제의 유적이 같고……" 등 특정 대상으로부터 뭔가를 연이어서 떠오르는 것, 드라마에서 일어난 사건의 다음 상황을 이어서 떠올리는 것, 현재의 나의 모습에서 미래의 나의 모습을 떠올리는 것 등은 모두 연상이다. 생각을 연이어 떠올리다 보면, 그 시대의 상황이 단숨에 이해되고 왜? 라는 생각에 과거의 역사에 있는 것이 아니라 미래의 내 역사를 예측할 수 있다.

⑤ 확대하고 축소하라

'인간이 공룡보다 먼저 살다 멸종한 것은 아닐까', '고조선의 세력범위가 다른 것은 아닐까?'와 같이 우리가 당연하게 여겨왔던 시간이나 공간, 크기, 수효 등을 마음대로 바꿔 보자. 의외로 골치 아프고 복잡한 문제가 단순하게 생각되거나 사소한 사건의 또 다른 중요성을 발견할 수 있다.

2) 창의적인 생각을 이끌어 내기 위한 전략

① 체크리스트(check list)

체크리스트는 대상이나 상황에 대해 차례차례 질문을 제시하고 그에 대해 구체적인 답을 하는 것이다. 혼자서 질문과 답을 만들다 보면 이 세상에 하나뿐인 나만의 체크리스트를 만들 수 있다.

부여의 의의를 찾기 위한 체크리스트

부여는 연맹왕국단계에서 멸망하였지만 의의가 크다 그 이유는	고구려와 백제의 건국 세력이 부여의 계통임을 자처하였다
또 다른 이유는	건국 신화도 같은 원형을 바탕으로 하고 있다
의의는	백제 성왕은 백제 중흥을 꾀하면서 국호를 남부여로 고치게 된다

② 패러디(parody)

패러디는 널리 알려진 예술 작품이나 작가의 스타일 등을 일부 바꾸어 새로운 작품을 만들어 내는 것을 말한다. 주로 의심하기, 관점을 확대·축소하기, 입장 바꾸기 등을 통해 원작을 뒤집거나 조금 바꾸어 현실의 문제를 조롱하거나 비판한다.

③ 실제

그림은 신석기시대 생겨난 애니미즘, 샤머니즘의 모습이다. 무엇을 기원했을지, 그 당시 현실 문제를 고려하여 서술해 보자.

역사 테마로 논술쓰기

📚 위만 조선

* 진나라 말년에 진승 등이 기병하여 온 천하가 진나라에 반기를 드니 연·제·조나라 지역의 백성 수만 인이 조선으로 피난하였다. 연나라 사람 위만이 상투를 하고 조선인복장으로 와 그 왕이 되었다.
* 위만(衛滿)은 중국 전한(前漢)의 역사학자 사마천(司馬遷)이 쓴 『사기(史記)』의 '조선전'에 최초로 보인다. 춘추 전국 시대를 통일한 진(秦)이 망하고 한(漢)이 들어서자 한의 고조(高祖)는 노관을 연(燕)의 왕으로 봉했다. 그러나 정치적 불안으로 노관이 흉노로 도망하자, 한은 연을 정벌하게 되었다.
  이 때, 위만은 연에서 무리 1,000여 명을 이끌고 조선으로 망명하여 조선의 왕인 준(準)왕의 신임을 받아 국경 수비의 일을 맡았다가 망명자들의 힘을 모아 준왕을 몰아내고 조선의 왕이 되었다.[1]

논제 **1** 위만 조선을 중국인 이주자들이 지배하는 식민지정권으로 생각하는 것이 옳은가? 단군조선과 더불어 고조선의 중요한 왕조로 보아야 하는가? 자신의 견해를 밝혀 보자.

논제 **2** 신석기 시대 사람들이 움집을 짓고 토기를 만들어 사용하게 된 것은 <u>식량의 획득 방법에서 큰 변화</u>가 나타났기 때문이다. 밑줄 친 내용에 해당되는 내용을 자세히 서술해보자.

논제 **3** 철기 문화가 확산되면서 나타난 사회 변화를 배경으로 만주와 한반도 일대에 여러 나라가 등장하였다. '사회 변화'의 내용을 자세히 서술해 보자.

---

1) 일연, 김원중 역, 『삼국유사』, 민음사, 2008.

논제 **4** 고조선의 법률 내용에서 당시 사회의 특징을 세 가지 이상 서술해 보자.

- 사람을 죽인 자는 즉시 죽인다
- 남에게 상처를 입힌 자는 곡식으로 갚는다
- 도둑질을 한 자는 노비로 삼는다. 용서를 받고자 하면 50만 전을 내야 한다.

논제 **5** 가축의 이름으로 관직명을 정하여 마가, 우가, 저가, 구가 등이 있어 제가들이 별도로 사출도를 주관하였다. 이 나라에 대해 서술해 보자.

논제 **6** 어릴 때 약혼하여 신부가 신랑 집에서 살다가 어른이 된 후 신랑이 예물을 치르고 정식으로 혼인하였다. 이런 결혼 풍습을 가지고 있었던 나라에 대해 서술해보자.

논제 **7** '동예'의 지리적 위치를 설명하고 동예의 풍습을 서술해보자.

논제 **8** 삼한에서는 천군이 다스리는 소도라는 신성 지역이 따로 있었다. 군장의 권력이 미치지 못하는 곳으로 죄인이 이곳으로 도망쳐도 잡지 못하였다. 이 내용을 통해 알 수 있는 삼한 사회의 특징을 써보자.

소도

논제 **9** 다음과 같은 유물이 있었던 나라에 대해 서술해 보자.

논제 **10** 여러 나라가 다음과 같은 제천 행사를 실시하였던 이유와 그 기능을 서술해보자.

• 부여의 영고	• 고구려의 동맹	• 동예의 무천	• 삼한의 계절제

논제 **11** 울주 반구대 바위그림은 왜 만들었을까? 생각해 보자.

울주 대곡리 반구대 암각화
(국보 제285호)

논제 **12** 청원 두루봉 동굴에서 '흥수 아이'가 발견되었다. 이 유물의 특징을 써 보자.

흥수아이

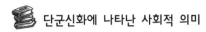 **단군신화에 나타난 사회적 의미**

환웅은 환인의 아들로서 태백산 꼭대기에 내려왔다고 하는 것으로 미루어 환웅이 이끌고 온 세력은 토착세력이 아니라 유이민 세력이며, 선민사상을 가지고 있었음을 알 수 있다. 그리고 비, 바람, 구름을 주관하는 우사, 풍백, 운사를 거느리고 왔다는 것은 농업기술을 가지고 있었음을 의미하며, 환웅이 사람이 되기를 원하는 곰과 호랑이에게 쑥과 마늘을 주었다는 내용도 이를 시사해 주는 것이다.

기후를 조절하고 질병을 다스리는 것은 정치적 지배자의 역할이라기보다는 종교적 능력의 소유자가 할 수 있는 일이라고 볼 수 있다. 그러므로 고조선의 지배자는 정치적 권위와 종교적 권위를 동시에 갖추었다고 할 수 있다. 이러한 사회를 제정일치 사회라고 하는데, 이는 무당과 군장을 뜻하는 단군과 왕검의 명칭을 한 사람에게 사용하였다는 점에서도 알 수 있다.

형벌은 남의 것을 훔치거나 사람을 해치는 행위에 대하여 벌을 주는 것이므로, 사유재산제도가 성립되었음을 알 수 있다. 또한 환웅과 그의 무리가 인간세계를 다스렸다는 것은 그들이 지배계급이라는 의미로서 당시 사회가 계급사회임을 보여 준다.

곰과 호랑이는 동물 그 자체라기보다는 그 시대에 유행하던 토템 신앙을 가진 곰 부족과 호랑이 부족을 의미한다. 그리고 곰과 호랑이가 환웅에게 '사람이 되기를 원하였다'라고 한 내용은 곰 부족과 호랑이 부족이 환웅 부족에 비하여 상대적으로 뒤떨어진 문명 단계에 있었음을 의미한다.

곰은 사람이 되고 호랑이는 사람이 되지 못하였다는 것은 선진 부족인 환웅 세력이 곰 부족과 연합하여 고조선을 건국하였으며, 호랑이 부족은 건국 과정에서 제외되었음을 의미한다.[2]

논제 단군신화에 나타난 사회적 의미를 서술해 보자.

---

2) 심재석·마현곤, 『EBS한국사능력검정시험』, 느낌이 좋은 책, 2008.

역사 깊이읽기

 인물탐구

- 단군왕검 – 고조선을 세웠으며 홍익인간의 정신을 실천하며 나라를 다스렸다.

- 준왕 – 위만에 의해 왕위에서 쫓겨난 후에 남으로 내려가 진국의 왕이 되었다.

- 위만 – 준왕을 쫓아내고 고조선을 차지하고 중계무역을 하며 고조선을 부강하게 하였다.

- 우거왕 – 고조선의 마지막 왕으로 한나라의 군사를 일 년 동안 막아냈지만 시해 당하였다.

03

삼국시대와
역사논술의 전개방법

Ⅰ. 삼국시대의 형성과 발전

역사 훑어보기

1. 삼국시대의 형성

1) 설화와 함께하는 건국이야기

① 고구려의 건국설화

> 옛날 시조 추모왕이 나라를 창건하였다. 북부여에서 태어났으며, 천제의 아들이요, 어머니는 하백의 딸이다. 알을 깨고 세상에 나왔으며, 태어날 때부터 성스러움을 지녔다. 수레를 명하여 남쪽으로 순행해 내려가는 도중에 부여의 어리대수를 지나게 되었다. 왕께서 나룻가에 임하여
> "나는 천제의 아들이며, 어머니가 하백의 따님인, 추모왕이다. 나를 위하여 갈대를 연결하고 거북이 무리를 짓게 하라."
> 고 하였다. 그 소리에 응하여 즉시 갈대가 이어지고 거북 떼가 물위로 떠올랐으므로, 강물을 건널 수 있었다. 비류곡 졸본 서쪽 산 위에 성을 쌓고 도읍을 정하고 나라를 세웠다. 세상의 왕 노릇을 즐겁게 여기지 않자, 하늘이 황룡을 내려 보내 왕을 맞이해 오게 하였다. 왕이 홀본 동쪽 언덕에서 황룡의 머리를 밟고 승천하였다.
>
> — <광개토 대왕릉비>, 414년

② 백제의 건국설화

> 백제(百濟)의 시조 온조왕(溫祚王)은 그 아버지가 추모(鄒牟), 혹은 주몽(朱蒙)이라고 하는데, 주몽은 북부여(北扶餘)에서 재난을 피해 도망하여 졸본 부여(卒本扶餘)로 왔다. 부여의 왕은 아들이 없고 단지 세 딸만 있었는데, 주몽을 보자 보통 인물이 아님을 알고 그의 둘째 딸로 아내를 삼게 하였다. 얼마 지나지 않아 부여 왕이 돌아가매 주몽이 왕위를 계승하였다. 두 아들을

낳아 장자(長子)를 비류(沸流)라 하고 둘째 아들을 온조(溫祚)라 하였는데, 주몽이 북부여에 있을 때 낳은 아들이 와서 태자가 되자 비류와 온조는 태자에게 용납되지 않을까 두려워하여 마침내 오간·마려 등 열 명의 신하와 함께 남쪽으로 떠나매 이들을 따라오는 백성이 많았다

드디어 한산에 이르러 부아악(負兒嶽)에 올라 가히 살 만한 땅을 바라보았는데 비류는 해변에 살기를 원하였다. 더불어 내려온 열 신하가 "생각건대 이 하남의 땅은 북은 한수를 띠고, 동은 높은 산악을 의지하였으며, 남은 기름지고 풍부한 소택(沼澤)을 바라보고 서로는 큰 바다에 막혔으니, 그 천험지리(天險地利)가 얻기 어려운 지세입니다. 여기에 도읍을 이루는 것이 좋겠습니다."라고 간하였으나 비류는 듣지 않고 그 백성을 나누어 미추홀로 가서 살았다. 온조는 하남의 위례성(慰禮城)에 도읍을 정하고 십신으로 보익을 삼아 국호를 '십제(十濟)'라 하니, 이때가 전한 성제의 홍가 3년이었다. 비류는 미추의 땅이 습하고 물이 짜서 편안히 살 수 없으므로 돌아와 위례로 귀부하였다. 올 때에 백성이 즐겨 좇았으므로 후에 국호를 백제(百濟)라고 고쳤다. 그 세계가 고구려와 한가지로 부여에서 나왔기 때문에 '부여'로 성씨(姓氏)를 삼았다.

　　　　　　　　　　　　　　　　　　　　　　　　　　　—『삼국사기』 23, 백제 본기 1, 백제 시조 온조왕

③ 신라의 건국설화

시조의 성은 박 씨이고 이름은 혁거세이다. 갑자년 4월 병진 날에 즉위하여 거서간(居西干)이라고 일컬었다. 그 때 나이 13세였으며, 나라 이름을 서나벌(徐那伐)이라고 했다.

이에 앞서 조선 유민(朝鮮遺民)들이 산골짜기에 나누어 살며 육촌을 이루고 있었다. 첫째가 알천양산촌, 둘째는 돌산고허촌, 셋째는 자산진지촌(혹은 간지촌이라고도 한다.), 넷째는 무산대수촌, 다섯째는 금산가리촌, 여섯째는 명활산고야촌이니, 이들이 진한육부가 된 것이다.

고허촌장 소벌공이 양산 기슭을 바라다보니 나정 곁 숲 사이에 말이 꿇어앉아 울고 있었다. 곧 그곳에 달려가 보니 홀연 말은 보이지 않고 다만 큰 알이 있을 뿐이었다. 이 알을 깨자 어린 아이가 나왔다. 그리하여 이 아이를 거두어 길렀는데, 10여 세가 되자 위풍이 당당하고 퍽 성숙하였다.

육부사람들은 태어남이 신이하다고 여겨 그를 받들어 오던 중 이때에 이르러 임금으로 모신 것이었다. 진인들이 박을 '朴'이라 하는데 처음 그 알이 박과 같았기에 박(朴)을 성씨로 삼았다. 거서간은 진(辰)말로 왕을 뜻한다. 혹은 귀인을 부르던 칭호라고도 한다.

　　　　　　　　　　　　　　　　　　　　　　　　　　　—『삼국사기』, 신라 본기1, 시조 혁거세 거서간[1])

1) 김부식, 『삼국사기』, 바른사, 2009.

2) 삼국시대의 형성

철기문화의 보급과 이에 따른 생산력 증대는 우세한 집단의 족장을 왕으로 하는 연맹왕국으로 발전하였다. 이 과정에서 주변 지역을 활발하게 정복하여 영역을 확대하였고, 정복 과정에서 성장한 경제력과 군사력을 바탕으로 왕권을 더욱 강화하면서 통치 체제를 정비하고 불교를 받아들이면서 중앙 집권 국가로 발전해 나갔다.

부여에서 남쪽으로 내려온 주몽이 고구려를 건국하였다(기원전 37). 주몽은 대부분 큰 산과 계곡으로 둘러싸인 졸본(환인) 지방에서 건국하였는데. 그 후 고구려는 주변의 소국들을 정복하면서 평야지대로 진출해 압록강 가의 국내성(집안)을 중심으로 5부족 연맹체를 이루면서 발전하였다.

고구려도 부여와 마찬가지로 왕 아래에 상가, 고추가 등의 대가들이 있었으며 각기 사자, 조의, 선인 등 관리를 거느리고 제가회의를 통해 중대한 일들을 의논, 결정하였다. 또, 고구려에는 성인이 될 때까지 처가에서 사는 서옥제라는 풍습이 있었고 10월에는 추수감사제인 동맹이라는 제천 행사를 성대하게 치르고 아울러 왕과 신하들이 국동대혈에 모여 함께 제사를 지냈다.

백제는 한강 유역의 토착 세력과 고구려 계통의 유이민 세력의 결합으로 구성되었는데 이들은 우수한 철기 문화를 보유한 유이민 집단으로 지배층을 형성하였다. 또한 한의 군현을 막아내고 한강 유역을 장악하여 중국의 선진 문물을 받아들이기 좋은 조건을 갖추었다. 고이왕 때 백제는 관등제를 정비하고 관복제를 도입하는 등 지배 체제를 정비하여 중앙 집권 국가의 토대를 형성하였다.

신라는 진한 소국의 하나인 사로국에서 출발하였고 경주 지역의 토착민 집단과 유이민 집단이 결합해 건국되었다. 4세기 내물왕 때 신라는 활발한 정복 활동으로 진한 지역을 거의 차지하여 중앙 집권 국가로 발전하기 시작했다.

낙동강 하류의 변한 지역에서는 철기 문화를 토대로 농업 생산력이 증대되어 점진적인 사회통합이 이루어지고 김해의 금관가야를 중심으로 연맹왕국으로 발전한 가야가 있었다. 가야의 소국들은 일찍부터 벼농사를 짓는 등 농경 문화가 발달하였고 풍부한 철의 생산과 해상 교통을 이용하여 낙랑과 왜의 규수 지방을 연결하는 중계 무역도 발달하였다.

> 큰 산이 많고 골이 깊으며 평야가 없다. 사람들은 산골짜기에 살며 산골 물을 마신다. 좋은 농토가 없어 애써서 경작하나 식구들의 식생활에 부족하다. 그 나라 사람들은 성미가 사납고 성급하며 노략질하기를 좋아한다.
>
> 그 나라 안의 대가(大家, 부족장)들은 농사를 짓지 않으며 좌식자(坐食者, 일하지 않는 자)가 만여 명이나 된다. 하호(下戶, 평민 또는 노예)는 식량과 고기와 소금을 멀리서 져다 이들에게 공급하고 있다.
>
> 10월에 하늘에 제사 지낸다. 온 나라가 대회를 가지므로 동맹(同盟)이라 한다.
>
> ─『삼국지 위서』 동이전 고구려

2. 삼국시대의 국가체제와 전성기

1) 고구려

고구려는 3세기 중반 위나라의 침입을 받아 한때 위축되기도 하였으나, 4세기에 이르러 5호 16국 시대의 혼란을 틈타 활발하게 대외 팽창을 추진하였다. 미천왕 때에는 낙랑군을 완전히 몰아내고 압록강 중류 지역을 벗어나 남쪽으로 진출할 수 있는 발판을 마련하기도 하였다. 371년 고국원왕이 북진정책을 펴던 근초고왕에게 전사하고 평양성이 함락되는 비극도 있었지만 소수림왕 때에는 율령 반포, 불교 공인, 태학 설립 등 중앙 집권 국가의 체제를 마련하여 5세기에 접어들면서 대외 팽창을 꾀하였다. 고구려는 광개토 대왕 때에 만주 지방에 대한 대규모의 정복 사업을 단행하였고, 이어 신라와 왜·가야 사이의 세력 경쟁에 개입하여 신라에 침입한 왜를 격퇴함으로써 한반도 남부에까지 영향력을 끼쳤다. 그 후 장수왕 때에는 중국 남북조와 각각 교류하면서 중국을 견제하는 외교 정책을 써 세력의 균형을 도모하였다. 또한 국내성에서 평양성으로 도읍을 옮기고 백제의 수도 한성을 함락시키고 개로왕을 죽였다. 이리하여 고구려는 신라의 죽령일대로부터 백제의 남양만을 연결하는 선까지 영토를 확장하고 중국과 당당히 겨루는 대국으로 성장하였다.

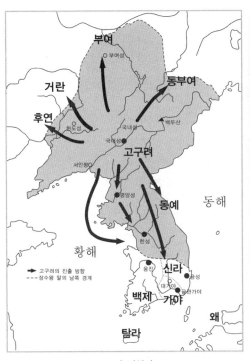

고구려 전성기   중원고구려비

2) 백제

백제는 고이왕(3세기 중엽)이 중앙 집권 국가의 기틀을 마련하여 마한의 중심세력인 목지국을 병합하고 중국 군현과 전쟁을 벌여 한반도 중부 지역을 확보하게 되었다. 관리의 복색을 제정하고 법령을 제정하였다.

국가 체제를 정비한 백제는 4세기 후반의 근초고왕 시대에 대대적인 대외 정복 사업을 벌인다. 우선 남쪽으로 익산 지방의 마한(목지국)을 점령하여 평야지대를 얻고 북으로는 고구려의 평양성까지 쳐들어가서 고국원왕을 전사시키는 등의 전성기를 맞이하였다. 그리하여 중국의 동진, 일본과 활발한 교류와 무역 활동을 전개하였다. 서해와 남해의 해상권을 장악하고 중국의 요서 지방에 진출하여 무역을 활발히 하였고 일본에 정치적·문화적 영향력을 키워 한자, 『논어』, 『천자문』 등을 전해주고 학문을 가르치기도 하였다.

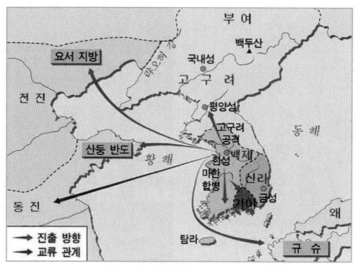

백제 전성기

4세기 근초고왕 때 전성기를 맞이했던 백제는 5세기에 장수왕의 공격을 받아 한성이 함락되고 개로왕이 전사하자 고구려를 피해 웅진으로 도읍을 옮기게 된다. 침류왕(4세기 말)은 불교의 공인으로 중앙 집권 체제를 사상적으로 뒷받침하는 사회 체제를 갖추게 되었다. 또 동성왕은 신라와 동맹을 맺어 고구려와 대항하였다.

무령왕(6세기 초)은 지방의 22담로에 왕족을 파견함으로써 지방에 대한 통제를 강화하여 백제 중흥의 발판을 마련하였다. 무령왕의 뒤를 이은 성왕은 대외진출이 쉬운 사비로 도읍을 옮기고, 국호를 남부여로 고치면서 중흥을 꾀하였다. 중앙관청과 지방제도를 정비하고 승려를 등용하여 불교를 진흥하였다. 또한 성왕은 고구려의 내정이 불안한 틈을 타서 신라와 연합하여 일시적으로 한강 유역을 부분적으로 수복하였지만 곧 신라에게 빼앗기고, 신라를 공격하다가 관산성에서 전사하고 말았다.

눌지 마립간 34년(450) 7월에 고구려의 변경 장수가 실직의 들에 와서 사냥하니, 성주 삼직이 군사를 내어 습격해 죽였다. 고구려왕이 이를 듣고 노하여 사신을 보내 말하기를 "내가 대왕과 우호를 닦아 매우 즐거워하던 바인데 지금 군사를 내어 우리 변경 장수를 죽이니 이 무슨 까닭이냐"라 하고, 이에 군사를 일으켜 우리 서쪽 경계를 침입하였다. 이에 왕이 말을 공손히 하여 사과하니 고구려인이 곧 물러갔다.

자비 마립간 17년(474) 7월에 고구려 장수왕이 몸소 군사를 이끌고 백제를 치니 개로왕이 아들 문주를 보내 도움을 구하므로 왕이 군사를 내어 도왔는데, 미처 그곳에 이르지 못하여 백제는 함락되고 개로왕은 전사하였다.

조지 마립간 15년(493) 3월 백제 동성왕이 사신을 보내 혼인을 청하매 왕은 이벌찬 비지의 딸을 보냈다. 16년 7월 장군 실죽 등이 실수의 들에서 고구려와 싸워 이기지 못하고 물러와 견아성을 지키매 이를 포위하자 동성왕이 군사 3천을 보내 신라군을 도와 포위를 풀게 하였다. 17년 8월에 고구려가 백제 치양성을 포위하여 백제가 구원을 청하자 왕이 장군 덕지에게 명하여 군사를 이끌고 구원하게 하니, 고구려 군대가 무너져 달아났다.

—『삼국사기』 신라본기

3) 신라

신라는 내물왕(4세기) 때 진한지역을 차지하면서 거서간, 차차웅, 이사금, 마립간(박·석·김) 칭호의 변화를 꾀하던 체제에서 왕권을 계승하였다. 이때부터 마립간(대군장) 칭호를 사용하면서 김 씨의 왕위계승권을 확립하게 되었다. 고구려(광개토대왕)의 원조로 왜의 세력을 격퇴시키지만, 고구려군대의 신

진흥왕순수비 북한산비

호우명 그릇

단양적성비

라주둔과 정치적 간섭을 받게 되기도 한다. 이 과정에서 고구려를 통하여 중국 문물을 수용하게 된다.

5세기 초에는 고구려의 간섭을 막기 위하여 백제와 나·제 동맹을 맺는다. 6세기 초 지증왕 때에 국호를 '신라' 왕호를 거서간, 차차웅, 이사금, 마립간의 호칭에서 '왕'으로 변경한다. 6세기 전반에 법흥왕이 병부를 설치하고 율령을 반포하였으며 불교를 공인하

신라 전성기

였다. 또 김해 금관가야를 정복하고 중앙 집권 국가 체제를 갖추게 되었다.

6세기 진흥왕 때에 이르러 내부의 결속을 더욱 강화하고 활발한 정복 활동을 전개하면서 삼국 간의 항쟁을 주도하기 시작하였다. 진흥왕은 국가 발전을 위한 인재를 양성하기 위하여 화랑도를 국가적인 조직으로 개편하고, 거칠부로 하여금 『국사』를 편찬케 하였으며, '개국'이라는 연호를 사용하였고, 불교 교단을 정비하여 황룡사를 건립하고 사상적 통합을 도모하였다.

이를 토대로 고구려의 지배 아래에 있던 한강 유역을 빼앗고 함경도 지역으로까지 진출하였으며, 남쪽으로는 고령의 대가야를 정복하여 낙동강 서쪽을 장악하였다. 이는 단양 적성비와 4개의 순수비를 통하여 알 수 있다.

특히, 한강 유역의 장악은 경제 기반을 강화하고, 전략 거점을 확보할 수 있었으며, 황해를 통하여 중국과 직접 교섭할 수 있는 유리한 발판을 마련하였다. 이는 이후 삼국 경제의 주도권을 신라가 장악하는 계기가 되었다.

4) 가야

가야연맹은 2세기 이후 낙동강 하류 변한 지역에서 철기 문화를 토대로 여러 정치집단에 의해 출현하였다. 3세기경 전기 가야연맹이 성립되면서 김해의 금관가야를 중심으로 성장하여 농경문화가 발달하게 되었다.

풍부한 철 생산과 낙랑과 왜의 규슈지방을 연결해주는 중계 무역을 활발하게 하였다. 4세기 초에 백제와 신라의 팽창으로 가야연맹의 힘이 약화되고 4세기 말에서 5세기 초에 금관가야가 쇠퇴하면서 전기 가야연맹은 해체되었다. 이 후 고령 지방의 대가야가 새로운 맹주로 하여 후기 가야 연맹 체제를 이루었다.

6세기 초에 대가야는 백제, 신라와 대등하게 세력을 다투게 되었고 중국 남조에 사신을 보내기도 하고 신라와 결혼 동맹을 맺어서 국제적 고립에서 벗어나려 하였다. 하지만 중앙집권 국가로 정치적 발전을 이루지 못하고 신라와 백제의 다툼 속에서 후기 가야 연맹은 분열하여 김해의 금관가야가 신라에 정복당하였다. 그 후 가야의 남

가야의 발전

부 지역은 신라와 백제에 의하여 분할 점령되었다가 대가야가 신라에 멸망하면서 가야 연맹은 완전히 해체되었다.

철제투구와 갑옷

가야 수레바퀴형토기

역사와 논술 마주보기

1. 논증

논술은 글쓰기를 통해 자신의 주장에 대한 타인의 공감을 이끌어 내는 행위로 볼 때는 광고와도 유사하다. 그러나 논술에서는 단순히 주장만 내세운다고 해서 공감을 이끌어 낼 수 없다. 논리적인 글이라야 한다. 글이 논리적이려면 근거가 믿을 만해야 하고, 그 근거를 토대로 결론을 이끌어 내는 과정이 타당해야 한다. 여기서 근거를 토대로 주장을 이끌어 내는 과정을 바로 논증(論證)이라 하고, 이때 제시하는 근거를 논거(論據)라고 한다.

1) 전제와 결론

논증은 '전제'와 '결론'으로 이루어져 있다. 근거를 제공하는 부분을 전제라 하고 전제가 뒷받침하는 주장은 결론이라 한다. 삼국의 건국설화를 바탕으로 전제와 결론을 정리해 보면 다음과 같다.

> 전제 1 : 고구려의 시조 추모왕은 천제의 아들로, 강물을 건너 비류곡 졸본 서쪽 산 위에 도읍을 정하고 나라를 세웠다.
> 2 : 백제의 시조 온조는 열 명의 신하와 함께 남쪽으로 내려가 하남의 위례성에 도읍을 정하고 나라를 세웠다.
> 3 : 육부사람들이 태어남이 신이한 박혁거세를 맞이하여 임금으로 모시게 되었다.
> 결 론 : 건국설화에 나타난 삼국 형성은 유이민 집단과 토착세력의 연합에 의해 형성되었다.

한 가지 주의할 점은 전제와 결론이 글에 항상 드러나는 것은 아니라는 것이다. 지극히 당연한 전제나 당연한 결론은 생략될 때가 많다. 전제와 결론을 구분하는 단순한 방법은 전제는 '왜냐하면', '~라는 이유로', '~ 때문이다', '~이니까', '~인 까닭에', '~이므로'와 같은 말과 연결했을 때 더 분명해진다. 결론은 '따라서 ~라고 결론을 내릴 수 있다', '그래서 ~라 할 수 있다', '그러니까 ~인 결과가 나온다' 등으로 좀 더 결론을 분명하게 드러낼 수 있다.

2) 좋은 논증의 조건

① 전제와 결론은 연관성이 있는가?

어떤 전제의 참이나 거짓이 결론의 참 또는 거짓에 영향을 주는지 살펴야 한다.

② 전제는 참인가?

전제와 결론이 아무리 연관성이 있어도 거짓된 전제에 바탕을 둔 결론은 무너지고 만다. 전제는 참으로 밝혀졌거나 적어도 참이라고 받아들일 수 있어야 한다.

③ 충분한 근거를 지녔는가?

결론을 참이라고 단정할 만큼 사례가 충분하거나 결론을 내리는 데 있어서 결정적인 내용을 제공하는 전제가 있어야 한다.

④ 반박 잠재우기

자신의 주장에 대해 누군가가 반박했을 때 그것을 효과적으로 잠재울 수 있을 만한 내용이 준비되어 있어야 한다.

3) 논증의 방법

전제로부터 결론을 이끌어내는 과정을 논증이라고 하였다. 논증은 좋은 논거를 찾는 것만큼이나 중요하다. 결론을 이끌어 내는 과정이 옳지 않으면, 결론을 잘못 내릴 수도 있기 때문이다. 논증의 방법에는 크게 연역 논증과 귀납 논증이 있다.

① 연역 논증

전제로부터 결론이 '필연적으로' 나올 수밖에 없는 논증 방식이다. 한마디로 '사실확인' 또는 '사실 증명'이라고 이해하면 간단하다. 내려진 결론이 제시된 원리나 원칙에 비추어 맞는지 아닌지를 판단하는 논증이기 때문이다. 연역 논증을 통해 새로운 정보를 얻을 수는 없지만, 이미 알고 있는 사실에 비추어 맞는지 틀리는지 확인할 수는 있다. 연역 논증의 대표적인 방식으로 '증명'이 있다.

연역 논증에서 전제로부터 결론을 이끌어내는 과정이 올바른 논증을 '타당성 논증'이라고 한다. 그런데 전제가 거짓일 경우가 있다고 가정해 보자.

> 예) 전제 1 : 모든 사람은 시간이 지날수록 어려진다.
>   2 : 나는 사람이다.
>   결   론 : 나는 시간이 지날수록 어려질 것이다.

이 논증에서는 논증의 과정이 아무리 타당해도 전제가 거짓이므로 믿을 수 없는 결론이 내려진다. 이렇게 전제가 참이 아닌 경우를 '건전하지 않은 연역 논증'이라고 한다. '건전하지 않은 연역 논증'은 논증 과정의 타당성에 관계없이 결론이 모두 거짓이 되므로, 논증을 할 때는 반드시 전제가 참인지 아닌지 부터 확실히 짚어 보아야 한다. 결론을 이끌어 내기 위한 전제가 참인 논증을 '건전한 논증'이라고 부른다.

② 귀납 논증

관찰이나 경험으로 알게 된 많은 사례를 통해 일반화된 결론을 이끌어내는 논증 방법이다. 충분하게 사례를 검토하되 결론과 어긋나는 사례가 하나라도 있다면, 결론을 단정 지을 수 없다. 대신 일일이 검증된 예를 들기 때문에 결론을 수긍하기 쉽다는 장점이 있다. 귀납 논증을 할 때 결론을 내릴 수 있는 사례가 많으면 많을수록 귀납 논증이 강화된다고 하고, 사례가 충분하지 않을수록 귀납 논증이 약화된다고 말한다. 자연과학 실험에서 결론을 내릴 때는 대부분 귀납 논증법을 사용한다.

예) 전제 1 : 고구려의 소수림왕은 불교를 공인하였다.
　　　　　　백제의 침류왕은 불교를 공인하였다.
　　　　　　신라의 법흥왕은 불교를 공인하였다.
　　결　론 : 그러므로 삼국시대의 모든 나라는 불교를 공인하였다.

③ 유비 논증

유비 논증은 귀납 논증의 일종으로 대상의 공통점을 찾아 결론을 내리는 논증 방식이다. 생소하고 어려운 대상을 설명할 때, 독자가 잘 알 만한 대상과 공통점을 들어서 설명하면 독자의 이해를 도울 수 있기 때문에 많이 사용한다. 이때 설명하려는 대상과 비교하는 대상 간의 공통점이 많을수록 주장은 설득력을 얻는다. 동물실험 결과를 인체에 적용시켜 생각해 보는 발상도 일종의 유비 논증이라 할 수 있다.

예) 어떤 사람들은 역사란 객관적으로 바라보아야 하는 대상이므로, 어떤 관점이나 시각을 갖는 것 자체가 문제가 있다고 말한다. 그러나 그것은 잘못된 생각이다. 역사를 보는 시각은 캄캄한 밤에 손전등을 쓰는 것과 같다. 같은 사물이라도 손전등의 밝기나 각도에 따라 우리의 눈에는 다르게 보인다. 그렇다고 다르게 보이는 그 사물의 모습이 왜곡되었다거나, 거짓된 모습이라고 말할 수는 없다. 낮에 보던 모습과 달라 보인다고 우리가 손전등을 끈다면 그것은 그 사물의 모습을 객관적으로 보려는 노력을 중단하는 것과 같다. 따라서 역사적 시각이란 역사를 객관적으로 바라보기 위해 오히려 필수적으로 갖추어야 하는 요소라고 할 수 있다.

4) 논증과 명제

논증은 아직 명백하지 않는 사실이나 원칙에 대해 그것을 진실 여부를 증명할 뿐만 아니라, 한 걸음 더 나아가 독자로 하여금 필자가 증명한 바를 옳다고 믿게 하고 그 증명하는 바에 따라 행동하게 하기를 기도하는 기술 형식이다. 증명가지가 논증의 소극적인 면이라면 행동·사고하게 하려는 기도는 그 적극적인 면이다. 만일 증명에만 그치고 만다면 설명 기술과 큰 차이가 없게 된다.

논증은 이해력에 작용하여 독자로 하여금 믿게 하기를 목적한다. 관념적인 것이든, 아니면 어느 행동 양식에 관한 것이든, 그것들로 말미암은 필자와 독자 사이에서 예상되는 갈등에서 논증의 필연성이 생겨나니 바로 이 점이 논증을 다른 기술 양식과 구분하는 커다란 특색이다.

논증은 언제나 믿을 수 있는 의심할 수 없는 또는 부정할 수 없는 진술인 명제에 관해서만 할 수 있다. 명제란 'A는 B이다'라는 긍정과 'A는 B가 아니다.'라는 부정의 형식으로, 곧 판단의 표명이다. 논증은 정해진 명제에 관해서만 진술되어야 한다. 명제는 그 형태에 따라 다음과 같이 나눈다.

① 사실명제는 과거, 현재에 걸쳐 일어난 사건이나 어떤 사태의 진위를 주장하는 것이다. ('-이다'의 형태)
② 가치명제는 어떤 제도·이상·사상·예술작품 등에 대한 가치판단을 주장하는 것이다. 옳다고 믿어서 현실로 실천하기를 촉구하는 명제이다.
③ 정책명제는 어느 계열의 행동이 바람직하다는 것을 주장하는 판단의 표명이다.

2. 오류

오류는 어떤 논거를 제시하면서 주장을 할 때 범하게 되는 잘못을 말한다. 오류는 겉으로 보기에는 그럴 듯해 보이지만, 가만히 따져 보면 결론을 이끌어 내는 과정이나 전제가 비논리적이다. 따라서 오류는 논증을 방해하고 논증의 목표를 흐리게 한다. 우리가 오류를 배우는 이유는 논증을 할 때 범하기 쉬운 실수를 피하기 위해서이다.

1) 형식적 오류

형식적 오류란 논증 자체의 내용 때문이 아니라 그 형식 때문에 범하게 되는 오류이다. 대표적인 것으로는 내용에 관계없이 앞의 내용(전건) 또는 뒤의 내용(후건)이 맞거나 틀리면 나머지도 덩달아 맞거나 틀리다고 생각하는 경우를 들 수 있는데, 보통 조건문에서 많이 나타난다.

① 후건 긍정의 오류는 후건(B이다)을 긍정하여 전건(만약 A라면)도 긍정한 것을 결론으로 이끌어 내는 오류이다.
② 전건 부정의 오류는 전건(만약 A라면)을 부정하여 후건(B이다)도 부정한 것을 결론으로 이끌어 내면서 발생하는 오류이다.

2) 비형식적 오류

문장의 형식과는 상관없이 논증을 이루는 전제나 결론이 비논리적이기 때문에 나타나는 오류를 비형식적 오류라 한다. 논증을 할 때, 전제와 결론이 무관하거나 반박을 피하거나 또는 불충분한 근거에 기인하는 것과 전제 자체가 잘못된 경우들은 모두 비형식적 오류에 속한다.

① 인신공격의 오류는 전제와 결론이 무관한 오류이다. 주장을 뒷받침하지도 않는 개인적 특성이나 정황을 들어 상대방을 공격하는 오류이다.
② 피장파장의 오류는 제대로 된 반박 피하기의 오류로 상대방의 잘못을 근거로 자기의 잘못을 인정하지 않는 오류이다.
③ 논점 일탈의 오류는 논거로부터 나온 주장이 논점과는 다른 방향으로 가는 오류이다.
④ 성급한 일반화의 오류는 불충분한 근거에 기인한 오류로 불충분한 사례만 보고 결과가 같을 것이라고 성급하게 판단하는 오류이다.
⑤ 잘못된 인과 관계의 오류는 어떤 결과의 원인이 아닌 것을 그것의 실제적인 원인이라고 판단하는 오류이다.

예) 붉은 여우가 나왔을 때, 백제는 멸망을 하였다. 여우가 나오지만 않았어도 백제는 멸망하지 않았다.

⑥ 무지에 호소하는 오류는 상대방이 자신의 주장을 논리적으로 증명하지 못하는 무지함을 이용해 상대를 공격하거나 자기주장을 펼치는 오류이다.

⑦ 순환 논증의 오류는 전제 자체가 잘못된 오류이다. 정확한 근거 없이 앞뒤에 놓인 말을 다시 진술하여 주장하는 오류를 말한다.

⑧ 복합 질문의 오류는 두 개 이상의 내용이 결합된 질문을 함으로써, 대답하는 이가 수긍할 수 없는 사실까지 수긍한 것으로 해석하는 오류이다.

3) 언어적 오류

언어적 오류는 모호성을 가진 낱말을 사용함으로써 생기는 오류이다. '모호'란 말이나 태도를 불분명하게 하는 것을 의미한다.

① 애매어의 오류는 단어나 구·문장의 구조가 애매하기 때문에 범하게 되는 오류로 주로 문법적으로 애매한 진술을 잘못 해석하여 어떤 결론을 도출할 때 일어난다.

② 강조의 오류는 언어를 사용할 때 서로 강조하는 부분이 달라 발생하는 오류이다.

③ 분할·결합의 오류는 전체가 어떤 특성을 갖고 있다고 해서 그 부분이나 요소들도 그러한 특성을 갖고 있다고 생각하는 오류를 분할의 오류라 한다. 반대로 개별 요소들이 어떤 특성을 갖고 있다고 해서 그 요소들로 구성된 집합체도 그 특성을 갖고 있다고 생각하는 오류를 결합의 오류라 한다.

역사 테마로 논술쓰기

 빛나는 문화를 가진 가야

　가야는 전제국가의 틀을 갖추지 못한 연맹국을 이루는 나라였다. 백제와 신라가 건국 될 무렵인 서력기원을 전후하는 시기에 낙동강 서쪽 지역과 낙동강 하류 유역 일대에도 12개의 국가가 등장했는데 이를 변한(弁韓) 12국이라 하였다. '변(弁)'이 고깔 모양의 모자를 의미한다는 데 착안해 이 지방 사람들이 썼던 모자에서 그 유래를 찾는 학자도 있다. 이들은 맹주국의 왕인 진왕(辰王)의 지배를 받지 않고 연맹 형태를 갖추어 독립된 세력을 이루었다. 그중에서 금관가야를 비롯해 고령가야, 대가야, 소가야, 아라가야, 성산가야 등 6가야만이 지속적으로 발전해 6가야 연맹을 구성했다. 여섯 나라 가운데 김해 지방의 금관가야와 고령 지방의 대가야를 중심으로 한 시조의 개국 설화가 전해지고 있는데, 이것은 이 두 나라가 가장 강력했기 때문이다.

　오늘날 전하는 가야에 대한 역사 기록으로는 『삼국유사』에 전하는 『가락국기(駕洛國記)』가 제일 오래되고 유명하다. 『가락국기』는 본래 성명을 알 수 없는 금관주 지사를 지낸 사람이 지은 것인데, 일연 스님이 『삼국유사』를 쓸 때 그 내용을 줄여서 옮겨 실은 것이다. 이 기록에 김수로왕의 전설과 금관가야의 역사가 전해지고 있다. 이 기록에는 가야의 여러 나라는 낙동강 유역의 넓은 평야 지대를 무대로 일찍부터 농업이 발달했고, 기원후 1세기경에는 이미 철기 시대로 접어든다. 이 시대에 가야는 철이 풍부하게 산출되어 여러 가지 철제 무기를 만들어 사용했고 쇳덩어리를 만들어 화폐로 쓰기도 했다. 『가락국기』에는 수로왕이 즉위하여 금관가야를 개국한 때를 기원후 42년이라고 한다. 그러나 오늘날 이 지역에서 발견되는 발달된 철기 제품이나 토기 등 고고학적 자료에 의하면 훨씬 빨랐을 가능성이 있다. 가야는 기원후 1세기경부터 해상 교역의 중심지로 발전하여 한나라의 낙랑군이 일본 열도로 보냈던 사신단의 기항지 혹은 한나라, 중국, 왜 3국의 중개지 역할을 맡았던 것으로 추정한다.

　그 후 한반도 동북 지역의 예(濊)와도 교역을 한 것으로 본다. 또한 가야인의 상당수가 일본으로 직접 건너가 신천지를 개척하기도 했으며, 토착민들에게 철기 문화를 전해 주었다.

삼국시대에 존재했던 연맹국 가야

가야는 청동기 문화가 발달했던 낙동강 하류의 변한 지역에서 시작하였다. 철기 문화를 기초로 농업 생산력이 늘어나면서 점차 부족들이 통합한 여러 정치 집단이 생기기 시작했다. 이러한 집단은 금관가야, 대가야, 소가야, 성산가야, 고령가야, 아라가야이다. 가야는 서기 42년에 금관가야를 중심으로 연맹왕국으로 발전하였다.

나라가 형성된 시대를 보면 삼국시대에 가야가 있었는데, 삼국시대에 왜 가야는 없는 것일까? 고구려, 백제, 신라 세 나라가 한반도의 영토를 셋으로 나누어 지탱하고 있었던 기간은 정확하게 따지자면 진흥왕 때 가야가 멸망하는 562년부터 백제가 멸망하는 660년까지로 봐야한다는 것이다. 삼국 시대라는 용어는 고려시대 중기의 김부식이 편찬한 『삼국사기』에서 비롯된다. 『삼국사기』는 우리나라에 전해지는 가장 오래된 역사서이다. 고대의 역사를 '삼국'으로 정리하는 것은 고려시대 사람들의 생각에서 비롯되었고 이러한 인식은 신라인들의 인식을 계승한 것이라고 한다. 따라서 최근 학자들 가운데는 가야를 포함해서 이 시기를 사국 시대라고 불러야 한다는 주장을 하기도 한다. 또는 아직 세력이 완전히 없어지지 않은 부여를 포함해서 오국시대로 불러야 한다는 주장도 있다.

논제 1 가야 연맹의 중심지가 금관가야에서 대가야로 변하게 된 배경을 서술해 보자.

논제 2 고구려, 백제, 신라의 이야기를 다루고 있는 김부식이 쓴 『삼국사기』에 가야는 기록되어 있지 않다. 이 점에 대하여 가야를 넣어 사국시대로 기록을 한다면 그 근거를 논증해 보자.

📚 임나일본부설

일본의 야마토조정이 4세기 후반에 한반도 남부지역에 진출하여 백제·신라·가야를 지배하고, 특히 가야(금관)에는 임나일본부(任那日本府)라는 기관을 두어 6세기 중엽까지 직접 지배하였다는 설이다. 임나일본부와 관련된 내용은 일본의 『일본서기』에 처음 기록되어 일본인들의 의식 속에 자리 잡았다. 이러한 임나일본부의 한반도 지배가 일본에서 대두된 것은 19세기 후반 일본이 본격적으로 한국을 침략하고자 여론화했던 『정한론─ 한반도를 정벌하자는 여론』이 대두되면서이다. 일본은 한국에 대한 제국주의적 침략을 정당화하기 위한 도구로 『일본서기』와 일본에 의해 위조되어 해석된 내용을 담은 광개토대왕 비문 탁본을 들어 이미 우리나라의 고대 역사 속에서 일본이 한반도를 지배한 역사가 있다는 내용을 주장하였다. 이를 통해 일본의 한반도 지배를 정당화하려 하였다.

일본교과서속의 기록은 "4세기 후반 야마토조정은 바다를 건너 조선에 출병하였다. 왜의 야마토조정이 임나 즉 가야지역에 반도남부의 임나로 불리는 지역에 세력권을 만들어 그 거점을 쌓았다고 생각한다."라고 하여 일본 중학생들에게 일본이 고대사회에 '임나'라고 불리는 한반도 남부지역을 지배했다고 가르치고 있다.

임나일본부와 관련된 비판적 주장으로는 일본교수 스즈끼 교수가 "임나일본부는 외교사신일 뿐 가야를 지배했던 통치기구는 아니다"라고 하였다. 또한 임나일본부가 한반도 남부를 지배했다는 4세기에서 6세기 동안 임나 즉 옛 가야 땅 어디에도 일본의 유물이나 일본식 묘제(일본양식)가 발견되지 않고 오히려 기원전 1세기에서 6세기 중엽까지 가야지역이 자체 발전한 가야적인 성격의 유물들만이 나오고 있어 4세기에서 6세기 동안 일본이 한반도 남부지방을 지배했다는 임나일본부설은 문제가 있다.

일본의 야마토 세력이 일본열도를 통합하기 시작한 것은 6세기 이후이며, 그 이전에 내부성장이 완성되지 않은 상태에서 대외적 팽창을 시작했다고 하는 주장은 의문의 여지가 있다.[2]

논제 임나일본부설은 일본의 야마토 왜가 4세기 후반에 한반도 남부지역에 진출하여 백제·신라·가야를 지배하고, 특히 가야에는 일본부(日本府)라는 기관을 두어 6세기 중엽까지 직접 지배하였다는 설이다. 임나일본부설에 관하여 나의 의견을 제시하고 관련성의 오류에 대하여 논증해보자.

---

2) 노미희, 「역사영상자료 활용수업을 통한 역사의식 함양─중학교 역사 수업에서 TV방송 <역사스페셜> 자료활용을 중심으로─」, 공주대학교 교육대학원 역사교육전공, 2005.

역사 깊이읽기

 가야를 빛낸 가야인

고구려·백제·신라가 존재했던 삼국시대에 전제국가로서의 체제를 갖추지 못하고 신라의 침략으로 멸망했던 가야는 사라졌지만 신라로 망명하여 역사를 빛낸 가야인이 많았다.

가야금의 선구자 우륵

우륵은 가야국의 대표적인 음악가였다. 우륵은 가야국의 성열현(省熱縣) 사람이다. 가야국의 가실왕(嘉實王)은 "제국(諸國)의 방언이 각각 다른데 어찌 성음(聲音)이 한결같이 같을 수 있겠는가?"라고 하며, 우륵에게 명하여 12곡을 짓게 하였다고 한다. 그 뒤 우륵은 가야국이 어지러워지자 진흥왕 12년(551년)에 그의 제자 이문(泥文)과 함께 신라로 투항하였다. 때마침 임금이 순(巡守)하기 위하여 낭성을 들렀을 때 우륵과 이문이 음악을 잘한다는 말을 듣고 하림궁(河臨宮)에 불러 두 사람이 새로 지은 노래를 들었다.

진흥왕은 그 다음 해인 13년(552년)에 우륵을 국원에서 안주토록 예우하고 대내마 법지와 계고, 대사, 만덕을 보내 그 업을 전수하도록 하였다.

여기에 바탕하여 5종의 음악으로 고친 곡은 따로 신라 조정에서 대악(大樂)으로 채택되고, 진흥 12년에 우륵과 이문이 낭성 하림궁에서 처음 어전 연주할 때는 신라 조정을 의식하며 새로 노래를 지어 원래의 곡조에 붙여 불렀음을 알 수 있다.

우륵의 전설은 충주 '탄금대'에 전해지고 있는데, 나라 잃은 설움을 가야금을 타며 달랬다는 전설이 있는 곳이다.

김춘추의 군사지원 파트너 김유신

김유신(595~673)은 6~7세기 삼국간의 영통분쟁, 통일전쟁, 가야의 멸망, 신라·신분제의 변동 등 우리 역사에서 가장 격동기에 살았던 인물이고 삼국통일의 원훈(元勳)으로서 이미 알려진 인물이다.

이러한 극심한 변동기 속에서 김유신은 20대까지의 수련기에는 화랑(花郞)으로, 40대까지의 준비기간에 춘추와 연결하는 정략적 혼인이 이루어졌으며, 50대 이후에 와서 삼국통일에 주력한 인물이다.

　　한국 고대의 많은 군사적 영웅들 가운데서도 유독 김유신에 대한 평가에 있어서만은 의견이 크게 엇갈리고 있다. 그가 삼국통일의 원훈(元勳)이었다는 데는 논란의 여지가 없겠으나, 다만 그것이 외세를 이용한 통일이었다는 점에서 일부 인사들이 그의 업적을 깎아 내리는데 서슴지 않는다.

　　삼국통일과정에 있어서 우리의 입장에서는 자신이 그 현장에 없었던 만큼 미흡한 점에 대한 여러 가지 요망사항이 있을 수 있겠다. 그러나 전쟁의 종식은 당시 백성들, 특히 큰 기약 없이 전쟁의 신체·재정적인 부담을 지고 있었던 일반민들이 가장 절실하게 바라던 것이었다. 이 평화야말로 어떤 고상한 이유들보다 삼국통일의 가장 현실적인 성과요 의의였다.

　　삼국통일의 주역인 김유신은 우리 민족의 역사가 끊이지 않고 이어갈 수 있는 기틀을 마련한 인물이며, 현재의 우리의 역사를 있게 한 인물임에는 분명하다. 그런 의미에서 김유신은 우리 민족 역사상 가장 큰 영향력을 미친 인물로 손꼽을 수 있다.[3]

---

3) 임윤, 「김유신 연구」, 목표대학교 교육대학원, 역사교육 전공, 2006.

Ⅱ. 삼국시대 항쟁과 영토문제

역사 훑어보기

1. 삼국시대 항쟁

6세기 중엽 삼국은 한강 유역을 누가 차지하느냐를 둘러싼 영토 싸움과 외세의 침략을 막아내기 위해 서로 연합하거나 대립하면서 서로 발전해 나갔다.

1) 고구려와 수·당 전쟁

남북조의 분열시대를 청산하고 수나라에 의해 중국은 통일되고 수는 고구려를 압박하기에 이른다. 이에 고구려는 요서지방에 대한 선제공격을 취하고 그로 인해 쳐들어 온 수의 30만 대군을 물리친다. 그 후 양제는 113만 명이 넘는 병력을 이끌고 고구려 요동성을 공격했으나 을지문덕의 유도작전에 휘말려 살수에서 대패하고 돌아간다.

이후 수를 이은 당나라가 다시 고구려를 쳐들어오지만 안시성 양만춘 장군과 백성들은 3개월 간의 완강한 저항을 유지해 당 태종을 물리친다. 고구려의 승리는 비단 고구려의 승리로 끝난 것이 아니라 한반도 전체를 안전하게 지켜낸 방파제 역할을 했다는 점에서 의의가 크다.

하지만 고구려는 연개소문의 무단정치와 대당전쟁으로 국력 소모, 연개소문의 아들 사이의 권력 다툼 등이 원인이 되어 668년 멸망하게 된다.

2) 삼국 간의 항쟁 및 멸망

중앙 집권 체제를 정비한 삼국은 5세기에 접어들면서 대외 팽창을 꾀하였다. 고구려는 소수림왕 때의 체제 정비를 바탕으로 광개토 대왕 때에 만주 지방에 대한 대규모의 정복 사업을 단행하였고, 이어 신라와 왜·가야 사이의 세력 경쟁에 개입하여 신라에 침입한 왜를 격퇴함으로써 한반도 남부에까지 영향력을 끼쳤다. 그 후 장수왕 때, 평양으로 도읍을 옮기고 남하정책을 펼쳐 백제의 한성을 함락시키고 한강 유역을 차지하여 중국과 대등한 지위를 차지하였다.

백제는 4세기 근초고왕 때 마한 세력을 정복하고 북으로는 황해도 지역을 놓고 고구려와 대결하는 등 전성기를 맞이하다가 장수왕의 남하정책으로 위기에 부딪친다. 이에 문주왕은 웅진으로 도읍을 옮기고 한강 유역을 포기하게 된다. 그 후 동성왕 시기에 신라와 동맹을 맺고 고구려에

공산성

대항한다. 6세기 전반 성왕은 넓은 들과 수로 교통을 가진 부여로 천도하면서 국호를 남부여로 바꾸면서 백제의 부흥을 꿈꾸지만 신라의 배신과 관산성 싸움의 패배, 관료들의 사치와 향락 등을 이겨내지 못하고 나당연합군의 침략을 맞아 멸망에 이른다.

신라가 고구려나 백제와 어깨를 겨룰 만한 귀족관료국가로 성장한 것은 6세기 이후 진흥왕 때 부터이다. 진흥왕은 고구려의 광개토왕처럼 정복군주로 신라의 전성기를 가져왔다. 진흥왕은 화랑도라는 청소년집단을 국가적인 조직으로 만들고 이들을 바탕으로 고령의 대가야를 정복하고 한강 유역을 차지하여 삼국간의 최종적 승리자가 되었다. 한강의 장악은 경제적·군사적으로 결정적 혜택을 주었고 삼국의 주도권을 신라가 쥐게 되는 결정적 계기가 되었다. 이로써 신라는 고구려와 백제를 멸망시키고 삼국을 통일할 수 있는 준비를 갖추게 된 셈이다.

- 법흥왕 19년 금관국주 김구해가 왕비, 장남 노종, 둘째 덕무, 셋째 무력의 세 아들과 함께 국고의 보물을 가지고 항복해 오니, 왕은 이들을 예로서 대접하고 상등의 지위를 주고 그 본국을 식읍으로 삼게 하였다. 그 아들 무력은 조정에 벼슬하여 각간에 이르렀다.

- 성왕 32년 가을 7월, 왕이 신라를 습격하기 위하여 직접 보병과 기병 50명을 거느리고 밤에 구천에 이르렀다. 신라 복병이 나타나 싸우다가 왕이 살해되었다. 시호를 성이라 하였다.
- 가야가 배반하니 왕(진흥)이 이사부에게 토벌하도록 명하고 사다함에게 이를 돕게 하였다. 사다함이 기병 오천을 거느리고 들이치니 일시에 모두 항복하였다. 공을 논하니 사다함이 으뜸이었다. 왕이 좋은 농토와 포로 200명을 상으로 주었다. 사다함은 세 번 사양했으나 왕이 굳이 주자, 받은 사람은 놓아주어 양민을 만들고, 농토는 병사들에게 나누어주었다. 이를 보고 나라 사람들이 아름답다 하였다.

— 『삼국사기』

논제 1 동성왕의 뒤를 이어 즉위한 왕은 제방을 축조하여 농업 발전에 힘쓰고 흉년에는 창고를 풀어 백성을 구제하기도 하였다. 또한, 떠도는 백성을 고향으로 돌아가 농사를 짓게 하였다. 이 왕의 업적을 서술해 보자.

논제 2 지증왕의 뒤를 이어 즉위한 이후 연호를 정하는 등 집권 체제를 정비하는 데 큰 역할을 하였다. 이로써 진흥왕 대에 정복 전쟁을 수행하는 기반을 마련하였다. 이 왕이 재위하고 있을 때 볼 수 있었던 모습을 서술해 보자.

역사와 논술 마주보기

1. 정의

글을 잘 쓰려면 먼저 많은 낱말을 알고 있는 게 중요하다. 어떤 어휘로 표현 하느냐에 따라 느낌이 달라질 수 있기 때문이다. 글을 쓸 때, 생각을 표현하며 설명할 때 사용하는 낱말의 의미를 정확하게 알고 써야한다.

정의는 어떤 말이나 사물의 뜻을 명백히 밝혀 규정하는 것이다. 국어사전을 찾았을 때 그 단어를 가장 짧고 정확하게 나타낼 수 있는 설명을 '정의'라고 한다.

1) 정의를 할 때의 유의사항

① 피정의항 A와 정의항 B는 대등한 관계여야 한다.

　　예) 사람은(A)=생각을 하고 언어를 사용하며 도구를 만들어 쓰고 사회를 이루어 사는 동물(B)

② 피정의항의 용어나 관념이 정의항에서 되풀이되어서는 안 된다.

　　예) 역사학자는 역사를 연구하는 사람이다.

③ 정의항이 부정문이나 의문문이 되어서는 안 된다.

　　예) 역사학자는 역사가 아닌 다른 영역을 하는 사람이 아니라, 역사를 하는 사람이다.

④ 비유를 사용하여 정의하지 않는다.

　　예) 역사는 유유히 흐르는 강물과 같다.

2) 정의를 활용한 단락쓰기

정의를 정확하게 짚어주는 것만으로도 주장을 뒷받침할 근거가 마련될 수 있다. 특히 일상에서 자주 쓰이면서도 그 의미가 정확하지 않은 단어나 현상의 정의를 짚어주면 더욱 효과적이다.

2. 예시

어떤 것에 대한 설명을 하려면 쉽게 한마디로 전달이 안 되는 경우가 있다. 그런 문제를 해결하기 위해서 설명하고자 하는 대상을 예를 들어 보이는 것이다. 구체적인 예를 들면 중심 내용이 뒷받침되어서 이해하기가 쉽다. 즉 '예시'란 어떤 말이나 사물의 뜻을 명백히 밝혀 규정하는 것이다.

예시는 구체적인 사례나 사건 등을 소개해서 글 내용의 이해를 돕는 방식으로 기술된다.

> 예) 우리 민족에게는 창의적인 문화유산이 많다. 예를 들어 훈민정음이라든가 금속활자가 있으며, 우리 민족이 창조적으로 만든 혼천의도 있다.

1) 예시를 활용한 단락쓰기

주장하는 바에 대한 구체적인 사례를 들어주는 방식은 논의를 보충하기 위해 자주 쓰인다. 단, 상황에 맞는 참신한 예가 아니면 자칫 식상하게 느껴질 수 있다는 점에 유의한다.

2) 예제

정의와 예시는 역사 이야기를 통해서 나오는 어려운 어휘에 대한 이해도를 높이기 위해서 꼭 필요한 요소이다.

예제1. 존망(存亡)

	어휘 : 존망(存亡)
정의	계속하여 남아 있는 것과 망하여 없어지는 것.
예시	국가가 존망의 위기에 처해 있을수록 열심히 일해야 한다.

예제2. 유역(流域)

	어휘 : 유역(流域)
정의	큰 강의 영향을 많이 받는 강의 양쪽 지역.
예시	낙동강 유역은 경상도 지방에 위치하고 있다.

예제3. 노비(奴婢)

	어휘 : 노비(奴婢)
정의	옛날의 남자 종과 여자 종.
예시	노비는 솔거노비와 외거노비가 있다.

역사 테마로 논술쓰기

 백제의 마지막 전투와 계백장군의 충성심

계백(階伯)은 의자왕 20년(660년) 나당군이 탄현을 넘어 쳐들어오자 결사대 5천 명을 거느리고 황산벌에서 적을 맞아 싸우다 전사한 명장이다. 계백은 비록 전투에서는 패배했지만 승리한 장수 못지않은 위대한 지휘관이었다. 전투 초기에는 10배가 넘는 적을 맞아 4차례나 승리하였지만 안타깝게도 수적 인 열세로 인해 패배할 수밖에 없었다.

계백에 대한 기록은 『삼국사기』 열전에 그의 전기가 실려 있어 일부나마 계백을 이해할 수 있는 근거가 되고 있다. '계백은 백제인이다. 벼슬은 달솔(達率)에 이르렀고, 의자왕 20년(660)에 당나라 고종이 소정방을 신구도대총관 삼아 군대를 이끌고 바다를 건너 신라와 더불어 백제를 칠 때 계백은 장군이 되어 결사대 5천 명을 뽑아 이에 대항하였다. 이때 계백은 스스로 말하기를 "우리는 이제 당나라와 신라가 연합한 대군을 맞아 싸워야 하니 국가의 존망과 나의 목숨이 어찌될지를 예측할 수가 없다. 혹여 내 처와 자식들이 포로로 잡혀 노비가 될지 모르는데, 살아서 욕을 보는 것보다는 차라리 쾌히 죽는 것이 낫다"라고 하면서 가족을 모두 죽였다. 황산벌에 이르러 세 진영을 설치하고 신라의 군사를 맞아 싸울 때 뭇 사람에게 맹서하기를 "옛날 구천(句踐)은 5천 명으로 오나라 70만 군사를 격파하였다. 오늘은 마땅히 각자 용기를 다하여 싸워 이겨 국은에 보답하자"고 하였다. 드디어 힘을 다하여 싸우니 한 사람이 천사람을 당해냈다. 신라 군사가 이에 물러났다. 이처럼 진퇴를 네 번이나 하였다. 그러나 마침내 힘이 다하여 죽었다.'

『삼국사기』 열전에 실린 계백의 행적을 기록한 내용은 매우 짧지만, 현재 전해지고 있는 계백 장군에 대한 가장 상세한 기록이다. 비록 내용이 소략이지만 계백의 신분이나 역할, 황산벌 전투의 실상 등을 이해할 수 있는 내용이라는 점에서 귀중한 자료라고 할 수 있다.

비장한 각오를 한 계백은 5천의 결사대를 이끌고 지금의 충남 논산시 연산면 신량리 일대인 황산벌로 나아갔다. 먼저 황산벌에 도착한 계백은 중요한 지형을 선택하여 병력을 셋으로 나누어 3영을 설치했다. 이때 설치한 3영은 계룡산 줄기가 남쪽으로 뻗어 나온 황령재에 있는 황령산성에 좌군을, 그리고 산직리산성에 중군을, 오른쪽에 있는 모촌리산성에 우군을 각각 배치했던 것으로 추정된다. 이때 계백의 3군영 설치는 적은 규모의 병력으로 대군을 상대하여야 하는 입장이었기 때문에 지형지세를 최대한 활용하기 위한 방편이었던 것으로 생각된다. 계백은 적은 병력을 세 갈래로 배치해 적군을 유인하면서 대병력의 분리·분산을 시도했던 것이다. 이러한 용병술에 대해 조선시대 후기의 학자인 안정복은 『동사강목(東史綱目)』에서 "계백이 험한 곳에 의지해 군영을 설치한 것은 지(智)의 표상이다"라고 하여 높이 평가했다.

황산벌에서의 전투는 백제군이 이미 3영(營)을 설치한 이후 7월 9일 이곳에 도착한 신라군이 군을 3도(道)로 나누어 백제군을 공격하면서 시작되었다. 그러나 신라측은 초전에 4번을 싸워 모두 패배하였으며, 사졸(士卒)이 모두 지치는 지경에 이르렀다. 이는 계백이 이끄는 5천의 결사대가 신라 5만군을 상대하여 매우 효과적이면서 강력한 대응을 했음을 보여준다. 신라는 전황이 불리하자 반굴과 관창 같은 나이 어린 화랑들을 동원하여 군사의 사기를 돋우고자 하였다. 이 과정에서 계백은 관창을 사로잡았으나 그의 어린 나이와 용맹함에 감탄하여 그들 살려 보내 주었으며, 재차 잡혔을 때에는 부득이 목을 베어 돌려보내기도 하였다. 젊은 화랑들의 죽음을 무릅쓴 분투에 사기가 오른 신라군을 맞아 결국 백제군은 수적인 열세를 극복하지 못하고 패배하게 되었으며, 계백은 전사하고 좌평 충상·상영 등 20여 인은 사로잡혔다.

황산벌전투는 백제의 입장에서는 나당군의 연합작전을 저지시키고, 궁극적으로는 신라의 백제정벌 의도를 분쇄시킬 수 있는 전투였다는 점에서 매우 중요하였다. 그러나 군사력의 열세를 극복하지 못하고 결국 패함으로써 나당군의 연합작전이 가능하게 되어 백제는 멸망의 운명을 맞게 되었다. 비록 신라와의 전쟁에서 패배했지만 황산벌전투는 국가와 함께 운명을 같이 하고자 한 계백과 5천 결사대의 충의정신(忠義精神)이 서려있는 전투였다는 점에서 매우 의미가 크다.[4]

논제 1 '충성심'에 대하여 정의하여 보고 계백의 충성심은 어떤 마음에서 비롯되는 것인지 예시문을 만들어 보자.

	어휘 : 충성심
정의	
예시	

----

4) 부여군문화군보존센터, 「백제실록 의자왕」, 부여군청문화관광과, 2008.

논제 2 '결사대'가 무엇인지 정의하고 예시문을 만들어보자.

	어휘 : 결사대
정의	
예시	

역사 깊이읽기

삼국시대를 혼란에 빠지게 한 사건들

나제 동맹과 관산성 전투

고구려 장수왕이 평양으로 도읍을 옮겨 남하정책을 하자, 백제와 신라는 고구려의 세력권에서 벗어나고자 하였다. 이에 두 나라는 서로의 목적이 통하자, 433년 백제의 비유왕과 신라의 눌지왕이 동맹 관계를 맺고 고구려의 군사적 침략에 공동으로 대응하였으나 고구려에게 패하였다. 475년에 장수왕은 군사를 보내 백제의 한성을 공격하여 개로왕을 죽이고 함락시켰다. 백제 문주왕은 웅진성으로 천도하여 위기를 수습하였고, 동성왕은 신라와 동맹을 맺어 관계를 더욱 강화하였다. 6세기 중반에 신라 진흥왕과 백제의 성왕이 연합하여 고구려의 한강 유역을 빼앗았으나, 신라의 배신으로 백제는 한강 유역을 잃고 말았다. 이를 계기로 나제 동맹은 깨졌다. 신라는 552년에 고구려와 몰래 동맹을 맺고서 그 다음 해에 백제가 차지한 한강 하류 지역을 차지하였다. 배신을 당한 백제의 성왕은 554년에 대가야, 왜와 연합하여 신라를 대대적으로 공격하였다. 전투 초기에는 백제 연합군이 승리하였으나, 성왕이 군사들을 위문하러 싸움터로 가다가 잡혀 처형되었고, 성왕을 잃은 백제 연합군은 3만의 군사를 잃고 관산성 전투에서 신라군에게 크게 패하였다. 백제는 더 이상 신라와는 동맹관계가 될 수 없는 원수 사이가 되었고 실제로 백제 왕들은 성왕 이후에 끊임없이 신라를 공격하였다. 얼마나 위협을 느꼈으면 훗날 신라의 김춘추가 백제의 공격을 막아 달라며 고구려에 도움을 청하러 갔을지 짐작해 볼 수 있다. 관산성 전투의 승리로 신라는 한강 유역을 확고하게 차지하였고, 삼국 통일의 기틀을 마련하였다.

신라 진흥왕의 멈추지 않는 영토 확장

신라 제24대 왕(재위 540～576). 백제 점령하의 한강 유역 요지를 획득하고, 백제 성왕을 사로잡아 죽였다. 이어 대가야를 평정하고, 새로 개척한 땅에 순수비를 세웠다. 화랑제도를 창시하는 등 군사적·문화적으로 실력을 길러 삼국통일의 기반을 닦았다.

진흥왕은 법흥왕의 뒤를 이어 7세에 즉위할 때 태후, 즉 법흥왕비가 섭정하였다.

541년 이사부(異斯夫)를 병부령(兵部令)에 임명, 백제에 대해 화친정책을 썼으며 551년(진흥왕 12) 개국(開國)이라고 연호를 변경하였다. 그해 3월에는 우륵(于勒)과 그의 제자 이문(泥文)을 불러들여 음악 연주를 듣고 역시 같은 해에 팔관회(八關會)를 개최하였다.

진흥왕순수비 북한산비

553년 백제가 점령했던 한강 유역의 요지를 공취(攻取)하여, 거기에 신주(新州 : 廣州)를 설치하였다. 554년 백제 성왕(聖王)의 군사를 격퇴하고, 성왕을 사로잡아 죽였다. 561년 이사부의 공으로 대가야(大伽倻)를 평정하고, 이어 주위의 침입에 대비, 한강 유역에 주군(州郡)과 강력한 군단을 설치하고, 이들 새로 개척한 땅에 순수비(巡狩碑)를 세웠는데, 창녕(昌寧)·북한산·황초령(黃草嶺)·마운령(磨雲嶺) 등의 비가 지금까지 전한다.

진흥왕은 불교의 장려로 흥륜사와 황룡사(皇龍寺)도 창건하였다. 576년 비로소 화랑제도를 개편했는데, 이것이 신라 삼국통일의 원동력이 되었다. 진흥왕 때에 이르러서는 신라가 군사적·문화적으로 실력을 길러 장차 삼국을 통일하는 기반을 마련한 시기이다.

외세의 공격에 맞서는 고구려의 살수대첩과 안시성 싸움

고구려 후기는 내분의 갈등도 있었지만 수나라와 당나라의 공격으로 약화되어 멸망을 하게 된다. 영양왕 때에 을지문덕장군이 수나라의 공격을 물리치게 되는데 그는 침착하고 용맹하며 지략과 술수가 뛰어났고, 글을 읽고 짓는 것까지 능한 장군이었다. 589년 중국 대륙을 통일한 수나라의 문제가 죽은 뒤, 왕위에 오른 아들 양제는 고구려를 공격하기 위해 기회만 노리고 있었다. 그러다가 영양왕 23년에 113만 대군을 끌고 고구려를 공격했다. 어렵게 요수를 건넌 수나라 양제는 요동성을 끈질기게 공격했으나, 을지문덕이 지키던 요동성이 쉽사리 흔들리지 않았

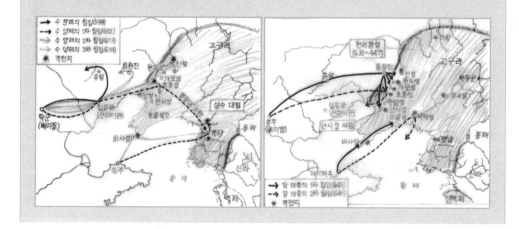

을지문덕　연개소문

다. 요동성이 철옹성처럼 버티자 작전을 바꾼 양제는 장수 우문술, 우중문으로 하여금 별동대 30만 5천 명을 뽑아 평양성을 직접 공격하도록 명령하였다. 수나라 군대는 고구려 을지문덕 장군의 꾐에 말려들어 평양성 부근까지 나아갔다가, 지치고 굶주려 결국 물러났다. 고구려는 수나라 군사가 살수를 건널 때 물길을 막아 두었다가 갑자기 물길을 터서 수나라 군사를 거의 몰살시켰다. 살수를 벌겋게 물들이고 죽어간 수나라 군사가 어찌나 많았던지 30만 5천 명의 병력 가운데 살아난 병사는 2천 7백여 명이었다. 이 싸움이 세계 전쟁 역사상 찾아보기 힘든 전승을 거둔 '살수대첩'이다.

神策究天文(신책구천문) - 그대의 신통한 계책이 하늘의 이치를 깨달은 듯하고
妙算窮地理(묘산궁지리) - 그대의 기묘한 계략은 땅의 이치를 모두 아는 듯하네.
戰勝功旣高(전승공지고) - 이미 전쟁에 이겨서 그 공이 높으니
知足願云止(지족원운지) - 이제 만족할 줄 알고 그만둠이 어떠한가.

　고구려가 수나라의 공격을 물리쳤으나 수나라를 멸망시킨 당나라가 다시 고구려를 공격하였다. 645년 당나라가 고구려를 침략할 당시 동북아시아 여러 나라들은 서로의 이익을 위해 동맹관계를 맺었다. 고구려는 백제와 동맹관계를 맺었다. 백제는 왜와 연결되어 고구려-백제-왜로 이어지는 남북 동맹이 이루어진다. 신라는 당나라와 동맹관계였다. 신라가 당나라를 선택한 것은 642년, 백제의 공격을 받아 대야성이 함락 당하고 백제 의자왕의 계속되는 공격에 신라는 정신을 못 차리고 김춘추는 당나라로 가서 고구려와 백제를 없애 달라고 요청함으로 해서 당나라와 신라는 교류를 맺는다. 고구려-백제-왜로 이어지는 남북 세력과 당과 신라로 이어지는 동서 세력이 7세기 중반 동북아시아의 동맹관계이다. 이를 '십자외교'라고 한다. 고구려와 당나라가 요동에서 전쟁을 벌일 당시는 백제와 신라는 각각 동맹국을 도와주기 위해 참전하지는 않지만 그 후에도 십자 외교는 백제와 고구려가 멸망할 때까지 유지되었다. 고구려 연개소문이 정변을 일으켜 영류왕을 죽인 다음, 그의 조카인 보장을 왕위에 앉히고 권력을 잡았다. 645년 당나라 황제 태종은 연개소문의 정변을 구실삼아 고구려를 침략하였다. 당군은 랴오허를 건너 요동 지역의 고구려 성들을 차례로 함락시키고 안시성으로 쳐들어왔다. 연개소문은 군사 15만 명을 보내 안시성을 돕도록 하였으나 당군에게 패하고 일부는 항복하였다. 안시성의 고구려군은 고립된 상황에서 굳세게 싸워, 여러 차례 당군을 물리쳤다. 당태종은 겨울이 되어 날씨가 추워지고 식량이 부족해지자 군사를 이끌고 물러갔다. 이 싸움이 645년(보장왕)에 고구려가 당나라 군대와 안시성에서 벌인 안시성 싸움이다.
　안시성 싸움에서 패한 당나라는 이후 신라와 연합하여 고구려를 계속 공격하여 멸망시킨다.

논제 1 고구려와 수나라와의 전쟁에 대해 설명해 보자.

논제 2 고구려가 당의 침략을 막아내고 승리할 수 있었던 이유를 말해 보자.

논제 3 중국의 경극인 '독목관'에서 무술이 뛰어난 고구려의 용맹한 장군으로 표현하고 있는 인물에 대해 서술해 보자.

Ⅲ. 삼국시대의 문화

역사 훑어보기

1. 삼국의 정치제도

삼국 초기에는 중앙 집권 국가를 형성하기 위해 부족장을 중앙 귀족으로 예속했고 왕 아래 관리로 임명하여 체제를 완성하였다.

삼국의 관등제와 관직 체계의 운영은 신분제에 의하여 제약을 받았다. 이에 따라 왕 위도 세습제로 바뀌었고 왕권도 강화될 수 있었다. 삼국의 통치 체제에서 특이할 만한 일은 합좌제도의 발달이다. 고구려는 수상 대대로를 임명할 때 귀족인 가들이 선출했으 며 백제도 정사암으로 불리는 넓은 바위에 앉아 회의를 열고 수상을 선거했다고 한다. 신라도 화백회의가 있었는데 화백회의는 진골 출신인 대등으로 구성되고 상대등을 의장 으로 하는 회의제도로 국가의 중대사를 만장일치제로 결정하는 전통이 있었다.

삼국시대는 관념적으로 전국의 토지와 인민을 왕이 지배한다는 왕토사상이 있었다. 그러나 실제로는 귀족들이 토지와 인민을 소유하고 사병을 거느리며 특권을 누렸다. 그 러므로 삼국시대는 기본적으로 귀족신분제 사회였던 것이다.

신라는 골품제라는 제도가 있었는데 집안의 뼈대에도 품격이 다르다는 생각으로 정치 적 출세나 일상생활에도 차등을 두어 신라 발전의 한계를 가져왔다.

2. 삼국의 경제생활

삼국은 고대 국가로 성장하는 과정에서 주변의 소국과 전쟁을 벌여 정복한 지역에는 그 지역의 지배자를 내세워 토산물을 공물로 수취하였다. 또 삼국은 전쟁 포로를 귀족이나 병사에게 노비로 나누어 주기도 하고 군공을 세운 사람에게 일정 지역의 토지와 농민을 식읍으로 주었다.

삼국은 농민 경제를 안정시키기 위한 정책과 구휼책을 시행하였다. 철제 농기구를 일반 농민에게 보급하여 소를 이용한 우경을 장려하고, 황무지 개간을 권장하여 경작지를 확대하였으며 저수지를 만들거나 수리하여 가뭄에 대비하였다. 그리하여 농업생산력이 증가하여 도시에서는 시장이 형성되었고 시장을 감독하는 동시전도 생겨났다.

또한 고구려의 진대법은 을파소의 제안에 따라 실시하였는데 봄에 백성에게 곡식을 빌려주고 가을 추수가 끝나면 갚도록 하는 제도로 구휼책의 하나였다.

3. 삼국의 문화

삼국 문화의 전체적인 특징은 한자 문화권에 들어왔다는 점과 불교 수용으로 인해 불교적 색채를 띤 문화가 많다는 것이다. 우리나라에 한자가 들어온 것은 고조선 후기 철기시대 부터였다. 한자의 보급은 삼국의 학술과 종교가 비약적으로 발전하는 계기를 가져왔다. <광개토대왕릉비>나 <사택지적비>, <임신서기석> 등이 대표적이라 하겠다.

또한 역사 편찬에도 힘써 고구려에서는 유기가 편찬되었고 백제는 고흥의 서기, 신라는 거칠부의 국사가 편찬되었다.

삼국은 중앙 집권 체제의 확립과 지방 세력의 통합에 힘쓰면서 불교 수용을 끌어냈고 불교의 전래와 함께 음악, 미술, 건축, 공예, 의학 등 선진 문화도 폭넓게 수용되었다. 특히, 신라에서는 불교가 왕권과 밀접하여 업설과 미륵불 신앙이 널리 받아들여졌다.

또 도교도 전래되어 산천 숭배나 신선 사상과 결합하여 귀족 사회를 중심으로 환영을 받았다. 백제의 산수무늬 벽돌이나 금동대향로, 고구려의 사신도, 신라의 화랑 등은 대표적이라 하겠다.

또한 많은 유물이 전해지는데 미륵사지 석탑, 정림사지 5층 석탑, 분황사 모전 석탑, 황룡사 9층 목탑(소실), 연가 7년 명 금동여래 입상, 서산 마애 삼존불, 무령왕릉, 첨성대 등은 삼국을 대표할 문화재들이다.

삼국의 문화는 일본에 전파되어 일본 고대 문화 성립과 발전에 큰 영향을 미치기도 하였다. 삼국 중에서 일본과의 거래가 가장 활발하였던 백제는 삼국 문화의 일본 전파에 가장 큰 영향을 미쳤다.

분황사 모전석탑   사신도   산수무늬벽돌

연가7년명 금동여래 입상   미륵사지 석탑(문화재청)   사택지적비

정림사지 5층석탑   미륵사 복원 모형   첨성대(문화재청)

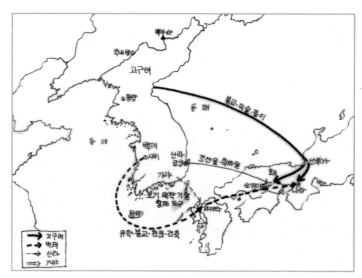

삼국과 일본의 교류

1. 비교와 대조

글을 쓸 때 설득력이 있으려면 쓰고자 하는 내용을 다른 경우와 비교·대조하여 글을 명확하게 함으로써 더 좋은 글로 만들 수 있다. 이런 점에서 '비교'와 '대조'는 둘 또는 그 이상의 사물에 대해 비슷한 점과 차이점을 설명하는 전개 방식이다.

'비교'는 같은 점이나 비슷한 점을 예를 들어 설명하는 방법이고, '대조'는 서로 다른 점을 들어 설명하는 방법이다.

1) 비교·대조를 활용한 단락쓰기

드러내고자 하는 대상의 특성을 주장하는 내용에 맞게 비교와 대조의 방법을 사용해 뒷받침하는 방식이다.

2) 예제

예제1. 광개토대왕릉비와 진흥왕순수비

비 교	광개토대왕릉비와 진흥왕 순수비는 돌로 만든 비석이다.
대 조	광개토대왕릉비와 순수비는 돌로 만든 비석이지만 광개토대왕릉비는 광개토대왕 개인의 업적을 기리기 위한 비이고, 진흥왕 순수비는 신라의 영토임을 표시하기 위한 기념비이다.

예제2. 백제금동대향로와 금관총 금관

비 교	백제금동대향로와 금관총 금관은 각 나라의 문화의 특성을 찾아 볼 수 있는 대표적 유물로 금으로 되어있다.
대 조	백제금동대향로는 청동으로 모양을 만들고 표면을 금으로 칠했다. 또한 제사를 올릴 때 향을 피우는 그릇으로 사용되지만 금관총 금관은 왕의 관으로써 왕만이 쓸 수 있는 장식용 관이었다.

반가사유상

반가사유상이 만들어진 시기는 6~7세기 무렵이다. 고구려, 백제, 신라가 고대 국가로 성장하는 시기에 서로 나라의 힘을 강하게 키우고 땅을 넓히기 위해 전쟁을 많이 했다. 고구려는 한강부터 만주까지 영토를 넓히고 있었고, 백제는 고구려에 밀려 공주, 부여로 도읍지를 옮기는 시점에 신라 또한 한강 유역을 차지하고 고구려·백제와 겨루고 있을 무렵이다.

삼국의 전쟁이 계속되면서 사람들은 죽음에 대한 공포로 무척 불안했다. 배고픔과 질병에 시달리고 가족과의 이별이 빈번하게 일어나고 있었다. 이런 분위기를 해소하기 위하여 왕과 귀족은 백성들에게 새로운 희망을 보여 주고 백성들의 마음을 하나로 모아야만 했다. 이때 사람들은 불교를 믿었는데, 불교에서는 모든 사람이 평등하고 전생에 공덕을 얼마나 쌓았느냐에 따라 현세의 삶이 정해지고, 현세의 공덕에 따라 내세의 삶도 달라진다고 했다. 불교가 우리나라에 들어오기 전에 믿었던 천신 사상은 사람이 죽어서도 그 신분과 지위가 달라지지 않는데, 불교는 자신의 노력으로 신분과 지위가 바뀔 수 있기 때문에 백성들이 적극적으로 믿었다. 그 공덕이 나라에 충성하는 것이었으므로 왕이나 귀족들에게는 백성을 다스릴 수 있는 좋은 정치적 이념이

국보 83호 금동미륵보살반가사유상(문화재청)

고류지(廣隆寺) 미륵보살반가사유상

될 수 있다고 믿고 불교를 적극적으로 받아들였다. 전쟁이 계속되면서 확실한 믿음이 절실해지자 미래의 부처인 미륵을 믿도록 했다. 반가사유상의 자세와 표정은 중생을 구제하려는 생각에 깊이 빠져 있는 미륵 부처의 모습을 표현한 것이다. 불교가 전래되면서 불상도 함께 전래되었는데 불상은 나무, 돌, 쇠, 흙 등으로 부처의 모습을 표현한 상(像)이다.

서산마애삼존불상 복제(부여박물관)

고구려, 백제, 신라의 반가사유상 유물을 비교해 보면 서로 다른 문화적 특징이 있는데, 금동미륵반가상, 서산마애삼존불상, 단석산신선사마애불상군이 삼국을 대표하는 반가사유상이다.

금동미륵반가상은 평양 평천리에서 출도된 것으로 보아 고구려의 작품으로 보고 있다. 머리에는 삼산관을 쓰고 있고 고개를 약간 숙여 생각에 잠겨 있는 모습이다. 얼굴모양은 네모에 가깝고 얼굴에 가늘고 긴 모, 장식이 없는 상체와 두툼하면서 똑같은 모양이 계속되는 옷 주름을 볼 수 있다. 금동미륵반가상에서는 중국 문화를 적극적으로 받아들이면서 고구려의 기상을 잃지 않았던 고구려인들의 예술성을 느낄 수 있다. 생기 있게 움직이는 기운과 의지의 모습이다.

국보 제99호 경주 단석산 신선사 마애불상군(慶州 斷石山 神仙寺 磨崖佛像群) 문화재청

서산마애삼존불상은 '백제의 미소'로 알려져 있다. 둥글고 넓으면서 생동감이 넘쳐흐르는 얼굴에 미소를 머금고 어린아이 같기도 한 얼굴이 인자해 보이기까지 하다. 천진난만하고 여유 있는 웃음과 세련되면서도 온화한 느낌이 바로 백제인들이 표현한 아름다움이다.

단석산신선사마애불상군은 웃는 것 같기도 하고 그렇지 않은 것 같기도 하다. 비례가 맞지 않은 듯 어설픈 자세를 하고 있고, 굳은 선과 투박한 양감이 특징이다. 친근하고 소박한 분위기가 신라인의 모습을 나타낸 작품이다.[5]

논제 우리나라의 자랑스러운 문화재 금동 미륵보살 반가사유상과 일본의 목조 미륵보살 반가사유상을 비교·대조해 보자.

비 교	
대 조	

5) 이광표, 『국보이야기』, 작은 박물관, 2005.

'화백제도'와 '다수결 원칙'

신라 시대 귀족회의인 '화백제도'는 안건을 만장일치로 결정하였다. 그러면 모두가 만족하는 결정이 나올 수 있지만, 반대하는 사람이 한 명이라도 있으면 결정을 할 수가 없다. 현대 민주주의는 다수결 원칙을 기본으로 하고 있다. 많은 사람이 원하는 쪽으로 쉽게 일을 결정할 수 있다. 하지만 반대하는 소수 의견은 무시될 수도 있다. 만장일치와 다수결 제도를 서로 비교·대조하고 어떤 것이 더 올바른 선택인지 논술해 보자.

	만장일치	다수결 제도
대 조	1) 한 사람이라도 반대하면 무효다	1) 다수가 원하는 대로 결정된다
	2) 모두가 찬성할 때까지 의결을 계속해야 하므로 시간이 많이 걸린다	2) 소수 의견이 무시된다
	3) 의결권자가 많을 경우 결정하기 힘들다	3) 빠르게 결정할 수 있다
		4) 절대 다수결, 특별 다수결도 있다
비 교	1) 여러 사람이 참여하는 의사결정 방법이다	
	2) 구성원은 결정에 따라야 한다	

 추모성왕과 동명성왕

부여를 건국한 시조 설화와 고구려를 건국한 시조의 이야기가 비슷하다. 그래서 '고구려의 시조는 추모성왕일까? 동명성왕일까?'를 이야기하는 경우도 있다. 둘을 비교·대조해 보자.

서기 60년경 쓰여진 후한 시대 왕충의 『논형』「길험편」에는 우리에게 낯익은 이야기가 전해진다.

"북쪽 이민족의 탁리국에 왕을 모시는 여자 시종이 임신을 하자 왕이 죽이려고 했다. 그러자 여자 시종은 계란 같은 큰 기운이 하늘에서 내려와 임신하게 되었다고 답했다. 나중에 아이를 낳아 돼지우리에 버렸지만 돼지가 입으로 숨을 불어넣어 죽지 않았다. 다시 마구간으로 옮겨 놓고는 말에 밟혀 죽도록 했으나 말들 역시 입으로 숨을 불어넣어 죽지 않았다. 왕은 아이가 아마 하늘 신의 자식일 것이라 생각하여 그의 모친에게 노비로 거두어 기르게 했으며, 동명(東明)이라 부르며 소나 말을 치게 하였다. 동명의 활솜씨가 뛰어나자 왕은 그에게 나라를 빼앗길 것이 두려워 그를 죽이려고 했다. 동명이 남쪽으로 도망가다가 엄체수에 이르러 활로 물을 치니 물고기와 자라가 떠올라 다리를 만들어주었고 동명이 건너가자 물고기와 자라가 흩어져 추적하던 병사들은 건널 수 없었다. 그는 부여에 도읍하여 왕이 되었다. 이것이 북이에 부여국이 생기게 된 유래이다"

『후한서』의 부여국 기록을 보면 부여를 건국한 시조 설화가 『논형』과 비슷하다.

"색리국(索離國) 왕이 출타했을 때 그의 시녀가 임신하자 죽이려다가 계란만한 기(氣)가 들어와 임신했다 하여 죽이지 않고 옥에 가두었는데 마침내 아들을 낳았다. 왕이 그 아이를 돼지우리, 마굿간에 버렸으나 돼지와 말이 보호해 죽지 않자 어머니에게 주어 기르도록 하니 이가 바로 동명(東明)이다. 동명이 장성하여 활을 잘 쏘자 왕이 그 용맹함을 꺼리어 죽이려 하자 남쪽으로 도망하는데 고기와 자라들이 엄체수를 건너게 도와주어 무사히 건넌 후 부여에 도착하여 왕이 되었다"

	부여를 건국한 시조 설화	고구려를 건국한 시조 설화
대 조	1)	1)
	2)	2)
	3)	3)
	4)	4)
비 교		

논제 1 고구려의 소수림왕과 신라의 법흥왕의 공통된 업적을 설명해 보자.

논제 2 다음에서 설명하는 종교를 말해 보자.

중국에서 전래된 종교로 산천 숭배나 신선 사상과 결합하여 귀족 사회를 중심으로 환영을 받았다. 당시 사람들은 이 종교의 이상 세계를 그림과 조각으로 표현하였는데, 사신도, 금동 대향로 등이 대표적이다.

산수무늬벽돌

사신도

백제금동대향로

논제 3 다음 사진을 비교하고 의의를 서술해 보자.

장군총

석촌동 고분(문화재청)

논제 4 다음 왕들을 비교하여 공통으로 해당되는 것을 써 보자.

• 4세기 근초고왕	• 5세기 장수왕	• 6세기 진흥왕

논제 5 삼국의 문화는 서로 비슷하면서도 달랐다. 삼국의 금장식은 각 나라의 문화적 특징과 각 나라에서 추구하는 것이 달랐음을 알게 해 준다. 각 나라 문화의 특징을 써 보자.

삼족오

백제 무령왕릉 출토유물(뒤꽂이)

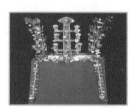
금관총 금관 및 금제장식

역사 깊이읽기

문화재 속에 숨어있는 비밀

고구려의 영웅 광개토대왕, 그의 공덕을 기념한 비

광개토대왕

광개토대왕릉비

광개토 대왕은 고구려의 19대 임금이다. 고국양왕의 장남으로 태어났으며 이름은 담덕(談德)이며, 열두 살에 태자로 책봉되었고, 17살에 고구려의 왕이 되었다.

광개토대왕은 최초로 독자적인 연호를 사용한 왕이다. 문헌에서 '영악'이라는 연호를 발견할 수 있는데, 연호는 '해를 부르는 이름'으로 왕이 즉위를 할 때를 원년으로 삼고 이름을 붙여주는 것을 말한다. 그 전에는 중국의 영향으로 중국에서 내린 연호를 사용했다.

광개토대왕은 어려서부터 싸움터에 나갔고, 큰아버지 소수림왕에게 나라를 다스리는 법을 배웠다. 광개토대왕은 나라를 강하게 하기 위해서 넓은 땅이 필요했다. 가장 먼저 그 공격의 대상이 백제였다. 할아버지 고국원왕이 백제 근초고왕의 군사들과 싸우다 전사를 했기 때문이다. 물론 백제가 차지하고 있는 남쪽 땅의 기름진 평야가 필요하기도 했다. 또한 북쪽의 오랑캐를 정복하기 위해서는 뒤쪽의 백제가 침략하지 못하도록 해야 했다.

광개토대왕이 임금이 되던 해 4만 명의 군사를 이끌고 백제의 열 개의 성을 빼앗고 한강 이북의 땅을 차지했다.

남쪽의 세력을 꺾고 북쪽으로 비려 족과 숙신 족, 동부여까지 손에 넣고 북만주 땅까지 넓히게 되었다. 이러한 광개토대왕의 업적을 기리기 위해서 장수왕은 광개토대왕릉비를 세우게 된다.

광개토 대왕릉비는 중국 길림성 집안현 통구성 부근에 위치하고 있다. 광개토대왕비의 원래 이름은 '국강상광개토경평안호태왕비'이다. 지금까지 남아있는 비석 중 가장 큰 비석이다.

높이 6.39미터에 두께 약 20센티미터, 비석의 형태는 네 개의 면으로 되어있는데 약 1,775자의 글자가 새겨져 있지만 손상이 되어 정확하지는 않다.

일본은 광개토대왕릉비의 기록을 왜곡해서 해석하고 있다.

'백제와 신라가 일본에 조공을 바쳤다. 그리고 신묘 년에는 일본이 바다를 건너서 백제와 신라를 정벌하고, 속국으로 삼았다.'라고 주장하고 있다.

비석을 발견한 일본인들은 글자가 있는 부분에 석회칠을 해서 글씨를 잘 알아볼 수 없게 하였다. 대략, 첫 번째 단락에는 고구려 건국 신화와 함께 광개토대왕비를 세운 이유가 적혀져 있고, 두 번째 단락에는 광개토대왕이 남과 북을 아우르며 정복 활동을 펼친 이유와 업적이 적혀 있다.

백제의 타임캡슐 금동대향로

백제는 초기에 한강 부근에 도읍을 두었다가 고구려의 공격으로 위례성에서 웅진성으로 도읍을 옮겼다. 그 후 웅진(공주)에서 힘을 기른 백제는 도읍을 다시 사비(부여)로 이동하였다. 이곳에서 백제의 문화가 곳곳에 찬란했던 당시의 문화 흔적이 남아있다. 무령왕릉에서 많은 유물이 출토되기도 하였는데 백제의 자랑으로 대표할 수 있는 것이 백제 금동대향로이다.

백제금동대향로는 청동으로 모양을 만들고 표면을 금으로 칠했기 때문에 금동대향로라고 부른다. 향로란 향을 피우는 그릇으로 나쁜 귀신을 물리치기 위하여 우리 조상들이 사용하였던 것이다. 지금도 명절이나 제삿날에 음식을 차려 놓은 상 앞에 향로를 놓기도 한다. 백제금동대향로는 높이가 64센티미터이다. 보통향로는 약 20센티미터 인데 상당히 큰 향로이다.

이 향로는 중국 한나라에서 유행한 박산향로의 영향을 받았고 중국 것과는 달리 조각되어 있는 산들이 독립적이고 입체적이며 사실적으로 표현되었다. 창의성과 조형성이 뛰어나나는 평가를

백제금동대향로

받는다. 불교와 도교가 뒤섞인 종교와 사상까지 보여주고 있으며 백제 시대의 공예와 미술, 종교와 사상, 제조 기술까지 알게 해 주는 귀중한 작품이다.

황금의 나라 신라의 화려한 금관총 금관

금관총 금관은 신라의 고분에서 발견되었는데 주인이 누구의 묘인지 모르는 무덤에서 금관이 발견되었다하여 그 발견된 무덤을 '금관총'이라 붙인 것이다.

이 고분에서는 꾸미개, 무기, 말 타는 기구 외 4만여 점의 화려한 유물이 나왔다. 금관총에서 나온 왕관은 정면의 가지가 한자 출(出)자 모양을 하고 있고, 옆으로 사슴뿔 모양 장식이 두 개 서 있다. 신라 금관은 대부분 이런 모양을 하고 있는데 금관의 겉에는 얇고 둥근 금판이 달려 있어서 조금만 움직여도 짤랑짤랑 흔들린다. 그 사이사이에는 비취로 만든 곡옥이 달려 있고 좌우 양쪽에는 금으로 호화롭게 꾸민 긴 수식을 내려 아주 화려하고 아름답다.

신라금관들은 대부분 크고 작은 나무와 새, 사슴뿔, 달개장식과 곱은옥으로 각종 장식물을 화려하게 치장했다. 이 장식물을 통해서 당시 왕들의 힘과 재산이 어떠했는지 가늠할 수 있고 그 시대 사람들의 생각과 바람을 엿볼 수 있다.

신라금관의 기본 모양은 나무인데, 이것은 신라인들이 나무를 귀하게 여기고 숭배하는 민족이었음을 나타낸다. 지금도 농촌에서 당산나무를 정해 두고 보호하는 것도 그런 영향이다.

금관에 장식된 새는 금관의 주인공이 인간을 다스릴 수 있는 능력을 가진 자임을 말해 주며, 곡옥은 비취색으로 영롱한 빛을 띠고 잇는데 그 모습이 어머니 뱃속에 있는 태아와 비슷한 것으로 보아 신라 왕족의 자손이 번성하기를 바라는 마음이 담겨져 있다고 짐작한다. 이처럼 신라 금관은 예술적으로도 아름답고 신라인들의 뛰어난 금세공 기술을 알 수 있다.

그 외에도 신라의 금세공 기술을 알 수 있는 것으로 금으로 만든 허리띠, 금으로 만든 허리띠 고리, 금 귀걸이, 금제 뒤꽂이, 금제 관식들이 있다.[6]

신라 황남대총 금관
－국립중앙박물관

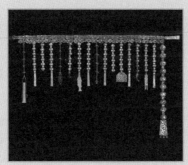

금허리띠－국립중앙박물관

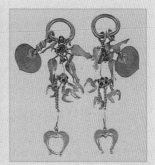

가는 고리 귀고리－국립중앙박물관

6) 이한상, 『황금의 나라 신라』, 김영사, 2004.

- 주몽 – 기원전 37년 졸본성에 고구려를 세웠다.

- 유리명왕 – 고구려의 수도를 국내성으로 옮겼다. '황조가'를 짓기도 하였다.

- 왕산악 – 한국 3대 악서이고 왕산악의 거문고는 세계에서 가장 오래된 악기이다.

- 광개토대왕 – 신라에 침입한 왜구를 격퇴하고 한국 최초의 연호를 사용하였다.

- 장수왕 – 광개토대왕비를 세우고 평양으로 천도하고 백제를 공격해 개로왕을 죽이고 한강 유역을 차지하며 중원고구려비를 세웠다.

- 담징 – 일본에 종이와 먹, 연자방아 등의 제작법을 전수하고 고류사에 금당벽화를 그렸다.

- 을지문덕 – 612년 고구려를 침략한 수나라 대군을 살수에서 크게 격파하였다.

- 양만춘 – 645년 당태종이 고구려를 침공하여 안시성 공격을 시도하자 완강히 저항하였다.

- 소수림왕 – 불교를 공인하고 태학을 설립하고 율령을 반포하였다.

- 연개소문 – 천리장성을 쌓고 대막리지가 되어 외교적으로 강경책을 썼다.

- 온조왕 – 동명성왕의 셋째 아들로 위례성에 도읍을 정하고 백제를 세웠다.

- 고이왕 – 관복제를 마련하고 관등에 따라 관복색을 달리하여 백제의 기틀을 마련하였다.

- 근초고왕 – 마한을 정벌하고 일본왜왕에게 칠지도를 하사하기도 하고 고구려를 침공하여 고국원왕을 전사시키며 백제의 전성기를 이루었다.

- 무령왕 – 22담로를 설치하고 중국 양나라와 교류하고 백제를 안정시켰다.

- 성왕 – 사비로 천도하고 국호를 남부여로 개칭하며 백제의 중흥을 이루어보려 하지만 진흥왕의 배신으로 뜻을 이루지 못하고 관산성에서 죽었다.

- 무왕 – <삼국유사>에 있는 서동설화의 주인공이다.

- 의자왕 – 신라의 40여 성을 빼앗고 신라의 요충지 대야성을 함락시키기도 하였지만 나당연합군에게 사비성을 포위당해 당나라로 끌려가 병사하였다.

- 흑치상지 – 백제부흥운동을 펼쳤으나 당나라에 투항, 여러 정벌에 참여하여 공을 세웠다.

- 계백 – 나당 연합군이 백제의 요충지인 탄현과 백강으로 진격해 오자, 결사대로 황산벌에서 대적하였으나 패하여 전사하였다.

- 박혁거세 – 신라를 세우고 모든 박 씨들의 시조이고 부인은 알영이다.

- 내물왕 – 신라의 기틀을 마련하고 왕호를 마립간으로 사용하고 왜구가 쳐들어오자 광개토대왕에게 원군을 요청하여 왜구를 물리쳤다.

- 지증왕 – 법흥왕의 아들로 우경을 장려하고 신라로 나라이름을 변경하고 우산국을 정복하여 독도를

신라의 영토로 편입하였다.

- 이사부 – 지증왕, 법흥왕, 진흥왕까지 활약한 장군이며 우산국을 정벌하였다.

- 법흥왕 – 상대등을 신설하고 금관가야를 병합하고 율령을 반포하고 이차돈의 죽음을 계기로 불교를 공인하였다. 또한 건원이라는 연호를 사용하였다.

- 이차돈 – 불교를 공인하는데 중요한 역할을 하였다.

- 진흥왕 – 관산성 전투에서 성왕을 전사시키고 단양적성비와 4개의 순수비를 건립하였으며, 황룡사를 준공하고 화랑도를 개편하였으며 대가야를 정복하고 삼국통일의 기반을 마련하였다.

- 거칠부 – 신라 진흥왕 때의 재상으로 <국사>를 편찬하였다.

- 우륵 – 대가야 사람으로 신라에 귀화하여 진흥왕 때, 가야금 곡을 궁정음악으로 발전시켰으며 탄금대의 이름이 유래되고 있다.

- 선덕여왕 – 분황사와 황룡사 9층탑을 건립하는 등 불교 진흥에 힘썼으며 첨성대를 건립하였다.

- 김유신 – 화반이고 김춘추를 즉위시키고 백제를 멸망시켰으며, 삼국통일을 이루었다.

- 김수로왕 – 금관가야의 시조이다.

- 허황후 – 김수로왕의 부인으로 아유타국에서 왔다. 허 씨의 시조이다.

04

남북국시대의
형성과 발전

신라의 삼국 통일 후, 대동강에서 원산만 이남은 신라가 차지하고, 고구려의 옛 땅에는 발해가 세워지면서 남북국시대의 장이 마련되었다. 신라는 늘어난 국토와 백성의 효율적인 통치를 위해 제도를 정비하고 주변 국가와 활발한 교류를 하면서 발전해 나갔고, 발해 또한 적극적인 대외정책과 정비로 '해동성국'이라는 이름을 얻으며 동북아시아의 강국으로 발전해 나갔다.

1. 삼국시대에서 남북국시대로

중국을 다시 통일한 수·당은 동북쪽으로 세력 확대를 꾀하였고, 고구려는 살수대첩(612)과 안시성 전투(645)로 수·당의 침략을 물리쳤다. 고구려가 수·당의 침략을 막아내는 동안 신라는 백제와 대결하고 있었다. 신라는 고구려와의 동맹을 시도하였으나 실패하였고, 그 후 신라는 당과 연합군을 결성하여 백제를 공격하였다.

김유신이 지휘한 신라군은 황산벌에서 계백이 이끄는 백제결사대를 격파한 후 사비성을 공격, 결국 백제를 멸망시켰다(660).

백제를 멸망시킨 신라는 다시 당과 연합하여 고구려를 공격하였다. 고구려는 거듭된 전쟁으로 국력의 소모가 심해졌고, 연개소문이 죽은 후에 지배층의 권력 쟁탈전으로 국론이 분열되어 있는 형편이었다. 결국 고구려도 나·당 연합군의 공격으로 멸망하게 되었다(668).

고구려 멸망 후, 당은 신라를 이용하여 한반도 전체를 장악하려는 야심을 드러냈고,

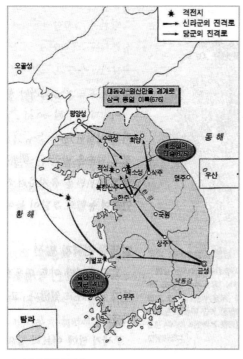

나·당 전쟁의 전개

신라는 고구려와 백제의 유민과 연합하여 당과 정면으로 대결하여 매소성, 기벌포에서 당과의 전쟁을 승리로 이끌면서 마침내 삼국 통일을 이룩하게 되었다(676).

신라의 삼국 통일은 외세의 이용과 대동강에서 원산만까지를 경계로 한 이남의 땅을 차지하는 데 그쳤다는 한계성을 보인다. 그러나 당의 세력을 무력으로 몰아 낸 사실에서 자주적 성격을 인정할 수 있다. 또한 고구려·백제 문화의 전통을 수용하고 경제력을 확충함으로써 민족 문화 발전의 토대를 마련하기도 하였다.

고구려 멸망 이후 대동강 이북과 요동 지방의 고구려 땅은 당의 지배하에 있었는데 고구려 유민은 요동 지방을 중심으로 당에 계속 저항하였다. 7세기 말, 당의 지배 세력 간의 갈등으로 지방에 대한 통제력이 약화되자, 대조영을 중심으로 한 고구려 유민과 말갈인들은 만주 동부 지역인 동모산 기슭에 터를 마련하여 발해를 건국하였다(698).

발해의 건국으로 이제 남쪽의 신라와 북쪽의 발해가 공존하는 남북국의 형세를 갖추게 되었다.

2. 남북국시대의 정치와 경제

1) 남북국시대의 정치

통일 신라는 중앙 집권 체제로 제도를 재정비하였다. 중앙의 정치 체제는 집사부(시중)

를 중심으로 하여 관료 기구의 기능을 강화하였다. 그 아래에는 13부를 두고 행정 업무를 분담하게 하였다.

지방행정 조직은 9주 5소경 체제로 정비하여 중앙집권을 강화하였고, 군사 조직도 9서당(중앙군), 10정(지방군) 체제로 정비하였다. 9서당에는 고구려와 백제 사람은 물론 말갈인까지 포함하여 민족 융합을 꾀하기도 하였다.

발해는 왕을 중심으로 하는 중앙 집권적 지배 체제를 갖추었다. 중앙의 정치 조직은 당의 제도를 수용하여 3성과 6부로 편성하였고 지방은 5경

남북국시대

15부 62주로 조직하였다. 군사 조직은 중앙군으로 10위를 두어 왕궁과 수도의 경비를 맡았고 지방은 지방 행정 조직에 따른 지방군을 편제하여 지방관이 지휘하게 하였다.

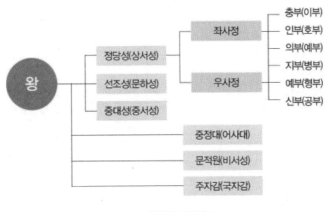

발해의 정치제도

2) 남북국시대의 경제

삼국을 통일하면서 이전보다 넓은 토지와 많은 농민을 지배할 수 있게 된 신라는 피정복민과의 갈등 해소와 사회 안정을 위해 새로운 경제 정책이 필요했다. 따라서 민정문서를 토대로 조세, 공물, 부역 등을 거두었으며 식읍을 제한하고, 녹읍을 폐지하고 백성에게 정전을 지급하는 등 왕권 강화와 농민 경제 안정에 주력하였다.

신라의 교역도

통일 후 신라의 경제력은 농업 생산력 성장에 따른 인구 및 상품 생산 증가로 인해 비약적으로 발전하였다. 게다가 관계가 긴밀해지면서 당과의 공무역이 번성하였고, 이로 인해 사무역도 발달하여 일본, 이슬람 상인과의 무역이 활발해졌다. 무역 확대로 산둥 반도와 양쯔 강 하류에 신라방, 신라촌, 신라소, 신라관, 신라원이 만들어지기도 하였다. 또한 당시 당에서 돌아온 장보고는 완도에 청해진을 설치하고 해적을 소탕, 남해와 황해의 해상 무역권을 장악하였다.

발해는 9세기에 이르러 사회가 안정되면서 농업, 수공업, 상업이 발달하여 수도인 상경 용천부를 중심으로 당, 신라, 거란, 일본 등과 무역이 성행하였다. 신

발해5도

라와 마찬가지로 발해관을 설치하여 사람들을 이용하게 하였다.

3. 남북국시대의 사회와 문화

1) 남북국시대의 사회 변화

삼국 통일은 오랜 전쟁을 치르면서도 상호간에 언어, 풍습 등 동질성을 간직하고 있던 삼국의 민족 문화가 하나의 국가 아래 발전하는 계기를 마련하였다.

신라는 통일 전쟁 과정에서 백제와 고구려의 옛 지배층에게 신라 관등을 주어 포용하였고, 백제와 고구려 유민 등을 9서당에 편성함으로써 민족 통합에 노력하였다. 이를 바탕으로 100여 년 동안 안정된 사회가 유지되면서 왕권이 매우 강화되었다. 그러나 진골 귀족의 정치적 비중이 커져 중앙 장관직을 독점하면서 신라 하대로 오면서 골품제도의 한계를 드러내게 되었다.

발해의 지배층은 대부분 고구려계 사람들로 중요 관직을 차지하고 노비와 예속민을 지배하면서 생활했고, 주민 중 다수인 말갈인은 자신이 거주하는 촌락의 우두머리가 되어 국가 행정 보조 역할을 맡았다. 발해는 당의 제도와 문화를 받아들이고 있었지만, 고구려나 말갈 사회의 전통적인 생활 모습을 오랫동안 유지하고 있었다.

2) 남북국시대의 문화 발전

통일 신라는 삼국의 문화를 종합하고, 당 및 서역의 문화를 수용하여 고대 문화의 꽃을 피웠다. 통일 이후 신라와 당의 문화 교류가 활발해지면서 당에 건너가 공부한 유학생이 많아졌고 그 중 최치원은 뛰어난 문장과 저술을 남겼다. 또한 신라의 문화를 주체적으로 인식하려는 경향을 보여주면서 유학 보급과 역사 편찬에 힘쓰게 되었다. 김대문, 강수, 설총 등이 대표적 인물이다.

통일 신라의 불교는 원효, 의상, 혜초 등에 의해 정립, 발전하였고 불교의 수용은 선진 문화의 폭을 넓혀 새로운 문화 창조에도 중요한 역할을 하였다. 천문학도 농경과 왕의 권위와 관련지어 높은 수준으로 발달하였다.

발해는 고구려 문화의 기반 위에서 당 문화를 받아들여 독자적 문화를 이룩하였다. 고구려 불교를 계승한 발해의 불교는 왕실과 귀족을 중심으로 성행하였다. 수도였던 상경에서 발굴된 절터와 불상은 불교가 융성했음을 보여준다. 발해에서도 불교가 장려됨에 따라 많은 불상이 제작되었다. 발해의 벽돌과 기와 무늬는 고구려의 영향을 받아 소박하고 힘찬 모습을 띠고 있다.

　통일 신라의 불교와 유교 문화는 일본으로 전해져 일본 하쿠호 문화의 성립에 기여하였다.

치미

이불병좌상

무구정광대다라니경

상원사동종(문화재청)

성덕대왕 신종

진전사지 3층 석탑

다보탑   석가탑(문화재청)

역사와 논술 마주보기

분석과 유추

어떤 대상을 설명하고자 할 때, 그 대상이 많거나 복잡하면 추상적인 글이 될 수 있는데 분석과 유추를 이용한다면 글이 분명하고 구체화 될 수 있다.

'분석'은 어떤 대상이나 사물을 그 구성 요소로 나누어 풀이하는 설명 방법이다. 복잡한 대상을 하나하나의 요소나 부분으로 세밀하게 나누어 그 성분과 기능 등을 밝히는 것이다.

'유추'는 낯설거나 이해하기 어려운 개념을 좀 더 단순하고 익숙한 다른 개념과 견주는 설명 방법이다.

1) 분석의 종류

① 기능 분석은 대상의 각 구성 요소들의 역할을 기준으로 파악하는 분석이다.
② 연대기적 분석은 사건이나 과정을 시간적 선후 관계에 따라 분석하는 것이다.
③ 인과 분석은 어떤 현상이나 사건이 일어나게 된 원인과 그 결과를 밝히는 분석이다.

2) 분석을 활용한 단락쓰기

대상을 이루는 여러 가지 요소들을 살피면서 주장을 뒷받침하는 방식으로 요소를 하나하나 밝힘으로써 대상의 참모습을 알기 쉽게 해 준다.

3) 예제

예제1. 사물놀이

분 석	사물놀이는 꽹과리, 징, 북, 장구의 네 가지 악기로 연주하는 음악 형식이다.
유 추	'역사를 알면 미래가 보인다. 우리도 역사를 바르게 알도록 하여 밝은 미래를 설계해야 한다.'는 말 중에서 낯선 낱말이 있음으로 하여 이해하기가 어렵다. 이런 문제점을 해결하기 위해서 추상적 언어를 구체적인 언어로 개념을 정리해야 한다.

예제2. 노비

분 석	노비는 솔거노비와 외거노비가 있는데 솔거노비는 집안에서 살림을 하면서 주인집에서 사는 노비이다. 외거노비는 _____이다. 노비는 주인을 위하여 대가를 받지 않고 일해야 했고 마음대로 이사를 하여도 안 되었다. 또한 물건처럼 돈으로 사고 팔렸으며 다음 세대에게 상속되기도 했다.
유 추	노비의 재산은 모두 주인의 것이 되어 주인이 득이 된다. 노비는 주인을 부자가 될 수 있도록 해 준다.

논 제 삼국시대는 불교를 도입하는 과정과 시기가 다르다. 삼국의 불교 공인 배경을 분석·유추해 보자.

분 석	
유 추	

📚 설명과 묘사

논술 글의 생명은 논리이며, 그 논리의 바탕은 바로 '객관성'이다. 하지만 대부분 주장이라 하면 자기주장을 논리적으로 정리하는 것이라서 주관적으로 글을 쓴다고 생각하기가 쉽다.

그러나 논술 글에서 객관성이란 자기가 쓴 글을 남들이 읽고, '맞아, 맞아' 하면서 인정해 주는 논거에 입각한 글을 만들 수 있는 필수적 요건이라 하겠다. 그러므로 자기 주관을 서술하더라도 제대로 근거를 대지 못하고 자기주장만 담는다면 그 글은 독단적인 글이 되기가 쉽다. 그런 글은 남들이 인정하지 않는 내용을 선입관이나 편견에 빠져 일방적으로 자신만을 위한 글이 돼 버린다. 이런 글을 보고 우리는 '객관성을 잃었다'고 한다.

요즘은 수필처럼 부드러운 수필형 논술을 선호한다. 그렇다고 남들의 인정이 없는 글을 말하는 것이 아니라, 자기 경험을 바탕으로 하여 자기주장을 담는다 해도 글을 읽는 누구나가 인정하고 이해하는 일반화된 논거를 갖춘 글이어야 한다.

그러므로 '나'라는 1인칭 주어를 빼 '일반화' 시킬 필요가 있고 서술어도 '~라는 생각이 든다, ~라고 본다, ~이 아닌가 한다, ~인 듯싶다, ~일 것 같다' 등 '나'와 관련된 어휘는 피하는 것이 좋다.

논술 글에서 객관성을 잃는 것은 필자가 대부분 자기주장을 지나치게 강조하다가 이성을 잃기 때문이다. 그러므로 필자가 감정을 절제하고 글을 서술하여 독자로 하여금 냉정하게 판단할 수 있게 만들어 주는 것이 바람직하다. (너무나도 쉬운 논술-한겨레)

1) 설명

설명은 어떠한 일이나 물건 또는 어려운 문제들에 관해서 누구나 이해하기 쉽게 밝혀주는 글이다. 설명은 독자가 잘 모르는 것을 쉽게 알려주는 글이므로 우선 정확한 내용으로 글을 써야 하고, 그러기 위해서는 대상을 사실 그대로 정확히 알아야 한다. 설명에서는 자신의 주장이나 느낌, 추측 등이 들어가서는 안 된다. 설명하는 방법으로는 정의, 비교, 대조, 분석, 묘사 등을 쓴다.

> **설명의 예제(칠지도)**
> 칠지도는 길이 74.9cm의 칼이다. 곧은 칼의 몸 좌우로 가지 모양의 칼이 각각 세 개씩 나와 있어 모두 일곱 개의 칼날을 이루고 있다. 칼의 몸 앞뒤에 61자가 금으로 새겨져 있으며, 부식되어 초록의 녹이 있다. 부여군 군수리 절터에서 발견된 칠지도와 일본 이소노카미 신궁에 보관되어 있는 칠지도가 있는데 일본 왜왕에게 전해진 것으로 전하는 이소노카미 신궁의 칠지도에는 '왜왕에게 특별히 칠지도라는 칼을 만들어 하사하니, 잘 보관하여 후세에 전하여야 한다.' 는 내용이 적혀 있다.

2) 묘사

묘사는 그림을 그리듯이 자세히 풀어 밝히는 것을 말한다.

묘사는 사물과 일정한 현상에 대한 지배적인 인상을 중심으로 해서 그들의 특질과 양상을 그려내는 기술 양식이다. 사물의 특징이나 양상을 일반화 혹은 유형화하여 설명하지 않고, 그 구체적인 모습을 그린다.

묘사는 사물을 그려나감에 있어 대상의 부분이나 세부를 나열하는 것이라기보다는 전체와 부분, 부분과 부분간의 조화와 유기적 연관을 견지하면서, 글쓴이의 대상에 대한 반응이나 인상을 통일성 있게 그리는 것이다.

묘사의 예제(발해사를 규명하는 공주의 무덤)

발해는 무덤 주인에 따라 무덤의 규모와 축조방식과 매장 방법이 달랐다. 그것은 제3대 문왕의 두 딸 정혜공주와 정효공주의 무덤에서 잘 드러난다. 정혜공주묘는 돌방무덤으로 고구려 전통을 보여주고 있으나, 정효공주묘는 벽돌무덤으로 당의 문화적 요소가 강하다. 정혜공주 무덤에서는 돌사자와 함께 비석이 나왔다. 이 비석은 700여 자에 달하는 비문이 있어 발해 역사를 밝히는 데 중요한 자료다. 이 자료는 정혜공주묘가 있는 지역이 발해 조기 도읍지인 동모산 지역이라는 것 등을 보여주고 있다. 비문은 질서 정연하게 칸을 친 다음에 해서로써 새겼다. 또한 비문의 둘레에는 초록무늬를 두르고 비문 위 부분에는 구름무늬를 새겼다. 비석의 각선무늬는 고구려 무덤 벽화에서 볼 수 있는 장식무늬와 거의 비슷하다.

정혜공주 무덤에서 드러난 두 개의 돌사자는 조각술의 한 면을 보여준다. 돌사자들은 앞발을 버티고 돌바닥 위에 앉아 있는 모습을 형상화한 것이다. 그 가운데 하나는 높이 51센티미터로서 머리를 쳐들고 입을 벌린 채 앞을 바라보고 있는데 돌사자의 억센 목덜미와 앞으로 불쑥 내민 가슴은 힘 있어 보인다.[1]

---

1) 한정수, 『청소년을 위한 한국사』, 평단, 2009.

보문중 서정우 그림

역사 테마로 논술쓰기

 삼국 통일의 의미와 한계

6세기 중엽 신라는 고구려로부터 빼앗은 한강 하류 지역을 독차지함으로써 120여 년 간 지속되어 온 나·제 동맹을 결렬시켰다. 이로 인하여 고구려와 백제로부터 협공을 받아 어려움을 겪었지만 황해의 항로를 이용하여 중국의 수, 당과 동맹을 맺었다.

신라의 통일 전쟁은 두 단계로 진행되었다. 첫째 단계는 나·당 연합군과 백제, 고구려의 전쟁이었다. 660년 신라와 당의 연합군이 백제를 공격하여 멸망시키고, 이듬해부터 고구려를 공격하기 시작하였다. 고구려는 초기에는 이를 방어하였으나 내분으로 인하여 결국 668년 멸망하고 말았다. 둘째 단계는 신라와 당의 전쟁이었다. 일찍이 신라는 당과 군사 동맹을 맺으면서 적어도 평양 이남의 땅을 자신이 차지한다는 밀약을 맺었으나 당이 삼국 전체를 수중에 넣으려는 의도를 보이자 양국 사이에 전쟁이 벌어지게 되었다. 이 과정에서 신라는 백제, 고구려의 유민을 포섭하여 함께 당의 군대를 물리침으로써 마침내 대동강과 원산만을 잇는 선의 남쪽을 차지하여 불완전하나마 삼국의 통일을 이룩하였다.[2]

논제 1 신라가 삼국을 통일할 수 있었던 외교 정책과 경제적 토대를 추론해 보자.

논제 2 신라의 삼국 통일이 민족사 전개 과정에서 가지는 의미와 한계를 말해 보자.

---

2) 국사편찬위원회 『고등학교-국사』, 교육과학기술부 교과서, 2009.

📚 발해사의 이해

발해 말갈의 대조영은 본래 고구려의 별종이다. 고구려가 망하자 대조영은 드디어 그 무리를 이끌고 동쪽 계루의 옛 땅으로 들어가 동모산을 거점으로 하여 성을 쌓고 거주하였다. 대조영은 용맹하고 병사 다루기를 잘하였으므로 말갈의 무리와 고구려의 남은 무리가 점차 그에게 들어갔다.

— 구당서

대조영과 그 후손들의 고구려 지향성은 일본과의 외교 과정에서 매우 뚜렷하게 드러난다. 속일본기의 기록에 따르면, 759년 발해의 문왕이 일본에 사신을 보내면서 스스로를 '고려 국왕 대흠무'라고 불렀으며, 일본에서도 발해의 왕을 '고려 국왕'으로 불렀다. 뿐만 아니라 발해를 가리켜 자주 '고려'라고 불렀으며, '발해의 사신'을 '고려의 사신'으로 표현한 사례가 일본 측의 기록에 많이 남아 있다.[3]

발해석등

연꽃무늬수막새

상경용천부를 건설할 때 만든 것으로서 우리나라에서 가장 오래되고 큰 석등이다. 석등의 현재 높이는 약 6미터이며, 복원 높이는 6.3미터라고 하고, 우리나라에서 석탑과 함께 독특하게 발전한 석조 예술품의 하나이다. 검푸른 용암을 재료로 만들었으며 받침대, 기둥, 불집과 머리의 4개 부분으로 이루어졌다. 형태와 장식에서 아래와 위의 조화가 잘 이루어지고, 균형이 잡혔으며, 조각술이 우수한 작품으로 꼽고 있다. 이 석등은 통일 신라의 석등과는 그 모양이 좀 다르다. 화사석과 그것을 받쳐 주는 기둥이 큼지막하고 육중하다. 기둥 위아래에 장식한 연꽃무늬도 강하고 힘이 넘치는 모습을 하고 있다. 발해 사람들의 웅혼한 기상을 그대로 보여 주는 석등이다.

논제 1 발해 사람들이 고구려 계승 의식을 가지고 있었음을 알 수 있는 사실을 정리해 보자.

3) 김대식, 『한국사능력검정시험(고급 상)』, 한국고시회, 2009.

논제 2 다음은 원효와 의상의 불교 사상에 대해 이야기하는 글이다. 다음 자료를 통해 파악할 수 있는 내용을 설명해 보자.

- 당으로 유학 가는 길에 해골에 담긴 물을 마신 원효는 '모든 것은 마음 먹기에 달렸다' 는 사실을 깨닫게 되었고, 당 유학을 포기하였다. 그 후 누구나 '나무아미타불' 을 외우면 극락 세계에 갈 수 있다는 아미타 신앙을 전파하여 글을 읽지 못하는 백성들도 불교를 받아들이게 되었다.
- 의상은 당으로 유학을 가서 중국 화엄종의 대가인 지엄에게 불법을 배우고 돌아왔다. 의상은 전국을 다니며 수행하고 영주에 부석사를 세우고 화엄종의 기반을 마련하였다. 그는 화엄 사상을 바탕으로 많은 제자를 키우고 절을 세웠으며, '화엄일승법계도' 를 남겼다. 의상의 화엄 사상은 귀족 세력을 통합하고 왕권을 강화시키는 데 도움을 주었다.

논제 3 다음 단어를 넣어 삼국 통일 과정을 순서대로 설명해 보자.

- 나·당 동맹
- 매소성 싸움, 기벌포 싸움
- 고연무, 검모잠
- 복신, 흑치상지, 왕자 풍

논제 4 9서당은 신라인으로 구성된 것이 3개, 고구려인으로 구성된 것이 1개, 백제인으로 구성된 것이 2개, 보덕국인으로 구성된 것이 2개, 말갈인으로 구성된 것이 1개로 총 9개였으며 군복 색깔로 부대를 구별하였다. 이렇게 구성된 9서당의 의미는 무엇인지 설명해 보자.

논제 5 1933년에 일본 도다이 사(東大寺)의 쇼소인(正倉院)에서 통일 신라의 민정 문서가 발견되었다. 신라 시대의 촌락에 대한 기록문서로 가족 형태에 관한 최초의 사료이다. 이 문서의 목적을 설명해 보자.

논제 6 김흠돌의 반란을 진압하여 귀족 세력을 억누르고 통치제도를 정비하여 강력한 왕권을 확립해 나갔다. 이 과정에서 학식을 갖춘 6두품 세력이 국왕을 도와 행정 실무를 담당하였다. 이 내용과 관련 있는 왕이 왕권을 강화하기 위해 실시한 정책을 세 가지 설명해 보자.

논제 7

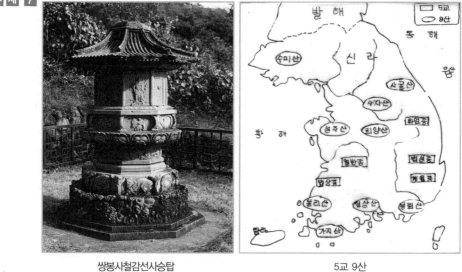

쌍봉사철감선사승탑 | 5교 9산

위 그림이 말하는 종교가 통일 신라시대에 들려와 사회에 끼친 영향을 서술해 보자.

논제 8 통일 신라에서 5소경을 설치한 이유를 설명해 보자

논제 9 발해의 중앙 관제가 당의 중앙 관제와 다른 점을 2가지 서술해 보자.

논제 9 법주사 쌍사자 석등과 원성왕릉 석인상이 갖는 공통점을 서술해 보자.

역사 깊이읽기

해상세력의 성장 — 장보고

장보고는 신라로 돌아와 흥덕왕을 찾아와 만나서 말하기를 "중국에서는 널리 우리 사람들을 노비로 삼으니 청해진을 만들어 적으로 하여금 사람들을 약탈하지 못하도록 하기를 원하나이다."라고 하였다. 청해는 신라의 요충으로 지금의 완도를 말하는데, 대왕은 그 말을 따라 장보고에게 군사 만 명을 거느리고 해상을 방비하게 하니 그 후로는 해상으로 나간 사람들이 잡혀가는 일이 없었다.

— 『삼국사기』

문성왕 8년(846) 봄에 청해진 대사 궁복(장보고)이 자기 딸을 왕비로 맞지 않는 것을 원망하고 청해진을 근거로 반란을 일으켰다. … (중략) … (문성왕) 13년(851) 2월에 청해진을 파하고 그곳 백성들을 벽골군으로 옮겼다.

— 『삼국사기』[4]

무왕 대무예

'발해' 하면 일반적으로 고구려 후예 대조영이 세운 나라 정도로 알고 있을 것이다. 발해는 우리 역사상 가장 광대한 영토를 확보한 나라였다. 그리고 또 하나 놀라운 사실이 있다. 우리 역사상 최초로 해외 원정을 감행했다는 것이다. 그 상대는 당시 세계 최강대국이었던 당나라였다. 신생국인 발해가 어떻게 당나라를 선제 공격할 수 있었을까?

---

4) 정구복, 『새로 읽는 삼국사기』, 동방미디어, 2000.

그 유례없는 정벌대를 지휘했던 사람은 바로 대조영의 맏아들 무왕 대무예(재위 719~ 737)였다. …(중략)…

발해는 고구려의 문화를 계승하고 당의 문화를 창조적으로 받아들여 독자적인 문화를 꽃피웠다. 그러나 무엇보다 건국 초부터 발해가 역점을 둔 것은 영토확장이었다. 최전성기 발해의 영토는 남북으로 대동강에서 흑룡강에 이르렀고, 동서로는 중국 요동에서 러시아 연해주까지 아우를 정도였다. 이는 전성기 고구려를 능가하는 우리 역사상 가장 드넓은 영토였다. 이런 발해를 두고 중국은 '해동성국(海東盛國)', 즉 '바다 동쪽에 있는 강성한 나라'라고 불렀다. …(중략)…

무왕의 목표는 옛 고구려 땅이었다. 『신당서』는 발해가 동북쪽으로 뻗어나가 여러 민족을 차례로 복속하자 "그 일대 오랑캐들이 발해를 모두 두려워했다"고 전한다. …(중략)…

당 정벌 이후 중경 천도는 무왕의 야심찬 계획의 첫걸음이었다. 무왕은 좁은 동모산을 벗어나 강이 흐르는 넓은 분지에 도성을 세웠다. 성은 내성과 외성으로 나뉘는데 외성의 둘레가 3킬로미터, 내성 둘레가 1킬로미터에 이른다. 확인된 궁전 터만 다섯 군데다. 서고성은 당시 발해의 위용에 걸맞은 새로운 도성이었다. 무왕은 천도를 통해 국가적 자신감을 표출한 것이다.

두 차례의 당 정벌로 발해의 힘을 입증한 무왕, 이후 당은 발해의 내정에 쉽게 간섭할 수 없었고 발해는 독자적으로 국정을 운영할 수 있게 되었다. 당 정벌은 발해가 신생국이지만 절대 당에 굴복하지 않겠다는 단호한 의지의 표명이었다. 그 결과 발해는 세계 최강 당나라도 쉽게 넘보지 못하는 동아시아의 새로운 강국으로 떠올랐다. 발해의 국제적 입지를 우뚝 세운 무왕은 냉철한 판단과 대담한 전략으로 대제국 발해의 꿈을 펼친 인물로 평가할 만하다.[5]

 인물탐구

- 무열왕 – 최초의 진골 출신 왕으로 대외적 외교활동을 전개하여 나당연합군을 결성하여 백제를 멸망시켰다.
- 문무왕 – 백제부흥 운동 세력, 고구려 그리고 당나라와의 계속된 전쟁에서 승리하여 삼국통일을 이루었으며 바다의 용이 되어 신라를 왜적으로부터 지켜내었다.
- 원효 – 분황사를 거점으로 불교대중화에 힘쓰고 화쟁사상, 일심사상, 아미타 신앙, 무애사상 등을 주장하였으며 <대승기신론소>, <금강삼매경론>저술하였다. 설총의 아버지이고 하다.
- 의상 – 통일 신라에 화엄사상을 전파시켰으며 10여 개의 사찰을 세웠다.

5) KBS한국사 제작팀, 『한국사전 3』, 한겨레출판사, 2008

- 설총 – 원효와 요석공주 사이에 태어나서 이두를 집대성하고 화왕계를 지었다.

- 도선 – 왕건의 탄생을 예측하여 고려왕들의 존경을 받게 되고 풍수지리설의 대가였다.

- 장보고 – 완도에 청해진을 설치하고 서남부 해안의 해상권을 장악한 호족세력으로 성장하였다. 당나라와 신라, 일본을 잇는 해상무역을 주도하였다. 후에 호족세력의 다툼으로 암살당했다.

- 최치원 – <계원필경>을 저술하고 진성여왕 때 골품제도의 한계성을 극복하고 유교적 전제왕권을 지지하는 내용의 시무10조를 올렸으나 받아들여지지 않자 가야산으로 은거하였다.

- 대조영 – 696년 당나라 영주에서 거주, 거란족의 반란으로 혼란에 빠지자, 고구려 유민과 말갈족을 이끌고 당나라의 지배에서 벗어나서 698년 발해를 건국하였다.

- 문왕 – 일본에 사신단을 보내며 국서에 '고려국왕'이란 표현을 사용하였으며, 대흥이란 연호를 사용하였다. 발해에 유교문화, 불교문화, 당나라 문화를 적극 수용하였다.

05

후삼국시대와
역사발문의 기법

8세기 후반 이후, 진골 귀족들은 경제 기반을 확대하여 사병을 거느리고 권력 싸움을 벌였다. 중앙 귀족들 사이에 왕위 쟁탈전이 치열해지면서 왕권이 약화되고 중앙 정부의 지방에 대한 통제력이 약화되어 불만을 품은 백성들이 반란을 일으키기도 하였다. 또한 호족이라는 새로운 세력이 성장하여 자신들의 근거지에 성을 쌓고 군대를 보유하여 스스로 성주 또는 장군이라고 칭하면서 행정권과 군사권을 장악하기에 이르렀다.

1. 후삼국과 고려의 성립 배경

1) 후삼국의 성립

후백제는 견훤이 완산주(전주)에서 건국하였고 차령 산맥 이남의 충청도와 전라도 지역을 차지하여 그 지역의 우세한 경제력을 토대로 군사적 우위를 확보하였다. 또한 중국과 외교 관계를 맺는 등 국제적 감각도 갖춘 나라로 발전했다.

그러나 견훤은 신라에 적대적이었고, 농민에게 지나친 조세를 수취하고 호족을 포섭하는 데 실패하는 한계를 가졌다.

후고구려는 궁예가 송악(개성)에서 건국한 나라로 강원도, 경기도 일대의 중부 지방을 점령하고 황해도 지역까지 세력을 넓혀 나갔다.

신라 왕족의 후예였던 궁예는 골품제도를 대신할 새로운 제도를 모색하고 새로운 정치를 추구하는 등 개혁을 시도하였지만 미륵 신앙을 이용한 지나친 전제 정치와 백성들의 신망을 잃어 신하들에 의하여 축출되었다.

후삼국의 인물 비교

성격비교	견훤(후백제)	궁예(후고구려)	왕건(고려)
출생지역	상주(문경)	왕경(경주)	송악(개성)
출신성분	농촌 무인계통 호족	신라 왕족 후예	해상 무역계통 호족
주요경력	신라 서남해안 변방 비장	승려, 기훤과 양길 부하	국제무역, 궁예 부장
성 격	권위주의, 호방형, 쾌활성	이상주의, 세심성, 사색형	포용주의, 개방성, 유연성
통일정책	군사적 무력통일	개혁적 사상통일	보수적 회유통일

2) 고려의 성립 배경

개태사 삼존석불

궁예를 몰아 낸 뒤 신하들의 추대 형식을 빌려 왕위에 오른 왕건은 고구려 계승을 내세워 국호를 고려라 하고 자신의 세력 근거지였던 송악으로 도읍을 옮겼다(918).

왕건은 통일 역량을 기르기 위하여 안으로는 지방 세력을 흡수, 통합하고 밖으로는 중국의 5대 여러 나라와 외교 관계를 맺어 대외 관계의 안정을 꾀하였다. 또한 발해가 거란에 의해 멸망했을 때 고구려계 유민을 우대하고 받아들여 민족의 완전한 통합을 꾀하였다. 이로써 고려는 후삼국뿐만 아니라 발해의 고구려계 유민까지 포함한 민족의 재통일을 이룩하게 되었다.

2. 종교의 수용과 변화

왕권과 밀착되어 성행하던 불교는 사람의 행위에 따라 업보를 받는다는 업설과 미륵불이 나타나 이상적인 불국토를 건설한다는 미륵불 신앙이 널리 받아들여졌다.

또한 도교는 산천 숭배나 신선 사상과 결합하여 귀족 사회를 중심으로 환영을 받았다.

이 시기를 대표하는 원효는 모든 것이 한마음에서 나온다는 일심 사상을 바탕으로 다른 종파들과 사상적 대립을 조화시키고 분파 의식을 극복하려고 노력하였다. 원효와 의상 덕분에 이 시기부터 일반인에게 불교가 널리 알려지게 되었다.

신라 말에는 경전의 이해를 통하여 깨달음을 추구하는 교종과는 달리 실천 수행을 통하여 마음속에 내재된 깨달음을 얻는다는 선종 불교가 널리 확산되었다. 이 시기에 불교가 융성함에 따라 사원과 탑이 많이 축조되었는데 대표적인 것이 석굴암과 불국사 3층 석탑(석가탑), 다보탑 등이다.

또한 도선과 같은 선종 승려들은 중국에서 유행한 풍수지리설을 들여와 경주 중심의 지리 개념에서 벗어나 다른 지방의 중요성을 자각하는 계기를 마련하였다.

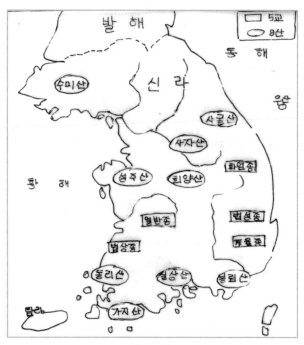

선종 9산

역사와 논술 마주보기

발문의 특징

1) 발문의 정의

발문은 교수·학습과정에서 교사가 학습자에게 문제를 제기하는 물음으로 수업에 있어 언어 상호작용의 한 형태인 문답법에서의 '제기되는 의문'을 가리킨다. 발문은 흔히 모르는 것을 물어보는 질문과 같은 것으로 생각하는 경향이 있으나 발문과 질문은 용도나 성격 면에서 구별된다고 할 수 있다. 질문은 국어사전에서 살펴보면 '의문·이유를 캐어 물음'이라고 수록되어 있다. 즉, 의심나는 것을 물어서 상대방이 답을 밝혀주기를 원해서 물어 보는 것이다.

그러나, 발문이란 주로 수업현장에서 교사에 의해 행해지는 것으로 교사가 이미 아는 내용이지만 그대로 설명해 주거나 정보를 제공해 주는데 그치는 게 아니라, 아동들 스스로 사고를 하도록 유도하는 물음이라 할 수 있다.

이상의 내용을 토대로 살펴보면 발문은 단순히 지식, 정보를 제공하거나 수준 점검의 목적이 아니라 학생이 학습을 조성해 나갈 수 있도록 하는 교사의 물음 즉, 수업 목표를 향하여 사고라든가 논리를 자극·유발하고 발전시켜 나가기 위한 문제 제기라고 정의할 수 있다.

2) 발문 방법

어떠한 발문을 할 것인가를 결정하는 데는 발문의 제시방법이 중요하게 제기된다. 특히 발문의 배열방법, 기다리는 시간 등을 고려해야 한다.

첫째, '한 번에 한 발문을 하라.' 한 번에 하나씩 발문할 때가 학생의 반응을 나타내기 전 발문을 바꾸어 말하는 것보다 학생의 높은 학업성취를 얻는다고 한다.

둘째, 발문하는 속도와 주어진 문제에 알맞은 wait-time을 가져야 한다. 질문을 한 후 기다리는 시간은 대략 1초 정도라고 한다. 그러나 기다리는 시간을 3~5초로 늘렸을 때 응답활동이 자발적이고 적합한 응답의 수가 증가했으며, 자신감 있는 응답과 사려 깊은 응답이 증가했다고 한다. 즉, 문답의 질과 양의 두 측면에 긍정적인 영향을 미친다고 한다.

셋째, 교사의 발문에 대다수의 학생이 답할 수 있는 사고과정을 주기 위해 응답할 학생을 지명하기 전에 발문을 하는 것이 효과적이다.

이 외에 발문의 방법으로 모둠 구성원 모두에게 응답의 기회를 분배하고 특별한 목표 달성을 위해 연역적 또는 귀납적인 방법을 활용하여 논리적인 순서로 발문해야 한다.

3) 발문 분류

발문의 분류에는 여러 가지가 있지만 목적에 따라 세 가지 유형으로 분류한다.

① 사고의 유형에 따른 분류

이 발문 분류체계는 크게 네 가지로 구분된다. 먼저 사고 유형에 따라서는 받아들일 만한 반응이나 정답이 제한되어 있는 폐쇄적인 발문, 받아들인 반응이나 정답이 넓고, 옳은 답이 많은 개방적인 발문으로 나눌 수 있다. 수업진행 목적에 초점을 맞춘 발문은 학습운영을 원활히 하거나, 토론을 촉진하기 위한 관리적인 발문, 어떠한 것을 강화하기 위해 사용하는 수사적인 발문이 있다.

폐쇄적인 발문은 다시 인지 기억적발문과 수렴적 발문으로 나누어진다. 그리고 개방적인 발문은 확산적 발문과 평가적 발문으로 나누어진다.

• 인지 기억적발문

인식, 기억, 회상 등으로 사실, 공식과 같은 것들을 단순하게 재생하도록 요구하는 발문을 말한다. 이러한 발문에서는 응답이 이미 보았거나, 들은 것을 반복하거나 복제하고, 사실이나 아이디어를 회상하는 것으로 이루어진다.

• 수렴적 발문

주어지거나 기억된 자료의 분석과 종합을 이루게 하며, 번역, 관련, 설명, 결론 도출 등과 같은 정신적 활동을 자극하려는 발문이다. 이러한 발문은 학생들이 사실을 연상하고, 관계를 지으며, 구분하고, 예시하고, 재편성하고, 전에 얻은 자료를 사용하여 어떤 것을 설명하는 것과 같은 활동을 하도록 하기 위해서 사용된다.

• 확산적 발문

아동들의 상상적이고 창의적인 대답을 불러일으키도록 하는 발문이다. 자료나 과제 등에서 어떤 방법이나 대답의 형태를 제한시킬 만큼 충분한 정보를 제공하지 않는 상태에서 스스로 자료를 산출케 하며, 고안하게 하고, 종합하고, 정교하게 하고, 함축된 것을 끄집어내게 하는 등의 확산적인 사고를 이끌어 내기 위해 하는 발문이다.

• 평가적 발문

평가적 발문은 사실 문제보다도 가치의 문제를 다룬다. 이러한 발문들은 개인의 반응에 대해서 정당화를 요구하는 발문이다. 판단을 하는 기준 또는 준거는 교사, 과학적 근거, 합의에 의해서 결정된 명시적인 것이거나 학생이 자신이 사고를 조작하는 내재적 준거와 같은 암시적인 것이다.

② 인지과정에 따른 분류

• 정의적 발문

이 유형에 속하는 발문들은 응답자가 어떠한 단어, 용어, 또는 구(句)에 대하여 정의를 내리도록 하는 것이다. 정의적 발문의 응답에서 응답자는 어떠한 말의 의미를 표현하기 위하여 그 말속에 속하는 구체적 사례를 든다.

• 경험적 발문

이 유형에 속하는 발문들은 응답자가 자신의 감각적 지각에 근거하여 응답을 하는 것이다. 이러한 발문들은 사실, 사실의 비교와 대조, 사건의 설명, 사실에 근거한 결론, 단순한 사실을 넘어선 추론 등을 요구한다. 경험적 발문에 대한 응답의 타당성은 감각적 지각을 사용하여 검증된다.

• 평가적 발문

이 유형의 발문은 응답자가 자신의 가치 판단을 요구한다. 가치 판단은 어떤 것에 대한 칭찬, 비난, 권장, 비판, 평가를 의미한다. 그리고 가치 판단은 개인의 태도, 느낌, 도덕관, 신념, 가치관 등과 관계를 맺고 있다.

• 형이상학적 질문

이 유형은 응답자로 하여금 자신이 가지고 있는 형이상학적 신념이나 신학적 신념을 말하게 하는 것이다. 이러한 발문은 신앙적 요소를 내포하고 있기 때문에 응답의 타당성을 검증할 수 있는 합의된 방법은 없다. 어쩌면 이 검증 자체가 불가능하거나 불필요할 수 있다.

③ 수업 과정에 따른 분류

• 동기화를 위한 발문

학습의 흥미를 불러 일으켜서 학습을 위한 준비를 갖추게 하며, 학습이 일어나도록 유도하는 질문이다. 따라서 이러한 발문은 개방되어 있고 학습 내용에 대하여 의문을 갖도록 하는데 있다. 이런 형태의 발문은 학습흥미가 높아질 때 효과가 크고 능률이 향상되기 때문에 도입 단계에서 많이 쓰는 발문이다.

• 제시를 위한 발문

발문하는 교사가 아동에게 종전의 지식을 현재의 탐구에 관련시키도록 제의하는 발문을 말한다. 즉, 이해의 정도나 명료화를 위해 입증할 자료를 이용하도록 유도하는 발문이다.

• 요약을 위한 발문

배운 내용을 정리하고 요약을 하도록 유도하기 위한 발문을 말하며 오늘날 수업에서 점차 일반화되어 가고 있다.

- **발전을 위한 발문**

분석, 종합 그리고 결과에 대한 예측을 요구하는 질문으로 교사와 아동의 상호 작용 속에서 이루어진다.

- **적용을 위한 발문**

논의 효과를 고려한 발문으로 현 상황의 학습 내용을 다른 상황에서도 적용하도록 요구하는 발문을 말한다. 따라서 배운 것을 이해하고 있는지를 알아볼 수도 있는 발문이다.

4) 제언

확산적 발문 중심의 수업이 교육현장에서 좀 더 활발히 행해져 역사적 사고력의 신장이 이루어지기 위해서는 다음의 몇 가지가 필요하다고 본다.

첫째, 교사가 발문의 중요성을 먼저 인식해야 한다.

둘째, 다양한 발문 자료의 개발이 필요하다.

역사 테마로 논술쓰기

 견훤과 궁예에 대한 평가

 신라는 운수가 궁하고 도가 어지러워지니 하늘이 돕지 않고, 백성은 귀의할 곳이 없었다. 이에 여러 도적이 틈을 타고 고슴도치 털같이 일어났는데, 그 가운데서도 심한 자가 궁예와 견훤 두 사람이었다. 궁예는 본디 신라의 왕자로서 도리어 조국을 원수로 삼아 멸망시킬 것을 도모하여 선조의 화상을 칼로 치기까지 하였으니, 그 어질지 못함이 심하다. 견훤은 신라 백성으로 일어나서 신라의 녹읍을 먹고 살았는데, 속으로 나쁜 마음을 품고 나라의 위태로움을 다행으로 여겨서 도읍을 침략하고, 임금과 신하들을 죽이기를 짐승 죽이듯, 풀 베듯 하였으니, 실로 천하의 큰 악이요, 대죄인이다. 그러므로 궁예는 그 신하에게 버림을 당하고, 견훤은 화가 그 아들에게서 일어났으니, 모두 스스로 불러온 것이다. 또 누구를 탓하리요, 궁예와 견훤과 같은 흉악한 인간이 어찌 우리 태조에게 대항할 수 있으랴? 다만 태조를 위하여 백성들을 몰아다 준 자였다.

— 『삼국사기』 열전

논제 1 위의 글은 『삼국사기』 열전의 '궁예 견훤조' 끝에 나오는 두 인물에 대한 논평이다. 이를 보면 두 사람은 신하된 도리를 어겨 신라를 멸망시킨 자들로, 이들도 결국 자신들이 저지른 죄 때문에 망했다고 하였다. 곧 궁예와 견훤을 '천하의 나쁜 사람'으로 평가하였다. '왜 이런 평가가 나오게 되었을까?'를 발문해 보고 답해 보자.

논제 2 다음과 같은 상황이 전개된 시기에 대해 설명해 보자.

어린 나이로 즉위한 혜공왕이 귀족들의 반란으로 살해당한 후, 150여 년 동안 왕이 20명이나 바뀔 만큼 왕위를 둘러싼 다툼이 치열하게 전개되었다.

논제 3 최치원은 6두품이었다. 신라사회에서 6두품 세력이 가진 한계와 우리나라에 미친 영향을 서술해 보자.

역사 깊이읽기

신라 하대의 개혁 실패와 후삼국 시대의 도래

김부식이 쓴 <삼국사기>에서는 신라를 크게 세 부분으로 나누었다. 첫 번째는 태종 무열왕 이전의 시기를 상대, 두 번째는 무열왕부터 혜공왕에 이르는 120여 년 동안을 중대, 그 뒤부터 마지막 경순왕까지를 하대라고 한다.

신라는 삼국 전쟁에서 승리한 뒤, 두 가지 어려운 과제에 부딪칠 수밖에 없었다. 하나는 영토와 주민이 한꺼번에 늘어나 경제적 잉여가 생겼는데 그것을 어떻게 분배하느냐 하는 문제였다. 다른 하나는 고구려와 백제 출신의 주민들을 어떻게 신라 왕에게 충성하도록 하느냐 하는 문제였다. 이러한 문제들은 신라가 통일 되기 전과는 다른 국가 체제로 재편되지 않고서는 감당하기 어려운 것들이었다.

이와 같은 어려운 문제들을 해결하기 위하여 신라는 삼국 전쟁 승리의 여세를 몰아 왕권의 전제화를 꾀하였다. 왕실이 정치 경제적 권력을 독차지함으로써 변화에 따른 분란의 소지를 없애려고 하였다. 또 고구려나 백제의 귀족들을 대우하려면 신라 귀족들의 지위를 상대적으로 낮추지 않을 수 없었는데, 그것은 왕권이 강해야만 가능할 수 있는 일이었다.

그러나 신라 왕권의 이러한 의도는 삼국 전쟁 기간까지 특권을 누렸고, 전쟁 승리에도 많이 이바지한 진골 귀족들에 의해 좌절되었다. 지위가 상대적으로 약해진 이들의 불만을 달래기 위한 신라 왕실의 대책 또한 오락가락하였다. 삼국 전쟁에서 승리한 직후인 687년에는 녹읍제를 실시하여 귀족들에게 토지를 등급에 따라 나눠주다가 2년 뒤에 다시 폐지했고, 그 뒤로는 현물로 바로 나눠 주는 방식을 고집하다가 귀족들의 저항에 못 이겨 마침내 다시 녹읍제로 돌아갔다. 이렇게 정책이 갈팡질팡했던 것은, 왕권이 진골 귀족들을 완전히 눌러 버리지 못했기 때문이었다.

문무왕을 비롯한 무열왕 직계의 왕들은 삼국전쟁 승리의 덕으로 귀족들의 불만을 누르고 왕권의 전제화를 얼마간 이룰 수는 있었으나, 골품제를 근본적으로 개혁하고 전제 왕권을 반석 위에 올려 놓는 데는 실패하고 말았다. 그렇게 100년 정도 지탱한 전제 왕권은 마침내 혜공왕 때에 이르러 내물왕 계열의 진골 귀족들에게 공격을 받아 끝내 왕권을 빼앗기고 말았다. 이 시기를 신라 하대라고 하는데, 신라 하대로 접어들면서 진골 귀족 사이에 왕위 쟁탈전이 심각해 지자 당연히 국가의 기강은 느슨해지고 경제 상황은 악화되었다. 이러한 상황은 농민들의 고통을 더욱 무겁게 했다. 귀족들이 자신들의 부패와 권력 투쟁으로 빚어진 위기를 몽땅 농민들에게 떠넘겼기 때문이다. 그 결과 농민들은 사원이나 귀족의 노비가 되기도 하고 도망쳐 초적이 되기도 하였다. 그 시대의 초적은 도둑질을 했다기보다는 그 무렵 성장하기 시작한 지방 호족들과 손을 잡고 신라의 지방 관청들을 위협하는 농민군의 구실을 했다고 보아야 한다. …(중략)…

지방 호족들과 농민들의 반란은 몇 가지 유형이 있다.

첫째, 왕족 출신들의 왕권에 대한 도전이었다. 대표적인 것이 웅천주 도독 김헌창과 그의 아들 범문의 반란이었다. 김헌창은 왕의 자리를 놓고 다투다 밀려난 김주원의 아들이었다. 그의 반란은 지방 호족 반란의 신호탄이었다. 또한 후고구려를 세운 궁예도 왕족 출신으로 왕권에 대한 도전으로 보아야 한다.

둘째는 지방 호족과 관련되지 않은 순수한 농민 반란이었다. 890년 상주지방에서 일어난 원종과 애노의 반란, 897년 서남해안 지방에서 일어난 농민반란이 있다.

마지막으로 평민 출신인 지방 호족이 다른 지방 호족이나 농민반란군을 끌어 모아 커다란 세력을 이룬 경우였다. 이들 중 두각을 나타낸 사람이 견훤과 왕건이었다. …(중략)… 신라 하대의 개혁 세력은 6두품 출신들이었다. 이들은 골품제 때문에 지배층으로 올라서는 길이 막혀 있었다. 더욱이 골품제 때문에 신분 상승에 제약을 받는 이들의 불만을 달래기 위해 주었던 당나라 유학의 기회가 개혁에 대한 생각을 더욱 강력하게 품게 되는 계기가 되었다. 이들은 당나라의 선진문물과 제도를 보고 배워 뒤떨어진 신라를 개혁하고 싶은 바람을 더욱 강력하게 갖게 되었다.

그러나 6두품 출신 유학자들의 개혁사상은 현실적인 힘으로는 되지 못했다. 그것은 당나라를 본뜬 개혁을 생각할 뿐 신라의 구체적인 현실에 적용할 수 있는 개혁의 내용을 갖지 못했고, 개혁을 뒷받침할 수 있는 정치적 세력을 만들어 낼 능력도 의지도 없었기 때문이다. 6두품들의 개혁 주장이 받아들여지지 못했기 때문에 역사는 새로운 왕조가 추진한 개혁으로 실현될 수밖에 없었다.[1]

스님이여, 청산이 좋다 말하지 마소.
산이 좋은데 뭐 하러 다시 나오시었나.
나중에 내 발자취를 살펴보시오,
한번 청산에 들면 다시 돌아오지 않으리.
__해인사로 들어가면서 최치원이 남긴 시

골품제도에 따른 관직

관 등		골 품				공복
등급	관등명	진골	6두품	5두품	4두품	
1	이벌찬					자색
2	이 찬					
3	잡 찬					
4	파진찬					
5	대아찬					
6	아 찬					비색
7	알길찬					
8	사 찬					
9	급벌찬					
10	대나마					청색
11	나 마					
12	대 사					황색
13	사 지					
14	길 사					
15	대 오					
16	소 오					
17	조 위					

* 골품제도 : 신라 때 혈통의 높고 낮음에 따라 관직 진출 및 혼일·의복·가옥 등 사회생활 전반에 걸쳐 규제를 한 신분제도

🔖 인물탐구

- 궁예 – 901년 후고구려를 세우고 904년 국호를 마진으로 바꾸고 철원으로 수도 이전하였으며 국호를 다시 태봉으로 변경하였으나 918년 왕건의 혁명으로 도주 중 사망하였다.

- 견훤 – 900년 완산주를 도읍으로 하여 후백제를 건국하고 신라의 수도 금성을 함락하고 경순왕을 세웠다. 929년 고창에서 왕건에게 크게 패하고 935년 맏아들에 의해 금산사에 유폐되었으나 탈출하여 고려에 투항하였다. 936년 왕건과 함께 후백제를 멸망시켰다.

1) 정해랑, 『국사와 함께 배우는 논술』, 아세아문화사, 2007.

06

고려시대

Ⅰ. 고려의 성립

　　신라 말의 6두품 출신 지식인과 호족 출신을 중심으로 성립한 고려는 골품 위주의 신라사회보다 개방적이었고, 통치체제도 과거제를 실시하는 등 효율성과 합리성이 강화되는 방향으로 정비되었다. 특히 사상적으로도 유교정치 이념을 수용하여 고대적 성격을 벗어날 수 있었다.

1. 고려의 성립

1) 고려의 건국(918)

고려태조 북진정책

　　고려는 송악의 호족인 왕건이 세운 나라이다. 왕건은 예성강 하구의 해상세력을 규합하고 궁예의 신하가 되었다. 왕건은 한강 유역과 나주를 점령하고 광평성의 시중이 되어 궁예를 축출하였다.

　　왕건은 지방 세력을 통합하고, 신라에 대한 우호정책으로 신라 경순왕이 귀순하고, 후백제에 대한 대립정책을 써서 후백제를 정벌하며, 발해의 고구려계 유민 세력을 흡수하여, 민족의 재통일을 이루었다. 태조의 정책은 우선 민생안정책으로 호족의 지나친 수취를 금지하였고, 조세의 경감과(취민유도 정책) 호족통합책으로 개국공신과 지방 호족을 관리로 등용하고 유력 호족과는 혼인하며 호족 견제책으로 사심관과 기인제도를 실시하였다. 『정계』와 『계백

료서』를 써서 임금에 대한 신하들의 도리를 강조하였으며, <훈요 10조>를 지어 후대 왕들의 정책 방향을 일러주었다. 또한 서경을 북진 정책의 전진 기지로 삼아 청천강에서 영흥만에 이르는 국경선을 확보하였다.

훈요 10조

1. 대업은 제불호위에 의하여야 하므로 사원을 보호감독할 것
2. 사원의 창설은 도선의 설에 따라 함부로 짓지 말 것
3. 왕위계승은 적자·적손을 원칙으로 하되 마땅하지 아니할 때는 형제상속도 가함.
4. 거란과 같은 야만국의 풍속을 본받지 말 것
5. 서경은 길지이니 순유하여 안녕을 이루게 할 것
6. 연등과 팔관은 주신을 함부로 가감치 말 것
7. 간언을 받아들이고 참언을 물리칠 것이니 부역을 고르게 하여 민심을 얻을 것
8. 차현 이남의 인물은 조정에 등용치 말 것
9. 관리의 녹은 그 직무에 따라 제정하되 함부로 증감치 말 것
10. 경사를 널리 읽어 옛 일을 거울로 삼을 것

---

2) 광종의 개혁정치

태조의 혼인정책으로 많아진 왕자들과 외척들의 왕위 다툼 속에서 왕위에 오른 광종은 공신과 호족 세력 약화 및 제거로 왕권 안정과 중앙 집권 체제 확립을 목적으로 개혁정책을 추진하였다.

광종은 불법으로 노비가 된 자를 양인으로 해방시켜 공신과 호족의 경제적·군사적 기반을 약화하며, 국가 재정과 왕권 안정을 꾀하였다. 또한 과거제도를 실시하여 유학을 익힌 신진 세력 등용으로 신구 세력 교체와 인재 양성을 도모하였으며, 지배층의 위계질서 확립을 위해 공복제를 실시하였고 황제를 칭하고 광덕·준풍 등의 연호 사용으로 국왕 권위를 확립하였다.

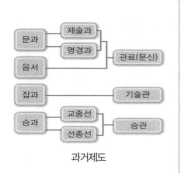

과거제도

"삼가 생각건대 신[崔宗蕃]은 … (중략)… 일찍이 과거에 뜻을 두었으나 논리정연하게 글 쓰는 능력이 없고 문서를 다루는 데도 익숙치 못한지라, 우연히 문음(門蔭)으로 인연하여 '리(吏)'의 이름을 얻게 되었으나, 만약에 유학(儒學)으로 말미암지 않고 입신(立身)한다면 장차 무슨 면목으로 종사(從仕)하겠습니까, 더구나 조선(祖先)들은 모두 이 길을 따라 빛난 자취를 남겼는데, 자손으로 다른 길로 출신할 수 있겠습니까."

— 『동국이상국집』 29, 최종저걸부동당표[2]

3) 경종의 전시과

5대 경종은 관직의 등급에 따라 관직에 있는 동안 토지를 나눠주는 '전시과'('전'은 식량을 얻을 수 있는 땅, '시'는 땔나무를 얻을 있는 땅)를 실시하였다.

4) 성종의 유교적 정치 질서의 강화

성종 때는 유교 정치의 실현으로 최승로 등의 신라 6두품 출신 유학자들이 국정을 주도하면서 유교의 진흥과 불교 행사 억제, 유교정치 이념 확립을 하였다. 또한 지방 세력을 견제하기 위해 12목에 지방관을 파견하였고, 중소호족을 향리로 편입하여 향리제도를 마련하였다. 또 국자감을 정비하고 지방에 경학·의학 박사를 파견하고 과거 출신자를 우대 하는 등 유학진흥에도 힘썼다. 성종은 중앙 통치기구로 2성 6부제를 중심으로 하는 중앙 관제도 마련하였다.

---

2) 류한영, 『한국사능력검정시험』, 교학사, 2008.

2. 통치 체제의 정비

1) 중앙 정치 조직

성종은 지방 세력을 견제하기 위해 12목에 지방관을 파견하였고, 중소 호족을 향리로 편입하여 향리제도를 마련하였다. 또 중앙 통치기구를 2성 6부제로 하는 중앙 관제도 마련하였다. 중요 관서로는 중서문하성(재신, 낭사), 상서성, 중추원(추밀, 승선), 어사대, 삼사, 국자감 등을 설치하였다.

고려의 독자적인 기구로 귀족 정치의 특징을 보여주는 도병마사와 식목도감은 재신과 추밀이 모여 국가의 중요한 일을 결정하던 기구였다. 또한 대간을 설치하여 간쟁, 봉박, 서경권을 행사하여 왕과 고위 관료들을 견제하여 권력 균형을 유지하였다. 대간은 어사대 관원과 중서문하성의 낭사로 구성되었다.

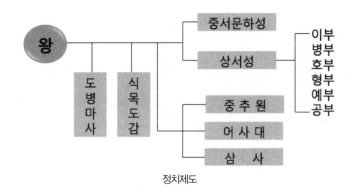

정치제도

2) 지방 행정 조직의 정비

지방은 5도 양계와 경기로 크게 나누고 그 안에 3경 · 4도호부 · 8목을 두고 그 밑에 군, 현, 진으로 정비하였다.

5도는 상설 행정 기관이 없는 일반 행정 단위로 안찰사를 파견하고, 그 아래에 주 · 군 · 현을 설치하였다. 양계는 북계와 동계로 북방 군사 행정 구역으로 병마사를 파견하고 요충지에 진을 설치하였다. 중앙에서 주현까지 지방관을 파견하고 속현과 향 · 소 ·

부곡에는 주현을 통해 간접 통제하였으며, 실제 행정 사무는 향리들이 담당하였다.

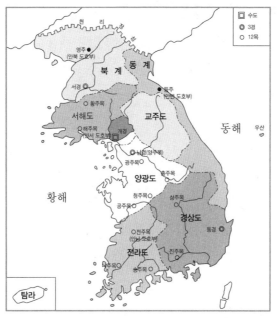

고려의 지방 행정

서론 쓰기

　서론은 주어진 논제에 대한 분석과 이해를 바탕으로 논의의 방향과 범위 등을 구체적으로 설정하는 단계이다. 서론이 명확하고 짜임새 있게 구성되면 본론을 자연스럽게 시작할 수 있다. 서론의 내용은 가능한 간결하게 구성하는 것이 바람직하다. 장황하게 전개될 경우 글 전체의 균형을 깨뜨릴 수 있기 때문이다.

1) 서론의 특징과 일반적인 내용

① 서론의 특징

　첫째, 서론은 글의 얼굴이다. 서론의 목적은 글을 쓰게 된 이유를 밝히고 무엇에 대해서 쓸 것인지를 밝히는 것이다.

　둘째, 서론은 장식적 성격의 글이 아니다. 서론은 자신이 제기할 과제가 왜 해결해야 할 과제인지를 논증하는 곳이다.

　셋째, 서론에 쓰는 단락은 반드시 완결성을 갖추지 않아도 된다. '소주제문+뒷받침 문장'의 형식을 갖지 않는다.

② 서론의 일반적 내용

　첫째, 글의 방향을 제시한다. 문제를 제기하여 주제 설정을 한다.

　둘째, 흥미를 유발한다. 인상적이게 하여 독자의 시선을 집중시킨다.

　셋째, 주장에 대한 필연성을 부여한다. 논술자의 의도나 동기를 분명히 밝힌다.

넷째, 문제점을 인식한다. 과제가 가지고 있는 현황과 실태를 제시한다.

2) 서론 쓰기의 단계

1단계 : 서론은 독자의 관심을 끌면서 시작한다.

2단계 : 관심을 끌었으면 문제로 접근한다.

3단계 : 문제를 제기한다.

3) 서론을 잘 쓰는 방법

① 최근의 사건을 언급하면서 시작한다.

> 2009.03.09 사천뉴시스
>
> 경남 사천시가 제14회 와룡문화제 행사장인 신진리성의 밤을 아름답게 빛낼 '소망등 달기' 신청을 받고 있다. …(중략)… 특히 신진리성 벚꽃장에서는 전통혼례와 그네뛰기, 윷놀이 등 민속놀이와 함께 고려시대 현감이 각 향리를 돌며 순시하던 장면을 재현한 '현감 민정순시' 행사가 열리는 등 축제기간 내내 다양한 부대행사가 열린다. 또 마지막 날에는 지역가수를 뽑는 시민노래자랑과 학생미술실기대회, 백일장, 이야기대회 등 각종 경연행사가 풍성하게 마련된다.
>
> — 〈사천뉴시스〉 인터넷 신문

② 사회·역사적인 사례나 영화 및 소설 등을 인용하면서 시작한다.

> **[신병주의 '역사에서 길을 찾다]** 〈33〉 우리 역사와 함께 한 소 이야기
>
> (전략) 고려시대에도 삼국시대를 이어 소가 운반용, 농사용으로 적극 활용되었다. 그러나 고려의 국가 이념으로 채택된 불교의 영향으로 가축 살생은 거의 이루어지지 않았던 것으로 보인다. 12세기 송나라 사신 서긍이 고려의 풍속을 기록한 '고려도경'은 "그 정치가 심히 어질고 불교를 좋아하여 살생을 경계했다. 고로 국왕이나 높은 신하가 아니면 양과 돼지고기를 먹지 않았다. 또한 도살하는 방법도 능숙하지 않았다(其政 甚仁好佛戒殺 故非國王相臣 不食羊豕 亦不善屠宰)"고 기록하고 있다. (후략)
>
> — 건국대 사학과 교수[3]

③ 속담이나 격언, 명구를 인용하면서 시작한다.

④ 독자의 관심을 끄는 질문을 던지면서 시작한다.

⑤ 핵심 개념을 정의하면서 시작한다.

⑥ 주제를 요약한 명제문으로 시작한다.

⑦ 논제를 제시하거나 논제에 대한 자신의 입장을 밝히면서 시작한다.

⑧ 영향을 예측하면서 시작한다.

⑨ 인과 분석형일 경우 원인을 요약하면서 시작한다.

⑩ 도표가 주어진 문제일 경우 도표를 분석하면서 시작한다.

4) 서론 쓰기의 유의 사항

① 논제의 요구를 불필요하게 반복하지 말아야 한다.

② 도덕 교과서를 베낀 듯한 문장으로 채우지 않도록 한다.

③ 독자의 관심을 유발할 수 있는 자료를 제시하고 그 문제점을 부각하도록 한다.

④ 서론에서 상식적 이야기를 자세히 풀지 않는다.

⑤ '~하겠다. ~고찰한다. ~살핀다' 등과 같은 상투적인 표현으로 제시하지 않도록
한다.

⑥ 서론의 끝 문장이 본론의 첫 문장과 자연스럽게 연결되도록 한다.

⑦ 3~4개의 문장으로 구성하여 분량은 전체의 약 1/5 정도로 한다.

⑧ 아무런 전제나 화제도 제시하지 않은 채 갑작스럽게 문제를 제기하지 않도록 한다.

---

3) 신병주, <역사에서 길을 찾다>, shinby7@konkuk.ac.kr.

역사 테마로 논술쓰기

최승로의 시무28조

　　고려 성종 때 최승로는 '시무28조'를 올렸다. 먼저 5대 왕의 치적을 말한 '오조정적평'이 있고, '시무28조'로 이루어졌는데 그 중 22조가 전해진다. 전해지는 '시무28조'를 읽고 자신이 생각하는 문제점을 말해본다.

최승로의 시무 28조

부 문	조 목	내 용
국방관계	1	북계의 확정과 방어책
불교폐단	8	승려의 궁정 출입 금지
	10	승려의 역관 유숙 금지
	18	불상에 금·은 사용 금지
	20	제왕의 불법 숭신 억제
사회문제	7	지방관의 파견
	9	복식 제도의 정비
	12	섬 사람들의 공역 경감
	15	왕실 내속 노비의 감소
	19	삼한 공신 자손의 복권
왕실관계	3	왕실 시위 군졸의 축소
	14	제왕의 태도
중국관계	5	중국과의 사무역 금지
	11	중국 문물의 수용 태도
토착신앙관계	13	연등회·팔관회 행사 축소
	21	음사(淫事)의 제한

고려시대 학자인 최승로가 썼다는 시무28조. 임금님과 신하가 지켜야 할 도리와 임금님이 백성을 위해 해주어야 할 일, 백성들이 서로 지켜야 할 몇 가지의 방법을 쓴 최승로는 너무 당당해서 놀랄 정도이다. 내가 보기에 최승로는 야망이 큰 사람이었을 지도 모른다. 임금을 두려워하지 않고 자기가 임금님인 것처럼 아주 자세하게 썼기 때문이다.

첫째는 임금과 신하, 부모와 자식 간의 도리는 중국 것을 따른다는 것이다. 왜 하필이면 중국 것일까? 그 때 중국이 아무리 선진국이더라도 우리나라는 옛날부터 중국 밖에 없었던 것일까? 모든 게 다 중국, 중국, 중국~

— 태평중 이상아

논제 1 최승로의 시무28조가 성종의 정책에 끼친 영향을 서술해보자.

논제 2 왕건은 고려가 고구려를 계승한 후계 국가임을 자처하면서 건국 직후부터 북진 정책을 추진하였다. 북진정책과 관련 있는 지역에 대해 서술해 보자.

논제 3 후주에서 귀화한 쌍기의 건의로 만들어졌으며 유교적 학식과 능력에 따라 관리를 선발하는 제도의 시행으로 고려 사회가 신라보다 발전된 사회였음을 알 수 있다. 이 제도를 설명해 보자.

논제 4 중서문하성과 중추원의 고관이 함께 모여 중요한 정책을 의논하는 기구이며 고려의 정치가 귀족 중심으로 이루어졌음을 나타내는 기구 두 개를 쓰고 설명해 보자.

논제 5 고려가 귀족 사회였음을 뒷받침해 주는 근거에 해당하는 두 재도를 제시하여 서술해 보자.

역사 깊이읽기

 ## 중세사회의 특징

중세라는 시대를 상정할 때 일반적으로 봉건제, 또는 유사한 제도에 의해 사회가 영위되었는지를 기준으로 삼는다. 경제사적 개념에서 봉건제는 토지의 소유자인 영주와 토지를 갖지 못한 농노 사이에 지배와 예속 관계로 맺어진 장원제를 특징으로 한다.

즉, 고대사회에서는 지배 계급이 피지배 계급을 노예로 삼아 직접 지배하였지만, 중세사회에서는 토지를 매개로 간접적으로 지배하게 된 것이다. 그것이 유럽에서는 영주농노의 관계로, 동양에서는 지주·전호의 관계로 나타났다.

동양과 서양의 중세

서양에서는 로마 멸망 이후 상호 이질적인 서유럽 문화권, 비잔틴 문화권, 이슬람 문화권이 혼재한 상황에서 군주는 명목상의 존재이고 실권은 제후들이 장악한 시기를 중세라고 한다. 대영주와 중소영주, 또는 중소영주와 기사 간의 계약으로 주종관계가 성립되는 봉건제를 바탕으로 각 영주는 장원에서 농노를 부려 자급자족하는 삶을 살았다.

동양은 대표적으로 중국에서는 당 멸망 후 5대 10국 시대부터 송·원·명까지의 시기를 중세하고 한다. 북방 민족이 왕성히 활동하여 중국을 괴롭히며, 당 말 4대의 혼란으로 귀족사회가 무너지고 신흥지주층이 등장하였다. 신흥 지주층은 국가를 이끌어가는 사대부가 되었다.

고려를 중세로 볼 수 있는 이유

흔히 후삼국 통일과 고려 건국을 중세사회의 성립으로 볼 수 있는 데는 다음과 같은 이유를 든다.

첫째, 지배 세력이 교체되어 폐쇄적인 사회가 좀 더 개방적으로 변화하였다. 진골귀족을 대신할 사회 지배 세력으로 호족, 6두품 세력이 대두하여 종래의 신분 제약에서 벗어난 새로운 사회를 만들어갔다.

둘째, 유교사상에 입각한 새로운 질서가 마련되었다. 종래의 골품제가 붕괴되고, 6두품 계열의 유학자들과 호족들은 유교적 정치 이념에 기반을 둔 새로운 신분 체제를 마련하였다. 이를 토대로 하여 여러 가지 제도를 정비하였는데 특히 농민의 생활이 안정돼야 국가 재정이 탄탄해지기 때문이다. 또한 통치 체제 강화를 위해 교육과 과거제도를 실시하였다.

셋째, 문화의 폭과 질이 크게 높아졌다. 유교 사상이 발달하고 불교의 선종과 교종이 융합되어 문화의 수준이 크게 향상되었다. 또한 지방 세력의 등장으로 지방 문화도 발달하였다.

넷째, 강렬한 민족의식이 국가 사회를 이끌어갔다. 고려는 고구려의 계승자임을 자처하여 북진정책을 추진하였고, 북방 유목 민족과의 충돌을 극복하는 과정에서 강력한 민족의식을 발휘했다. 이 민족의식 덕분에 몽골과의 장기전이 가능했던 것이다.

이 설명을 살펴보면 앞서 말한 중세의 기준을 만족하는 내용은 찾아볼 수 없다. 이는 '중세' 자체가 서유럽 역사 연구에서 나온 개념이기 때문이다. 중세의 가장 일반적인 기준인 봉건제조차 다른 나라에 일괄적으로 적용할 수 없기 때문이다. 중국의 예를 들면, 봉건제가 존재했다고 해서 주나라를 중세 국가로 규정할 수 없는 것에서도 알 수 있을 것이다.

따라서 학자들은 서양과는 다른 우리만의 중세 구분 기준을 만들려고 노력하였다. 고려는 위의 4가지 근거로 볼 때 이전 남북국과 다른 특성을 지녔으며, 또한 발전된 국가 체제를 보여주고 있으므로 중세 국가라고 보는 것이다.

Ⅱ. 고려 사회와 대외 관계

역사 훑어보기

1. 문벌 귀족 사회의 성립과 동요

1) 문벌 귀족 사회의 성립

지방호족 출신과 신라 6두품 계열 유학자 출신들이 과거와 음서를 통해 고위 관직을 독점하고, 과전과 공음전의 혜택과 권력을 이용한 경제력의 확대 등을 통해 '문벌귀족' 이라는 새로운 세력을 형성하였다. 이로 인해 왕의 측근 세력과 문벌 귀족 사이의 대립이 발생하였다.

2) 이자겸의 난(1126)

이자겸의 난은 경원 이씨 가문의 권력 독점으로 이자겸 세력에 대한 왕 측근 세력의 반발과 대립으로 발생하였다. 이자겸이 척준경과 함께 왕위 찬탈 반란을 일으켰으나 이자겸이 척준경에게 제거되어 실패하였다. 이 난은 중앙 지배층 사이의 분열을 드러내고, 문벌 귀족 사회의 모순을 촉진하였으며 인종의 왕권회복, 민생안정, 국방 강화 정책 추진을 가져온다.

> 자료
>
> **고려 전기의 역사 인식**
>
> 성상 전하(聖上殿下)께서 …(중략)… 전고(前古)의 사서(史書)를 박람(博覽)하시고, "지금의 학사대부들은 모두 오경(五經)과 제자(諸子)의 책과 진한 역대의 사서에는 혹 널리

통하여 상세히 말하는 이는 있으나, 도리어 우리나라의 사실에 대하여는 망연(茫然)하고 그 시말(始末)을 알지 못하니 심히 통탄할 일이다. 하물며, 고구려, 백제가 나라를 세우고 정립하여 능히 예의로써 중국과 교통한 까닭으로 범엽(范曄)의 한서나 송기(宋祁)의 당서에는 모두 열전이 있으나 국내는 상세하고 국외는 소략하게 써서 자세히 실리지 않은 것이 적지 않고 또한, 고기(古記)에는 문자가 거칠고 잘못되고 사적이 빠져 없어진 것이 많으므로 군후(君侯)의 선악이나 신자(臣子)의 충사(忠邪)나 국가의 안위나 인민의 이란(理亂) 등을 모두 잘 드러내어 뒷사람들에게 경계를 전할 수없게 되었으니, 마땅히 삼장(三長)의 인재를 얻어 한 나라의 역사를 이룩하고 이를 만세에 남겨 주는 교훈으로 하여 명성신(明星辰)과 같이 밝히고 싶다." 하셨습니다.

_『동문선』 44, 진삼국사기표

3) 묘청의 서경 천도 운동(1135)

묘청의 세력범위

김부식

인종의 개혁 정치 과정에서 보수적 관리들인 김부식 중심과 개혁적 관리들인 묘청 정지상 중심이 대립한 사건이다. 묘청 세력은 풍수지리설을 내세워 서경천도와 칭제건원, 금 정벌을 주장하고, 민생안정을 내세운 개경 귀족 세력의 반대에 부딪혀 서경에서 대위국을 세워 난을 일으켰으나 김부식의 관군에 의해 진압되었다. 묘청의 서경 천도 운동은 귀족 세력의 분열과 지역 세력 간의 대립, 자주적 전통 사상과 사대적 유교 정치 사상의 충돌, 고구려 계승 이념에 대한 갈등 등이 결합되어 발생한 문벌 귀족 사회의 내부 모순을 표출하기도 하였다.

서경파와 개경파의 비교

파 벌	중심인물	사 상	대외정책	주장
서경파	묘청	풍수지리설	북진주의	칭제건원, 금국정벌론, 서경 천도
개경파	김부식	유교사상	사대주의	북진 불가능, 금의 사대 요구 수락

> 자료

신채호의 서경천도운동 인식

그러면 조선 근세에 종교나 학술이나 정치나 풍속이나 사대주의의 노예가 됨은 무슨 사건에 원인하는 것인가. …(중략)… 나는 한마디 말로 회답하여 말하기를 고려 인종 13년 서경천도운동 즉 묘청이 김부식에게 패함이 그 원인으로 생각한다. …(중략)… 묘청의 천도운동에 대하여 역사가들은 단지 왕사(王師)가 반란한 적을 친 것으로 알았을 뿐인데, 이는 근시안적인 관찰이다. 그 실상은 낭가와 불교 양가 대 유교의 싸움이며, 국풍파 대 한학파의 싸움이며, 독립당 대 사대당의 싸움이며, 진취사상 대 보수사상의 싸움이니, 묘청은 전자의 대표요 김부식은 후자의 대표였던 것이다. 묘청의 천도운동에서 묘청 등이 패하고 김부식이 이겼으므로 조선사가 사대적, 보수적, 속박적 사상인 유교 사상에 정복되고 말았다. 만약 김부식이 패하고 묘청이 이겼더라면 조선사가 독립적, 진취적으로 진전하였을 것이니 어찌 일천년래 제일대 사건이라 하지 아니하랴.

— 『조선사연구초』

4) 무신 정권의 성립

문벌 귀족 체제의 모순과 의종의 실정으로 차별 대우에 대한 무신의 불만이 표출하여 정중부, 이의방 등 무신들의 정변으로 의종을 폐하고 명종을 즉위시킨 사건이다. 무신 정권이 성립되어 무신들이 중방을 중심으로 관직을 독점하고, 사병을 육성하며 무신들의 대토지 소유가 확대되고 지방 통제력이 약화되어 농민 봉기가 발생하였다. 그 후 최씨 무신정권은 최충헌의 사회개혁안으로 봉사 10조를 제시하고 농민 봉기를 탄압하고 교정도감과 도방을 설치

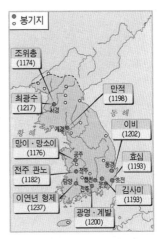

무신 정권 때의 반란

하여 정권을 이끌었다. 최우는 인사행정 기구였던 정방을 설치하고 서방을 설치하여 문신을 등용했다.

무신 정변 이후의 사회는 문벌 귀족 사회가 붕괴하고 전시과 체제가 붕괴되고 농장을 확대하고 천민들의 신분 해방운동이 제기되었다.

2. 대외 관계의 전개

1) 거란의 침입과 격퇴

거란은 고려의 북진 친송 정책으로 993년 1차로 침입하였다. 이 때는 서희의 외교 담판으로 강동 6주를 획득하였다. 2차 침입에는 양규의 선전으로, 1018년 3차 침입에는

강동 6주

강감찬의 귀주 대첩으로 거란을 물리쳤다. 귀주대첩 후, 고려와 송, 거란은 세력 균형을 이루고 고려는 개경 주변에 나성을 쌓고, 압록강 어귀에서 동해안의 도련포에 이르는 천리장성을 축조하였다.

> **자료**
>
> ## 서희의 담판 외교
>
> 소손녕 : "그대 나라는 신라 땅에서 일어났소. 고구려 땅은 우리의 소유인데 그대 나라가 침식하였고 또 우리와 국경을 맞닿았는데도 바다를 넘어 송을 섬기고 있소. 그 때문에 오늘의 출병이 있게 된 것이니 만일 땅을 떼어서 바치고 조빙(朝聘)을 닦으면 무사할 수 있을 것이오."
>
>
>
> 서　희 : "아니오, 우리나라는 곧 고구려의 땅이오. 그러므로 국호를 고려라 하고 평양에 도읍하였으니 만일 영토의 경계로 따진다면 그대 나라의 동경이 모두 우리 경내에 있거늘 어찌 침식이라 하리오. 그리고 압록강의 내외도 또한 우리 경내인데 지금 여진이 가로막고 있어 바다를 건너는 것보다 더 심하오. …(중략)… 만일 여진을 내쫓고 우리 옛 땅을 돌려보내어 도로를 통하게 하면 감히 조빙을 닦지 않으리오."

2) 여진 정벌과 동북 9성 개척

> **자료**
>
> ## 시대별 호칭의 변화
>
> | 시대 | 군장국가 | 연맹국가 | 삼국 | 통일신라 | 고려 | 조선 |
> |---|---|---|---|---|---|---|
> | 칭호 | 숙신 | 읍루 | 물길 | 말갈 | 여진 | 만주 |

고구려·발해 멸망 후 반독립 상태의 여진은 고려에 식량과 포목을 제공하고 귀화 추진으로 회유·동화정책을 실시하였다. 11세기 말 만주 하얼빈에서 일어난 완옌부의 추장 영가가 간도지방을 차지하고 12세기 초 우야소 추장의 남진으로 함흥에서 고려와 충돌하여 정주까지 남하하였다.

여진과의 관계는 윤관이 별무반을 이끌고 여진족을 천리장성 북방으로 축출하고 동북 9성을 축조하였다. 그러나 여진족의 간청과 수비의 어려움으로 돌려주고 여진족은 세력을 키워 금을 건국하고 거란을 멸망시켰으며, 고려에 군신관계를 요구하였다. 당시 집권자였던 이자겸은 정권 유지를 위해 금의 요구를 수용하였다.

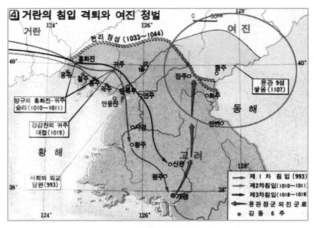

여진 정벌

3) 몽골과의 전쟁

13세기 초 몽골족의 족장 칭기즈칸이 부족을 통일하고 대제국을 건설하여 몽골에 쫓겨 온 거란족을 합동 공격하여 몰아낸 강동의 역(1218) 이후 몽골은 자신들이 은인이라고 주장하며 지나친 공물을 요구해 온다. 그 과정에서 몽골 사신 저고여의 피살 사건을 구실로 몽골군이 침입하여 의주를 점령하고 귀주성의 박서가 저항하자, 몽골군은 귀주성을 피해 개경을 바로 포위하였다. 조정이 몽골 요구를 수용하자 몽골군이 철수하였다. 2차 침입에서는 몽골의 무리한 조공 요구와 내정 간섭에 반발하여 최우가 강화도로 천도하였다. 처인성에서는 김윤후가 살리타를 사살하여 대몽항쟁을 하고 몽골군이 퇴각한다. 고려는 일반 민중과 노비, 향·소·부곡민들의 항쟁과 부처의 힘으로 외적을 격파하고자 『팔만대장경』을 조판하였다. 몽골의 침입으로 국토가 황폐하고 문화재가 소실(대구 부인사 대장경, 황룡사 9층 목탑 등)되고, 최씨 정권에 대한 민심이 떠났다.

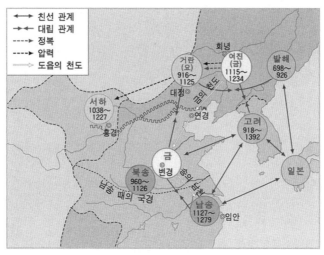
고려시대의 대외 관계

　최씨 정권이 몰락하고 몽골은 완전한 정복을 포기하고 고려의 끈질긴 저항으로 주권과 풍속을 인정하여 몽골과 강화 후 원종 때에 개경으로 환도하였다.

　삼별초는 고려 정부의 개경 환도에 반발하여 배중손의 지휘로 몽골군의 접근이 어려운 지리적 이점을 이용하여 진도와 제주도에서 저항하였으며, 백성들의 지원으로 항쟁하였으나 여·몽 연합군에 의해 진압되었다. 삼별초의 항쟁은 고려 무신의 배몽사상과 국민 자주성의 표출을 말하며, 몽골은 난 진압 후 제주도에 탐라총관부를 설치하고 목마장을 두었다.

> 자료
> ### 몽골과의 전쟁 때 활약한 백성들
>
> 　김윤후는 고종 때의 사람으로 일찍이 중이 되어 백현원에 있었다. 몽골병이 이르자, 윤후가 처인성으로 난을 피하였는데, 몽골의 원수 살리타가 와서 성을 치매 윤후가 이를 사살하였다. 왕은 그 공을 가상히 여겨 상장군의 벼슬을 주었으나 이를 사양하고 받지 않았다.
> 　　　　　　　　　　　　　　　　　　　　　　　　　　　　　—『고려사』
>
> 　처음 충주 부사 우종주가 매양 장부와 문서로 인하여 판관 유홍익과 틈이 있었는데 몽골병이 장차 쳐들어온다는 말을 듣고 성 지킬 일을 의논하였다. 그런데 의견상 차이가

4) 고려의 대외무역

통일신라 때에는 호족 중심의 사무역이 성행하였으나 고려 때는 중앙집권화로 공무역이 중심이 되었다. 예성강 어귀의 벽란도는 국제무역항으로 번성하여 송·요·일본 등과 무역을 활발하게 하였으며, 대송무역이 차지하는 비중이 컸다. 수출품은 금, 은, 인삼, 종이, 붓, 먹, 부채, 나전칠기, 화문석 등이었고, 수입품은 서적, 비단, 약재, 악기, 차, 향로 등이었다. 그 외 거란·여진·일본·아라비아와도 무역을 하였다. 이 때 고려라는 이름이 서방에 알려지게 되었다.

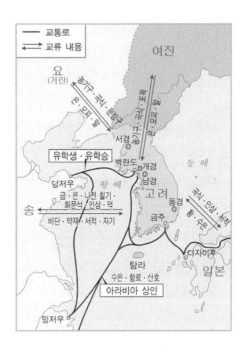

한낮이 채 못되어 돛대는 남만 하늘에 들어가누나

— 『동국이상국집』

쌍화점에 만두 사러 갔더니만
회회아비 내 손목을 쥐더이다
이 소문이 가게 밖에 나며 들며 하면
조그마한 새끼 광대 네 말이라 하리라

— 「쌍화점」

관촉사 석조미륵보살입상

월정사팔각구층석탑

청자모란무늬매병

분청사기

광주 춘궁리 철불

무량수전

역사와 논술 마주보기

 본론 쓰기

논술문에서 본론은 문제가 해명하기를 요구하는 과제에 대하여 본격적으로 답하는 부분이다. 결국 본론은 말하고자 하는 가장 중심적인 내용을 적는 부분으로 논술에 있어서 가장 핵심 영역이 된다.

1) 본론의 특징과 일반적인 내용

본론은 서론에서 제시한 중심 과제를 구체적으로 해명하고, 자신의 의견이나 주장이 타당하다는 것을 증명하기 위해 구체적인 근거를 들어 논증하는 글의 중심 부분이다. 따라서 본론은 다른 어느 부분보다도 논리적이고 체계적으로 써야 한다. 그러기 위해서는 적합한 논거를 들고 그 논거를 바탕으로 규칙과 절차를 지키며 논증해 나가야 한다.

(1) 본론의 특징

① 과제를 충실하게 논의하는 단락이다.
② 본론에 쓰이는 단락은 '소주제문+뒷받침 문장'의 형식을 취하여 완결성을 갖추어야 한다.
③ 두괄식 구성을 취하는 것이 소주제를 드러내는 데 효과적이다.
④ 본론은 둘 이상의 단락으로 구성된다.
   • 주어진 화제의 현상을 자세히 제시하는 단락
   • 문제가 되는 현상의 원인을 분석하는 단락

- 자신의 주장을 입증할 근거를 제시하는 단락
  - 상술하여 사실을 제시하는 경우
  - 예를 들어 증명하는 경우
  - 인용하여 증명하는 경우
  - 이유를 제시하는 경우
- 다양한 해결 방법을 모색하는 단락

(2) 본론의 일반적인 내용

본문에서 주로 다루어야 하는 일반적인 내용은 다음과 같다.

첫째, 제기된 문제를 전개하여 주제를 이끌어 낸다.

둘째, 적절한 논거를 제시하여 자신의 주장에 대한 타당성을 확보한다.

셋째, 내용을 적절히 배열하여 같은 문단으로 묶거나 다른 문단으로 나누어준다.

2) 본론 쓰기의 단계

(1) 문제의 해결 방안을 묻는 논제의 경우

① 1단계 : 문제에 대한 현상 지적이나 그 심각성을 밝힌다.

② 2단계 : 문제를 초래한 원인을 분석한다.

③ 3단계 : 문제에 대한 해결 방안을 강구한다.

(2) 문제에 대한 각자의 견해를 묻는 논제의 경우

① 1단계 : 논제에 대한 자신의 주장을 제시한다.

② 2단계 : 여러 가지 사례를 제시하여 타당성을 확보한다.

③ 3단계 : 논거들을 종합하여 자신의 주장을 정리한다.

3) 본론의 논의 전개 방법

(1) 해결 방안을 제시하는 방법

객관성과 합리성을 지니도록 쓴다. 주어진 문제 상황을 파악하고, 그 원인을 분석하며 나아가 그 대책까지도 마련하는 식의 글쓰기를 말한다. 이러한 방법으로 본론을 전개할 때는 구체적인 예화나 통계자료를 들어 진술하는 것이 좋다. 그럼으로써 문제를 좀 더 실감있게 제시할 수 있고 이에 따른 원인과 해결 방안도 현실성 있게 진술할 수 있기 때문이다.

본론1 문제제기
　　과제의 실상을 확인하고 문제를 제시한다.(때에 따라 '서론' 부분에 위치할 수도 있음)

본론2 원인 분석
　　원인 분석(1), 원인 분석(2)

본론 3 해결 방안 제시
　　해결방안(1), 해결방안(2) (때에 따라 결론 부분에 위치할 수도 있음)

(2) 반박 또는 반론을 제시하는 방식

자신의 의견과 반대되는 내용을 제시하고 그것에 대해 반박한다.
① 상대의 주장을 반박하기
② 예상되는 반론을 논박하기
③ 상대방의 주장을 부분적으로 인정한 후 비판하기

(3) 구체화하여 설득하는 방식

① 예시로써 구체화하기
② 상세히 서술하는 방법으로 구체화하기
③ 부연으로써 구체화하기

(4) 옹호하거나 원인을 밝히는 방식

둘 또는 그 이상의 주장이 제시된 상태에서 어느 한 쪽의 입장을 택하여, 그것을 옹호하면서 동시에 다른 의견을 비판하는 글의 전개 방식이다. 경우에 따라서는 주어진 견해에 대해 비판할 것만을 요구하는 경우도 있다. '옹호 비판'형의 글쓰기에서는 무엇보다도 찬성과 반대의 근거를 구체적으로 제시하는 것이 중요하다.

(5) 영향을 분석하는 방식

① 어떤 실태가 가져다 줄 영향 밝히기
② 자기 주장의 영향 밝히기
③ 영향 분석하기

(6) 비교, 대조하기

① 둘 이상의 대상들을 여러 각도에서 비교하거나 대조하여 그 장·단점을 판별하도록 하는 방식
② 대상을 어떤 관점에서 비교하고 대조할 것인가 기준 설정이 필요
③ 기준 설정이 어려우면 대상의 개념을 밝히고 그 속성이나 범주를 확인
④ 짜임
　　본론(1) : 비교·대조의 기준 설정
　　본론(2) : 대상 A의 분석
　　본론(3) : 대상 B의 분석
　　본론(4) : 대상들의 비교와 대조

(7) 정·반·합의 방법으로 전개하기

본론을 전개시키는 가장 일반적인 방법 중의 하나에 해당한다. 모순, 대립되는 두 개의 견해나 명제를 종합하여 새로운 대안을 할 때 사용된다.

본론1 정(正)

　　문제에 대한 한 관계를 제시한다. 이 단계는 모순을 그 자신 속에 암암리에 포함하고 있음에
　　도 불구하고 그 모순을 알아채지 못하는 단계이다.

본론2 반(反)

　　'정(正)' 단계의 모순이 스스로 밖으로 드러나는 단계이다.

본론3 합(合)

　　정(正)과 반(反)의 대립이 해소되어 두 관점이 종합 통일되는 단계이다.

(8) 열거식의 본론 전개

　　열거식으로 본론을 전개할 때는 제시된 문제 상황에 대한 원인을 분석하거나, 어떤
요인 때문에 일어나게 된 결과, 즉 그 요인이 끼치게 된 영향을 분석하거나, 특정 문제
의 중요성을 분석한다. 이 방법으로 본문을 전개시킬 때는 각 부분이 일관된 기준에 따
라 대등한 가치를 지니고 배열되도록 해야 한다 '첫째, 둘째, 셋째' 등으로 배열된 것은
열거식 전개의 대표적 예이다.

4) 본론 쓰기의 유의 사항

　　첫째, 서론과 밀접한 상관성을 갖고 서술하여야 한다.(서론의 문제 제기를 논증한다.)

　　둘째, 서론에서 언급하지 않은 새로운 문제를 제기하면 안 된다.

　　셋째, 논리의 비약이 있어서는 안 된다.

　　넷째, 분석적 열거나 비교, 대조 등의 방법으로 논거를 풍부하게 하여야 한다.

　　다섯째, 결론(문제의 해결책 등)을 항상 염두에 두어야 한다.

　　여섯째, 일관된 관점을 유지하여야 한다.

역사 테마로 논술쓰기

 고려시대의 돈 이야기

현물 화폐가 아닌 순수 화폐로서 우리나라에서 처음 사용된 것은 고려의 동전이다. 고려의 동전에는 동국통보·동국중보·삼한통보·삼한중보·해동통보·해동중보 등이 있었는데, 형태와 크기는 거의 동일했다. 고려의 동전은 명칭과 형태, 크기 등 모든 면에서 중국의 동전을 모델로 했다. 중국은 이미 천 년 이상 동전을 사용한 역사를 가지고 있었을 뿐 아니라 당시 고려와 활발한 무역관계를 가지고 있었으므로, 고려가 새롭게 화폐경제를 수립하려 할 때 쉽게 모범이 될 수 있었다.

통보와 중보는 나라를 부유하게 하는 보배라는 뜻으로 해당 연호 기간 중 첫 번째로 만든 동전을 통보, 그 후에 추가로 발행한 것을 중보라고 했다. 고려에서는 중국 연호 대신에 동국이나 해동, 삼한과 같은 용어를 사용하여 중국과는 다른 고려 자체적으로 발행한 동전임을 나타내었다.

고려에서는 국가 재정과 유통 경제를 발전시키려고 동전을 발행했다. 하지만 화폐 경제의 발전이 일반인의 경제 상황을 더 어렵게 한다는 비판도 있었다. 이와 같은 입장의 차이는 자연히 동전의 사용에 대하여 서로 반대되는 견해를 갖게 했다. 특히 동전이 중국의 것을 모델로 했다는 점에서 외국 제도의 수용에 대한 입장 차이도 나타났다.

"돈이라고 하는 것은 몸은 하나이지만 기능이 네 가지입니다. 먼저 그 생김새를 보면 몸은 둥글고 구멍은 네모난데, 둥근 것은 하늘을 본뜬 것이고 네모난 것은 땅의 모양입니다. 이것은 만물을 완전하게 덮고 받쳐주는 것을 상징하는 것입니다. 둘째로, 돈은 샘처럼 끝없이 흘러 한이 없습니다. 셋째로, 돈을 민간에 퍼뜨리면 위와 아래 골고루 돌아다녀 영원히 막힘없게 됩니다. 넷째로, 돈은 이익을 가난한 사람과 부자에게 나눠 주는데 그 날카로움이 칼날과 같아 매일 써도 둔하지 않습니다."

이 '돈 예찬론'은 고려 중기의 고승 의천이 국왕에게 동전의 사용을 건의하기 위하여 지은 글의 일부이다. 당시 의천은 국왕인 숙종의 동생으로서 국정에 적지 않게 관여했다. 그가 돈을 예찬하면서 적극적으로 사용하자고 주장한 것은 국가 재정을 확충하고 가난하고 힘없는 사람의 생활을 안정시키는 데 돈이 도움이 될 것으로 생각했기 때문이었다.

당시 고려에서는 백성이 실생활에 사용할 쌀이나 옷감으로 상거래를 하기 때문에 물자가 부족하게 되고, 나아가 이익을 노리는 사람이 쌀에 흙을 섞고 옷감의 품질을 떨어뜨리는 농간을 부려 많은 문제가 발생했다.

가난한 백성이 시장에서 어렵게 구한 쌀로 제대로 밥을 해 먹을 수도 없고 옷감으로 옷을 해 입으면 속이 훤히 드러날 정도여서 추위를 막을 수 없었다. 또한 일부 권세가와 부자는 곡식이 부족한 시기에 쌀을 빌려준 후 몇 배의 이자를 쳐서 받기 때문에 일반 백성뿐 아니라 청렴한 관료까지도 어려운 생활을 할 수 밖에 없었다. 그런데 금속 화폐는 실생활에 사용되지 않는 구리로 만들기 때문에 쌀과 옷감의 부족과 품질 저하를 막을 수 있고, 부자의 모리 행위도 근절시킬 수 있는 좋은 수단이 될 수 있다고 보았다.

그런데 의천보다 한 세기 뒤에는 동전의 사용을 반대하는 다른 경제 이론이 제기 되었다.

"공방은 겉은 원만하지만 속이 모나고 시세에 따라 임기응변을 잘했다. 한나라에서 벼슬하여 홍로경(재무장관)이 되었다. …(중략)… 성격이 탐욕스럽고 청렴하지 못했다. …(중략)… 백성들과 작은 이익을 다투고, 물가를 조작하여 곡식을 싸게 하여 백성이 농업을 버리고 상업에 몰려 농사를 망치게 했다. …(중략)… 또 권귀들과 사귀어 그 집에 다니며 벼슬을 사니 관리들의 승진이 모두 그 손에서 결정되었다. 관료들이 지조를 꺾고 다투어 뇌물을 바치니 거둬들인 문서가 산더미 같이 이루 헤아릴 수 없었다. 사람을 사귈 때에는 인간성을 따지지 않고 시정잡배라도 돈 있는 사람이면 함께 몰려다녔다."

돈을 공방(네모 구멍)이라는 인물로 의인화하여 화폐가 갖는 탐욕과 부패를 예리하게 풍자한 이 글은 무인 집권기의 문인 임춘이 지은 『공방전』에 나오는 내용이다.

이 글에서 중국 역대의 화폐 정책은 공방 집안 인물들에 의해 주도 되는 것으로 설명되었는데, 이들은 부국강병을 추진한 임금들에게 총애를 받았지만 끝내는 탐욕과 부패 때문에 관직에서 쫓겨나 죽임을 당하게 되었다. 사회의 혼란과 부정부패는 늘 이들과 함께 했다. 이처럼 돈의 부정적 성격을 강조한 임춘은 동전이 사용되면서 인간 사회의 탐욕과 이기심이 증대한다고 보았다. 또 국가 재정의 확대만을 목표로 하는 정책은 능률을 내세우는 부패한 관료만 득세하게 하고 정직한 관료와 선량한 백성은 피해를 보게 하는 결과를 가져올 뿐이라고 했다.

의천과 임춘이 이처럼 상반된 화폐관을 가진 것은 그들이 처한 상황이 달랐던 데서 연유한다. 의천은 고려가 활발하게 발전하던 시기에 국왕을 도와 보다 능률적이고 발전적인 사회를 만들려 했기 때문에 동전을 사회 구성원 모두의 부를 창조하는 도구라고 생각했다. 반면에 임춘은 정통성 없는 무인들이 권력을 장악한 시기에 끝내 등용되지 못하고 소외된 채 경제적으로도 불우한 생활을 감내해야 했으므로 화폐경제의 발전이 일부 권세가와 부자들의 재산 축적에 기여할 뿐이라고 생각했다.[4]

논제 1 '돈'에 대해 대각국사 의천과 『공방전』에서 말한 내용을 정리하고, 고려시대 경제 발달에 대한 문제점을 서술해 보자.

논제 2 다음 자료의 인물과 관련 있는 내용을 서술해 보자.

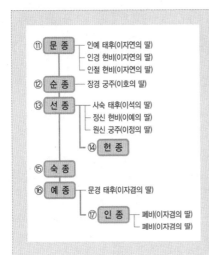

스스로 국공이 되어 왕태자와 똑같은 예우를 받거나 자신의 생일을 인수절이라고 부르게 하였다. …… 남의 토지를 강제로 빼앗았으며, 종들을 시켜 마차를 약탈하여 자기의 물건처럼 실어 날랐다.

— 『고려사』

법성포에 귀향가서 맛있는 조기가 있어 왕에게 보내오나 굴복하지는 않습니다. 라고 하며 굴비(屈非)를 보냈다.

— 송교수의 재미있는 우리말 이야기-24. 굴비

논제 3 다음 자료와 관련된 사건을 서술해 보자.

김부식 : 금은 송을 정벌할 만큼 큰 국가로 성장하였는데, 어떻게 금의 항복을 받느다는 말인가?

묘　청 : 오늘날 나라 안팎의 사정이 어지러운 것은 개경의 땅 기운이 쇠퇴하였기 때문이다. 그러므로 땅의 기운이 왕성한 서경을 수도를 옮겨야 한다.

김부식 : 올여름에 서경 대화궁의 30여 곳에 벼락이 떨어지는 등 불길한 일이 연이어 일어났는데, 어찌 그곳이 기운이 좋은 땅이란 말인가?

4) 한국역사연구회, 『고려시대 사람들은 어떻게 살았을까』, 청년사, 2009.

논제 4 다음에서 설명하는 인물을 설명해 보세요.

- 교정도감을 설치하고 국가의 중요한 정책을 결정하고 집행하였다.
- 도방을 확대하여 자신을 호위하게 하였다.
- 집권 초기에 여러 가지 사회 문제점을 지적하고 개혁안을 내놓았다.

1170년	1179년	1183년	1196년	1219년	1249년	1257년	1258년	1268년	1270년	1271년
이의방·정중부	경대승	이의민	최충헌	최우	최항	최의	의	김준	임연	임유무
중방·도방(경대승)			교정도감(최충헌)·정방(최우-인사 행정)·삼별초(최우)							
무신 정권 성립기			최씨 무신 정권(안정기)						쇠퇴기	

논제 5 다음은 무신 집권기에 나타난 피지배층의 저항을 나타낸 글이다. 이 사건에 대해 서술해 보자.

(가) 그는 "무신 정변 이래로 천한 무리에서 높은 관직에 오르는 경우가 많았으니, 장군과 재상이 어찌 처음부터 종자가 따로 있으랴? 때가 오면 누구나 할 수 있을 것이다. 어찌 우리는 채찍 아래에서 뼈 빠지게 천한 일만 하겠느냐! 우리도 한번 세상을 바꿔보자." 라고 주장하였다.

(나) 이 지역의 주민은 천민이 아니면서도 일반 군현에 사는 백성에 비해 차별 대우를 받았으며, 더 많은 세금과 부역에 시달렸다. 이에 1176년에 가혹한 세금과 특수 행정 구역의 주민이 겪는 신분차별에 항의하며 봉기하였다.

논제 6 다음 자료와 관련하여 일어난 사건을 서술해보자.

의종이 보현원으로 행차하여 술을 마시던 중, 대장군 이소응으로 하여금 '오병수박희'를 시켰다. 이소응이 패하자, 문신 한뢰가 갑자기 앞으로 나서며 이소응의 뺨을 때리니 섬돌 아래로 넘어졌다. 이 모습을 보고 왕과 모든 신하가 손뼉을 치면서 크게 웃었다.

— 『고려사』

논제 7 다음 글과 관련된 인물을 설명하고 영향을 서술해 보자.

아버지는 소금장수이고 어머니는 절의 노비였다. 그는 천민 출신이었지만, 뛰어난 무예 실력으로 호위군에 뽑힌 후, 무신 정변 당시 활약하여 장군으로까지 승진하여 최고 권력자가 되었다.

논제 8 문종의 넷째 아들로 송에 건너가 천태종과 화엄종을 연구하고 돌아온 인물의 업적을 서술해 보자.

논제 9 서희와 소손녕과의 담판 외교 담판은 고려에 어떤 영향을 미쳤는지 설명해 보자.

논제 10 여진을 정벌하기 위해 설치한 임시 군사조직으로 기병인 신기군, 보병인 신보군, 승려로 구성된 항마군으로 구성된 군사 조직에 대해 설명해 보자.

논제 11 다음에서 설명하는 조직에 대해 서술해 보자.

> 최우가 도둑을 잡기 위해 설치한 야별초에서 분리된 좌별초와 우별초, 몽골에 포로로 잡혀갔던 병사로 조직된 신의군을 합쳐 부른 것으로, 이후 몽골과의 전투에 참여하였다.

논제 12 다음 시에서 설명하는 지역이 번성한 지리적 이유를 세 개 서술해보자.

> 물결은 밀려갔다 다시 밀려오고 / 오가는 배는 머리와 꼬리가
> 서로 잇닿아 있구나. / 아침에 이곳을 떠나면 한낮이 못 되어
> 남만에 들어가누나 / 사람들은 배를 물 위의 말이라고 하지만,
> 바람을 쫓는 좋은 말의 말굽도 / 배에 비하면 더디다 하리
>
> — 『동국이상국집』

역사 깊이읽기

 고려의 불교정책과 사원경제의 발달

태조의 훈요 십조의 1조에 "고려의 대업은 부처님의 호위에 힘입은 것이니 선종과 교종의 사원을 창건할 것", 6조에는 "연등회와 팔관회를 잘 지켜 거행할 것"이라고 하여 국가 이념으로서 불교를 강조하였다. 이에 따라 국가는 불교 사원을 전폭적으로 지원하였는데, 각 사원에는 면세 혜택을 받는 사원전과 노비가 지급되었다. 또한 승려들은 부역 동원에서 제외되었다.

국가 기강이 문란해지면서 이들 사원은 그 자체로 권력 집단이 되어 토지를 강탈하고 일반 백성을 노비로 만들었다. 농민들은 국가의 역을 피하기 위해 스스로 사원의 노비가 되기도 하였다. 귀족들은 사원과 결탁하여 토지를 헌납하는 방식으로 면세 혜택을 받았다.

이러한 과정을 통해 사원은 거대한 토지를 소유하게 되었고, 사원전에서 수확한 소득을 자본으로 장생고(長生庫)라는 일종의 금융기구를 만들어 고리대를 운영함으로써 많은 부를 축적하였다.

한편 사원의 승려와 노비 중에서는 기술이 뛰어난 자가 많아 베·모시·기와·술·소금 등 품질 좋은 수공업 제품을 생산할 수 있었다. 사원은 수공업품을 팔아 더 많은 부를 축적할 수 있었다.

 개방적 사회

고려의 신분제도는 조상의 신분이 그대로 자손에게 세습되는 구조였지만, 그렇지 않은 경우도 있었다. 향리로부터 문반직에 오르거나 군인이 군공을 쌓아 무반으로 출세할 수 있었으며, 고려 후기에는 향·소·부곡이 일반 군현으로 승격되기도 하였다. 외거노비 가운데는 재산을 모아 양인 신분을 얻는 경우도 있었다.

통일신라의 신분제도는 귀족, 평민, 천민으로 구성되었고 골품제 속에서 혈통에 따른 신분 세습이 철저하게 지켜졌다. 하지만 고려의 신분제도는 귀족, 중류층, 양민, 천민으로 구성되어, 통일신라와 달리 중류층이 새로 등장하였다.

또한 고려시대에는 천민을 제외한 나머지 모든 사회 구성원들에게 법제적으로나마 과거 응시의 제약을 없애 관직 진출의 길을 허용하여, 진골귀족 중심의 폐쇄적인 신분제를 운영하였던 통일신라보다 한층 개방적인 사회를 만들었다.

 ## 노비의 신분상승

평량은 평장사 김영관의 집안 노비로 경기도 양주에 살면서 농사에 힘써 부유하게 되었다. 그는 권세가 있는 중요한 길목에 뇌물을 바쳐 천인에서 벗어나 산원동정의 벼슬을 얻었다. 그의 처는 소감 왕원지의 노비인데, 왕원지는 집안이 가난하여 가족을 데리고 가서 의탁하고 있었다. 평량이 후하게 위로하여 서울로 돌아가기를 권하고는 길에서 몰래 처남과 함께 원지의 부처와 아들을 죽이고 스스로 주인이 없어졌으므로 계속해서 양민으로 행세할 수 있음을 다행으로 여겼다.

— 『고려사』

Ⅲ. 고려 후기의 정치 변동

역사 훑어보기

1. 고려 후기의 정치 변동

1) 원의 내정 간섭

고려의 끈질긴 항쟁의 결과로 원의 직속령은 면하였지만 부마국으로 격하되었다. 철령 이북의 쌍성총관부와 서경에 동녕부, 제주도에 탐라총관부를 설치하여 내정간섭을 하였다. 원의 부마국으로 관제를 격하하고 정동행성을 유지하였으며, 다루가치를 파견하여 친원파가 득세하게 되고 자주성이 손상되었다. 공녀와 특산물을 징발해 갔으며, 응방을 설치하여 경제적 수탈을 하였다.

경천사지 10층 석탑

> **자료**
>
> ### 농민의 경제생활
>
> 요즈음 권세를 가진 자 백성의 논밭을 빼앗아
> 산과 내를 경계로 논귀밭귀를 만드나니
> 밭 하나에 주인은 몇 씩이나 나타나
> 앗아가고 앗아가고 쉴 사이 없이 앗아가며
> 그나마 홍수와 가뭄으로 흉년조차 들어
> 논밭엔 갈수록 쓸쓸한 잡초만 우거지는데
> 관가의 조세는 무엇으로 바치오리까
> 장정들은 몇 천 명이나 어디로 간지도 모르게 흩어지고……
>
> ──「상률가(橡栗歌)」, 이곡

2) 공민왕의 개혁정치

공민왕은 원나라가 쇠퇴한 것을 계기로 친원 세력을 숙청하고 정동행성을 폐지하고 관제를 다시 복구하였다. 또한 몽골 풍속을 금지하였고, 철령 이북의 쌍성총관부를 공격하고 요동 지방을 공략하여 반원 자주 정책으로 고려의 자주성을 회복하려 하였다.

또, 왕권강화정책으로 권문세족의 힘을 약화시켰으며 정방을 폐지하고 신돈을 등용하여 전민변정도감을 설치하고 성균관과 과거제도를 정비하였다. 그러나 권문세족의 반발과 신돈의 제거, 공민왕 시해로 개혁은 중단되고 고려는 기울어졌다.

공민왕이 수복한 지역

전민변정도감

신돈이 전민변정도감을 두기를 청하고 스스로 판사가 되어 다음과 같은 방을 내렸다. "요사이 기강이 크게 무너져 사람들이 탐욕스럽고 포악하게 되어, 종묘, 학교, 창고, 사원 등의 토지와 세업전민을 호강가가 거의 다 빼앗아 차지하고는, 혹 이미 돌려주도록 판결한 것도 그대로 가지고 있으며, 혹 양민을 노예로 삼고 있다. 향리, 역리, 관노, 백성 가운데 역을 피해 도망한 자들이 모두 숨어들어 크게 농장이 설치되니, 백성들을 병들게 하고 나라를 여위게 하며 홍수와 가뭄을 부르고 질병도 그치지 않고 있다. 이제 도감을 두어 고치도록 하니, 잘못을 알고 스스로 고치는 자는 죄를 묻지 않을 것이나, 기한이 지나 일이 발각되는 자는 엄히 다스릴 것이다."

_『고려사』 신돈

5년 7월 동북면 병마사 유인우가 쌍성을 함락하니 쌍성총관부의 총관 조소생과 천호 탁도경이 도주하였다. 이에 화주, 등주, 정주 등 화주 이북을 모두 회복하였다.

_『고려사』 공민왕

> 세상을 떠나 우뚝 홀로 서 있는 사람을 얻어 인습으로 굳어진 폐단을 개혁하려고 했다.
> 그러던 즈음 신돈을 보고나서 그는 도를 얻어 욕심이 적으며 또 미천한 출신인데다가 일
> 가친척이 없으므로 일을 맡기면 마음 내키는 대로 하여 눈치를 살피거나 거리낄 것이 없
> 으리라고 생각했다.
>
> ――『동사강목』5)

3) 신진사대부의 등장

무신 집권기부터 과거를 통해 정계에 진출하였으며 향리의 자제들이 많았다. 신진사
대부는 공민왕 때 개혁 정치에 참여하고 성리학을 수용하였으며, 불교 폐단을 시정하려
노력하였다. 권문세족이 인사권을 독점하고 관직의 진출을 제한하여 경제적 기반이 미
약한 신진사대부는 권문세족의 비리와 불법을 견제하여 갈등을 빚었다.

4) 고려의 멸망

고려 말은 공민왕의 개혁 실패와 사회 모순이 심화되면서 북쪽에서 홍건적이 쳐들어
오고, 왜구의 침입이 잦아 이성계 등의 신흥 무인이 성장하게 되었다.

고려는 명의 철령이북을 요구하는 것을 계기로 요동을 정벌하러 최영, 이성계, 조민수
등을 보냈다. 이성계는 4대 불가론을 말하여 반대하고 위화도 회군을 통해 실권을 장악
하고 최영을 제거 후 공양왕을 옹립한다. 그리고 급진 개혁파 사대부의 전제 개혁(과전
법)으로 경제력을 차지하고 고려는 멸망하고 조선이 건국되었다.

---

5) 이이화, 『한국사의 아웃사이더』, 김영사, 2008.

역사와 논술 마주보기

📚 결론 쓰기

1) 결론의 특징과 요건

결론은 서론, 본론에서 전개한 내용을 종합적으로 마무리하는 단계이다. 따라서 서론, 본론의 핵심적인 내용을 바탕으로 결론을 작성하게 된다. 결론의 일반적인 틀은 요약→ 주장(→부연, 강조, 전망 제시)으로 이루어진다. 결론의 핵심은 글 전체의 주제를 재확인 내지 강조하는 것이며, 이에 덧붙여 앞으로의 과제, 전망 등을 제시할 수 있다. 그러므로 단순히 이미 언급한 내용을 반복하거나 전혀 새로운 논의거리를 만들어서는 안 되며 결론에서는 앞선 논의를 바탕으로 글 전체의 주제를 명확히 제시해 주어야 한다.

(1) 결론의 특징

첫째, 필자의 주장이 집약되어 있다.

둘째, 글 전체를 완성하는 기능을 한다.

셋째, 독자가 공감할 수 있도록 끝맺어야 한다.

넷째, 본론의 논의를 바탕으로 하여 완결성을 갖춘다.

(2) 결론이 갖추어야 할 요건

첫째, 본론의 내용 가운데 중요한 것만을 간략하게 간추린다.

둘째, 간추린 내용은 본론에서 다룬 것에 한정한다.

셋째, 글 전체의 요지를 간략하고 명확하게 파악할 수 있어야 한다.

2) 결론 쓰기의 단계와 논의 전개 방법

(1) 결론 쓰기 단계

① 1단계 : 주의를 환기시키는 문장을 쓴다.

② 2단계 : 본론의 논지를 종합·요약한다.

③ 3단계 : 논증된 결과로 주제문을 작성하고 발전적인 전망을 한다.

(2) 논의 전개 방법

① 본론의 내용을 요약·강조하면서 끝맺는 방법

본론의 내용을 집약하여 요점을 정리하고, 서론의 문제 제기와 관련을 지어 주제를 강조하여 논의를 끝맺는 방식이다. 결론 쓰기에서 가장 무난한 방법으로 어떤 문제의 유형에도 적용할 수 있다.

② 변증법적인 '합'을 도출하기

변증법적 전개에 의한 글쓰기에서 '합'을 결론으로 도출하는 경우에 사용되는 방식이다. 본론에서 논의한 두 견해가 지니고 있는 공통적인 문제를 극복할 수 있는 방안을 찾아 제시하거나, 두 견해를 절충하여 종합적인 대안을 제시해야 한다. 이 때에는 반드시 어느 한쪽으로 기울어지지 않는 포괄적인 대안을 마련하도록 한다.

③ 대안이나 전망을 제시하며 끝맺는 방법

본론에서 논의한 내용을 해당 계층이나 기관 등에 의견을 제시하거나, 앞으로의 전개 방향을 예상하여 제시하는 방식이다. 이 방식을 따를 경우에는 본론을 요약한 다음, 그것을 바탕으로 제언 또는 전망하는 것이 바람직하다.

④ 독자에게 당부하면서 끝맺는 방법

본론에서 논의한 내용을 바탕으로 결론을 도출한 다음, 독자에게 행동이나 변화를 촉구하는 방식이다. 주제를 실현하는 구체적 행동이나 사고의 전환을 촉구하기 때문에 주제에 대한 강한 인상을 줄 수 있다는 장점이 있다.

⑤ 서론에서 이미 제시한 자신의 의견이나 주장이 타당함을 다시 환기시키며 마무리하는 방식이다. 본론의 논의 과정에서 자신의 정당성을 충분히 입증했을 경우 좋은 인상을 심어줄 수 있다.

3) 결론 쓰기의 주의사항

결론 쓰기에서 유의점은 다음과 같다.

첫째, 작위적으로 결론을 이끌어 내지 않도록 한다. 즉 본론의 핵심 내용을 간결하게 간추려서 요약 정리하도록 한다. 참신한 발상으로 이루어진 결론이어도 본론으로부터 도출된 결론이 아니면 안 된다.

둘째, 용두사미의 글이 되지 않아야 한다. 서론에서는 거창하게 시작하였으나 끝에서는 빈약하게 결론을 내리지 않도록 주의한다.

셋째, 주장을 강조하거나 당부, 주장을 실천했을 때에는 나타날 전망을 제시하여야 하며, 간결하고 인상적으로 처리한다.

넷째, 결론을 쓸 때에는 본론을 되풀이하는 듯한 인상을 주지 않도록 한다. 결론에 논증의 내용이 포함되면 이러한 인상을 줄 수 있으므로 주의한다.

다섯째, 결론은 논술문 전체를 마무리할 수 있도록 쓴다. 시간이 부족하여 본론의 끝부분만을 정리하는 식으로 부분적인 결론이 되지 않도록 한다.

여섯째, 앞에서 말한 내용과 일관성이 있어야 하며, 불필요한 표현은 피하도록 한다. 예를 들면 '지금까지~해 보았다.'는 식의 결론은 피한다.

역사 테마로 논술쓰기

논제 1 충렬왕 6년에 설치되었으며, 이를 통해 일본 원정에 필요한 물자를 조달하고 군대까지 동원하였다. 이후에는 고려의 내정을 간섭하는 기구로 이용되었던 기구를 설명해 보자.

논제 2 다음에서 설명하는 탑의 명칭을 쓰고, 설명해 보자.

- 충목왕 4년에 세워진 탑이다.
- 기씨 일족과 친원 세력이 원의 황제와 고려 왕실의 번영을 기원하며 세웠다.
- 원의 탑 양식을 본떠 만들었다.

논제 3 대부분 지방의 중소 지주 출신으로 향리 생활을 하였으며, 토지를 직접 관리하였다. 또한, 성리학을 공부하여 학문적 실력을 갖추었으며 과거 시험을 거쳐 중앙관리로 진출하는 경우가 많았다. 이 계층에 대해 설명해 보자.

논제 4 공민왕이 실시한 반원 자주 개혁의 내용 세 개를 서술해 보자.

논제 5 광종은 노비의 신분을 조사하여 본래 양인이었던 노비를 해방시켜 주었다. 또한 공민왕은 불법적인 농장을 없애고 토지를 원래 주인에게 돌려주었으며 억울하게 노비가 된 자를 양민으로 해방시켰다. 광종과 공민왕이 실시한 제도의 목적을 말해 보자.

논제 6 남송의 주희가 집대성하고 인간의 심성과 우주의 원리를 철학적으로 탐구하는 새로운 유학이었다. 고려말 안향에 의해 전래되었다. 이 학문에 대해 설명해보자.

안향

논제 7 다음 시조를 지은 인물에 대해 설명해 보세요.

> 이 몸이 죽고 죽어 일백 번 고쳐 죽어
> 백골이 진토되어 넋이라도 있고 없고
> 임 향안 일편단심이야 가실 줄이 있으랴

정몽주

논제 8 다음 문화재는 팔만대장경을 말하고 있다. 팔만대장경을 만든 목적이 무엇이며, 어떤 가치가 있는지 서술해 보자.

> • 글자 모양과 보존 상태가 뛰어나 고려 목판 인쇄술의 극치를 보여 준다.
> • 세계적으로도 우수성을 인정받아 세계 기록 문화유산으로 지정되었다.

팔만대장경

논제 9 현존하는 세계에서 가장 오래된 금속 활자본은 백운 화상이 석가모니의 뜻을 중요한 대목만을 뽑아 해설한 책으로 상·하권으로 구성되어 있었다. 이 책에 대해 서술해 보자.

논제 10 무신 정변 이후 몽골의 침입 등으로 사회가 혼란한 시기에 편찬되어 우리 민족의 자부심과 자주 의식을 나타내고자 하였다. 민족의 자주 의식과 관련된 고려의 책을 두 개 이상 설명해 보자.

논제 11 (가), (나) 책의 이름을 쓰고, (가), (나)를 편찬 시기, 사상적인 면, 서술 형식면으로 나누어 차이점을 비교 서술해 보자.

> (가) 인종의 명령에 의해 김부식이 여러 학자들과 함께 편찬하였다. 이 책은 이자겸의 난과 묘청의 서경 천도 운동으로 떨어진 왕권을 회복하기 위해 편찬되었다.
>
> (나) 충렬왕 때 일연이 지은 책으로 몽골과의 오랜 전쟁과 원의 내정 간섭으로 지쳐 있는 백성들에게 민족의 긍지와 자주 의식을 심어주기 위하여 편찬되었다.

📚 진포대첩과 황산대첩

>  우왕 6년(1380) 8월 추수가 거의 끝나갈 무렵 왜구는 500여 척의 함선을 이끌고 진포로 쳐들어와 충청·전라·경상도의 3도 연해의 주군(州郡)을 돌며 약탈과 살육을 일삼았다. 고려 조정에서는 나세, 최무선, 심덕부 등이 나서서 최무선이 만든 화포로 왜선을 모두 불태워버렸다. 배가 불타 갈 곳이 없게 된 왜구는 옥천, 영동, 상주, 선산 등지로 다니면서 이르는 곳마다 폐허로 만들었다. …(중략)…
>
> ― 『고려사』
>
> 이성계가 이끄는 토벌군이 남원에 도착하니 왜구는 인월역에 있다고 하였다. 운봉을 넘어온 이성계는 적장 가운데 나이가 어리고 용맹한 아지발도를 사살하는 등 선두에 나서서 전투를 독려하여 아군보다 10배나 많은 적군을 섬멸케 했다. 이 싸움에서 아군은 1,600여 필의 군마와 여러 병기를 노획하였다고 하며 살아 도망간 왜구는 70여 명 밖에 없었다고 한다.[6]

논제 고려 말 왜구들이 많았던 이유를 서술하고 신흥무인세력의 성장에 대해 서술해 보자.

---

6) 심재곤·마현곤, 『EBS 한국사 능력 검정시험』, 느낌이 좋은 책, 2008.

역사 깊이읽기

 인물탐구

- 왕건 – 936년 후백제를 멸망시키고 후삼국을 통일하였다. 민생안정과 북진정책 민족 재통합과 호족 통합의 정책을 추진하였던 고려의 시조이다.

- 광종 – 949년 고려 제4대 왕으로 즉위하여 독자적 연호인 '광덕', '준풍'을 사용하고 노비안검법 실시와 과거제도 시행, 백관의 공복을 제정하였다. 귀법사를 창건하고 제위보를 설치하고 고려국사 · 왕사 제도를 마련하였다.

- 최승로 – 왕명을 받고 시무 28조를 올려 유교적 통치 이념에 따른 새로운 국가체제 정비에 기여하였다. 12목의 설치와 목사의 상주를 통해 중앙집권 체제를 갖추게 하였다.

- 서희 – 993년, 거란을 물리치고 강동6주를 획득하였다.

- 강감찬 – 1018년 거란이 강동 6주의 반환을 요구하며 침입해오자 소배압이 이끄는 10만 거란군을 흥화진 전투에서 패배시켰다. 1019년 거란과의 귀주대첩에서 대승을 거두고 1020년 나성을 축조하였다. 또한 1033년에는 천리장성을 축조하게 건의하였다.

- 성종 – 유교 정치이념을 바탕으로 최승로의 시무 28조를 수용하여 중앙정치체제 및 지방제도를 정비하였다. 12목에 상평창을 설치하고 공해전시법을 마련해 지방행정 기능을 강화하는데 힘을 기울였다. 한편 993년(성종 12)에는 강동 6주를 얻어 영토를 넓혔다. 최초의 철전 건원중보를 만들었다.

- 최충 – 사학 교육의 원조라 할 수 있는 9재학당을 설립하고 고려 중기의 12개 사학 12도의 하나인 '문헌공도'를 세웠다.

- 의천 – 1091년 흥왕사에 교장도감을 설치, <속장경>을 간행하고 1097년 국청사 제1대 주지가 되어 교종의 입장에서 선종을 통합한 교관겸수를 주창하고 불교 종파인 천태종을 창시하였다.

- 윤관 – 1104년 정벌하다가 실패하고 별무반을 창설하여 1107년 동북계에 출진하여 동북 9성을 쌓아 침범하는 여진을 평정하였다.

- 이자겸 – 인종을 즉위하게 하고 딸들을 왕비로 삼게 하고 권세와 총애를 독차지하였다. 척준경의 거사로 유배된 후 죽었다.

- 묘청 – 칭제건원과 금국 정벌을 주장하고 풍수지리와 도참사상을 배운 후, 이를 바탕으로 서경천도를

주장했으나 받아들여지지 않자 묘청의 난을 일으켰다.

- 김부식 – 1135년 서경에서 묘청이 금국정벌론과 서경천도를 주장하며 난을 일으키자 원수로 임명되어 진압하였다. 1145년에는 <삼국사기> 50권을 편찬해 왕에게 바치기도 하였다.

- 정중부 – 1170년 의종의 보현원 행차 때 이의방, 이고 등과 문신들을 죽이고 정권을 장악하였다. 그 뒤 의종을 시해하고 이의방을 살해하고 권력의 1인자가 되어 중방을 설치하였다. 조위총의 난을 진압하고 공주 명학소에서 시작된 망이 망소이의 난을 진압하고 경대승에게 살해당했다.

- 최충헌 – 1174년 조위총의 난을 진압하고 1196년에 이의민이 아우의 비둘기를 강탈한 것을 명분으로 삼아 이의민을 죽이고 정권을 장악하고 명종에게 <봉사십조>를 올려 폐정의 시정과 왕의 반성을 촉구하였다. 만적의 난 이후 신변보호를 위해 경대승이 만들었던 도방을 재건하고 학자 이규보를 발탁하고 무신정권으로 피폐해진 문운진흥을 시도하였다. 또한 최고 권력기구인 교정도감을 설치하고 스스로 교정별감이 되었다.

- 만적 – 1198년, 개경에서 노비들과 함께 노비해방운동을 일으켰으나 실패하였다.

- 이규보 – 1193년에 고구려 동명왕에 대해 쓴 장편 서사시이자 영웅 서사시인 <동명왕편>을 써서 우리 민족의 우월함과 자부심을 기록하고 고려가 고구려를 계승하고 있다는 사실을 후대에 전하고자 하였다.

- 혜심 – 무신의 난 이후 유교와 불교의 뿌리가 같으며 불교의 심성수양과 유교의 심성수양이 다를 바 없어 하나로 보아야 한다는 유불일치설을 주장하였다. 또한 심성의 도야를 강조하며 고려 말 성리학을 수용할 수 있는 사상적 토대를 마련하였다.

- 최우 – 개인권력기구인 정방을 설치하여 인사권을 장악하였다. 또한 문신 우대 기구인 서방을 설치해 문신들이 자문하도록 하고 이규보, 이인로 등 문인들을 기거하게 하였다. 1232년 수도를 강화도로 옮기고 항전하기 시작하였으며 국자감을 보수하고 장학재단인 양현고에 쌀을 기부하고 사재를 바쳐 강화도에서 팔만대장경 재조에 착수하였다.

- 일연 – 1281년 역사서 <삼국유사>를 편찬하였다.

- 안향 – 고려 말기 개혁세력이었던 지방 중소지주 출신으로 고려에 성리학을 도입하였다.

- 이제현 – 정통과 대의명분을 중시한 역사서 <사략>을 편찬하고 시화문학서로 역사적 지리와 시문, 서화 등을 비평한 평론서<역옹패설>을 저술하였다.

- 최영 – 홍건적이 서경과 개경을 함락하자 이를 물리치고 왜구를 섬멸하였다.

- 지눌 – 고려의 승려로 정혜결사를 조직해 불교의 개혁을 추진했으며, 돈오점수와 정혜쌍수를 주장하며 선교일치를 추구하였다.

- 정몽주 – 의창을 세워 빈민을 구제하고 불교의 폐해를 없애기 위해 유학을 보급하고 우리나라 성리학의 창시자이며 개성에 5부 학당과 지방에 향교를 세워 교육을 진흥하였다. 이방원의 회유에 단심가로 화답하고 선죽교에서 죽음을 맞았다.

- 이색 – 이제현의 문하생으로 삼은의 한사람이고 원·명 교체기 때 친명정책을 지지하였다. 불교의 폐단을 시정하는 것을 목적으로 도첩제를 실시해 승려의 수를 제한하는 등 억불정책에 의한 점진적 개

혁으로 불교의 폐단을 방지하고자 하였다. 정몽주·길재·이숭인 등 제자들은 고려왕조에 충절을 다하였으며, 정도전·하륜·권근 등 제자들은 조선왕조 창업에 큰 역할을 하였다.

- 최무선 – 화통도감의 설치를 건의해 화약 및 화기 제작을 주도하였다. 한국 역사상 최초로 화약을 발명해 진포해전에서 왜구를 격퇴하였다.

- 공민왕 – 반원 자주 개혁을 추진하고 친원파를 제거하였다. 신돈을 기용하고 전민변정도감을 설치하고 변발과 호복 등 몽골식 생활 풍습을 금지시켰다. 정동행성을 폐지하고 쌍성총관부를 공격해서 원나라가 차지하고 있던 철령 이북의 땅을 되찾고 몽골에 보내던 공녀와 환관을 보내지 않고 원나라의 연호를 버리고 '충'자가 들어가는 왕의 시호를 바꾸었다.

- 문익점 – 공민왕때 원나라에 갔다 돌아오면서 붓대 속에 목화씨를 감추어 가져왔다고 하였다.

- 신돈 – 공민왕의 신임을 받아 정치계에 들어와 관직을 받았고, 부패한 사회 제도를 개혁하려 했던 개혁 정치가였다. 1366년 전민변정도감을 설치해 토지 개혁을 시행하고 1367년 성균관을 중건하여 신진사대부를 육성해 권문세족을 억누르고자 하였다.

07

조선시대

Ⅰ. 조선 전기 사회와 문화

위화도 회군으로 군사적 실권을 장악하고 본격적인 개혁의 계기를 마련한 이성계는 급진 개혁파와 손을 맞잡고 역성혁명을 통한 조선 건국에 성공하였다(1392).

이성계는 교통과 국방의 중심지인 한양으로 도읍을 옮기고, 정도전을 통해 도읍의 기틀을 마련하였다. 조선은 문물제도를 정비하고 농업을 장려하고 성리학을 통치 이념으로 삼으면서 국가의 기틀을 마련하게 되었다.

안정된 왕권과 경제력을 바탕으로 유교 정치를 실현할 수 있게 된 것은 세종 대에 이르러서이다.

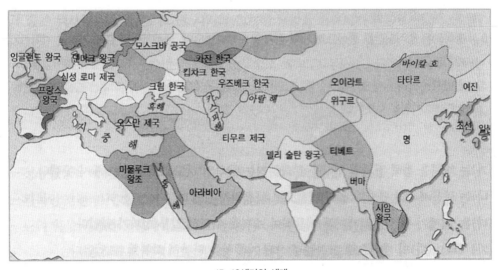

15, 16세기의 세계

1. 조선 전기 사회와 문화

1) 조선 전기의 정치와 사회

조선의 건국은 이성계의 위화도 회군(1388년)으로부터 시작되었다. 요동정벌에 4대 불가론을 제시하며 반대한 이성계는 압록강의 중간에 있는 위화도에서 군대를 돌려 개성으로 돌아왔다. 그 당시 고려는 이성계를 막기에는 역부족이었으며, 돌아온 이성계는 실질적 집권자가 되면서 과전법을 시행(1931년)하고 온건 개혁파들을 제거하며 도평의사사를 장악하였다.

이성계

그 다음해인 1392년 조선을 건국하고 2년 뒤에 한양으로 천도하였다. 태조 때의 활동은 주로 정도전에 의해 조선 제도가 정비되었다. 정도전은 초창기의 문물제도를 정비하여 민본적 통치 규범을 마련하고 재상 중심의 정치를 주장하였다. 또한 성리학을 통치이념으로 확립하고 『조선경국전』, 『불씨잡변』을 썼다.

정도전의 재상 중심의 정치에 반대한 태종은 제1차 왕자의 난으로 정도전을 제거하며 도평의사사를 폐지하고 6조 직계제를 실시하며 왕권을 강화하였다. 또한 사병을 혁파하고 의정부를 설치하며 양전사업과 호구 파악에 노력하여 호패법을 실시하였다. 사원의 토지를 몰수하고 억울하게 노비가 된 자들을 해방시키며 조선의 정치를 안정시켰다.

태종의 아들 세종은 의정부 서사제로 정치 체제를 바꾸고 왕권과 신권의 조화를 추구하였다. 또한 유교적 민본 상상의 실현을 추구하고 주자가례의 시행을 통한 왕도 정치를 추구하였다. 또 집현전을 설치하여 훈민정음을 창제하고 우리 농법에 맞는 『농사직설』을 간행하고 『삼강행실도』를 통해 윤리적 도덕규범을 마련하였다. 그러면서 최윤덕, 김종서를 보내 4군 6진을 개척하여 현재의 우리나라 국경선을 확보하게 되고 이종무를 보내 쓰시마 섬을 정벌하게 하였다.

세종의 아들 세조는 계유정란을 통해 정권을 잡아 어린 단종을 쫓아내고 왕권을 강화할 목적으로 다시 6조 직계제를 시행하였으며 집현전과 경연을 폐지하였다. 그리고 조선의 정치 체제를 법제화하는 『경국대전』의 편찬을 시작하였다.

세조의 손자 성종은 집현전을 계승한 홍문관을 설치하여 경연과 서연을 실시하였다. 또한 『경국대전』의 편찬을 완성하여 유교적 법치 국가를 확립하였다. 그리고 과거시험을 통해 사림들을 대거 등용하였다.

조선의 정치 체제는 경국대전으로 법제화되었다. 관리는 문반과 무반의 양반으로 구성되었고 관직은 국정을 총괄하는 의정부와 그 아래 왕의 명령을 집행하는

호패

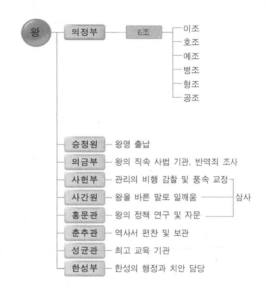

6조를 중심으로 구성되었다. 6조 아래에는 여러 관청이 소속되어 업무를 나누어 맡음으로써 행정의 전문성과 효율성을 높일 수 있었다.

왕의 비서기관이었던 승정원과 왕이 친국하였던 의금부는 왕권을 강화하는 기구였으며 왕에게 간쟁을 할 수 있었던 사간원과 관리들의 비리를 감찰하던 사헌부, 자문기관이었던 홍문관은 3사로서 왕권을 견제하는 기구였다. 그 외에 수도를 다스리던 한성부와 역사를 편찬 보관을 관리하던 춘추관이 있었다.

지방 행정조직으로는 전국을 8도로 나누고, 부·목·군·현을 두고 모든 군현에 수령을 파견하여 지방의 행정·사법·군사권을 가지게 하였다. 관찰사는 행정, 재판, 군사, 수령 감찰을 담당하였고 수령은 농업과 교육 장려, 호구 조사, 조세 징수, 재판 및 군사 업무를 담당하였다. 지방 양반들의 자치 조직으로 수령에 대한 자문 및 향리를 감찰하

며 유교 질서를 보급하던 유향소 (향청)는 수령들이 중앙에서 파견되었기 때문에 필요하였던 기구이다.

군사제도는 16~60세의 양인 남자들이 군역의 대상이었으며 현역 군인인 정군이 되거나 정군의 비용을 부담하는 보인이 되었다. 군사조직으로 중앙군은 5위가 궁궐과 서울을 수비하고 지방군은 각 도에 병영과 수영을 설치하여 병마절도사와 수군절도사가 파견되었다. 교통통신 제도로는 군사적인 위급사태를 전달하는 봉수제와 물자 수송과 통신을 담당하는 역참을 설치하여 중앙 집권 체제를 강화하였다.

조선 시대 관리는 주로 과거제도로 선발하였다. 과거 제도는 문과와 무과 잡과로 구분하였고 문과는 소과를 거쳐 대과에 응시하였으며 잡과는 기술관 시험으로 해당 관청에서 3년 마다 실시하였다. 이처럼 합리적인 인사 행정 제도를 갖춘 관료사회를 추구하였다. 특히 취재, 음서, 천거를 통하여 특별 채용으로 선발된 사람들에게는 불이익을 주었다. 상피제와 서경제, 임기제를 마련하고 근무 성적으로 평가함으로써 인사관리를 공평하게 하였다.

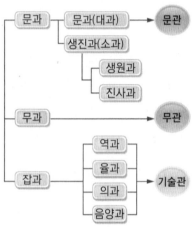

조선은 성리학적 사회 질서로 농민에 대한 지배력을 강화하여 양반 중심의 사회 체제를 확립해 나갔다. 엄격한 신분제와 가부장적 가족 제도로 말미암아 양반의 권익을 옹호하였으며 향약과 삼강오륜과 같은 윤리로 성리학 중심의 생활 질서를 유지하고자 노력하였다.

2) 조선 전기의 경제와 문화

조선은 재정 확충과 민생 안정을 위한 방안으로 농본주의 경제 정책을 내세워 토지개간을 장려하고 양전 사업을 실시하는 등 농업 생산력 향상과 농업 기술 발전에 노력하였다. 반면 사·농·공·상 간의 직업적인 차별이 있어 상공업에 대해서는 규제가 엄격하였다. 검약한 생활을 강조하는 유교적인 경제관으로 소비는 억제되었고 도로와 교통수단도 미비하였다. 또한 자급자족적인 농업 중심의 경제로 인하여 화폐 유통, 상공업 활동, 무역 등이 부진하였다.

조선의 수취제도에는 토지에 부과하는 조세, 집집마다 부과하는 공납, 호적에 등재된 정남에게 부과하는 군역과 요역 등이 있었으며 이것이 국가 재정의 토대를 이루었다.

양반은 과전, 녹봉, 자신 소유의 토지와 노비 등이 경제 기반이었다. 다수의 노비는 주인의 땅을 관리, 경작해 주었고 이런

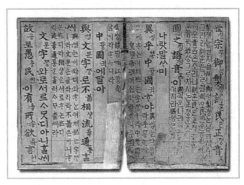

훈민정음 언해본

경제 기반을 바탕으로 양반은 풍요로운 생활을 할 수 있었다.

조선 정부는 농업 생산력을 높이기 위해 농서를 간행, 보급 하는 등의 노력을 기울였다. 하지만 농업 기술의 발달에도 불구하고 지주제 확대로 소작농이 증가하고 소작료로 수확의 반 이상을 내야하는 농민들의 생활은 쉽게 나아지지 않았다.

조선 전기의 문화를 살펴보면 민족적이면서 실용적인 학문이 발달하여 집권층은 민생 안정과 부국강병을 위한 과학기술과 실용적 학문이 중시하여 훈민정음 창제(1446년), 활자 인쇄술, 무기 제조, 다양한 역사서 편찬, 각 분야의 서적 출판 등 다채로운 민족 문화 발전의 터전을 형성하였다. 훈민정음 창제를 통해 용비어천가와 삼강행실도를 보급하였고 하급 관리 선발 시험에도 활용하였다. 활자 인쇄술에는 갑인자와 계미자가 있었으며 무기제조로 신기전이 있었다. 다양한 역사서 편찬으로는 조선왕조실록, 고려사, 고려사절요, 동국통감이 있다. 또한, 지도로는 태종 때의 세계지도인 혼일강리역대국도지도와

세종 때의 전국지도 팔도도가 있다. 성종 때의 동국여지승람은 각 지방의 연혁(역사), 인물, 풍속, 산물 등을 수록한 책이다. 또 나라의 주요 행사인 길례, 가례, 빈례, 군례, 흉례 등 다섯 가지 의례를 정리한 국조오례의가 있다.

혼일강리역대국도지도

유교에서는 왕을 '하늘의 명령을 받아 땅 위의 백성을 다스리는 사람'으로 보았기 때문에 왕은 하늘의 이치를 잘 알고 천문기상에 밝아야 한다고 생각하여 천문학을 중시하였다. 천문학의 발달로 태조 때의 천상열차분야지도와 세종 때의 혼천의, 간의, 앙부일구, 자격루, 측우기, 칠정산 등을 제작하였다. 의학의 발달로는 향약집성방, 의방유취 등이 있었으며 종묘제례악과 악학궤범의 음악이 있었다. 또한 회화로는 몽유도원도, 고사관수도, 초충도 등이 있다.

앙부일구

조선 전기의 대외 관계는 동아시아의 전통적인 외교 정책이었던 사대교린 정책으로 중국에 사대, 일본 여진에 교린 정책을 펼쳤다. 세종 대 최윤덕과 김종서를 파견하여 평안도와 함경도 북부지역에 있던 여진족을 북방으로 밀어내고 4군과 4진을 개척한 후, 남부의 백성을 이주시켜 우리 영토로 삼았다. 쓰시마 섬은 조선과 일본 사이의 해협에 위치하여 두 나라의 교역에 중요한 곳이면서 동시에 왜구의 소굴이었다. 이에 조선은 태조 때부터 쓰시마 섬의 왜구를 토벌하였는데, 특히 세종 때 이종무가 큰 전과를 세웠다.

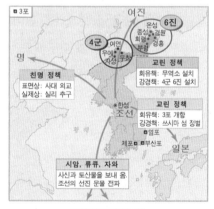

조선전기 대외교류

3) 사림의 대두

① 훈구파와 사림파

고려 말의 신흥 사대부들은 정치적인 입장에 따라 고려를 지키려는 정몽주, 길재 등의 온건파와 조선을 건국하려는 정도전, 조준 등의 급진파로 나뉘었다. 온건파는 조선 건국에 불참하고 향촌에 은거한 채 학문연구와 후학양성에 집중하여 사림파의 뿌리가 되었으며, 급진파는 여러 차례 정치적 격변기에 공신으로 책봉되고, 나아가 외척이 되거나 왕실과 공신 간의 결혼을 통한 인적관계를 형성하며 점차 세력을 형성하였으며 왕실 자제나 종친들의 관리임용을 금지하는 법령을 제정하여 정치권력을 장악하고 훈구파로 성장하였다.

구분	훈구파	사학파
학풍	사장 중시→한문학 발달	경학 중시→한문학 쇠퇴
체재	중앙 집권+부국강병→과학기술 발달	향촌자치+왕도 정치 추구→서원과 향약 발달
성장	세조 이후 정치적 실권 장악	성종 때 중앙 정계에 진출
사상	성리학 이외의 사상도 포용	성리학 이외의 학문은 음사로 배척
역사관	자주적 사관(단군 중시)	중화주의 사관(기자 중시)
역할	15세기 문물제도 정비에 기여	16세기 이후 사상계 주도, 성리학적 질서 구축

② 사림의 정치적 성장

조광조

성종 때, 훈구파의 견제를 위해 사림을 대거 등용하여 김종직과 그의 문인들이 중앙에 진출하여 이조 전랑과 3사의 언관직을 차지하며 훈구 세력의 비리를 비판하였다. 연산군 때는 사림세력을 억제하고 무오사화와 갑자사화가 일어나 영남 사림이 몰락하기도 하였다. 중종 때는 조광조를 등용하여 현량과에 의해 사림을 대거 등용하여 급진적 개혁을 추구하였으나 기묘사화가 발생하여 사림이 화를 당하였다. 명종 때는 외척 사이의 권력 다툼으로 을사사화가 일어나 윤형원 등이 정국을 주도하며 사림 세력을 배격하여 서원과 향약을 통해 향촌에서 사림의 세력을 확대하였다.

4) 붕당정치

조선 전기에는 양반 계층의 수가 많지 않았으나 잦은 정변과 무계획적인 과거의 시행으로 양반의 수는 증가한 반면 관직은 한정되어 양반들 간의 관직 쟁탈전이 가열될 수밖에 없었다. 자연히 양반들은 지연·학연·혈연을 바탕으로 붕당을 만들어 그 힘을 배경으로 관직 진출을 도모하기에 이른다.

붕당의 발단은 선조 때 이조전랑 직을 둘러싼 심의겸과 김효원의 대립에서 시작하여 서인과 동인으로 나뉘면서이다. 초기에는 동인이 정국을 주도하였으나 정여립 모반 사건을 계기로 잠시 서인이 집권하였고 정철의 건저의 사건을 계기로 다시 동인이 집권하면서 서인에 대한 처벌을 놓고 동인이 북인과 남인으로 분화되었다. 이후 남인이 정국을 주도하였다. 광해군 때는 북인이 정국을 주도하면서 남인과 서인을 배제하였다. 이에 인조가 반정을 일으키며 서인이 집권하고 남인이 참여하여 상호 비판적인 공존 체제를 형성하였다. 광해군은 명과 후금 사이에서 중립 외교를 추구하고 영창대군 살해 및 인목대비를 유폐시킴으로 인조반정의 빌미를 초래하였다. 서인이 집권한 인조 때는 친명배금 정책으로 정묘호란과 병자호란을 겪게 되고 효종 때는 북벌운동을 추진하였다. 붕당정치는 지배층의 관직 쟁탈전이라는 점에서 부정적인 측면이 있다 그러나 붕당정치를 통해 정치가 활성화되었음을 간과할 수는 없다. 하지만 시간이 흐를수록 붕당은 자기 당의 이익을 충족시키고 권력을 독점하기 위해 상대 당을 궤멸시키는 현상으로 번져 사림정치의 명분이 점차 퇴색되어 갔다.

5) 성리학적 사회 질서의 확산

사림이 덕망이 높은 유학자를 기리면서 지방 양반의 자제들을 교육하는 서원이 발달하였다. 최초의 서원은 백운동 서원으로 풍기군수 주세붕이 설립하였다. 우리나라에 성리학을 최초로 들여온 안향을 기리기 위해 세운 서원을 이황의 건의로 소수서원으로 현판을 받고, 국가로부터 서원 운영에 필요한 토지·노비·서적 등을 지급받고 면세의 특권이 주어진 사액서원이 되었다. 또한 정부의 서원건립 장려로 전국적으로 많은 서원이 건립되어 학문과 교육발전에 기여하고 붕당의 결속을 강화하여 붕당 정치의 토대가 되었다.

또한 향촌 사회 교화를 목적으로 사림이 중심이 되어 만든 향촌 자치규약인 향약이 보급되었다. 상부상조의 마을 공동체 풍습에 유교 윤리를 결합하여 성립한 향약은 조광조가 처음 시행하여 이황과 이이 등에 의해 전국으로 확산되었다. 향약의 역할은 향촌의 풍속을 유교적 덕목으로 교화하고 향촌 사회의 질서와 치안 유지 등의 자치 기능을 수행하였다. 그 결과 향촌 사회에 성리학적 생활 윤리가 보급되었고 이를 바탕으로 향촌 사회에서 사림의 지배력이 강화되었다. 향약의 4대 덕목으로는 덕업상권, 과실상규, 예속상교, 환난상휼이다.

개인의 인격 수양을 강조하는 성리학은 인간의 심성에 대한 연구를 강화하며 발달하였다. 대표적인 학자로 이황과 이이를 말할 수 있다. 16세기 사림은 소학과 주자가례를 보급하고 이륜행실도, 동몽수지 등을 간행하며 성리학 질서 확산을 위해 노력하였다. 또 가묘를 보급하고 사당을 건립하며 족보를 편찬하여 종족 내부의 결속을 다지고 하급 신분에 대한 우월 의식을 가졌다.

구분	이황	이이
정치적 활동	•중종~선조 때 활동 •도산 서당을 세우고 제자를 육성하며 성리학 연구에 몰두함	•선조 때 주로 활동 •조정에 진출하여 성리학의 이상을 현실에 적용하는 데 주력함
저술	•성학십도 : 열 개의 그림으로 성리학의 핵심 원리 설명 •주자서절요 : 《주자대전》 중에서 중요한 부분을 뽑아 편찬함	•성학집요 : 국왕이 가져야 할 바른 자세 기록 •격몽요결 : 학문하는 자세를 가르침
향약 보급	•예안 향약	•서원 향약, 해주 향약
학설	•근본적, 이상적	•현실적, 개혁적

숭례문

경복궁 근정전(문화재청)

소수서원

오죽헌

자격루

원각사지10층석탑

순백자

역사와 논술 마주보기

 개요 작성

개요 작성은 글을 설계하는 대표적인 방식이다. 내용 구조도는 문제를 구체화하고 해결 방안을 찾아가는 과정을 비교적 자유로운 형식인 그림으로 나타낸 것이라고 할 수 있고, 개요는 글쓰기 단계 직전에 작성하는 설계도라고 할 수 있다. 글의 설계도는 어떤 구성 방식으로 짤지 결정한 뒤에도 좀 더 정밀하게 다듬어야 하는데 이러한 정밀한 설계도 중 가장 대표적인 것이 개요이다.

글쓰기의 개요는 집을 짓기 위한 설계도와 같다. 개요는 글의 설계도 역할을 하므로 치밀하게 작성해 놓으면 글이 다른 방향으로 빗나간다든지, 중요한 내용을 빠뜨린다든지, 이미 한 이야기를 쓸데없이 되풀이하는 잘못을 막을 수 있다. 또한, 머릿속에서 짜여진 구성이 잘 되었는지, 글쓴이의 의도가 충분히 반영되었는지도 점검할 수 있다.

1) 개요 작성 방법

개요 작성에 어떤 특별한 형식이나 절차가 필요한 것은 아니다. 수집하고 정리한 제재들을 놓고 생각한 것을 그대로 종이 위에 적어나가면 개요는 작성된다.

① 주제를 바탕으로 주제문을 작성한다.
② 글의 전개 방식을 선택한다.
③ 주제의 내용을 둘 이상의 주요 논점으로 나누어 항목을 정한다.
④ 항목을 둘 이상의 종속 논점으로 나누어 세분한다.

⑤ 각 상위 항목과 하위 항목에 일관성 있는 번호를 부여한다.

⑥ 가능한 한 범위를 좁혀 개요를 작성하되, 주제에서 벗어나지 않게 한다.

2) 개요의 검토

개요를 다 작성하면 반드시 검토 과정을 거치는 것이 좋다. 특히 다음 사항에 유의하며 검토해야 한다.

① 상위 항목은 상위 항목끼리, 하위 항목은 하위 항목끼리 서로 대등한 관계를 유지하고 있는지 살펴보아야 한다.

② 대등한 위치에 있는 각 항목들이 논리적으로 배열되어 있는지 살펴보아야 한다.

③ 상·하위 간의 종속 관계가 명확하게 유지되고 있는지 살펴보아야 한다.

3) 개요 작성의 과정

개요는 일반적으로 화제식 개요와 문장식 개요로 나뉜다. 화제식 개요는 구상해 놓은 아이디어들을 기초로 하여 다루고자 하는 글의 내용을 주제나 글감으로 정리한 것이다. 이때 비로소 '서론-본론-결론'의 윤곽이 드러나며, 주제나 글감을 어떻게 배열할 것인지도 결정된다. 화제식 개요를 좀 더 구체화하여 각 항목을 주제문으로 작성하면 문장식 개요가 된다. 문장식 개요가 작성되면 조금 과장해서 글쓰기의 절반은 마친 셈이다.

각 단락의 소주제문이 정해졌으니, 이제 남은 일은 그 소주제문을 상술하거나 부연할 뒷받침 문장들만 첨가하면 된다.

개요 작성의 과정은 다음과 같다.

(1) 제목 붙이기

① 글의 내용과 성격을 암시해야 한다.

② 가능한 한 간단하게 써야 한다.

③ 참신하고 인상적이어야 한다.

④ 과장되거나 선동적인 제목은 피하는 것이 좋다.

(2) 주제와 제목

① 설명·논증의 글 : 주제와 제목이 일치한다.

② 기타 글의 제목 : 제재 또는 주제를 암시하는 어구로 정한다.

(3) 주제의 내용을 두 가지 이상 주요 논점(소주제)으로 나누어 대항목을 정하고, 대항목은 두 가지 이상의 종속적인 논점(하위 소주제)으로 나누어 중항목, 또는 소항목으로 정한다.

(4) 층위적으로 짜야 한다. 각 항목의 관계가 등위의 관계인지 주종의 관계인지를 분명히 가려 층위를 바로 하여 짜는 일이 무엇보다도 중요하다.[1]

4) 개요 작성의 예

논제

이성계가 화통도감을 폐지한 것은 옳은 일일까?

최무선은 진포대첩에서 세계 역사상 처음으로 선박에 화포를 설치하여 왜선을 완파했다. 이는 지리상 발견을 가져온 결정적인 계기가 된 레판토 해전보다 약 190년이나 앞서는 것이었다. 과연 화통도감이 계속 유지되고 국력을 강화했더라면 우리나라도 세계열강들과 함께 세계적인 강국으로 성장할 수 있었을까?

---

1) 강준식, 『논술 표현과 구성 훈련』, 삼성출판사, 2007.

① 개요 작성의 예제

서론	주제	이성계가 화통도감을 폐지했던 것은 옳은 것인가?
	자기 입장 제시	미래를 내다보지 못한 이기적이고 옳지 못한 결정이었다.
본론	상대방의 주장에 근거를 제시하여 비판 1. 근거 비판 1 2. 근거 비판 2	상대방 주장 1−다른 사람이 자신처럼 무력을 이용해 왕위를 찬탈할 수도 있다고 생각했다. 근거 비판−하지만 그 당시 이성계만큼 군사력을 장악하고 있던 사람도 없었다. 견제세력이었던 최영은 나이도 많았고, 이미 유배 보내졌다. 상대방 주장 2−원이 멸망하자 명나라의 심기를 건드리지 않으려고 화통도감을 폐지했다고 한다. 근거 비판−하지만 명을 공격하기 위한 화통도감이 아니라, 언제 다시 쳐들어올지 모르는 왜구 세력을 견제하기 위해서라도 화통도감을 유지할 수도 있었다.
	자기 주장에 대한 근거 제시 1. 근거 제시 1 2. 근거 제시 2	자기 주장 1−정권을 유지하기 위한 이기적인 생각이었다. 근거 제시−국가를 지탱할 수 있는 중요한 기관을 없애 버려서 국가의 힘을 약화시키는 결과가 되었다. 자기 주장 2−우리의 힘을 키워 외세에 대항할 생각을 하지 않았다. 근거 제시 − 중국 명나라의 신하국임을 자처하여 굴욕 외교로 일관했다.
결론	본론을 정리하고 마무리	국가를 유지하는 것은 개인의 힘으로 되는 것이 아니다. 행정기관을 두는 것도 이러한 이유인데, 최무선이 피나는 노력 끝에 왜구를 무찌르기 위해 만들어 놓은 화통도감을 이성계 개인의 이기적인 생각으로 없애버렸다. 결국은 중국 명나라에 굴욕 외교까지 하게 되는 결과를 낳았으므로, 이성계의 결정은 옳지 않은 행동이었다.

역사 테마로 논술쓰기

왕권과 신권의 관계

① 의정부의 서사를 나누어 6조에 귀속시켰다. …(중략)… 처음에 왕(태종)은 의정부의 권한이 막중함을 염려하여 이를 혁파할 생각이 있었지만, 신중하게 여겨 서두르지 않았는데 이때에 이르러 단행하였다. 의정부가 관장한 것은 사대문서와 중죄수의 심의뿐이었다.

— 『태종실록』

② 6조 직계제를 시행한 이후 일의 크고 작음이나 가볍고 무거움이 없이 모두 6조에 붙여져 의정부와 관련을 맺지 않고, 의정부의 관여 사항은 오직 사형수를 논결하는 일 뿐이었다. 그러므로 옛날에 재상에게 위임하던 뜻과 어긋남이 있고 …(중략)… 6조는 각기 모든 직무를 먼저 의정부에 품의하고, 의정부는 가부를 헤아린 뒤에 왕에게 아뢰어(왕의) 전지를 받아 6조에 내려 보내어 시행한다. 다만 이조·병조의 제수, 병조의 군사 업무, 형조의 사형수를 제외한 판결 등은 종래와 같이 6조에서 직접 아뢰어 시행하고 곧바로 의정부에 보고한다. 만약 타당하지 않으면 의정부가 맡아 심의 논박하고 다시 아뢰어 시행토록 한다.

— 『세종실록』

③ 상왕(단종)이 어려서 무릇 조치하는 바는 모두 대신에게 맡겨 논의 시행하였다. 지금 내(세조)가 명을 받아 왕통을 계승하여 군국 서무를 아울러 모두 처리하며 조종의 옛 제도를 모두 복구한다. 지금부터 형조의 사형수를 제외한 모든 서무는 6조가 각각 그 직무를 담당하여 직계한다.

— 『세조실록』[2]

논제 1 두 차례에 걸친 왕자의 난을 시작으로 유교적 정치 이념 실현이라는 목표 아래 왕권과 신권은 끊임없이 부딪쳤다. 왕권과 신권이 대결하는 구도를 살펴 조선은 왕의 나라인지, 신하의 나라인지 논거를 들어 서술하라.

---

2) 국사편찬위원회, 『고등학교−국사』, 교육과학기술부 교과서, 2009.

논제 2 이성계와 신진 사대부는 피폐해진 농민 생활을 안정시키고 부족한 국가 재정을 확보하기 위해 과전법을 단행하였다. 과전법 실시한 후의 결과를 서술해 보자.

논제 3 왕과 신하가 모여서 유교 경전과 역사를 공부하는 제도로, 학문과 국가 정책을 논의하던 것을 무엇이라 하는지 쓰고, 서술해 보자.

논제 4 호패는 16세 이상의 남자가 차고 다니던 일종의 신분 증명패이다. 호패제도를 처음 실시한 왕의 업적을 서술해 보자.

논제 5 다음과 같이 구성된 조선의 기본 법전을 설명해 보자.

> 이전 : 중앙과 지방의 행정 조직과 관리 임명에 대한 규정
> 호전 : 재정, 토지, 조세 등에 관한 규정
> 예전 : 교육, 과거제, 외교, 혼인, 제사 등에 관한 규정
> 병전 : 군사 제도에 관한 규정
> 형전 : 형벌, 재판, 노비, 상속 등에 관한 규정
> 공전 : 도로, 교통, 건축 등에 관한 규정

논제 6 조선시대 관리가 지방의 수령으로 임명되면 임금에게 하직을 고하는 의식을 행하였다. 이 때 임금 앞에서 외우는 7가지 덕목이 '수령칠사'이다. 우리 사회가 배워야 할 것에는 무엇이 있는지 생각해 보며 수령칠사를 설명해 보자.

논제 7 지방 양반의 자치 기구, 유향소에 대해 설명해 보자.

논제 8 사헌부, 사간원, 홍문관의 역할을 각각 서술해 보자.

논제 9 세종은 일반 백성도 누구나 쉽게 읽고 쓸 수 있는 우리의 문자를 만들고자 하였다. 그래서 집현전 학자들과 연구를 거듭한 끝에 28자의 표음 문자를 반포하였다. 이 문자로 편찬한 책을 설명해 보자.

논제 10 충신, 효자, 열녀의 이야기를 편찬한 책은 무엇이며 목적은 무엇인지 서술해보자.

논제 11 태조에서 철종까지 25대 472년간의 역사를 연월일 순서에 따라 기록한 역사서는 무엇인지 설명해 보자.

논제 12 칠정산에 대해 설명해 보자.

논제 13 조선의 역대 왕과 왕비의 신주를 모신 종묘에서 제사를 지낼 때 쓰던 음악을 설명해 보자.

논제 14 조선이 다음과 같은 역사서를 편찬한 이유를 서술해 보자.

• 조선왕조실록	• 고려사	• 고려사절요	• 동국통감

논제 15 조선 전기 양반들이 백자를 사용한 이유를 서술해 보자.

논제 16 학문적·정치적으로 뜻을 같이하는 이들이 붕당을 형성하면서 사림은 동인과 서인으로 나뉘었다. 붕당은 학파의 대립과도 관련이 있었다. '동인'과 '서인'의 학문적 특징을 각각 서술해 보자.

논제 17 사림이 수차례의 사화로 타격을 입었음에도 불구하고 선조 때에 정치의 주도 세력으로 성장할 수 있었던 것은 무엇 때문인지 설명해 보자.

역사 깊이읽기

 인물탐구

- 태조 이성계 – 위화도에서 회군하여 우왕을 폐하고 조선을 창업하였다.

- 삼봉 정도전 – 과전법을 실시하고 조선 건국의 일등공신으로 조선 건국의 기초를 닦았다.

- 태종 이방원 – 육조직계제 시행, 사간원 독립, 사병 혁파, 도평의사사 폐지, 의정부 설치, 양전사업과 호패법을 실시 등 많은 일을 하였다.

- 세종 – 집현전, 4군 6진 개척, 정간보 창안, 삼심제도인 삼복법 실시, 아악 정리, <정대업>, <보태평>을 직접 작곡, 서운관 설치, 의정부서사제로 개편, 갑인자 활자제작, <총통등록>을 간행, 성주와 전주에 사고 추가설치하는 등 많은 일을 하였다.

- 장영실 – 세종의 명으로 중국에서 유학하고 천문관측기구 간의, 혼천의 발명하고 시간 측정기구인 자격루, 앙부일구 발명하고, 강우량 측정기구인 측우기, 수표를 발명하였다.

- 황희 – 고려가 망하자 두문동에 은거하였으나, 신왕조의 요청으로 성균관에서 일하면서 세종의 가장 큰 신임을 받은 재상으로 유명하였다.

- 맹사성 – 효성이 지극하고 청렴결백하게 살아 청백리의 표상으로 생각되었다. <팔도지리지>를 찬진하였다. 소를 타고 다니는 재상으로 유명하다.

- 김종서 – 야인들의 침입을 격퇴하고 6진을 설치하여 두만강을 경계로 국경선을 확정하였다. 수양대군에 의하여 격살되고 대역모반죄라는 누명까지 쓰고 효시됨으로써 계유정난의 첫 번째 희생자가 되었다.

- 단종 – 조선 6대 왕으로 수양대군에게 왕위를 빼앗기고 상왕이 되었다가 복위운동을 하던 성삼문 등이 죽임을 당하자 서인으로 강등되고 결국 죽음을 당하였다. 능은 영월에 있다.

- 성삼문 – 세종 때 훈민정음을 창제하는 데 기여하고 세조가 단종을 몰아내고 왕 위에 오르자 단종의 복위를 꾀하다 처형된 사육신 중에 한 명이다.

- 세조 – 계유정란을 일으켜 권력을 잡고 단종을 협박해 왕위를 물려받았다. 사육신의 단종 복위사건을 계기로 경연 폐지하고 승정원의 기능 강화, 육조직계제를 시행, 직전법으로 바꾸어 국가의 수입을 늘리고 유향소를 폐지하고 국방력 강화를 위해 진관 체제를 실시하였다. 법전 <경국대전>의 편찬을 시작해 나라의 기준이 되게 하였다.

- 신숙주 – 서장관으로 일본은 물론 명나라를 수차례 다녀왔고 일본의 풍물과 정치 등을 기록한 <해동 제국기>를 편찬하여 조선 초기 외교 관계에 큰 업적을 남겼다. 계유정난 당시 집현전 학사들 중 세조 의 편에 선 인물로 사육신으로 대변되는 정치 논리 하에서 종종 변절자로 불리곤 하였다.

- 한명회 – 계유정난으로 수양대군이 세조로 등극하는 데 공을 세우고 사육신의 단종 복위시도를 좌절 시키고, 그들을 살해하는 데 가담하였다. 막내 사위인 성종이 즉위하자 어린 왕을 대신하여 정무를 맡 아 보는 원상이 되어 정권을 장악하고 갑자사화 때 폐비 윤 씨 사사 사건에 관련되어 연산군 때, 부관 참시 되었다.

- 정인지 – 조선 초기의 대표적인 유학자로 세종~문종 때에는 문화 발전에, 단종~성종 때에는 정치 안 정에 기여하였다.

- 김종직 – 길재의 학풍을 이어받은 사림 영남학파의 종조로 훈구파와 대립하였다. 성종은 훈구파를 견제 하기 위해 김종직 문하의 사림을 널리 등용하였다. 세조의 계유정난을 비난하며 쓴 <조의제문>을 제자 김일손이 사초에 적어 넣은 것이 원인이 되어 무오사화가 일어났고 많은 사림파가 죽임을 당하였다.

- 성종 – 유교정치의 기틀 마련과 유학 진흥정책에 힘쓰고 사헌부, 사간원, 홍문관의 삼사 제도를 확립 하고 <동국여지승람>, <동국통감>, <동문선>, <국조오례의>, <악학궤범>, <삼국사절요> 등의 서 적을 편찬 및 간행하였다. 세조 때 시작한 경국대전을 완성하였다.

- 연산군 – 무오사화를 일으키고 삼사의 역할을 축소, 성균관을 놀이터로 만들었다. 경연과 사간원을 폐 지, 인수대비 살해, 갑자사화를 일으키고 투서가 언문으로 쓰인 것을 보고 한글 교습을 중단시켰으며, 관련 서적을 거두어 불태우는 등 역사에 폭군으로 기록되었다.

- 중종 – 삼포왜란 발생, <이륜행실도>간행, 기묘사화 발생, <신증동국여지승람> 간행, 소격서 실시, 현량과 실시, 등을 추진하였다. 조광조를 등용하여 개혁을 주도하였지만 기묘사화로 실패하였다.

- 조광조 – 사림파의 지지를 받아 도학 정치를 주장, 훈구정치 개혁, 언론 활성화, 승과 폐지, 향약 보급, 방납의 폐단 시정, 현량과 실시, 소격서 폐지 등을 추진하였다. 기묘사화 발생으로 숙청되었다. 저서는 <정암집>이 있다.

- 명종 – 중종의 둘째 적자이자 인종의 아우로, 어린 나이에 즉위하여 어머니인 문정왕후가 수렴청정 하 였다. 문정왕후의 동생인 윤원형이 을사사화를 일으키고 문정왕후 사후, 선정을 펼치려 노력하였으나 3년 만에 죽었다.

- 이황 – 기대승과의 사단칠정논쟁을 통해 심성론 연구를 발전시키고, 주기론, 불교, 도교, 양명학 등을 비판하며 리를 강조하는 주리론을 펼쳤다. 영남학파가 형성되고 일본 성리학에 큰 영향을 주었다.

- 신사임당 – 그림, 서예, 시에 두루 능했으며 풀벌레, 포도, 화조, 어죽, 매화, 난초, 산수 등을 주된 주 제로 하였다. <초충도>, <노안도>, <연로도> 등의 작품이 있다.

- 이이 – 왕도정치를 추구하고 십만양병론을 주장하였다. <동호문답>에서 수미법을 제안하고 대동법의 실시와 사창의 설치를 논의하였다. 제왕학의 지침서인 <성학집요>를 저술하고 어린이 교육을 위해 <격몽요결>을 지었다.

- 한호 – 왕희지의 필법을 익혀 각 서체에 두루 능했으며 부드럽고 유연하며 정적인 정돈미, 강하고 굳 센 필획의 활달한 필치를 가진 붓글씨 석봉체를 창안하였다.

Ⅱ. 임진왜란과 병자호란

역사 훑어보기

조선은 명, 여진, 일본 및 동남아시아 국가들과 대외 관계를 맺으며 외교 활동을 하였다. 조선은 명과는 일관되게 사대교린 정책을 추진함으로써 정권과 국가의 안전을 보장받았다. 명에 대한 이와 같은 사대 외교는 왕권의 안정과 국제적 지위를 확보하려는 자주적인 실리 외교였고, 선진 문물을 흡수하려는 문화 외교인 동시에 일종의 공무역이었다.

여진과는 적극적인 외교 정책을 펴 나갔는데, 회유와 토벌의 양면 정책을 취하였다. 또한 일본이나 동남아시아 여러 나라들과도 교린 정책을 원칙으로 하였지만 왜구의 침략으로 폐해가 심해지자 쓰시마 섬을 토벌하고, 일본과는 제한된 범위 내에서 교역을 허락하였다.

1. 임진왜란과 병자호란

1) 임진왜란의 배경과 과정

1555년 을묘왜변 이후 조선은 두만강 유역 여진족을 물리치는 데 모든 힘을 쏟으면서 일본에 대해 무관심하였다. 그 사이에 도요토미 히데요시는 전국을 통일하고 20만 대군으로 명을 치러 가니 길을 빌려 달라는 구실로 조선을 침략해 왔다(1592년). 전쟁 초기에는 부산진과 동래성이 함락되고 당시 조선 최고의 명장이었던 신립은 충주에서 배수진을 치고 왜군에 맞섰으나 패하여 전사하였다. 그러나 이순신이 이끄는 수군이 옥포 해전, 한산도 대첩에서 승리하며 서남해의 재해권을 장악하여 왜군의 보급로를 차단하고 전라도곡창 지대를 보호하며 적의 작전에 타격을 주면서 전세를 역전시켰다. 또한 양반에서 천민에 이르기까지 여러 신분층이 참여한 의병들의 활약과 명나라의 원군 파견과 관군의 승리로 왜군은 휴전을 제의하였다. 3년에 걸친 협상이 실패로 끝나자 다시 침입하였으나 명량해전에서 이순신이 승리하고 도요토미 히데요시가 사망하면서 왜군은 철수를 하였다. 노량해전을 끝으로 7년간의 전쟁은 종결되었다(1598년).

전쟁의 결과 조선은 인구가 감소하고 농토의 황폐화로 국가 재정이 부족해지고 사고가 불타고 불국사, 경복궁 등이 소실되고 많은 문화재가 일본에 약탈되었다. 중국에서는 파병에 따른 경제적 부담과 정치적 혼란으로 명의 국력이 약화되고 여진족이 성장하여 후금을 건국하였다. 또 일본에서는 도쿠가와 이에야스가 에도막부를 수립하고 성리학과 도자기 제조기술의 발달로 문화를 발전시켰다. 그 후에도 막부는 권위를 위해 통신사 파견을 요청하였다. 조선 통신사는 선진 문화를 일본에 전파하며 약 200년간 12회에 걸쳐 파견하였다.

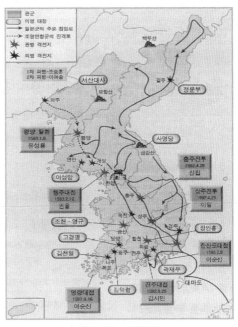

임진왜란과 의병활동

2) 광해군의 중립외교

광해군은 국가 재정 확보를 위해 토지 대장과 호적을 정비하고 성곽과 무기를 수리, 군사 훈련을 강화하여 국방력을 강화하며 전후 복구 사업을 단행하였다. 또한 후금과 명 사이에서 한쪽에 치우치지 않아 후금과의 전쟁을 피하였던 실리적인 외교 정책인 중립외교를 실시하였다. 중립외교의 방법으로 명의 요청에 의해 강홍립 군대를 파견하면서도 상황을 보고 후금에 투항하게 하였다. 이것이 반대 세력에 비판의 원인을 제공하여 인조반정의 구실이 되었다. 인조반정은 광해군의 중립외교와 패륜 행위에 대한 반발로 서인 세력이 정변을 일으켜 광해군과 북인 정권을 몰아내고 인조를 왕으로 추대한 사건이다.

3) 병자호란의 배경과 과정

서인 정권의 친명배금과 이괄의 난으로 조선 사회가 혼란한 틈을 타 후금이 침략한 정묘호란(1627년)이 일어났다. 인조는 강화도로 피란하고 후금은 조선과 형제 관계를 맺고 물러났다. 이 후 세력이 커진 후금이 국호를 청으로 변경하고 조선에 군신 관계를 요구하였다. 이 때 조선 주전파가 정권을 장악하고 있을 때이어서 청의 요구를 거절하자 청 태종이 직접 군대를 이끌고 조선을 침략하였다. 조선은 일주일 만에 한양이 함락당하고 인조는 남한산성에서 45일 간 항전하였지만, 청의 요구를 받아들여 삼전도에서 항복하였다. 항복의 결과 세자와 왕자 및 척화파 대신들이 청에 잡혀갔고 많은 공물을 청에 바치게 되면서 청에 대한 조선의 반감을 증가하였다.

호란 이후 청에 대한 적개심이 강화되면서 청을 정벌하여 전쟁의 치욕을 씻고 명에 대한 의리를 지키자는 북벌론이 대두되었다. 북벌론은 효종 때, 이완, 송시열 등을 중심으로 추진되었고 성곽과 무기를 수리하고 군대를 양성하였지만 효종의 사망과 백성들의 막대한 부담, 청의 국력 강화로 좌절되었다. 이때, 중국의 지배권을 장악한 청은 남하하는 러시아를 막으려 하였으나, 우수한 무기를 가진 러시아에 계속 패하였다. 이에 청은 조선에 조총병의 파견을 요청하여 두 차례에 걸쳐 파병하였다(나선정벌).

> 자료

> 가노라 삼각산아 다시 보자 한강수야.
> 고국산천을 떠나고자 하랴마는
> 시절이 하 수상하니 올동말동하여라.
>
> —김상헌

유형에 따른 논술문 작성

지금까지 배운 내용이 논술문을 쓰기 위한 준비 운동이었다면 이제부터는 실제 논술문을 어떻게 쓰는지 알아볼 차례이다. 논술 시험에서는 지시문과 제시문을 통해 다양한 형태의 답안을 요구하는데, 그 유형을 나누어 보면 다음과 같다.

제시문을 일정 분량으로 요약하는 요약형 논술문, 제시문을 분석하거나 비교·대조하는 설명형 논술문, 문제 내용에 대해 평가·비판하는 비판·논쟁형 논술문, 제시문을 통해 드러나는 문제점의 원인과 대책을 찾는 문제 해결형 논술문 등이다.

이러한 유형에 따라 제시문을 읽거나 논술문을 쓸 때 중점을 두어야 할 부분이 조금씩 달라지게 된다.

1) 설명형 논술문이란

설명형 논술문이란 자료나 제시문을 읽고 정보를 파악한 후, 그 의미를 자신이 이해한 대로 설명하는 것이다. 설명형 논술문은 보통 관념, 주장, 사물 등의 의미를 묻는 문제와 그림, 표, 그래프 등 시각 자료의 의미를 묻는 문제, 둘 이상의 대상을 비교·대조하는 문제 등으로 다양하게 나타난다.

설명형 논술문은 먼저 논제에서 설명할 대상을 확인한 후, 제시문에서 설명 대상과 관련된 부분을 찾고, 찾은 정보의 중요도와 타당성 등을 검증하여 자신의 언어로 재구성하여 쓴다.

2) 비판형 논술문이란

논술에서 상반된 의견 중 하나를 택해 논리적으로 주장하라는 문제가 많은데, 이를 비판·논쟁형 논술이라고 한다. 비판·논쟁형 논술 문제의 유형은 크게 두 가지로 나뉜다. 먼저, 하나의 제시문을 주고 그것을 반박하라는 유형이 있다. 다음은 주장과 근거가 다른 두 개 이상의 제시문을 주고 한 쪽의 입장에서 다른 쪽을 반박하라는 유형이다.

비판·논쟁형 논술문을 쓸 때에는 논리적이고 보편타당한 원칙에 의거해 반박하려는 의견을 평가·비판해야 한다. 평가·비판한 내용에 대해서는 적절하고 명확한 근거를 제시해야 한다. 또한 반박한 내용에 대한 대안으로 자신의 의견을 타당한 근거와 함께 제시할 수 있어야 한다.

비판·논쟁형 논술문은 먼저 비판의 대상을 파악하고 반박의 근거를 찾아 자신의 주장과 그것을 뒷받침하는 논거를 제시하여 주장과 논거가 분명하게 드러나도록 논술문을 구성해야 한다.

3) 문제 해결형 논술문이란

문제 해결형 논술문이란 어떤 상황에서 문제점과 원인을 파악하고 그에 따른 적절한 해결책을 내 놓는 유형의 논술문을 말한다. 문제 해결형 논술문에서 가장 중요한 것은 얼마나 창의적인 해결책을 찾느냐 하는 것이다. 자신의 경험과 논리에 비추어 문제를 해결하려고 노력하다 보면 누구에게나 가능하다. 즉, 어떤 문제점을 인식하고 해결하는 과정에서 자신만의 해결 방식을 찾다 보면 창의력으로 연결될 때가 많다는 것이다. 창의성 있는 문제 해결형 논술문을 쓰기 위해서는 먼저 문제를 객관적으로 파악하고 문제가 발생한 근본적인 원인을 찾아 실현 가능한 해결책을 제시한다.

역사 테마로 논술쓰기

이순신 장군의 전사

논제 임진왜란 당시 도망치기에 바빴던 집권자들과 나라를 구하기 위해 목숨과 명예를 바쳤던 의병장들은 서로 대조적이었다. 이러한 상황 속에서 이순신 장군의 전사는 많은 의문점을 남겼다. 전쟁 후 다른 의병장들과 비교하며 이순신 장군의 죽음을 자살이라고 보는 견해에 대해 설명형 논술문을 작성해 보자.

서 론	
본 론	
결 론	

광해군의 외교정책

> 이번에 굴복하면 더 큰 어려움이 닥칠 것이니, 오랑캐인 여진족을 임금으로 섬기는 일은 죽음을 걸고서라도 막아야 합니다.
> ─김상헌

논제 1 광해군이 당시 외교정책을 펼친 대외적 대내적 배경을 생각하고 김상헌의 말을 생각하여 광해군의 외교정책에 대한 자신의 견해를 비판형 논술문으로 작성해 보자.

논제 2 왜란 당시 영의정이던 유성룡이 정계에서 물러난 후 쓴 책이 징비록이다. 어떤 내용인지 설명해 보자.

논제 3 임진왜란 당시 일본군이 조선인 수만 명의 귀와 코를 베어다 묻은 무덤도 있다고 한다. 임진왜란의 결과 중국과 일본의 정세 변화를 서술해 보자.

역사 깊이읽기

 강강술래의 유래

중요무형문화재 제8호로, 해마다 음력 8월 한가윗날 밤에, 곱
게 단장한 부녀자들이 수십 명씩 일정한 장소에 모여 손에 손을
잡고 원형으로 늘어서서, '강강술래'라는 후렴이 붙은 노래를 부
르며 빙글빙글 돌면서 뛰노는 놀이이다.

강강술래를 할 때는 목청이 좋은 여자 한 사람이 가운데 서서
앞소리를 부르면, 놀이를 하는 일동은 뒷소리로 후렴을 부르며
춤을 춘다. 유래는 임진왜란 때, 당시 수군통제사인 이순신이 수병을 거느리고 왜군과 대치하고
있을 때, 적의 군사에게 해안을 경비하는 우리 군세의 많음을 보이기 위하여, 또 왜군이 우리
해안에 상륙하는 것을 감시하기 위하여, 특히 전지 부근의 부녀자들로 하여금 수십 명씩 떼를
지어, 해안지대 산에 올라, 곳곳에 모닥불을 피워 놓고 돌면서 '강강술래'라는 노래를 부르게 한
데서 비롯되었다고 한다.

싸움이 끝난 뒤 그곳 해안 부근의 부녀자들이 당시를 기념하기 위하여, 연례행사로서 강강술
래 노래를 부르며 놀던 것이 전라도 일대에 퍼져 전라도 지방 특유의 여성 민속놀이가 되었다.
'강강술래'라는 말은 한자의 强羌水越來에서 온 것이 아니라, 우리말에서 유래하는 것이다.

 수군의 승리와 이순신

일본수군은 남해와 서해를 돌아 육군에게 물자를 조달하면서 수로로 북상하는 작전을 세웠
다. 당시 경상좌도수군절도사는 박홍(朴泓), 경상우도수군절도사는 원균(元均), 전라좌 도수군절

 도사는 이순신(李舜臣), 전라우도수군절도사는 이억기(李億祺)였다. 그 중 이순신은 임진왜란 발발 1년 전부터 일본군의 침입에 대비하여 수군을 훈련시키고 무장을 갖추며 식량을 저장하고 있었다. 특히 그는 돌격선(突擊船)의 필요를 절감하여 조선 초기에 만들어졌던 귀선(龜船 : 거북선)을 개량했는데 이는 일본수군과의 해전에서 큰 위력을 발휘했다. 4월 15일 경상 좌·우 수영군이 무력하여 일본수군은 아무런 저항을 받지 않은 채 전라도로 진격했다. 이순신이 이끄는 전라좌수영군은 5월 4일 주전투함인 판옥선(板屋船) 24척, 협선(挾船) 15척, 포작선(鮑作船) 47척으로 출동하여 6일간 옥포(玉浦)·합포(合浦)·적진포(赤珍浦) 해전에서 총 40여 척의 적선을 격파하는 승리를 거두었다. 이어 5월 29일부터 6월 10일에 걸쳐 이억기가 이끄는 전라우수영 함선 및 원균의 경상우수영 함선과 합세하여 사천(泗川)·당포(唐浦)·당항포(唐項浦)·율포(栗浦) 등에서 적선 70여 척을 침몰시키는 대승을 거두었다. 이 승리로 경상도 가덕도(加德島) 서쪽의 제해권(制海權)을 완전 장악했고, 특히 사천해전에서부터 거북선을 사용했다. 이에 일본군은 전 수군을 집결하여 조선 수군을 격파하기로 하고 구키[九鬼嘉隆]·도토[勝堂高虎]·가토[加藤嘉明] 등이 합세하여 6월말 부산포에 진을 쳤다. 7월 8일 이순신의 함대는 이억기·원균의 함대와 합세하여 55척의 전선으로 견내량(見乃梁)에 정박 중이던 와키사카[脇坂安治]의 일본 함대 73척을 공격했다. 이순신은 견내량 주변이 좁고 암초가 많아 판옥선의 활동이 자유롭지 못하자, 한산도 앞바다로 적을 유인하여 학익진(鶴翼陣)으로 포위·공격하여 47척을 분파(焚破)하고 12척을 잡는 대승을 거두었다. 이 한산도대첩은 전쟁 중에 제해권(制海權)을 완전히 장악한 전투로, 임진왜란 중에 조선군이 거둔 3대 승리의 하나로 꼽힌다. 이 활약으로 해상으로 북진하여 육군과 합세하려던 일본의 작전이 좌절되고, 전라도의 곡창지대를 안전하게 지킬 수 있었다. 이어 다음날에도 안골포(安骨浦)에서 구키의 전함 42척을 대파하여 3차 출동을 마무리지었다. 8월 24일 조선 수군 연합함대는 4차로 출동하여 삼천포(三千浦)·서원포(西院浦) 등을 거쳐 9월 1일 절영도(絕影島)를 돌아 왜군의 본거지인 부산포로 진격했다. 병사와 전선의 수와 지세의 불리함에도 불구하고, 연합함대는 장사진(長蛇陣)으로 공격하여 100여 척의 적선을 파괴하는 전과를 올렸다. 이후 다음해 5차 출동에서는 웅포(熊浦)를 공격했고, 7월 한산도의 두을포로 진을 옮겨 삼도수군의 제일선 기지로 정했다. 이와 같이 이순신 함대에 의한 제해권의 장악은 의병활동과 함께 불리했던 전세(戰勢)를 역전시키는 데 결정적인 역할을 했다.

- 선조 – 이황, 이이 인재를 등용, 동인과 서인 붕당 형성, 정여립 모반사건, 임진왜란 발발, 납속책과 공명첩 발부, 훈련도감 만듦, 정유재란 발발 등의 많은 일이 있었다.

- 이순신 – 옥포해전에서 승리, 사천해전에서 거북선 사용, 당포해전에서 승리, 당항포 해전 승리, 한산 도 대첩 승리, 백의종군, 명량해전 승리, 노량해전에서 전사.

- 유성룡 – 임진왜란 때 이순신, 권율 등 명장을 등용하여 전란의 위기에서 나라를 구하는 데 큰 공을 세웠다. 화기 제조, 성곽 수축 등 군비 확충에 노력했으며 군대 양성을 역설하고 저서로는 <서애집>, <징비록> 등이 있다.

- 허준 – 선조의 명으로 편찬하기 시작하여 광해군 2년에 <동의보감>을 완성하였다. <동의보감>은 동 양의학의 보감으로 한방임상의학서로 유네스코 세계기록유산으로 등재되었다.

- 권율 – 조선 중기의 명장으로 금산군 이치싸움, 수원 독왕산성 전투, 행주대첩 등에서 승리하였다.

- 곽재우 – 홍의 장군, 쇠바가지의 전술, 진흙탕 전술, 벌통전술 등. 전술에 능한 장군이었다.

- 이덕형 – 어렸을 때, 이항복과 절친한 사이로 기발한 장난을 잘해 많은 일화가 전해진다. 임진왜란 중 에는 청원사로 명나라에 파견되어 파병을 성취시켰다. 저서로 <한음문고> 있다.

- 광해군 – 조선왕조 제15대 왕으로 임진왜란 발생 시 민심을 수습하고 적극적인 분조활동을 전개. 대동 법 실시, 창덕궁 중건, 중립외교, <신증동국여지승람> 편찬.

- 임경업 – 조선 중기의 명장으로 이괄의 난을 진압하였다. 백마산성과 의주성을 수축하였다.

- 최명길 – 1636년 병자호란 때는 청나라군 선봉장을 만나 시간을 끌어 인조의 남한산성 피신 시간을 벌고 화의와 항전을 놓고 김상헌 등에 맞서 화의론을 주장하였다. 이때 직접 항복문서를 지었는데, 척 화신 김상헌이 이를 찢고 통곡하자 항복문서를 다시 모았다.

- 효종 – 조선 제17대 왕. 인조의 둘째 아들 봉림 대군. 왕위에 오른 후 청나라의 볼모 생활로 인한 원한 을 풀기 위해 북벌론을 주장하였다. 청의 요청으로 나선 정벌에 두 번씩이나 출병하였다. 둘째 아들이 라 왕이면서도 현종 때에 예송논쟁의 당사자가 되었다.

- 송시열 – 노론의 영수, 이이의 학통을 계승, 이황의 이원론적인 이기호발설을 배격하고 이이의 기발이 승일도설을 지지, 사단칠정이 모두 이라 하여 일원론적 사상을 발전시켰으며 예론에도 밝았다. 주요 저서에는 ≪송자대전≫ 등이 있다.

Ⅲ. 붕당정치와 세도정치

역사 훑어보기

    조선 후기는 임진왜란과 병자호란을 겪으며 정치, 경제, 사회, 문화 면에서 많은 발전을 이룩한 시기이다. 정치적으로는 붕당의 변질로 인해 자기 당의 이익을 위해 싸우는 경우가 생겨났고, 경제적으로는 활발한 상업활동으로 시전상인 이외에 난전이 통용되는 신해통공이 실시되었다. 사회 면에서는 몰락하는 양반이 있는 반면 부유해지는 농민들로 인해 신분제의 동요가 있었고, 문화 면에서도 서민들의 문화적 활동이 활발해졌다.

1. 정치 변화

1) 통치 제도의 변화

    조선후기는 두 차례에 겪은 큰 전쟁으로 인해 많은 변화가 있었던 시기이다. 우선 16세기 초, 중종 때 국경의 국방 문제 해결을 위한 임시 회의기구로 설치된 비변사가 양난 이후 3정승을 비롯한 고위 관리로 구성원들이 확대되고 기능도 확대되어 최고 통치 기구가 되었다. 그 결과 의정부와 6조 기능은 약화되고 왕권은 위축되었다.

    군사제도는 5위 제도가 제대로 운영되지 못하자 임진왜란 중에 훈련도감을 설치하고 이후 어영청, 총융청, 수어청, 금위영이 설치되면서 5군영 체제의 중앙군 제도가 마련되었다. 특히 훈련도감은 임진왜란 때 왜군의 조총에 대항하기 위하여 기존의 활과 창으로 무장한 부대 외에 조총을 추가하여 만든 부대로 포수와 살수, 사수 등 삼수병으로 편성되었는데 이들은 장기간 근무를 하고 일정한 급료를 받는 상비군으로서 직업 군인의 성격을 갖고 있었다. 지방군은 양반부터 노비에 이르기까지 모든 신분으로 구성된 속오군 체제가 형성되었다. 속오군은 평상시에는 생업에 종사하고 유사시에 지역 방어를 하는 체제이다.

농민생활안정과 정부의 재정 확충을 위해 조세 제도를 개편하였다. 토지에 세금이 부과되는 전세를 풍흉에 관계없이 토지 1결당 쌀 4두를 납부하는 영정법과 방납의 폐단을 시정하기 위해 실시한 대동법이 있다. 대동법은 집집마다 토산물로 거두던 공납을 토지를 기준으로 쌀, 베, 돈으로 징수하여 공인이 등장하고 농민의 부담은 감소하였다. 또한 1년에 2필 내던 군포를 1년에 1필로 줄여 납부하는

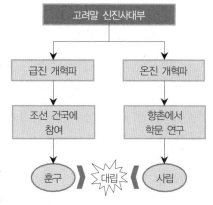

균역법이 있다. 균역법의 시행으로 줄어든 조세 수입을 보충하기 위해 평안도와 함경도를 제외한 전국의 토지에 1결당 2두을 부과하는 결작을 시행하였다. 또 지방의 토호나 부유한 집안의 자제들에게 선무군관이라는 칭호를 주고 매년 군포 1필을 납부하게 하였다. 이를 선무군관이라 하는데 이들은 평상시에는 집에서 무예를 연습하고 유사시에는 소집하여 군졸을 지휘하도록 하였다.

2) 붕당 정치의 전개와 변화

학통과 정치적 입장을 같이하는 사람들이 붕당을 이루어 상호 비판하고 견제하면서 행하던 정치가 현종 때의 두 차례의 예송으로 서인과 남인의 대립이 치열해졌다. 예송은 '예를 둘러싼 논쟁'이라는 뜻이다. 이 논쟁은 효종과 효종비가 죽은 후, 인조의 계비이자 효종의 어머니인 자의 대비가 얼마 동안 상복을 입어야 하는 지를 둘러싸고 서인과 남인 사이에 벌어졌다. 예송은 상복을 입는 기간을 두고 서인과 남인 사이에 벌어진 논쟁이지만, 효종의 정통성과 관련된 문제로 성리학적 질서를 중시하던 당시에는 매우 중요한 문제였다. 이러한 예송은 서인과 남인 간의 학문적 대립에서 시작하여 정치적 대립까지 이른 사건이다. 이 후 숙종 때는 여러 차례의 환국 이후 서인이 정권을 독점하고 남인에 대한 처리 문제를 두고 노론과 소론으로 나뉘어졌다. 노론(송시열 계열)은 대의명

분을 강조하고 민생안정을 중시하였으나, 소론 (윤증 계열)은 실리를 중시하고 적극적인 북방 개척을 주장하였다. 숙종의 다음 왕위 계승 문제를 둘러싸고 노론은 숙빈 최씨의 아들인 연잉군(영조)을, 소론은 희빈 장씨의 아들(경종)을 지지하며 대립하였다. 이로 인하여 경종 대에는 소론이, 영조 대에는 노론이 집권하였다. 상대 당의 존재 자체를 부정하고 붕당 간 권력 다툼으로 변질되어 숙종은 탕평론을 제기하지만 제대로 시행되지 않았다.

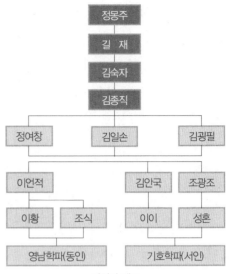

사림의 계보

> **자료**
>
> ### 붕당
>
> 붕당은 싸움에서 생기고 싸움은 이이해관계에서 생긴다. …… 지금 열 사람이 함께 굶주리고 있는데, 한 그릇의 밥을 같이 먹게 되면, 그 밥을 다 먹기도 전에 싸움이 일어날 것이다. …… 조정의 붕당도 어찌 이와 다를 것이 있겠는가?
>
> — 이익, "곽우록"

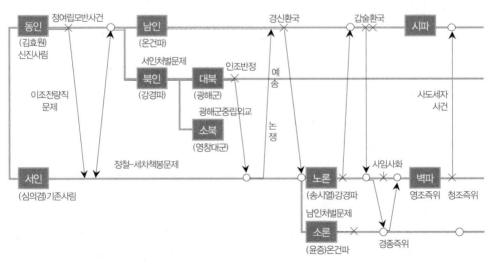

붕당 정치의 전개와 변화

3) 영조와 정조의 탕평 정치

숙종 이후 왕위에 오른 영조는 왕권 강화를 위해 어느 쪽의 편도 들지 않고 인재를 골고루 등용하여 붕당 간의 세력 균형을 이루고자 제기된 정치 즉, 탕평 정치를 펼치고자 하였다. 붕당의 근거지인 서원을 대폭 정리하고 이조 전랑이 가지고 있던 3사 관원의 천거권을 제한하고 이조 전랑의 수를 줄여 그 권한을 약화시켰다. 또한 탕평비를 건립하기도 하였지만 이인좌의 난으로 정권은 노론으로 집중되었다. 또한 균역법을 실시하고 가혹한 형벌을 금지하는 삼심제와 신문고를 부활하여 민생을 안정시키고자 하였다. 또, <속대전>, <동국문헌비고> 등을 편찬하여 문물을 정비하고자 하였다.

정조 때에 이르러 사도세자의 죽음을 동정했던 소론과 남인이 등장하면서 어느 정도 인재의 고른 등용이 이루어지게 되어 적극적인 탕평정치가 실시되었다. 정조는 규장각 개편과 초계문신제를 실시함으로 정조의 후원 세력을 육성하였다. 또한 국왕의 군사적 기반을 강화하려고 국왕 친위 부대인 장용영을 창설하고 정치적 이상을 실현하고자 수원에 신도시, 화성을 건설하고자 하였다. 또한 자유로운 상업 활동을 보장하는 금난전권의 폐지와 서얼과 노비에 대한 차별 완화 정책을 펼쳐 민생을 안정시키고자 하였다. <동문휘고>, <탁지지>, <대전통편>, <규장전운> 등을 편찬하고 중국과 서양의 과학 기술을 수용하여 문물을 정비하였다.

영조   정조

규장각은 무엇을 하는 곳이었나?

규장각은 본래 역대 국왕의 글과 책을 비롯한 왕실 관련 서적을 보관하기 위해 숙종 때 설립한 기구였다. 그러나 정조는 규장각을 학문은 물론 정책까지 연구하는 개혁의 중심 기구로 만들고자 하였다.

정조는 젊은 관리들을 뽑아 규장각에서 특별 교육을 시키는 초계문신 제도를 실시하였다. 또 학문이 뛰어난 서얼을 규장각에 배치하여 재능을 펼 수 있도록 배려하였다.

이렇게 육성된 인재들은 정조의 개혁 정치를 뒷받침하는 기반이 되었다. 규장각의 관리들은 수시로 정조와 만나 정책을 의논하였으며, 정조가 대신들과 나랏일을 의논할 때도 참석할 수 있었다.

붕당 정치의 희생양, 사도 세자

1762년 사도 세자가 역모를 꾀한다는 상소가 올라 왔다. 그 후 사도 세자의 친어머니인 영빈까지도 영조에게 사도 세자의 문제를 처리해 달라는 글을 올렸다. 이에 영조는 사도 세자를 뒤주에 가두어 굶어 죽게 하였다. 이 사건은 겉으로는 정신병을 앓는 사도 세자의 잘못된 행동 때문에 일어난 것처럼 보인다. 하지만 이 사건의 이면에는 노론과 소론의 정쟁이 깔려 있다.

노론의 도움으로 왕위에 오른 영조와 달리 사도 세자는 소론과 가까웠다. 노론은 이런 사도 세자를 부담스러워하였다. 여기에 탕평책에 대한 영조와 사도 세자의 시각 차이, 외척 간의 갈등 등이 더하여져 사도 세자의 비행이 시작되었고, 이는 결국 사도 세자가 죽음으로 내몰리는 결과를 낳았다.

영조와 정조의 탕평책은 붕당 사이의 대립을 완화시켜 왕권을 강화하는 데 도움이 되었다. 또한 민생 안정을 위한 여러 가지 개혁 정책 추진에 밑거름이 되었다. 그러나 탕평책은 붕당 정치의 폐단을 근본적으로 해결하지는 못하였다. 강력한 왕권으로 붕당 간의 대립을 일시적으로 억누른 것에 불과할 뿐, 붕당 자체를 없애지 못하였다. 그 결과, 정조가 갑자기 죽고 나이 어린 순조가 왕위에 오르자 정치 세력 간의 균형이 깨지고 극심한 대립이 다시 나타났다. 이에 왕권이 약해지고 몇몇 외척 세력이 권력을 독점하는 세도정치가 등장하게 되었다.

2. 조선 후기의 사회 경제적 변화

1) 농업의 발달

개간 사업과 수리 시설 확충으로 생산력이 증가하고 농기구와 비료 주는 법(시비법)의 개량과 골뿌림법으로 농업 기술이 발달하였다. 또 쌀, 인삼, 담배, 약재, 목화, 모시, 고구마, 배추 등 상업적 판매를 목적으로 하는 작물이 재배되었다. 또한 모판에 모를 길러서 이를 논에 옮겨 심는 모내기법의 보급은 벼와 보리의 이모작을 가능하게 하였고, 한 사람이 경작할 수 있는 땅이 넓어져 노동력 감소로 인해 농민과 지주의 소득이 증가하였다. 그 결과 많은 토지를 경작하는 부농으로 성장하는 일부 농민이 생겨났지만 대다수의 농민은 농토를 잃고 남의 땅을 빌려 경작하는 소작농과 품팔이로 생계를 유지하거나 도시로 이주하여 상공업 활동이나 임금 노동자로 생활하는 농민들로 분화되었다.

2) 상업의 발달

18세기 장시와 포구는 상업의 중심지로 성장하였다. 장시는 15세기 말 전라도에서 시작되어 18세기 중엽에는 전국에 1,000여 개소로 확대되었고 10일장에서 5일장으로 발전해 갔다. 장시 중 일부는 상설 시장으로 한양, 평양, 개성 등에서 등장하기도 하였다.

국내 상업의 발달로 국제 무역도 활발해졌다. 국제 무역은 청, 일본과 국경 지대에서 이루어지던 무역으로 개시무역과 후시무역으로 열렸다. 개시무역은 국가가 지정한 장소에서 양국 상인끼리 거래하는 공적인 무역으로 압록강 하류에서 열리는 중강개시와 함경도의 회령개시 및 경원개시, 동래의 왜관개시 등이 있었다. 후시무역은 국가적으로 공인된 장소와 시기가 아닌 곳이나 때에 행해진 일종의 밀수 활동으로 밀무역으로 성향으로 사치품이 많았고 수출되는 것은 인삼과 은이엇 문제가 많았다. 국제 무역의 대표적인 대상인으로는 개성상인이라 불리는 송상과 의주를 중심으로 활약했던 만상, 동래를 중심으로 활약했던 내상, 평양을 중심으로 활약한 유상 등이 있다. 그 중 송상은 막강한 자본력으로 전국적인 유통망을 확보하였으며 특히 인삼 재배에 힘써 개성을 중심으로 인삼업이 발전하는 데 크게 기여하였다. 또한 송상은 투철한 상인 정신과 독특한 상술로 유명하였으며 이 때문에 개성 지역에서는 일찍부터 금융이나 신용 거래가 발달하였다. 이들은 상거래 내역을 자신들만의 독특한 개성 부기법으로 정리하였는데, 이는 서구의 부기법에 못지않게 합리적이고 효율적인 회계 방식이었다.

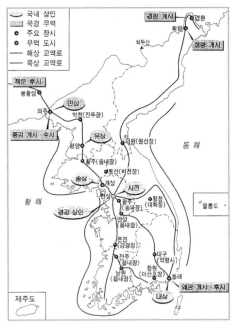

조선 후기의 상업과 무역 활동

3) 수공업과 광업의 발달

농업과 상업의 발달과 대동법이 실시되면서 등장한 공인들이 나라에서 돈을 받고 민간 수공업자들에게 나라에 조달할 물품을 제작하는 과정에서 수공업품도 발달하였다. 유기, 도자기, 나전칠기, 죽세공품, 농기구 등을 생산하는 민영 수공업자의 등장으로 관영수공업은 쇠퇴하였다.

수공업 발달에 따른 광산물의 수요 증가와 청과의 무역으로 금, 은, 동의 수요가 증가하면서 광업의 발달이 이루어졌다. 17세기 이후 민간에게 광산 채굴을 허용하고 대신 세금을 거두는 형식의 설점수세제를 통해 광산개발이 활발해져서 부유한 상인의 광산 투자와 광산의 전문 경영자인 덕대가 출현하였고 대규모 광산촌이 등장하기도 하였다. 그러나 금, 은 등의 광물을 몰래 파내거나 캐는 잠채가 유행하기도 하였다.

3. 조선 후기 신분제의 동요

1) 신분제의 변동

양 난 이후 국가 재정의 부족으로 재정 확보의 필요성이 대두되었다. 합법적인 방법으로 납속책을 실시하고 공명첩을 발급하고 전투나 정쟁에서 공을 세운 사람들을 군공이라 하여 신분을 상승시켜 주었다. 그와 달리 족보를 위조하고 매입하고 호적을 위조하며 가짜 양반으로 행세하며 불법적인 방법으로 신분을 상승하는 방법도 있었다.

2) 양반층의 변화

양반 수의 증가로 양반의 위신이 떨어지고 신분 질서가 흔들렸다. 양반 수가 늘어남에 따라 지주와 양반으로서 누리던 경제적, 신분적 특권은 더 이상 유지되기 힘들었다. 양반 내부에서도 정치권력과 특권을 독점하는 서울 양반(권반)과 지방에서 근근이 양반 행세를 하는 시골 양반(향반)으로 나뉘었다. 특히, 몰락한 양반이 생계를 위해 작인이나 임노동자로 전락하기도 하였다. 이처럼 잔반이 된 양반 중에는 농민 봉기를 주도한 양반도 있었다.

3) 중인층의 성장

양 난 이후 서얼에 대한 차별이 완화되었다. 중인이었던 서얼들은 문과 응시의 자격이 요구되고 중요 관직 진출에 대한 제한이 있었다. 서얼들은 이 자격 요구와 제한을 폐지하기를 요구하였고 정조 때는 일부 서얼이 관직에 등용되기도 하였다.

전문 지식과 행정 능력을 바탕으로 사회적 지위 상승을 꾀한 중인들은 임진왜란 이후 신분차별에 반대하는 운동을 전개하고 집단상소를 올리기도 하였다.

4) 상민의 신분 상승

양 난 이후의 경제 변화를 이용한 재산을 축적하여 납속책, 공명첩 매입, 호적 위조, 족보 위조 및 매입으로 신분 상승을 한 상민들도 있었다.

5) 노비의 신분 상승

노비들은 군공, 도주, 납속의 방법으로 신분을 상승하였다. 정부에서는 재정 기반과 군역 대상자 확보를 위해 노비종모법을 시행하기도 하였다. 노비종모법은 어머니가 노비일 경우에만 어머니의 신분에 따라 자식이 노비가 되도록 하는 법이다. 이전에는 부모 중 한 쪽 사람만 노비여도 자식은 노비가 되는 경우가 일반적이었다. 또한 순조(1801) 때 중앙 관서의 공노비를 양인으로 해방시켜 도망하는 노비를 막고 이들을 상민으로 신분을 상승시켜 안정적인 조세 확보 방법을 선택하였다.

4. 새로운 사회 개혁론의 등장

1) 실학의 대두

조선 후기의 사회 경제적 변화로 여러 문제가 발생하였다. 성리학이 이론과 형식에만 치우쳐 사회 문제를 해결하지 못했다. 또한 서양의 과학 기술 및 중국의 양명학과 고증학에 대한 관심은 증대되었으며 실용적 학문의 필요성이 대두되었다. 이에 실학의 선구자라 할 수 있는 이수광은 조선과 중국의 문화와 전통을 폭넓게 정리한 백과사전, <지봉유설>을 편찬하였다. 또한 김육은 대동법의 확대 실시 및 동전 사용 확대를 주장하였다.

2) 농업 중심의 개혁론

농업 중심의 개혁을 주장하였던 중농학파로는 유형원, 이익, 정약용 등 주로 정계에서 밀려난 남인 출신이었다. 중농학파는 학문이란 세상을 다스리는 데에 실질적인 이익을 줄 수 있어야 한다는 의미의 경세치용을 중시하여 농민생활 안정을 위한 토지 제도의 개혁을 주장하였다. 유형원은 균전론을 주장하였는데, 균전론은 관리, 선비, 농민 등 신분에 따라 토지를 지급하여 자 영농을 육성하고 대신에 조세와 군역을 부과한다는 이론이다.

정약용

이익은 집집마다 최소한의 생계를 보장할 수 있는 면적의 토지를 영업전으로 정해 놓고 영업전에 한해서 매매를 일체 금지하면 자연히 토지 소유가 공평해 질 것이라는 한전론 을 주장하였다. 정약용은 여전론에서 마을 단위로 1여를 정해서 백성이 토지를 공동으 로 경작하여 세금을 제한 나머지 생산물을 일한 양에 따라 분배해야 한다고 주장하였다.

3) 상공업 중심의 개혁론

상공업을 중심으로 개혁을 주장한 중상학파의 학자로는 유수 원, 홍대용, 박지원, 박제가 등이 있다. 이들은 기구를 편리하게 쓰고 먹을 것과 입을 것을 넉넉하게 하여 생활을 나아지게 한다 는 의미의 이용후생을 주장하였고 북학파라고 불렸다. 중상학파 의 효시인 유수원은 <우서>를 저술하여 상공업 진흥과 신분 질서 개혁을 주장하여 사농공상의 직접적 평등을 강조하였다.

박지원

홍대용은 <의산문답>에서 서양 과학 기술의 수용을 주장하고 중국 중심의 세계관을 비 판하여 지전설을 주장하였다. <열하일기>, <양반전>, <허생전> 등을 저술한 박지원은 양반 제도의 모순을 비판하고 수레와 선박의 이용 및 화폐 사용을 강조하였다. 박제가 가 청에 다녀온 후 쓴 기행문 <북학의>에서 당시 유학자들과 달리 청의 문화를 겸허히 받아들일 것을 주장하였다. '북학'이란 우리나라의 북쪽, 즉 청의 학문을 의미하며 북학 파라는 명칭이 <북학의>에서 비롯되었다.

4) 실학의 성격과 의의

실증적, 실용적, 비판적, 민족적, 근대 지향적 성격을 지닌 실학은 조선 후기 개화사상에 영향을 주었다. 북학파의 사상이 박지원의 손자인 박규수를 통해 김옥균, 박영효, 김윤식 등 개화 사상가에게 영향을 주었다. 실학은 적극적이고 능동적인 개혁안을 구체적으로 제시하였다는 의의를 가진다. 하지만 실학자들은 대부분 정권에서 밀려나 있어 그들의 개혁안이 국가 정책에 반영되지 못한 성리학적 질서를 완전히 벗어나지는 못하였다.

5. 조선 후기의 새로운 문화

1) 국학의 발달

자기 나라의 전통적인 역사, 지리, 언어, 풍속 등을 연구하는 학문인 국학은 민족의 전통과 현실에 대한 관심, 실학의 발달, 중국 중심의 세계관에서 벗어나려는 움직임에서 발달하였다.

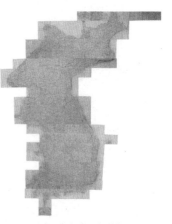

대동여지도(문화재청)

역사 연구로는 중국 중심의 역사관에서 벗어나 우리 민족사의 정통을 세운 안정복의 <동사강목>, 조선의 영토에 대한 고증을 연구한 한치윤의 <해동역사>, 발해사를 우리 역사로 편입하여 최초로 '남북국'이라는 용어를 사용한 유득공의 <발해고>가 있다.

지리 연구로는 우리나라의 지리적 환경, 경제, 풍속 등을 정리한 이중환의 <택리지>, 우리나라 최초로 100리를 1자로 축척하여 적용한 정상기의 <동국지도>, 우리나라의 산맥, 하천, 도로망 등을 정밀하게 표시한 김정호의 <대동여지도>가 있다. 대동여지도는 전체 22첩으로 되어 있다. 이를 이어 붙인 전체 지도의 크기는 대략 가로 2.7m, 세로 6.4m에 달하며, 접어서 휴대할 수 있도록 제작되었다. '대동여지도'에는 산맥, 하천, 포구, 도로망의 표시가 정밀하게 기록되어 당시 사회·경제적 요구를 잘 반영하고 있다. 거리를 알 수 있도록 10리마다 눈금이 표시되었으며, 목판 22첩으로 되어 있다.

한글 연구로는 훈민정음의 음운 원리를 그림을 그려 역학적으로 풀이한 신경준의 <훈민정음운해>가 있고 한글의 자음과 모음을 설명한 유희의 <언문지>가 있다.

백과사전식저술에는 영조 때 편찬한 <동국문헌비고>, 이수광의 <지봉유설>, 이익의 <성호사설>이 있다. <동국문헌비고>는 역대 문물을 정리한 한국학 백과사전이며 <지봉유설>은 문화 인식의 폭이 확대된 백과사전이라는 평을 받는다. 또한 다양한 지식을 모아 정리한 <성호사설>도 백과사전이다.

2) 과학 기술의 발달

조선의 사신들이 서양 선교사와 교류하여 서양의 천문학, 세계지도, 화포, 천리경, 자명종 등이 조선으로 유입되면서 김석문과 홍대용은 지전설을 주장하였고, 김육은 시헌력을 도입하였으며 정약용은 거중기를 제작하여 수원화성을 짓는 업적을 남겼다. 시헌력은 독일 선교사인 아담 샬이 태음력에 태양력의 원리를 적용하여 24절기의 시각과 하루의 시각을 정밀하게 계산하여 만든 역법으로, 17세기 중엽 김육의 주장에 따라 채택되어 1895년 을미개혁으로 태양력이 채택될 때까지 사용되었다.

의학서로는 허준의 <동의보감>, 이제마의 <동의수세보원>이 있다. <동의수세보원>은 1894년 이제마가 창안한 이후 한의학에 큰 영향을 주었다. 이 이론은 사람의 체질을 사상, 즉 태양·태음·소양·소음으로 나누고 체질에 따라 성격이나 심리 상태, 음식, 내장의 기능, 약리 등이 다르기 때문에 같은 병이라도 그 체질에 따라 약을 달리 써야 효과를 극대화할 수 있다는 사상의학이다.

3) 서민 문화의 등장

신분제 동요에 따른 교육 욕구의 증가와 글을 쓸 수 있는 서민의 증가로 서민들의 의식이 성장하여 서당 교육이 확대되었다. 또한 양반뿐 아니라 중인과 상민으로 확대되어 서민이 자신의 감정과 생각을 솔직히 표현하고 감상하는 문화의 주체가 확대되어 서민 문화가 등장하였다.

서민 문화의 대표는 한글 소설과 사설시조의 등장이다. 농업 생산력 증대와 상품 화폐 경제의 발달에 따른 서민층의 등장으로 서민의 소망과 양반사회에 대한 비판을 표현한 한글소설은 <홍길동전>, <춘향전> 등이 대표적이다. 또 서민들의 노래인 사설시조는 형식에 얽매이지 않고 자유롭게 감정을 표현한 시조로 서민들의 솔직하고 소박한 감정을 표현하고 해학적으로 현실을 풍자하였다.

4) 판소리와 탈춤

서민 등 많은 사람들이 함께 즐긴 오락으로 판소리와 탈춤이 있다. 판소리는 광대가 고수와 함께 긴 이야기를 창과 사설로 엮어가며 부르고 19세기 후반 신재효가 판소리를 모아 정리한 <춘향가>, <심청가>, <흥보가> 등 다섯 마당이 전해진다. 탈춤은 양반의 위선을 폭로하고 사회의 모순을 풍자하여 장시나 포구에서 공연하였다. 민요는 지역별로 다양한 특색을 띠면서 발전하였다.

6. 조선 후기의 예술의 발달

1) 미술의 변화

우리나라의 자연을 사실적으로 묘사하는 진경산수화가 발달하였다. 대표적인 화가로는 <금강전도>와 <인왕제색도>를 그린 정선이 있다. 우리나라 사람들의 풍속을 그린 화가로는 김홍도와 신윤복이 있다. 김홍도는 서민들의 생활 모습을 표현하였고 신윤복은 양반과 부녀자들의 풍류와 남녀 간의 사랑을 표현하였다. 또한 이름없는 작가가 그린 민화가 서민들의 소망과 정서를 담아 생활 공간을 장식하기도 하였다.

월야정인(문화재청)

씨름도(문화재청)

금강전도(문화재청)

무동(문화재청)

2) 서예

김정희는 중국의 글자체와 다른 독자적인 추사체를 확립하였다. 추사체는 삼국시대부터 내려오던 우리나라의 필체와 중국 서예가들의 장점을 두루 연구하여 만든 것으로 서예의 새 경지를 개척하였다는 평을 듣고 있다. 김정희는 또 <금석과안록>을 지어 북한산 순수비가 신라 진흥왕이 만든 것이라는 점을 처음 밝혔으며, 과학적이며 객관적인 방법으로 진리를 탐구한다는 내용의 '실사구시'를 주장하였다.

3) 건축과 공예

건축은 규모가 큰 불교 건축물을 건립하였다. 대표적인 건축물로 구례 화엄사 각황전,

보은 법주사 팔상전 등이 있다. 또 당시 성곽 기술을 집약한 수원화성이 있다. 19세기 건축물로 임진왜란 중에 불탄 것을 중건한 경복궁의 근정전과 경회루가 있다.

도자기가 민간에 널리 사용되고 청화 백자와 목공예가 유행하여 공예가 발달하였다. 대표적인 것으로 청화백자는 흰 바탕에 푸른 색으로 그림을 그린 것으로 항아리, 술병, 꽃병, 필통 등 실용적인 것이 많았다. 또한 서민들의 생활용품으로 널리 사용된 옹기가 있고 장롱, 책상, 소반 등 생활용품으로 목공예품이 발달하였다. 죽세공품이나 나전칠기는 서민층에서 실생활에 많이 사용하였다.

화엄사 각황전

법주사 팔상전(문화재청)

백자청화십장생무늬병

백자청화모란무늬항아리

7. 세도정치

1) 세도정치의 전개

영·정조 시대의 탕평책은 정조의 갑작스러운 죽음으로 그리 오래 가지 못했다. 영·정조의 강력한 왕권이 만든 인위적 균형(탕평책)은 왕권이 취약함에 따라 다시 노론 벽파에게로 집중되었고, 노론 외척의 일당독재인 세도정치로 옮겨져 결국엔 한 나라의 정치를 한 집안에서 멋대로 주무르는 결과까지 오게 되었다.

안동 김씨의 세도로 중앙 정치의 문란과 함께 부패한 지방관과 아전들의 횡포가 극에 달해 삼정이 문란해지고, 갈수록 부족해진 국가재정을 보충하기 위해 각종 명목의 부가세를 추가하고 빼앗아가니 농민의 고통은 극에 달했다.

조선 후기의 세도정치

기 간	세도가	내 용
1776~1800 (정조)	홍국영	정조의 신임을 바탕으로 정권 장악 자신의 누이를 정조의 후궁이 되게 함-'세도'란 말이 생겨남
	정조 집권 후기-탕평책을 바탕으로 개혁정치 시도	
1800~1834 (순조)	김조순	국왕의 장인으로서 정권 장악 안동 김씨 가문이 요직을 차지, 뇌물수수 자행
1834~1849 (헌종)	조만영	풍양 조씨의 서두로서 5~6년간 정권 장악 안동 김씨와의 경쟁에 급급, 민생과 사회문제를 도외시
	김좌근	철종을 즉위시키면서 정권 장악 정권 장악 후 반대파 제거
1849~1863 (철종)	김문근	모든 국사를 장악, 세도정치 극에 달함 뇌물수수와 매관매직 성행, 왕권 침해

2) 삼정문란과 농민 항거

삼정문란이란 조선후기 전정, 군정, 환곡(양곡 대여) 등 3대 재정 행정을 둘러싼 정치부패를 말한다. 전정문란은 토지세를 부당하게 매기거나 황폐한 진전에서도 징수하거나 사적으로 소비한 공금을 보충하기 위해 세를 받은 것을 말한다. 군정문란은 군역을 부당하게 부과하는 것이며, 환곡문란은 관청에서 곡식을 빌려 주고 거두어들일 때 지방 관리들이 하는 농간을 말한다. 탐관오리의 부정과 삼정의 문란으로 농촌 사회는 점점 피폐해져가고 그 가운데 농민의 사회의식은 오히려 더욱 강해져 농민들은 적극적인 자세로 지배층과 대결하기에 이른다.

농민의 항거 중에 가장 규모가 큰 것은 평안도에서 일어난 홍경래의 난(1811)과 단성에서 시작되어 진주로 파급, 전국적으로 확산된 임술 농민 봉기이다(1862).

이러한 저항 속에서 농민들의 사회의식은 성장하였고, 농민들의 항쟁으로 말미암아 양반 중심의 통치 체제도 점차 무너져 갔다.

법전에 규정된 세금은 농토 1결당 대략 쌀 20말과 돈 5전에 불과하다. 그러나 농민이 내는 것은 1년에 쌀 40말 이상, 벼 10말 이상, 돈 3~4냥 이상이나 된다. 여기서 아전들이 여러 가지로 농간을 부려 30~40말을 더 거둔다. 이리하여 10년 전에는 대략 농토 1결에 100말을 내면 되었으나, 지금은 100말로는 어림도 없다.

— 『경세유표』

갈밭 마을 젊은 여인 울음도 서러워라.
현문 향해 울부짖다 하늘 보고 호소하네
군인 남편 못돌아옴은 있을 법도 한 일이나
예부터 사내가 생식기 잘랐다는 말은 들어보지 못했노라.
시아버지 죽어서 이미 상복을 입었고
간난아인 배냇물도 안 말랐는데
3대 이름이 군적에 실리다니

— 「애절양」, 정약용

봄철에 좀 먹은 쌀 한 말을 주고서는
가을에 온전한 쌀 두 말을 바치라네.
더욱이나 좀먹은 쌀 돈으로 물려면
온전한 쌀값으로 치러야 하느니
이익으로 남는 것은
벼슬아치 살을 찌워
고을님 한 번 하면 벼락부자 된다네.

_「여유당전서」, 정약용

8. 새로운 종교의 유행

1) 예언 사상(도참)의 유행

조선 후기 세도 정치로 인한 사회 혼란과 불안이 가중되어 초자연적인 힘에 의지하여 정신적 구원을 얻으려는 도참 사상이 유행하였다. 도참은 세상의 변화나 사람의 운수에 대한 예언을 믿는 사상으로 <정감록>의 예언 사상, 미륵 신앙, 무속 신앙 등이 유행하였다. <정감록>은 조선 후기에 민간에 널리 퍼진 대표적인 예언서로 정감과 이심이 금강산을 구경하면서 주고 받는 이야기로 정씨의 성을 지닌 진인이 출현하여 정씨 왕조가 들어설 것을 예언하였다. 또한 정치 기강의 문란과 탐관오리의 수탈로 민생이 어려워진 데 대한 비판 의식이 담겨 있어 피지배층의 저항 의식을 일깨웠다.

2) 천주교의 전래와 확산

서학은 17세기에 중국을 방문한 우리나라 사신들에 의해 소개되었지만 서학이 신앙으로 받아들여진 것은 18세기 후반이었다. 당시 정치와 사회의 모순을 해결하고자 고심하던 남인 계열의 실학자들에 의해 전개되다가 천주교가 유교의 제사 의식을 거부하자 양반 중심의 신분 질서 부정과 국왕의 권위에 대한 도전으로 받아들여 순조가 즉위한 직후부터 대탄압이 가해졌다(1801). 천주교의 교세가 커진 것은 세도 정치로 말미암은 사회 불안과 어려운 현실에 대한 불만, 그리고 신 앞에 모든 인간은 평등하다는 논리, 내세 신앙 등의 교리가 일부 백성에게 공감을 얻었기 때문이었다.

『천주실의』(문화재청)

죽은 사람 앞에 술과 음식을 차려 놓는 것은 천주교에서 금하는 바입니다. 살아 있을 동안에도 영혼은 술과 밥을 받아먹을 수 없거늘, 하물며 죽은 뒤에 영혼이 어떻게 하겠습니까? 먹고 마시는 것은 육신의 입에 공급하는 것이요, 도리와 덕행은 영혼의 양식입니다. …(중략)… 사람의 자식이 되어 어찌 허위와 가식의 예로써 이미 돌아간 부모를 섬기겠습니까?

— 『상재상서』[3]

3) 동학의 창시

최제우

『동학가사』(최제우)(문화재청)

동학은 모든 사람이 평등하다는 시천주(侍天主)와 인내천(人乃天) 사상을 강조하였다. 또한 양반과 상민을 차별하지 않고, 노비 제도를 없애며, 여성과 어린이의 인격을 존중하는 사회를 추구하였다. 조선 정부는 신분 질서를 부정하는 동학을 위험하게 생각하여 교주를 처형

---

3), 8) 국사편찬위원회, 『고등학교-국사』, 교육과학기술부 교과서, 2009.

하는 등 강경하게 탄압하였지만 동학은 경상도, 충청도, 전라도는 물론, 강원도와 경기도 일대로 퍼져 나갔다.

> 사람이 곧 하늘이라. 그러므로 사람은 평등하며 차별이 없나니, 사람이 마음대로 귀천을 나눔은 하늘을 거스르는 것이다. 우리 도인은 차별을 없애고 선사의 뜻을 받들어 생활하기를 바라노라.
>
> ㅡ <최시형의 최초 설법>8)

역사와 논술 마주보기

논술쓰기의 실제

1) 논술의 중요성

설명문, 논설문 등의 글은 대개 3단 구성을 기본으로 한다. 셋으로 맞물린다는 것은 글쓴이에게도 가늠하기 쉽고, 읽는 이에게도 이해하기 쉽기 때문이다. 고도의 정보화 사회에서 현대 사회를 살기 위해서는 논술 교육을 통해 체계적인 사고와 논리적인 사료를 얻는 일이 필수적이다. 따라서 논술에서 가장 중요한 것, 또는 논술 교육에서 궁극적으로 얻어야 하는 것은 체계적인 사고와 논리적인 사고이며 비판정신의 고양과 논쟁의 활성화이다.

체계적인 사고와 논리적인 비판정신 함양이라는 점에서 역사와 논술은 공통점을 갖고 있다. 역사지도에서 빼 놓을 수 없는 것은 자신이 배운 역사를 비판적 시각으로 재구성해 새롭게 다시 쓰는 글쓰기이다. 다시 말하면, 역사논술은 역사를 역사로 배우는 것으로 끝나는 것이 아니라 과거의 역사를 현재의 시점으로 다시 평가하여 미래의 역사가 앞으로 어떻게 다가올지를 예견해 보는 작업이라 하겠다.

그러므로 역사와 글쓰기는 깊은 사고와 넓은 통찰력을 키우는 좋은 교육 형태라 할 것이다.

2) 논술의 평가 기준

논술을 평가하는 일정한 기준은 없기 때문에 논술에는 정답이 없다고들 말한다. 하지만 자신의 글로 다른 사람을 설득시키려면 보편적이고 납득이 가는 평가 기준은 필요하다. 기본적인 논술 평가 기준을 정리하면 다음과 같다.

① 구성력 : 논술 전체의 구조—서론·본론·결론의 짜임이 잘 되었는가.
② 논리력 : 체계적인 사고와 합리적인 판단력으로 글을 전개하고 해결 방안을 제시했는가.
③ 표현력 : 문장력을 중심으로 표현 능력이 있는가.
④ 예증력 : 논리적인 주장을 도출하기 위해 인용한 자료나 예화 등이 적절하고 풍부한가.
⑤ 기타 : 맞춤법, 글씨, 한자 사용이 정확한가.

3) 논술의 구성

• 3단식 짜임—3단식은 문장의 기본이다.
　① 서론 → 본론 → 결론—논문 / 논설문 / 평론문
　　　도입 → 전개 → 결어—일반 문장들
　　　발단 → 경과 → 결말—소설 / 희곡 / 이야기
　② 결론 → 본론 → 결론—양괄식(쌍괄식)—(두괄식과 미괄식을 곁들인 것)

• 5단식 짜임
　① 3단논법의 변형—도입 → 본체1 → 본체2 → 본체3 → 결어 독자와 접촉 → 제목의 소개(도입 → 본체1 : 서론) → 논지의 제시 → 주제의 전개(본체2 → 본체3 : 본론) → 맺음(결론)

4) 주제 위주의 구성

주제단락이나 주제문으로 묶느냐, 안 묶느냐로 가를 수 있다. 곧, 주제문·주제단락의 위치를 말한다. '좋은 문장'의 조건의 하나로, '쉬운 글'을 내세우고, 구체적으로 '적절한 위치에서의 명확한 주제 제시'가 요구된다.

① 두괄식-「주제 → 설명·논증」의 구성. 독자는 들머리만으로도 주제를 알게 되므로, 나머지 부분은 이해하기가 쉽다. 실용문, 기능문에 많이 쓰인다.

② 미괄식-「사례·열거 → 결론·주제」의 구성. 주제가 독자들로 하여금 저항이나 반감을 살 내용인 경우에 유효한 틀이다. 끝까지 읽어야, 글쓴이의 의도나 목적이 분명해지는 구성이다.

③ 쌍괄식-「주제 → 설명 → 주제」의 구성. 두괄식과 미괄식을 어우른 것으로, 독자들이 빨리 이해하고 깊은 인상을 갖는 구성형이다. 논설문에서 흔히 쓰인다.

④ 중괄식-「전제 → 주제 → 설명」의 구성. 주제문을 가운데 둔다는 것이 그리 쉽고 바람직한 구성은 아니나, 단락 구성에 변화를 곁들인다거나 주제를 너무 드러낼 필요가 없는 경우에 흔히 쓰인다.

5) 논술 쓰기 전략

① 계획하기

본격적으로 글을 쓰기 전의 모든 단계를 계획하기 단계라 볼 수 있다. 글을 쓸 때, 가장 먼저 고려할 부분은 무엇을 쓸 것인가이다. '무엇' 속에 왜 쓰는지에 대한 목적이 필요하고, 어떻게 쓸 것인지의 방법이 들어가 있다. 또한 어떤 답이 듣고 싶어 이런 문제를 냈는가를 파악해본다면 출제자의 의도도 파악할 수 있을 것이다.

그러기 위해서 계획의 전략이 필요한데 글을 쓰는 목적 정하기, 내가 쓰는 글의 가치 정하기, 내가 쓴 글을 읽고 나서 사람들이 어떻게 달라지면 좋겠는가 생각하기 등 종합적인 계획을 세워야 한다.

② 내용 쓰기

묻는 질문이나 자신이 어떤 글을 쓸 것이지를 정한 다음에는 생각거리, 즉 쓸 내용을 만들어내야 한다. 모든 글은 글의 주제와 그것을 뒷받침하는 소재들이 내용상 일치해야 한다는 '통일성의 원리'를 지켜야 한다. 또한 글의 주제를 효과적으로 드러낼 수 있도록 모든 소재를 적절하게 배열하는 '연결성의 원리'를 지켜야 한다. 또 글의 성격에 맞는 '구성'을 가져야 한다. 그러기 위해서 먼저 글을 써 내려가기 전에 개요 작성을 하는 것이 수월하다.

개요 작성은 글의 전체에서 주제가 벗어나지 않게 도와주고 중요한 내용을 빠뜨리지 않게 해주며 내용의 중복을 막을 수 있는 방법이다. 글의 개요를 작성할 때에는 글의 전체 구조는 물론 읽는 이를 고려해야 하고 글의 전체 분량, 조직 방식 등에 대해서도 충분히 고려해야 한다.

③ 고쳐 쓰기

고쳐 쓰기는 글을 다 쓴 후에 하는 방법과 쓰는 과정 중에 하는 방법이 있다. 글의 완성은 자신이 가지고 있는 지식을 그대로 나열하는 행위가 아니라 처음에 의도했던 바가 잘 표현되었는지, 예상 독자들이 잘 이해할 수 있게 썼는지를 고려해 글이 써졌는지를 살펴야 비로소 마무리가 된다. 그러므로 적절한 어휘와 문장으로 글의 의미가 잘 전달되었는지를 살펴야 할 것이다.

고쳐 쓰기의 기본은 수정, 첨가, 삭제이다. 이는 계획하기에서 생각한 의도가 잘 전달되었는지를 살펴 내용을 고치거나 내용을 더 넣거나 문맥상 필요 없는 부분은 삭제하면서 전체 글의 완성도를 살피는 것이다.

📚 마인드맵(Mind-map)

1) 마인드맵(Mind-map)의 개요

마인드맵은 1971년 영국의 토니 부잔에 의해 창시되었으며, 세계적인 두뇌 관련 석학들로부터 수많은 경외와 찬사를 받으면서 객관적이고 과학적인 검증 과정을 거친 두뇌 활용을 극대화하는 사고 및 학습방법이다.

마인드맵은 지금까지의 문장, 구, 목록, 직선, 숫자에만 의존한 한 방향 직선식 노트법이 갖고 있는 문제점을 해결하기 위해 고안된 노트법으로 기존의 노트법이 좌뇌에 의존의 것과 달리 좌뇌와 우뇌의 다른 기능 및 양 기능을 통합하여 두뇌 이용의 효율성을 상승, 기억력과 창의적 사고를 극대화시키는 사고력 중심의 두뇌개발 노트법이다.

① 어떻게 마인드맵을 할 것인가

[중심이미지]

첫째, 중심이미지는 어떤 글의 내용을 대표할 수 있는 글의 주제라고 할 수 있다.

중심이미지는 종이의 중앙에 이미지로 3~4색을 사용하여 입체적으로 표현한다.

주제를 강조하여 한눈에 알아볼 수 있도록 하기 위함이다.

[주가지]

둘째, 그 다음은 중심이미지에서 가지를 굵게 뻗어나간다.

중심이미지를 설명하는 내용들을 묶어낼 수 있는 작은 주제들이다.

이 가지들 위에 작은 주제를 단어를 사용하거나 그림을 그리거나 아니면 그림과 단어를 같이 사용해서 표현한다. 이미지의 중심에서 뻗어 나가는 이 가지들은 주제를 확실하고 두드러지게 보이기 위해 선명하고 굵은 선을 사용하고 각자 다른 색을 사용한다.

[부가지]

셋째, 이제 주제에서 부 주제로 뻗어 나가야 할 때이다.

주 가지에서 부드럽게 바깥쪽으로 가지를 펼쳐나간다. 이 부 주제들은 주 가지의 내용을 보충 설명해 주는 내용이다. 주 가지에 대한 내용 설명이 바로 연결될 수도 있다.

[세부가지]

넷째, 부 주제를 더 자세히 보충할 수 있는 잔가지를 만든다.

이 가지들은 그림, 글자 혹은 그림과 글자를 혼합해서 써도 된다.

다섯째, 더 자세한 세부사항을 첨가한다.

주제, 부 주제 혹은 다른 사항들을 얼마든지 더할 수 있다.

② 마인드맵의 학습 효과 및 이점[4]

• 필요한 단어만을 기록함으로써 50~90%까지 시간을 절약할 수 있다.
• 필요한 단어만을 읽게 됨으로써 복습하는 시간을 90% 이상 절약할 수 있다.
• 핵심어를 강조함으로써 정신을 집중시킬 수 있다.
• 중요한 핵심어를 더욱 쉽게 골라낼 수 있다.
• 중요한 핵심어들을 같은 시간과 공간에 배열함으로써 창조력과 회상능력을 향상시킬 수 있다.
• 핵심어들을 명료하고 적절하게 연결시킬 수 있다.
• 두뇌는 단조롭고 지루한 직선적 노트보다는 여러 가지 색상과 다차원적인 입체로 시각적인 자극을 더 쉽게 받아들이고 기억한다.
• 마인드맵을 행하는 동안에 끊임없이 새로운 것을 발견하고 깨닫게 한다. 이것은 연속적이고 무한한 잠재력을 지닌 사고의 흐름을 유발한다.
• 마인드맵은 완성과 통일성을 추구하는 두뇌의 자연적인 욕구와 조화를 이룬다.
• 뇌 피질의 모든 기능을 지속적으로 활용함으로써 두뇌의 민첩성과 재빠른 이해력을 증진시킨다.
• 방사형 구조를 가지고 있으므로 새로운 내용을 첨가하기가 쉽다.
• 관련된 모든 내용을 한 장에서 얻을 수 있다.

---

4) 토니부잔 저, 라명화 역, 『마인드맵 북』, 평범사, 2000.

📚 다음 글을 읽고 내용 정리를 마인드맵으로 정리해보자.

개혁을 향한 외침, 실학

실학사상은 조선 후기 사회변화와 함께 형성된 새로운 사회사상이다. 유학사상이 백성의 실제적인 삶의 문제보다는 공허한 이론에 집착했던 데 비해, 실학사상은 우리 사회의 실제 생활의 향상을 위한 진보적이고 개혁적인 지향점을 가지고 있다. 조선왕조의 유학은 후대로 내려오면서 학파와 당파가 유착하여 학문적인 논쟁이 당파간의 싸움으로 종종 발전하였다. 임진왜란과 두 차례의 호란(민족주의 침략)을 겪은 조선 사회는, 현실을 무시한 형식적인 예론에 치우친 종래의 유학으로서는 당시 사회가 당면한 문제들을 해결하기가 힘들었다. 반성이 일어난 것은 당연하였다. 조선 후기 우리 사회가 당면했던 현실문제와 민족 문제를 깊이 고민하면서 새로운 활로를 모색하려고 한 사상이 바로 "실학"이다.

…(중략)… 실학이 관심을 가졌던 사회·경제적인 문제는 토지와 상업, 신분과 직업의 문제 등 다방면에 걸쳤다. 농업이 주산업이었던 중세 사회는 토지가 경제생활을 좌우하고 있었다. 실학자들은 "농사짓는 사람이 토지를 가져야 한다."는 원칙에 따라, 토지를 골고루 소유해야 한다는 균전법, 토지 소유를 제한해야 한다는 한전법, 농촌의 토지 공동소유와 공동경작을 주장하는 여전법 등을 주장했는데, 이들을 경세치용학파 혹은 중농학파라고 한다.

이에 비해서 청나라를 배우자는 북학론자들은 상업을 활성화해야 한다는 주장을 폈다. 그들은 농업을 본업으로 생각하고 상업은 말업으로 인식하던 사회에서 상업 활동을 강조했다. 그들은 상업을 발전시키기 위해서는 선박과 도로, 차를 발전시켜야 하며, 도량형을 통일하고 화폐의 유통을 원활하게 해야 한다고 주장했다. 이들을 이용후생학파 혹은 중상학파라고 한다.

…(중략)… 실학자들은 양반이 농, 공, 상에 종사해야 한다고 주장했다. 이익은 양반을 농업에 종사시켜야 한다고 강조했고, 정약용 역시 양반을 농업 혹은 상업이나 수공업으로 전업시켜야 한다고 주장했다. 홍대용은 인재등용에서 능력본위를 중시하여 농민, 상인의 아들이라도 재주가 있으면 벼슬을 시키고 공경의 아들이라도 학문이 없으면 하인을 시켜야 한다고 주장하는 등 사민간의 신분적인 차이를 부정했고, 교육의 기회균등을 주장했다. 그들은 이렇게 신분제와 직업의 귀천을 타파하면서 근대 사회를 지향하고 있었다.

…(중략)… 다산은 역대 통치제도의 그 같은 모순을 지적하고, 그러한 역리를 순리로 역전시키려는 행동이 정당하다고 주장했다. 이것은 전제군주제도를 근대 민주제도로 전환시키려는, 통치제도의 근간을 바꾸는 일종의 "혁명성"을 의미했다. 실학자들이 이같이 근대적인 개혁사상을 갖고 있었지만, 우리 사회는 그것을 수요하여 자기 개혁을 활발하게 추진하지는 못했다. 안동 김씨 세도 속에서 제도적 개혁을 단행하려는 아주 단편적인 노력이 보였

던 것도 그나마 실학의 영향이었다.

　이때 당쟁은 실학자들을 소외시켰고 세도정치는 사회적 모순을 더욱 증폭시켰으며, 기득 권층은 개혁의 소리를 외면했다. 19세기 초반 세도 정치 속에서 정약용의 죽음을 전후하여 실학의 목소리는 사라지게 되었다. 실학에서 주장한 개혁을 제대로 이룩하지 못함으로써 우리 사회는 근대화에 낙오자가 되었고, 결국은 외세의 지배를 받게 되었다. 한 시대에 주어진 개혁의 기회를 놓치게 되면 이렇게 혹독한 대가를 치르게 되는 법이다.5)

---

5) 이이화, 『인물한국사』, 한길사, 2003.

붕당정치

동인과 서인의 균형이 깨지기 시작한 것은 광해군 때부터였다. 광해군은 임진왜란 이후에 명나라가 쇠퇴하고 청나라가 흥하는 것을 간파하고 양쪽에 대해 중립을 지키면서 실리를 얻는 외교 정책을 폈다. 명나라에 대해 뿌리 깊은 의존심을 갖고 있던 그때의 양반 관료들에게 광해군의 외교 정책은 파격적인 것이었다. 그러므로 광해군의 외교 정책에 적극적으로 동조하는 양반 관료들은 적을 수밖에 없었다. 동인과 서인으로 나뉜 붕당 중 동인이 광해군의 외교 정책에 찬성했고 서인은 비판적이었다. 그리고 동인은 서인에 대한 비판에 강경한 북인과 온건한 남인으로 나뉘었는데 광해군의 외교 정책에 대해서도 마찬가지 태도를 보였다. 광해군은 처음에는 북인과 남인을 골고루 등용하려 하다가 자신의 친형인 임해군과 선왕의 정실 소생이라고 할 수 있는 영창대군 주위에 자신에 대한 반대파가 몰려들자 특정 붕당만을 가까이 하게 되었다. 이러한 과정에서 북인마저도 강경한 대북과 덜 강경한 소북으로 나뉘게 되었다. 이러한 편향된 세력 관계가 정권을 불안하게 만들었다. 마침내 서인은 무력을 동원하여 북인만이 아니라 왕까지 내쫓아 버렸다. 이 사건이 바로 '인조반정'이었다.

사림파 정권이 들어서면서 농촌 사회에 머물러 있던 사람들이 너나 할 것 없이 중앙 정계에 발을 들여 놓고 싶어 하는 바람에 관직 수요가 엄청나게 늘어났다. 이것은 긍정적인 현상이었다. 극소수 명문자제에게만 주어졌던 관직 진출의 기회가 그만큼 많은 사대부들에게 주어지게 되었기 때문이다. 그런데 붕당들은 타당한 관행과 규칙으로 관리를 선발하는 제도를 정착시키지 못했다. 그러다 보니 이들은 관리 선발을 자기 붕당의 세를 불리는 것으로만 사고하게 되었다. 붕당정치가 변질되게 된 또 다른 이유는 이들 사이에 이념이나 정치 노선의 차이가 그다지 크지 않았다는 데에도 있다. 이들은 농촌에 소작인을 두고 있는 지주들이었다. 따라서 붕당정치는 지주제를 그 경제적 기반으로 한다. 관리에게 토지의 수조권을 주던 과전법이 유명무실해지고 지주제가 확립되어 가자 자연히 농촌에 머물면서 지주로 자리 잡은 사람들이 강한 영향력을 갖게 되었다. 이들 사이에는 정치 이념의 차이를 가져올 이해관계의 차이가 그다지 크지 않았다.

1724년에 왕위에 오른 영조는 노론을 위주로 하면서도 소론과 남인 심지어 광해군이 쫓겨난 뒤 벼슬 근처에도 가지 못했던 북인까지 골고루 등용하는 탕평책을 실시했다. 그러나 그의 정책이 자리 잡기까지에는 상당한 시일이 걸렸다. 기득권을 가지고 있던 노론의 반발이 거셌기 때문이다. 왕권이 어느 정도 강해진 뒤에야 탕평책은 실효를 거둘 수 있었다. 영조는 탕평책의 실시와 함께 여러 가지 개혁 조치를 시행했다. 형벌제도를 개혁하고, 균역법을 실시하였으며, 붕당의 소굴과 같은 서원을 대대적으로 폐쇄했다. 이것은 탕평책이 민중의 성장에 대한 양보 조처와 맞물려 있음을 뜻한다.

그러나 탕평책은 새로운 문제를 발생시켰다. 그것은 탕평파라는 새로운 파당이 생긴 것이었다. 이들은 단지 새로운 권력의 끈으로서 탕평책 지지를 선택한 영조의 친위세력이었다. 이들은 일체의 비판적인 사림언론을 탄압하였다. 사림의 언론이 당파 싸움을 부채질하기 때문에 탄압한다는 것이 명분이었지만, 사실은 일체의 비판을 허용하지 않고 친위세력이 독주하고자 하는 것이 목적이었다. 이러한 과정에서 행정, 군사, 재정, 중요한 인사권이 비변사에 구조적으로 집중되어 갔다. 그 때문에 비변사를 장악한 실력자 또는 파벌이 정국을 주도할 수 있었다. …(중략)… 붕당정치 하에서 비변사는 권력을 장악한 붕당의 의사결정이 실질적으로 이루어지는 최고 권력기관으로 자리 잡았다. 그런데 영조의 탕평책은 이러한 비변사를 개혁하기보다 그것을 장악하고, 그것을 통해 당파 싸움을 억제하였기 때문에 비변사의 권력은 더욱 비대해지게 되었던 것이다. 이러한 폐단은 왕권이 약해지기만 하면 특정 개인 또는 가문이 정국을 좌지우지할 수도 있는 세도정치를 낳는 조건을 만드는 것이었다.[6]

논제 위의 내용을 참고로 하여 조선의 붕당정치가 탕평책으로 이어지지 못한 근거를 찾아본다. 또한 붕당정치가 세도정치로 변질된 모습을 들어 붕당정치의 발전이 곧 민주정치의 발전이라는 논점으로 서술하라.

---

6) 정해랑, 『국사와 함께 배우는 논술』, 아세아문화사, 2007.

📚 호민의 역할

천하에서 가장 두려운 것은 오직 백성뿐이다. 백성들은 물이나 불 또는 호랑이보다도 더 두려운 것이다 한데 윗자리에 있는 사람들은 제 마음대로 이들 백성을 학대하고 부려먹고 있다. 도대체 왜 그러는가.

무릇 정세에 대해 깊이 살피지도 않고 순순히 법을 받들고 윗사람에게 잘 따르는 것을 항민(恒民)이라 한다. 이들 항민은 전연 두려운 존재가 아니다. 다음, 살을 깍고 뼈가 망가지면서 애써 모은 재산을 한없이 갈취당하고서 탄식하고 우는 백성들이 있다. 이들은 윗사람을 원망하는 자 즉 원민(怨民)이라 한다. 이 원민들도 별로 두려운 존재는 아니다. 다음, 세상이 되어 가는 꼴을 보고서 불만을 품고 인적이 없는 곳으로 종적을 감추고서는, 세상을 뒤엎을 마음을 기르고 있다가 기회가 닥치면 그들의 소원을 풀어 보려고 하는 자, 즉 호민(豪民)이 있다. 이들 호민은 참으로 무서운 존재이다.

…(중략)… 고려 때에는 백성을 위한 제도가 달라 모든 이익을 백성과 함께 했다. 상업하는 사람이나 공업에 종사하는 사람도 같은 혜택을 입었고, 또 수입을 보고 지출을 하였기 때문에 나라에는 곡식이 여유가 있었고 갑작스럽게 큰 병란이나 국상이 있어도 거두어들일 줄을 몰랐다. 단지 말기에 와서는 삼정이 문란하여 환란이 있었을 뿐이다.

현재에는 그렇지 못하다. 변변치 못한 백성과 땅덩이를 가지고 귀신을 받드는 일이나 윗사람을 섬기는 제도는 중국과 같이하고, 그로 해서 백성들은 5분의 세금을 정부에 바치고 있다. 이 것도 대부분 제대로 국가에 납부되지 않고 중간에 있는 자들이 사복을 채우고 있어서 국가 수입은 실상 1분 정도밖에 안 된다. 백성은 백성대로 고생을 하고 국가는 국가대로 비축미가 없는 것이다. 국가에 무슨 일이 있으면 저축이 없는 정부에서는 1년에 두 번씩 거두어들이기도 하고 부패한 관리들은 이것을 기회로 하여 온갖 착취를 다한다. 기강이 해이하다는 것은 말할 것도 없다. 그리하여 백성들의 근심과 원망은 고려 말기보다 훨씬 더 심한 것이다.

이러한데도 윗자리에 있는 사람들은 이런 것을 두려워하거나 바로잡을 줄 모르고 우리나라에는 호민이 없다고 말하니 한심스러운 일이다. 불행히도 견훤과 궁예 같은 사람이 우리나라에도 있었던 적이 있은즉, 이와 같은 사람들이 나와서 백성을 충동하면 근심과 원망에 가득 찬 백성들이 들고 일어나지 않으리라고 장담할 수 없는 일이며, 바로 눈앞에 있는지도 모를 일이다. 이런 때에 위정자는 백성을 무서워할 줄 알고 전철을 밟지 않는다면 겨우 걱정은 면할 것이다.

— 「호민론」, 허균

논제 위의 글을 읽고 역사 발전에서 호민이 차지하는 역할에 대한 자신의 의견을 논술하라.

토지 공유의 유토피아사상인 여전론

다산사상의 정수는 역시 토지개혁론인 여전론(閭田論)에 있다. 그는 민중이 당하는 고통의 근원을 봉건적 토지제도로 보았으며, 그것을 분석함으로써 봉건체제 전반을 낱낱이 비판했다. 나아가서 그는 그 나름대로 봉건체제를 뛰어넘을 수 있는 대안까지 내놓았다. 그는 여전론을 주장하면서 반계 유형원의 균전제, 성호 이익과 연암 박지원의 한전론이 모두 농사를 짓지 않는 양반들에게도 토지를 분배해 주는 내용을 갖고 있기 때문에 철저하지 못한 것이라고 비판했다. 정약용은 '밭갈이하는 사람만이 밭을 얻을 수 있고, 밭갈이하지 않는 사람은 밭을 얻을 수 없다'는 경자유전(耕者有田)의 원칙을 내세웠다.

…(중략)… 그러면 여전론에서는 농민이 아닌 사람들은 어떻게 되는가? 농사를 짓지 않더라도 상업이나 공업에 종사하는 사람들은 그 노동의 대가를 받을 수 있다. 문제는 육체노동을 하지 않는 선비들이다. 정약용은 놀고먹는 선비에게는 단 한 낟알의 곡식도 주어서는 안 된다고 잘라 말한다.

그러나 농민을 위해 농촌에서 교육사업을 하든가 농업 기술 연구로 농사에 보탬이 되는 일을 하는 선비에게는 그들이 하는 정신노동의 질을 평가해 그 대가를 분배해야 한다고 주장했다. 이렇게 되면 모든 사람이 일을 하고 공정한 분배를 받는 사회가 열린다는 것이다.

…(중략)… 정약용은 1817년 유배지인 강진에서 여전론보다는 점진적이고 더욱 현실적인 정전제(井田制)를 구상했다. 그것은 고대사회의 정전제를 우리 실정에 맞게 창조적으로 적용하자는 토지개혁론이었다.

…(중략)… 그가 주장하는 정전제는 토지 국유를 원칙으로 하여 일제 지주적 토지 소유를 인정하지 않는 것이었다. 그러나 그도 역시 정전제를 시행하는 방법에서는 봉건적 한계를 드러냈다. 그는 정전제 실시를 오직 위로부터의 개혁, 곧 어진 임금이 베푸는 선정에서만 기대했다. 그러나 그러한 한계 속에서도 탁월한 점이 있었으니 그것은 정전제의 현지 집행을 군수나 세력가가 아니라 빈궁한 선비 또는 빈곤한 농민들로 조직해야 한다고 주장한 것이었다. 또한 그는 정전제를 거부하는 지주들에 대한 징벌을 규정하는 것도 빼놓지 않았다.

이처럼 농민 편에 서서 봉건제를 반대하는 사상을 가졌던 정약용은 농민봉기에 대해서는 어떠한 태도를 보였을까? 그가 강진에서 유배생활을 하던 1811년 평안도지방에서 홍경래를 중심으로 하는 농민봉기가 일어났다. 그런데 재미있는 것은 정약용이 농민봉기 소식을 듣고, 그 봉기를 진압하기 위한 이른바 의병을 모집하라고 그 지방 선비들에게 권유했다고 한다. 그토록 농민들이 잘 사는 세상을 애타게 바랐던 그가 왜 그랬을까? 유배 상태에서 언제 반대파에게 민란의 음모자로 몰려 목숨을 잃을지도 모를 상황에서 하나의 위장술로 그리한 것일까? 아니면 관념 속에서는 전혀 농민 편에 서지 않는 그의 이율배반적인 모습을 보여 주는 것일까?

　…(중략)… 　정약용이 집대성한 실학사상은 봉건제에 반대하고, 농민의 이익을 철저하게 옹호하면서 의식하지 못한 상태에서 자본주의를 지향하는 사상이었다고 할 수 있다. 그런 의미에서 우리는 실학사상을 근대사상의 맹아라고 볼 수 있는 것이다. 그러면 정약용의 사상과 그가 죽은 뒤 얼마 지나지 않아 19세기 후반 내내 계속되었던 봉기와는 어떤 연관이 있을까? 그의 사상이 그 시대 농민들의 이익을 어떻게 정확히 대변한 것인지, 농민 봉기에 간접적으로라도 어떠한 영향을 미친 것인지, 왜 농민 봉기의 지도자들에게 직접적인 영향을 주지 못한 것인지 등에 대해서는 앞으로 충분한 연구가 있어야 한다. 다만 그가 농민 봉기에 직접 참여하거나 영향을 주지는 않았다 하더라도, 봉건제를 반대하고 농민의 이익을 철저하게 옹호하기 위한 투쟁의 고삐를 사상의 영역에서 죽는 날까지 조금도 늦추지 않았다는 것만은 그가 남긴 많은 저서를 통해 확인될 수 있다.[7]

논제 성리학과 달리 실학은 실생활에 필요한 부분을 배우고 익히는 데 관점을 둔 실천학문이었다. 그럼에도 불구하고 실학은 실패하고 만다. 실학이 실패한 원인은 어디에 있을까? 성리학과 비교·대조하여 마인드맵으로 정리해 보자.

7) 정해랑, 『국사와 함께 배우는 논술』, 아세아문화사, 2007.

📚 세도정치

원래는 세도인심(世道人心)을 바로잡는다는 의미에서 '세도'라고 하였으나, 사림정치가 지향하던 세도의 전형(典型)과 다른 변질된 형태의 독재정치였기 때문에 세도(勢道) 또는 세도(勢塗)라고 하였다. 세도정치는 조선 정조 때 홍국영(洪國榮)이 왕의 두터운 신임을 받아 국정을 천단(擅斷 : 제 마음대로 결단을 내려 처치하거나 처분함)했던 것을 그 효시(嚆矢 : 사물이 비롯된 '맨 처음'을 비유하여 이르는 말)로 삼고 있다.

홍국영은 정조가 세손으로 있을 때 정후겸·홍인한 등의 위협에서 그를 보호하여 무사히 왕위에 오를 수 있게 한 공으로 도승지 겸 금위대장에 임명되어, 정사가 그에 의해 상주(上奏)되고 그를 통하여 하달되는 등 정치창구의 막강한 권한이 위임되었다. 또한 정치기반을 굳히기 위해 누이동생을 정조에게 바쳐 원빈(元嬪)으로 삼았고, 궁중의 숙위소에 머물면서 관리의 임명, 왕명의 출납, 군기국무에 이르기까지 모든 정사를 좌우함으로써 '세도재상'이라고 불리었다.

그러나 그의 부정부패를 규탄하고 왕의 친정(親政)을 바라는 사림의 여론으로 4년 만에 추방되어 일단 세도정치가 종식되었다. 그러나 정조가 죽고 12세의 순조가 즉위하자, 정조의 유탁(遺託)을 받은 김조순(金祖淳)이 정권을 잡게 되었고, 이듬해 그의 딸을 왕비로 삼으면서 다시 외척 안동김씨에 의한 세도정치가 시작되어 철종 때까지 약60년 동안 계속되었다. 헌종 때에는 모후(母后)인 신정왕후의 친정세력에 의해 풍양 조씨(豊壤趙氏)의 세도 정치가 잠깐 성립하기도 하였으나, 안동김씨 세력은 여전히 꺾이지 않았다.

이어 고종이 즉위한 뒤 생부인 흥선대원군이 정권을 잡게 되자, 안동김씨의 세력을 꺾고 한때 독재적인 세도정치를 이룩하여 외척에 의한 세도정치의 폐단이 없어지는 듯하였다. 그러나 흥선대원군이 명성황후 세력에 의해 10년 만에 권좌에서 밀려난 이후부터 을미사변 때까지 민씨일족 외척에 의한 세도정치가 계속되었다. 조선말기 1세기 동안 계속되었던 세도 정치의 특색은 외척에 의한 국정의 천단이라는 점에 있었고, 그 주요 원인은 영조 때부터 싹튼 당파싸움과 국왕이 유약했다는 점 등을 들 수 있다.[8]

논제 위의 내용을 읽고 "만일 내가 세도정치 하의 임금님이라면……"이라는 말로 시작하는 글을 써보자.

---

8) 신병주·노대환, 『고전 소설 속 역사여행』, 돌베개, 2005.

🖼 상품 화폐 경제의 발달

그(허생)는 안성의 한 주막에 자리 잡고서 밤, 대추, 감, 배, 귤 등의 과일을 모두 사들였다. 허생이 과일을 도거리로 사 두자, 온 나라가 잔치나 제사를 치르지 못할 지경에 이르렀다. 따라서 과일값은 크게 폭등하였다. 허생은 이에 10배의 값으로 과일을 되팔았다. 이어서 허생은 그 돈으로 곧 칼, 호미, 삼베, 명주 등을 사 가지고 제주도로 들어가 말총을 모두 사들였다. 말총은 망건의 재료였다. 얼마 되지 않아 망건 값이 10배나 올랐다. 이렇게 하여 허생은 50만 냥에 이르는 큰 돈을 벌었다.

— 『연암집, 허생전』

우리나라는 동·서·남의 3면이 모두 바다이므로, 배가 통하지 않는 곳이 거의 없다. 배에 물건을 싣고 오가면서 장사하는 장사꾼은 반드시 강과 바다가 이어지는 곳에서 이득을 얻는다. 전라도 나주의 영산포, 영광의 법성포, 흥덕의 사진포, 전주의 사탄은 비록 작은 강이나, 모두 바닷물이 통하므로 장삿배가 모인다. 충청도 은진의 강경포는 육지와 바다 사이에 위치하여 바닷가 사람과 내륙 사람이 모두 여기에서 서로의 물건을 교역한다. 매년 봄, 여름에 생선을 잡고 해초를 뜰 때 때에는 비린내가 마을에 넘치고, 큰 배와 작은 배가 밤낮으로 포구에 줄을 서고 있다.

— 『택리지』

논제 1 위의 글 『허생전』에서 허생이 재물을 모은 방식을 현대의 경제 원리 측면에서 비판해서 서술해 보자.

논제 2 밑줄 친 '이곳'에 대해 설명해 보자.

요즘 이곳에서 큰일이건 작은 일이건 모두 취급합니다. 의정부는 한갓 이름뿐이고 6조는 할 일을 모두 빼앗기고 말았습니다. 과거나 비빈 간택까지도 모두 이곳에서 합니다.

논제 3 훈련도감은 임진왜란 중에 만들어진 기구이다. 훈련도감에 대해 서술해 보자.

논제 4 정부가 한해의 풍흉을 실제로 조사하지 않고 이전과 비슷한 전세 액수를 책정하여 각 군현이 내야 할 전세의 총액을 할당하여 거두는 방식이다. 이 방식을 설명해 보자.

논제 **5** 방납의 폐단이 심해지자, 정부는 이를 바로잡기 위해 집집마다 거두던 토산물 대신 토지를 기준으로 쌀 1결당 12두를 거두었다. 이 방식의 조세제도를 설명해 보자.

논제 **6** 다음에서 설명하는 정책을 쓰고 영조와 정조가 이 정책을 실시한 목적을 서술해 보자.

- 영조는 특정 붕당에 치우치지 않는 정국 운영과 인사 정책을 내세웠다.
- 정조는 집권 세력인 노론을 견제하면서 소론나 남인도 적극적으로 등용하였다.

논제 **7** 양반이 점차 군역의 부담에서 이탈하자 군역은 농민의 몫으로 남게 되었다. 게다가 여러 군영과 관청이 이중 삼중으로 군포를 징수함에 따라 농민의 부담은 더욱 커졌다. 이런 폐단을 해결하기 위해 실시한 제도를 서술해 보세요.

논제 **8** 다음 자료를 읽고 서술해 보자.

 정조는 젊고 유능한 관리를 초계문신으로 삼아 자신의 개혁을 뒷받침할 정치 세력으로 육성하였다. 37세 이하 중하위직 관리 중에서 재능 있고 젊은 인물로 선발된 초계문신에게는 원래 맡은 업무를 면제 받고 40세까지 (　　)에서 연구에만 전념할 수 있는 특전이 있었다.

1. 밑줄 친 왕의 업적을 서술해 보자.

2. (　　)에 들어갈 말을 아래 글을 참고하여 서술해 보자.

 본래는 역대 왕의 글과 책을 수집, 보관하기 위한 왕실 도서관으로 설치되었다. 그러나 정조는 이곳에 비서실, 학문 연구, 정책 기획, 문신 교육 등의 임무까지 맡겨 실질적인 정치 기구로 만들었다.

논제 9 마을 단위로 1여를 정해서 여의 백성이 공동으로 경작하여 세금을 제한 나머지 생산물을 일한 양에 따라 분배하자. 이 토지 개혁론을 주장한 학자에 대해 서술해 보자.

논제 10 순조, 헌종, 철종의 3대 60여 년 동안 안동 김씨, 풍양 조 씨 등 노론 출신의 몇몇 유력 가문이 권력을 독점하고 국정을 좌우하였다. 이런 정치 형태를 일컫는 말을 쓰고, 설명해 보자.

논제 11 홍경래의 난에 대해 설명해 보자.

논제 11 수많은 천주교 신자가 처형되었다. '천주교'가 정부로부터 사교로 규정된 이유를 서술해 보자.

논제 12 다음과 관련된 조선 후기 세금 제도를 설명해 보자.

> 아전이 곡식을 거두는 날에, 까불고 불린 알곡을 멱서리가 불룩하도록 받고 창고에 넣어 봉한 뒤에 밤이 되면 창고에 들어가서는 곡식을 꺼내어 겨를 섞어서 드디어 1석을 나누어서 2석으로 만들고, 심한 경우에는 3석, 4석을 만들어서 원래의 숫자를 채우고, 온전한 알곡 섬은 훔쳐서 그의 집으로 가져간다.

논제 13 19세기에 도참이 유행한 이유를 설명해 보자.

논제 14 19세기에 정부가 농민 봉기를 수습하기 위해 한 정책을 쓰고 결과도 써 보자.

논제 15 동학 교주 최시형에 대해 설명해 보자.

논제 16 천주교와 동학의 공통점을 설명해 보자.

논제 17 다음 자료를 참고하여 조선 후기에 유행한 탈춤의 특징을 서술해 보자.

> 양반 : 나는 사대부의 자손인데,
> 선비 : 아니 나는 팔대부의 자손인데
> 양반 : 팔대부는 또 뭐야?
> 선비 : 아니 양반이란 게 팔대부도 몰라? 팔대부는 사대부의 갑절이지 뭐.
> 양반 : 지식이 있어야지, 나는 사서삼경을 다 읽었네.
> 선비 : 뭣이, 사서삼경? 나는 팔서육경도 다 읽었네.

논제 18 신라 때 창건된 것을 임진왜란 이후 다시 지었다. 현존하는 유일한 목조 5층탑으로 벽면에 부처의 일생을 8개의 장면으로 그린 그림이 있다. 이 건축물을 설명해 보자.

논제 19 전체 22첩으로 되어 있어 접어서 휴대할 수 있도록 제작된 지도를 제작한 사람에 대해 설명해 보자.

역사 깊이읽기

 조선 후기 세도정치의 문제점

- 주자학적 독재이념이 더욱 강화되어 사상의 발전이 막혔다.
- 삼정의 문란으로 근대화를 추진하는 경제동력이 상실되었다.
- 인재들의 사회진출과 성장이 가로막혀 개혁의 주체세력 형성이 미진한 원인이 되었다.
- 궁극적으로 서구열강의 발전 속도와 변화의 폭을 따라잡지 못하는 폐쇄적인 사회체제를 고수하는 주범이었다.

 홍경래의 격문

평서대원수는 급히 격문을 띄우노니 관서의 부로(父老)와 자제와 공·사천민들은 모두 이 격문을 들으라. 무릇 관서는 성인 기자의 옛 터요, 단군 시조의 옛 근거지로서 의관(衣冠 : 유교 문화를 생활화하는 사람)이 뚜렷하고 문물이 아울러 발달한 곳이다.

그러나 조정에서는 관서를 버림이 분토(糞土)와 다름없다. 심지어 권세 있는 집의 노비들도 서토의 사람을 보면 반드시 '평안도놈'이라고 말한다. 어찌 억울하고 원통하지 않은 자 있겠는가.

지금, 임금이 나이가 어려 권세 있는 간신배가 그 세를 날로 떨치고, 김조순·박종경의 무리가 국가 권력을 오로지 가지고 노니, 어진 하늘이 재앙을 내린다.

이제 격문을 띄워 먼저 여러 고을의 군후(君侯)에게 알리노니, 절대로 동요하지 말고 성문을 활짝 열어 우리 군대를 맞으라. 만약 어리석게 항거하는 자가 있으면 철기 5000으로 남김없이 밟아 무찌르리니, 마땅히 속히 명을 받들어 거행함이 가하리라. 대원수

— 『순조실록』[9]

---

9) 김대식, 『한국사능력검정시험(고급 상)』, 한국고시회, 2009.

수원화성은 정조의 효심이 축성의 근본이 되었을 뿐만 아니라 당쟁에 의한 당파정치 근절과 강력한 왕도정치의 실현을 위한 원대한 정치적 포부가 담긴 정치구상의 중심지로 지어진 것이며 수도 남쪽의 국방요새로 활용하기 위한 것이었다.

수원화성은 규장각 문신 정약용이 동서양의 기술서를 참고하여 만든 「성화주략」(1793년)을 지침서로 하여, 재상을 지낸 영중추부사 채제공의 총괄아래 조심태의 지휘로 1794년 1월에 착공에 들어가 1796년 9월에 완공하였다. 축성시에 거중기, 녹로 등 신기재를 특수하게 고안·사용하여 장대한 석재 등을 옮기며 쌓는 데 이용하였다. 수

수원화성

원화성 축성과 함께 부속시설물로 화성행궁, 중포사, 내포사, 사직단 등 많은 시설물을 건립하였으나 전란으로 소멸되고 현재 화성행궁의 일부인 낙남헌만 남아있다.

수원화성은 축조 이후 일제 강점기를 지나 한국전쟁을 겪으면서 성곽의 일부가 파손·손실되었으나 1975~1979년까지 축성직후 발간된 "화성성역의궤"에 의거하여 대부분 축성 당시 모습대로 보수·복원하여 현재에 이르고 있다.

수원화성은 축성시의 성곽이 거의 원형대로 보존되어 있을 뿐 아니라, 북수문(화홍문)을 통해 흐르던 수원천이 현재에도 그대로 흐르고 있고, 팔달문과 장안문, 화성행궁과 창룡문을 잇는 가로망이 현재에도 도시 내부 가로망 구성의 주요 골격을 유지하고 있는 등 200년 전 성의 골격이 그대로 현존하고 있다. 축성의 동기가 군사적 목적보다는 정치·경제적 측면과 부모에 대한 효심으로 성곽자체가 "효"사상이라는 동양의 철학을 담고 있어 문화적 가치 외에 정신적, 철학적 가치를 가지는 성으로 이와 관련된 문화재가 잘 보존되어 있다.

성벽은 외측만 쌓아올리고 내측은 자연지세를 이용해 흙을 돋우어 메우는 외축내탁의 축성술로 자연과 조화를 이루는 성곽을 만들었으며, 또한 수원화성은 철학적 논쟁 대신에 백성의 현실 생활 속에서 학문의 실천과제를 찾으려고 노력한 실학사상의 영향으로 벽돌과 석재를 혼용한 축성법, 현안·누조의 고안, 거중기의 발명, 목재와 벽돌의 조화를 이룬 축성방법 등은 동양성곽 축성술의 결정체로서 희대의 수작이라 할 수 있다. 특히, 당대학자들이 충분한 연구와 치밀한 계획에 의해 동서양 축성술을 집약하여 축성하였기 때문에 그 건축사적 의의가 매우 크다.

축성 후 1801년에 발간된 「화성성역의궤」에는 축성계획, 제도, 법식뿐 아니라 동원된 인력의

인적사항, 재료의 출처 및 용도, 예산 및 임금계산, 시공기계, 재료가공법, 공사일지 등이 상세히 기록되어 있어 성곽축성 등 건축사에 큰 발자취를 남기고 있을 뿐만 아니라 그 기록으로서의 역사적 가치가 큰 것으로 평가되고 있다.

수원화성은 사적 제3호로 지정 관리되고 있으며 소장 문화재로 팔달문(보물 제402호), 화서문(보물 제403호), 장안문, 공심돈 등이 있다. 수원화성은 1997년 12월 유네스코 세계문화유산으로 등록되었다.

 ## 조선시대의 역관

조선 시대의 역관은 좀 특수한 존재였다. 통역을 맡아 보는 것이 공식적인 업무이지만, 조선 후기에 역관들은 상업 활동도 함께 담당하였다.

왜란과 호란을 겪어 재정이 부족하였던 조선 정부는 사행에 필요한 공공 경비를 충분히 지급할 수 없어 대신 역관들에게 자금을 주고 그 자금으로 청에서 무역을 해 이용하도록 하였기 때문이다. 역관들은 이 자금을 바탕으로 무역을 하여 많은 이익을 남길 수 있었다. 그 때문에 사행의 일원으로 중국에 한 번 들어가 보는 것이 모든 역관들의 꿈이었으며, 그 꿈이 현실화되면 가능한 모든 방법을 동원해 부를 축적하였다.

특히 효종 때는 청과 일본 사이에서 중개 무역이 성행하던 시기였다. 일본은 16세기 중반부터 명나라와의 관계가 단절되어 필요한 물품을 조선에서 수입해 쓸 수밖에 없는 처지가 되었는데 역관들은 이 틈을 타 막대한 이익을 챙길 수 있었다. 그러나 1687년 일본이 청과 국교를 수립하고 필요한 물품을 청에서 직접 사들이게 되자 역관들의 상황은 완전히 달라졌다.

- 사행 : 사신 행차
- 중개 무역 : 수출국과 수입국 간의 무역 거래에 제삼국의 무역업자가 개입하는 무역 형태10)
[조선의 이름난 역관]
- 홍순언 – 선조 재위시 명나라 병부상서 석성을 설득하여 왜란으로 위기에 처한 나라를 위해 명나라가 군사를 파병케 하고 태조 이성계의 왜곡된 역사를 내세워 명나라 조정에서 부당한 조치를 내린 것을 명나라로 가서 외교를 통해 바로 잡는데 공을 세웠던 역관이다.
- 김지관 – 숙종 재위시에 백두산 정계비를 세워 국경을 정할 때 청나라 관리와 그 수행원들이 억지를 부리며 조선 땅을 침탈하려 하자 교섭회의에서 청나라 관리들에게 논리적으

로 밝혀 지세를 측량하여 비석을 세우는 데 큰 공을 세운 역관이다.

- 변승업 – 숙종 때의 역관으로 박지원이 지은 허생전에서 허생에게 두 말도 묻지않고 거금을 선뜻 빌려준 역관으로 큰 부를 쌓은 사람이다.
- 오씨 가문의 역관 – 천주교와 여러 과학기술, 천문 서적을 들여온 역관 가문이다.

📚 인물탐구

- 김육 – 17세기 후반의 개혁 정치가로 대동법 실시, 수차 사용, 화폐통용, 역법의 개선 등 구체적인 방법으로 민심을 회복하려 하였다.
- 윤휴 – 개혁적인 성향의 청남의 영수였고 북벌론자. 종래의 주자의 해석방법을 비판하고 경전을 독자적으로 해석하여 당대 가장 혁신적인 학자이자 정치가로 평가되었다. 송시열에 의해 사문난적으로 몰리기도 하였다.
- 윤선도 – 1636년 병자호란 때 의병을 이끌고 강화도로 갔으나 화의를 맺었다는 소식을 듣고 보길도에서 은거하였고 남인의 거두로서 효종의 장지 문제와 자의대비의 복상 문제로 서인의 세력을 꺾으려다가 실패하였다. 시조에 뛰어나 한국어의 새로운 뜻을 창조했으며 정철과 더불어 조선 시가의 양대 산맥이라 불렸다.
- 숙종 – 세 차례의 환국(경인, 기사, 갑술), 대동법 실시, 금위영 신설, 상평통보 사용 시작, 안용복의 활약, 백두산 정계비 세움 등 이 시기에 있었던 일이다.
- 김만중 – 조선시대의 문신으로 <구운몽>으로 숙종 때 소설문학의 선구자라 일컬어진다. 또 <사씨남정기>와 <서포만필> 등의 작품이 있다
- 허균 – 조선중기 문신으로 조선 최초의 양명 학자이었다. 조선시대 사회모순을 비판한 소설 <홍길동전>을 집필하였다.
- 정선 – <금강전도>, <인왕제색도>, <산수도> 등을 그렸다.
- 이익 – 조선 후기의 실학자로 <성호사설>, <곽우록> 등 수많은 책을 저술하였고 그의 혁신적인 사고는 정약용 등에게 더욱 계승 발전되었다.
- 영조 – 가혹한 형벌 금지, 이인좌의 난 진압, 이조전랑의 인사추천권 혁파, <속오례의>편찬, 균역법 시행, 세자를 뒤주에 가둬 죽임, 신문고 설치, 노비 신공을 혁파 등 많은 업적을 남긴 제21대 왕이다.
- 강세황 – 서양화법의 영향을 받아 서양식 원근법과 대담한 채색법을 사용하였다.

---

10) 신병주·노대환, 『고전 소설 속 역사여행』, 돌베개, 2005.

<송도기행첩>에 수록된 <영통동구도>가 있다.

- 정조 – 서얼등용(유득공, 박제가 등), 초계문신제 시행, 외규장각 설치, 장용영 창설, <대전통편> 편찬, 현릉원을 만듦(배다리 사용), <무예도보통지>편찬, 신해통공 실시, 수원에 화성 축조 등 훌륭한 업적을 남긴 제22대왕이다.

- 채제공 – 조선 후기의 문신으로 사도세자의 신원 등을 상소했고 정조의 탕평책을 추진한 핵심 인물이다. 대상인의 특권을 폐지하고 소상인의 활동 자유를 늘리는 조치인 신해통공을 주도하는 등 제도의 운영을 통해 사회적 갈등을 해소하고자 하였다. 김만덕과의 인연도 있다.

- 박지원 – 홍대용, 박제가 등과 함께 청나라의 문물을 배우고 상업을 통한 경제 활성화를 주장한 북학파의 영수로 이용후생의 실학을 강조하였다. 수레와 선박의 이용, 화폐의 유통 등 중상주의를 주장, 양반 사회 비판(<허생전>, <양반전>, <호질>), <열하일기>, <과농소초> 등 편찬한 실학자이다.

- 정약용 – 거중기와 한강 배다리 개발, 수원 화성 설계, 암행어사로 활동, <마과회통> 편찬, 신유박해로 유배, <목민심서>완성, <경세유표>, <흠흠신서>, <여유당전서> 등 저술하고 정전론의 토지 개혁안을 제시하였다.

- 김홍도 – 영조의 어진과 왕세자의 초상을 그리고 <서당도>, <대장간도>, <씨름도>, <타작도>, <무동>, <원행을묘정리의궤> 등을 그렸다.

- 신윤복 – <미인도>, <단오풍정>, <월하정인>, <혜원전신첩> 등 작품을 남겨 자신만의 독특한 화풍을 개척하고 풍류, 남녀 간의 애정, 서민들의 삶 등을 주로 표현하였다.

- 김조순 – 정조 때 초계문신으로 발탁, 딸이 순조의 비가 되면서 영안부원군에 봉해지고 정조 사후에 어린 순조를 도와 30년간 보필하고 왕의 장인으로 안동김씨 세도정치를 조성하였다.

- 김정희 – 조선 후기의 서화가이며 문신, 금석학자. 학문에서는 실사구시를 주장하였고 서예에서는 독특한 추사체를 대성시켰으며, '진흥'이란 칭호도 왕의 생전에 사용한 것임을 밝히고 <북한산 순수비>의 비문을 해석하여 밝히기도 하였다.

- 홍경래 – 평안도 출신 배척에 불만을 품고 '평서대원수'란 직책을 띠고 가산 다복동에서 봉기를 시작하여 평안도를 중심으로 난을 일으켰다. 관군에 의해 정주성이 함락되어 전사하였다.

- 김병연 – 할아버지 김익순이 홍경래의 난 때에 투항한 죄로 집안이 멸족을 당하였다. 할아버지를 조롱하는 시제로 장원급제하였지만 조상을 욕되게 한 죄인이라는 자책으로 삿갓을 쓰고 죽장을 짚은 채 방랑생활을 시작하였다. 많은 작품을 남겼다.

- 안정복 – 정조 2년에 <동사강목>을 완성하여 자주적, 객관적, 실증적으로 한국사를 재구성하였다. 종래의 중국적 사관에서 벗어나 단군조선까지 거슬러 올라가서 한국사의 상한을 올려 잡았을 뿐만 아니라 외적의 침략에 항거한 장수들을 내세워 민족의 활기를 찾으려고 하였다.

- 박문수 – 조선 후기의 문신으로 이인좌의 난 때 전공을 세웠다. 함경도 진휼사로 경상도 기민을 구제하여 송덕비가 세워지고 병조판서, 호조판서, 우참찬 등을 지냈다. 군정과 세정에 밝았고 <탁지정례> 등이 있다.

- 유득공 – 조선 정조 때의 북학파 학자이자 규장각 검서관의 한 사람이다. <발해고>를 통해 발해의 역사적 중요성을 강조하며 '남북국시대론'의 효시를 이루었다.

- 박제가 – 조선 시대의 북학파 학자이자 규장각 검서관의 한사람. <북학의>를 지어 조선의 무역을 권장하고 소비를 우물물에 비유하여 소비를 미덕이라고 하였다.

- 이항로 – 척화주전론을 주장하고 학문은 주리론에 바탕을 두고 이와 기를 엄격히 구별하는 동시에 그것을 차등으로 인식하였다. 존왕양이를 바탕으로 애국사상과 자주의식을 강조함으로써 조선조 위정척사론의 사상적 기초를 형성하였다.

- 박규수 – 진주민란이 일어나자 안핵사로 현장에 파견되어 지방관의 수탈을 막을 수 있도록 탐관오리의 처벌을 요청하였다. 제너럴셔먼호 사건이 발생하자 고종의 승인을 받고 셔먼호를 침몰시켰다. 강화도 조약 체결을 이끌기도 하였다.

- 신재효 – 판소리 열두마당 중 <적벽가>, <춘향가>, <심청가>, <토별가> 등 모두 여섯 마당의 판소리 사설을 정리하고 독창적으로 개작하였다. 최초로 여성 판소리 창자들을 교육시켰으며 소박하면서 박자가 빠른 동편제와 화려하면서도 박자가 느린 서편제의 장점을 조화시킴으로 판소리계의 대가라고 불렸다.

08

근대화와
토론

Ⅰ. 외세 침입과 개항

역사 훑어보기

조선 사회는 안에서 성장하고 있던 근대적인 요소를 충분히 발전시키지 못한 채 19세기 후반 제국주의 열강에 의해 문호를 개방하게 된다. 이후 정부와 각계각층에서는 근대화하려는 노력을 하지만 별 성과를 거두지 못한다.

1. 조선 말기 정세와 흥선대원군의 쇄국정책

1) 조선 말기의 정세

흥선대원군

농업생산력의 증가는 백성들의 의식수준을 높였고 이로 인해 조선은 근대화의 과정을 차근히 밟고 있었다. 조선은 대내적으로는 안동김씨의 세도정치 하에 삼정문란과 부정부패로 인해 사회는 극도로 불안해 전국적으로 농민 봉기가 끊이지 않았고, 대외적으로는 천주교를 앞세운 서양 열강이 중국에 침투해 들어와 조선에까지 영향을 미쳐 위기의식이 날로 고조되었던 시기이다.

이 시기에 고종의 아버지였던 대원군은 세도정권의 모순을 시정하고 실추된 왕권을 회복하기 위해 능력위주의 관리 채용, 경복궁 중건, 서원 정비, 양전 실시, 호포제 실시, 사창제 실시 등 개혁을 단행하였다.

흥선대원군이 실시한 개혁은 세도정치 하에 눌려 있으면서도 당시 새로운 사회세력으로 성장해 가고 있던 상인층, 부농층 및 수공업자의 여망을 받아들여 광범위한 정치·사회 전반에서 추진되니 정조 사망 이후 실로 60년 만에 신선한 개혁이라 할 수 있다.

그러나 경복궁 중건 사업과 군비 확장을 위한 과중한 세금 부과와 화폐 남발로 인하여 물가가 올라 백성들의 원성을 사기도 했다.

당시 조선은 세계 최강국이라 믿던 청나라가 서양의 침략을 받아 문호를 개방하였고, 해안에 서양 배(이양선)들이 자주 출몰하여 문화유산을 파괴 또는 약탈하는 등의 일들로 서양에 대한 충격이 날로 커져갔다.

흥선대원군은 병인양요(1866)와 신미양요(1871)를 거치면서 "서양 오랑캐가 침범함에 싸우지 않음은 곧 화의하는 것이요, 화의를 주장함은 나라를 파는 것이다."라는 내용의 척화비를 전국에 세우고, 통상 수교 거부 정책을 확고하게 유지하였다. 이러한 대외 정책은 외세의 침략을 일시적으로 저지하는 데에는 성공하였으나, 조선의 문호 개방을 늦추는 결과를 가져왔다.

외규장각

척화비

2) 병인양요(1866)와 신미양요(1871)

프랑스 정부는 로즈 제독을 시켜 극동함대 7척과 1천 명의 군사를 보내 강화도를 점령하고 조선 정부에 대해 프랑스 신부 살해자에 대한 처벌과 통상조약 체결을 요구하였다. 그러나 대원군은 이를 묵살하고 한성근과 양헌수로 하여금 문수산성과 정족산성에서 프랑스군 공격을 물리치는 데 성공했다.

2년 뒤, 오페르트 도굴사건이 일어났다. 도굴사건은 독일의 상인 오페르트가 흥선 대원군의 아버지 남연군의 묘를 도굴하다 실패하는 사건이다. 이를 계기로 흥선대원군은 윤리를 모르는 서양과는 통상을 하지 않겠다는 쇄국정책의 강한 의지를 보였다.(1868년)

또한 1871년에는 미국이 제너럴셔먼호 사건을 빌미로 강화도를 공격해왔다. 조선은 광성보에서 어재연 부대가 결사항전하여 미국을 퇴각시키는 데 성공했고, 그 후 전국에 척화비가 건립되었다.

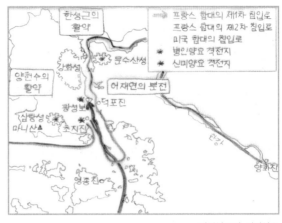

병인양요와 신미양요

2. 개항과 개화정책

1) 정부의 개화정책

1873년에 고종의 친정으로 흥선 대원군이 물러나고 민씨 세력이 집권하면서 개항과 통상 무역을 주장하는 집단이 정치적으로 성장하였다. 이런 움직임 속에서 일본은 한반도 침략을 노리며 운요호 사건을 일으켰다. 이를 계기로 조선은 일본과 조약을 맺어 나라의 문을 열었다(강화도 조약 1876). 강화도조약은 우리나라 최초의 근대적 조약이었지만, 부산 및 다른 두 곳을 개항해야 했으며, 일본에 치외법권과 해안 측량권 등을 내준 점에서 불평등한 조약이었다.

> 제4조　조선국은 부산과 그 외에 두 곳의 항구를 개항하고, 일본인이 와서 통상할 수 있도록 한다.
>
> 제7조　일본국 항해자가 자유로이 해안을 측량할 수 있도록 허가한다.
>
> 제10조　일본국 인민이 조선국 항구에서 죄를 지은 것이 조선국 인민에게 관계된 사건일 때,

한편, 정부의 개화 정책 추진에 대해 전통적인 유생층은 성리학적 전통 질서를 지키고 외세를 배척하자는 위정척사 운동을 전개하였다. 이들은 개항과 개화를 반대하는 상소를 올려 정부의 정책에 반발하였다.

김홍집이 귀국하자 조선책략 책자를 헌납하였고 이날 차대에서 왕이 이 책자의 시비 및 러시아 세력의 방지책을 하문하였다. 영의정 이최응이 이 책의 내용이 믿을 만한 것은 이를 믿어 채용해야 할 것이다. … (중략)… 소위 사학이라고 하는 것은 마땅히 척퇴해야 할 것이라고 하였다. … (중략)… 청국과는 다시 더할 것이 없고 일본과는 근년 수신사가 왕래하고 … (중략)… 우리나라가 해로 요충에 자리 잡고 있어서 미국과 교류를 맺는 것은 좋은 정책이라고 할 수 있다. 저들이 문서를 보내오면 좋은 말로 이에 답하고 그들이 해난을 고하였을 때 이를 구휼한다면, 그것으로 먼 나라와의 사이가 좋아지고 상통하는 바가 있을 것이다.

— 『승정원 일기』

오늘 조선의 급선무는 방아(러시아를 막는 것)보다 급한 것이 없다 하고, 방아의 방법에는 '친중국, 결일본, 연미국'보다 급한 것이 없다고 했습니다. 무릇 중국은 우리가 군주로 섬기는 나라입니다. 해마다 요동을 거쳐 비단을 보내고 신의를 지켜 변방이 되어온 지 2백년이 되었습니다. … (중략)… 일본은 우리와 깊은 관계가 있는 나라입니다. 그런데 삼포의 난이나 임진왜란 때의 숙원이 아직 풀리지 않고 있습니다. … (중략)… 미국은 우리가 잘 모르는 나라입니다. 돌연히 타인의 종용하는 바에 의해서 풍랑과 험악한 바다를 건너오는 그들을 끌어들인다면 우리 백성을 퇴폐케 하거나 우리 재물을 고갈시키게 될 것이고, … (중략)… 러시아 오랑캐는 본래 우리를 싫어하고 미워할 처지에 있지 않은 나라입니다. 공연히 타인의 말을 믿었다가 틈이 생긴다면 우리의 체통이 손상됩니다. … (중략)… 러시아, 미국, 일본은 모두가 오랑캐들이어서 그 사이에 누구는 후하게 대하고 누구는 박하게 대하기는 어려운 일입니다.

— 영남만인소

2) 임오군란과 갑신정변

1876년에 맺어진 강화도 조약으로 쇄
국정책이 무너지고 개화파와 수구파의 대
립이 날카롭게 일어났다. 이러한 가운데
왕의 친정으로 정권을 잃은 대원군은 민
씨 일파를 내치고 집권할 기회를 엿보고
있었다. 이 때, 5군영의 폐지로 일자리를
잃게 되었을 뿐 아니라 남아 있는 군병들
도 별기군에 비해 상대적으로 낮은 처우에
불만을 품었던 구식구인들이 난을 일으켰
다. 하층민과 결탁한 구식군인들은 흥선대
원군에 진정하여 흥선대원군이 일시적으
로 집권하게 되었다. 이 병란이 1882년(고
종 19) 구식군대가 일으킨 임오군란이다.

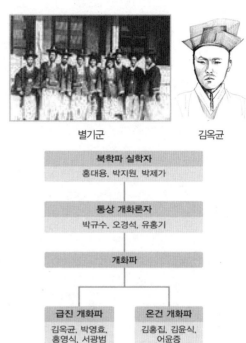

별기군   김옥균

북학파 실학자
홍대용, 박지원, 박제가

통상 개화론자
박규수, 오경석, 유홍기

개화파

급진 개화파 | 온건 개화파
김옥균, 박영효, | 김홍집, 김윤식,
홍영식, 서광범 | 어윤중

이에 민씨 세력은 청에 원병을 요청하였고 서울에 들어온 청의 군대는 흥선대원군을 청
으로 잡아갔다.

임오군란 이후, 청나라는 조선 내정에 대한 간섭과 경제 침략을 강화하였다. 이에 반
발한 김옥균, 박영효 등 급진적 개화 세력은 일본의 군사적 지원을 받아 갑신정변을 일
으켰다(1884).

이들은 청과의 의례적 사대 관계를 폐지하고, 입헌 군주제적 정치 구조를 지향하면서
인민 평등권과 능력에 따른 인재 등용을 주장하였다.

하지만 개화파 정권은 청군의 개입으로 3일 만에 무너지고 말았다. 이는 갑신정변 추
진 세력의 정치·군사적 기반이 약했고, 민중의 지지 속에 정변을 성공시키기보다는 외
세에 의존하는 방법을 택하였기 때문이다.

갑신정변 14개조 정강

① 대원군을 조속히 귀국시키고 청에 대한 조공 허례를 폐지할 것

② 문벌을 폐지하고 평등하게 백성들 능력에 따라 인재를 등용할 것

③ 토지에 매기던 조세법을 개혁하고 관리의 부정을 막고 백성을 보호하며 국가재정을 충실히 할 것

④ 내시부를 폐지하고 재능 있는 자를 등용할 것

⑤ 부정한 관리는 마땅히 그 죄를 물을 것

⑥ 백성이 나라에서 빌린 쌀에 문제가 많았으므로 이는 영원히 면제할 것

⑦ 외척의 세도기관으로 변질된 규장각을 폐지할 것

⑧ 급히 순사를 설치하여 도적을 방지할 것

⑨ 보부상모임인 혜상공국이 독점을 해서 문제가 생기므로 이를 폐지할 것

⑩ 전후시기에 유배 또는 금고된 죄인을 다시 조사하여 석방시킬 것

⑪ 4영을 합하여 1영으로 하고 영 가운데서 장정을 뽑아 근위대를 설치할 것, 육군 대장은 왕세자로 할 것

⑫ 일체 국가재정은 호조에서 관할하고 그 밖의 재정 관청은 금지할 것

⑬ 대신과 참찬은 의정부에 모여 정치적 명령이나 법령을 의결하고 집행할 것

⑭ 정부 6조 외에 불필요한 관청을 폐지하고 대신과 참찬이 이것을 심의 처리하도록 할 것

조선과 일본이 맺은 조약 : 한성 조약(1884)

제1조 조선국은 국서를 보내 일본에 사의를 표명할 것

제2조 해를 입은 일본인 유족과 부상자에게 보상금을 지불하고 또 상인의 재물이 훼손 약탈된 것을 변상하기 위하여 조선국은 11만원을 지불할 것

청나라와 일본이 맺은 조약 : 톈진 조약(1885)

제1조 청국은 조선에 주둔한 군대를 철수한다. 일본국은 공사관 호위를 위해 조선에 주 재한 병력을 철수한다.

제3조 앞으로 만약 조선에 변란이나 중대 사건이 일어나 청, 일 두 나라 중 어떤 한 국 가가 파병을 하려고 할 때에는 마땅히 그에 앞서 쌍방이 문서로서 알려야 한다.

역사와 논술 마주보기

 토론 및 반론 제시 기법

1. 토론

토론은 두 사람 이상이 상대방을 설득하기 위하여 서로 자기 의견을 내세우는 동시에 상대방의 논거를 반박하여 설득하는 방법이다. 그러나 상대방 의견을 무조건 반대하거나 내 생각만 고집한다면 토론이 제대로 진행되기 어렵다. 그러므로 상대방의 의견을 잘 듣고 어떤 주장을 하는지 파악하여 '나라면 어떻게 할까?'라는 생각으로 주장을 반박하고 더 좋은 주장을 내세워 토론이 좋은 방향으로 흘러가게 하는 자세가 필요하다.

학습자들에게 토론은 문제의 본질을 파헤쳐 논리적으로 해결할 수 있는 사고력 향상과 논리 정연하고 설득력 있는 발표로 논리적 표현 능력이 향상되는 효과를 가져 온다.

세계화·국제화사회에서 토론의 능력은 개인과 국가의 자산이 된다는 점을 생각하여 효율적인 토론을 지향해야 한다.

1) 연암 박지원은 신분해방론자였을까?

주장1. 박지원은 <양반전>에서 '양반은 신선과 같다고 들었는데 이런 것뿐입니까? 양반에게 이롭도록 고쳐주십시오.'라고 말하는 천한 부자에게 수령이 시골 사람들을 마음대로 부릴 수 있다는 등 양반의 신분적 우위를 늘어놓자 천한 부자는 대경실색하며 '도둑놈 같은 양반 노릇'을 못하겠다고 달아나버렸다는 것으로 박지원은 도덕적이지 못한 양반의 신분적 우위를 비판하였다.

주장2. 연암에게 양반이란 독서로 지조를 지키고 명망과 절행을 닦아 치민에 힘쓰는 존재였다. <과종소초>에서 박지원은 '사(士)는 공맹정주지서(孔孟程朱之書)를 익히고 그 논설과 이치를 강의하여 치심수신(治心修身)의 방법을 실천하고 말업소기(末業小技)도 학문으로 배워야 하고 더욱이 농업은 민생의 대본이니 그에 힘써야 한다는 존재'라고 말했다. 이 말은 물론 양반이 직접 생산업에 종사해야 한다는 뜻은 아니었다. 다만, 양반은 정덕(正德)만이 아니라 이용후생(利用厚生)의 이치도 깨닫고 중요하게 여겨 백성이 생업에 잘 종사할 수 있도록 해야 한다는 의미임을 볼 때, 양반만을 풍자의 대상으로 했을 뿐, 당시의 양반 계급 전체나 신분제도 자체를 타도나 풍자의 대상으로 삼았던 것은 아니다.

주장3. 1939년에 김태준은 그의 저서 <조선소설사>에서 '<양반전>은 당시 엄격한 계급관습을 타파하고자 한 것이며 일면으로 돈 많은 사람이 양반이라는 봉건 붕괴사상을 암시한 것이며 <양반전> 속에 실린 양반 백행(百行)은 조선 예의가 너무도 형식에만 나아가서 말세적 관습을 일렀다고 비소(鼻笑)한 것이다'고 하였다. 이는 <양반전>을 반봉건 내지 근대적 의식을 주제로 한 작품으로 평가할 수 있다.

주장4. <양반전>의 자서, '사(士)는 곤궁하더라도 사의 본분에서 떠나지 말아야 한다'는 구절처럼 벼슬길에 오르기 전 극도의 빈궁 속에서도 당대 최고의 지식인 홍대용 등과 교류하면서 사의 본분을 다하기 위하여 학문에 정진하였다. 이런 정황으로 볼 때 연암은 <양반전>을 통해 기존 신분질서를 부정하려 했던 것이 아니라 오히려 정선 양반으로 대변되는 양반 신분을 팔아치울 정도로 선비의 본분을 잃어버린 당시 양반들의 행태를 개탄했던 것이고, 나아가 진정한 양반상을 회복할 것을 촉구했다고 볼 수 있다.

주장5. 학계에서 <양반전>을 계급 타파, 형식주의 타파, 봉건경제 해체, 양반의 위선 폭로 등을 제기한 근대사상을 지닌 작품으로 높은 점수를 주고 있는 것은 <양반전>을 쓴 작가, 연암 박지원 또한 반봉건적 근대사상의 소유자인 것으로 규정할 수 있다. 이런 평가는 신분해방의 선구자로 인식될 수 있다.

주장6. <양반전>에서 천한 부자가 양반 신분을 사사로이 샀다. 그것도 일시적인 것이었고 천한 부자가 양반 신분을 포기하고 가버림으로써 기존 질서는 유지되었고, 봉건계급의 타파나 반봉건적 개혁 의식은 찾아보기 어렵다. 또한 <허생전>에서도 허생이 이완에게 제시한 구국토청(救國討淸)의 제1방안은 현신(賢臣)을 얻는 데 있다는 것이다. 이는 어진정치란 바로 기존 정치질서의 이상이기 때문에 기존 신분질서를 옹호한 것이지, 반봉건적일 수 없으며 그에게 가장 절실한 문제는 기존 질서의 유지라는 토대 위에 사(士)로서 현실정치에 참여할 수 있는 방안을 모색하는 것일 뿐이다.

2) 내 의견쓰기

2. 논거 찾기 및 반론 제시 기법

예시

1. 미국과 유럽을 둘러본 유길준은 정부의 종류를 다섯 가지로 나누었다. 제시문 (가)에 제시된 다섯 가지의 정부를 예를 들어 말해 보자.

2. 제시문 (나)에서 박정양은 미국을 상하귀천이 없는 나라이며 민주주의를 근본 원리로 삼는 나라라고 파악하였다. 그러나 당시 미국에서 흑인 노예들이 겪고 있는 참혹한 삶에 대해서는 잘 몰랐는지 언급하지 않았다. 당시 사회상을 알아보고 박정양의 의견에 대해 반론을 제시해 보자.

(가) 미국과 유럽을 둘러본 유길준은 정부의 종류를 다섯 가지로 나누었다. 임금이 마음대로 하는 정치체제, 임금이 명령하는 정치체제, 귀족이 주장하는 정치체제, 임금과 국민이 함께 다스리는 정치체제, 국민들이 함께 다스리는 정치체제가 그것이다. 그의 분류에 따르면, 당시 조선은 '임금이 명령하는 정치체제'였다. 유길준은 다섯 가지 정치체제 중 가장 좋은 것은 임금과 국민이 함께 다스리는 정치체제로서 영국이 으뜸가는 모범이라고 생각했다. 미국식 대통령제보다 영국식 입헌군주제를 지지했던 것이다. 한편 박정양은 미국을 상하귀천이 없는 나라이며 민주주의를 근본 원리로 삼는 나라라고 파악했다.

무릇 정치체제는 어떻게 되어 있든지 간에, 그 근본 의도를 자세히 따져본다면 백성을 위한다는 한 가지 줄기에서 벗어나지 않는다. 정치체제의 종류가 달라진 까닭은 시세가 변화하고 인심이 달라지는 데 따라서 자연적으로 습관이 생긴 것이지, 사람의 지혜에 따라 하루아침에 어떠한 정치체제로 시작한 것은 아니다.

_ 『서유견문』

(나) 이 나라는 바로 합중심성(合衆心成)의 권리가 민주에 있는 나라다. …… 또 교우의 도는 존비가 같으며 귀천의 구별이 없어 무릇 국민은 태어날 때부터 자주를 얻는다고 한다. 자주라는 것은 누구나 다 같이 하늘이 부여한 것이고 귀천, 존비는 모두 바깥에서 이르는 것이니 바깥에서 이른 것이 어찌 자주를 훼손할 수가 있겠는가.

_ 『미속습유』[1]

---

1) 박은봉, 『한국사 상식 바로잡기』, 책과함께, 2007.

역사 테마로 논술쓰기

 강화도조약

문제 제기 -문제의 내포와 외연	1. 일본상인들 때문에 장사하기가 힘들어졌다.
	2. 쌀값이 너무 올라 쌀사기가 힘들어졌다.
	3. 일본인이 마구 행패를 부려도 신고하기가 어렵다.
원인 분석 -사회(외부)적 원인 -개인(내부)적 원인	1. 일본상품이 우리나라 것보다 더 싸기 때문에 우리 것이 잘 안 팔린다.
	2. 쌀이 일본으로 너무 많이 수출되기 때문이다.
	3. 일본인은 일본 경찰만이 처벌할 수 있기 때문이다.
대안 제시 -사회(외부)적 대안 -개인(내부)적 대안	1. 좀 비싸도 우리나라 물건을 사도록 사람들에게 알린다.
	2. 쌀을 수출하는 데 법으로 정해서 어느 양 이상 수출하지 못하도록 한다.
	3. 일본인이 심한 행패를 부릴 때는 우리나라에서도 처벌할 수 있게 한다.
반대 -대안에 대한 반발과 부작용	1. 가격차이가 많이 나는 물건에서는 애국심을 기대하기 어렵다. 사람들이 싼 일본 물건만 사려 할 것이다.
	2. 쌀 수출에 일정한 양을 정하는 데 일본과 우리나라 생각이 다를 것이다.
	3. 심한 행패가 어느 정도인지 기준을 정하기가 어렵다.
극복 -그 반발을 극복할 방안	1. 일본 기술을 더 배워서 우리도 싸게 물건을 만들도록 힘쓴다.
	2. 우리나라 쌀 소비량과 농지 면적을 계산하여 쌀 수출 양을 정하여 일본과 합의하고 받아들이지 않으면 쌀 수출을 잠시 중단하여 요구사항을 받아들이게 한다.
	3. 국제법이 정하는 기준에 따라 우리나라와 일본이 합의한다.
최종 결론 -전체 정리와 마무리	일본 물건이 싸서 우리나라 물건을 파는 상인들이 장사하기 어려우므로 일본인들에게 물건 만드는 기술을 배워 우리도 물건을 좀 더 싸게 만들어내도록 노력한다. 그리고 우리나라에서 필요한 쌀 양을 정해 합의하여 일정한 양 이상으로 쌀이 수출되는 것을 막아야 한다. 국제법이 정하는 기준에 따라 심한 범죄에는 일본인도 우리나라에서 처벌할 수 있도록 합리적이고 합법적인 조약을 맺어야 한다.

논제 강화도조약은 조선근대화에 어떤 도움을 주었는지 예시문을 참고하여 기술해 보자.

강화도조약(1876) 당시 최익현의 위정척사 상소

우리의 물건은 한정이 돼 있는데 저들의 요구는 그침이 없을 것입니다. 한 번이라도 응해주지 못하게 되면 저들의 노여움은 여지없이 우리를 침략하고 유린함으로써 우리의 모든 전공은 깨어지고 말 것이니 이것이 바로 강화가 난리와 멸망을 이루게 되는 바의 첫째이옵니다.

일단 강화를 맺고 나면 저 적들의 욕심은 물화를 교역하는 데 있습니다. 저들의 물화는 거개가 지나치게 사치하고 기이스러운 노리개이고 수공생산품이어서 그 양이 무궁한 데 반하여 우리의 물화는 거개가 백성들의 생명이 달린 것이고 땅에서 나는 것으로 한이 있는 것입니다. 따라서 이같이 피와 살이 되어 백성들의 목숨이 걸려 있는 유한한 물화를 가지고 저들의 저 무한한 사치하고 기괴한 노리개 따위의 물화와 교역을 한다면 우리의 심성과 풍속이 패퇴될 뿐만 아니라 그 양은 틀림없이 1년에도 수만에 달할 것이고 그렇게 될 때 동토 수천리는 불과 몇 년 안가 땅과 집이 모두 황폐하여 다시 보존하게 되지 못할 것이고 이에 따라 나라 또한 망하게 될 것입니다. …(중략)… 저들이 비록 왜인이라고 하나 실은 양적이옵니다. …(중략)… 사학에 물들게 될 것입니다. 그래서 아들이 그 아비를 아비로 여기지 않고 신하가 그 임금을 임금으로 여기지 않게 되어 예의는 시궁창에 빠지고 인간들은 변하여 금수가 될 것입니다.

박제가 「청 강남, 절강과 통상하기를 제의하는 의론」

우리나라는 나라가 작고 백성이 가난하다. 이제, 농민은 밭을 가는 작업에 게으르지 않고, 국가에서는 인재를 등용하여 상업이 잘 융통되게 하고 공업에 혜택을 내려서 나라 안에서 얻을 수 있는 이익을 총동원하여도 부족함을 면치 못할 것이다. 또 반드시 먼 지방의 물자가 통한 다음이라야 재물을 늘리고 백 가지 기구를 생산할 수 있다. 대저 수레 백 채에 싣는 양이 배 한 척에 싣는 것에 미치지 못하고, 육로로 천 리를 가는 것이 뱃길로 만 리를 가는 것보다 편리하지 못하다.

그러므로 통상하는 자는 반드시 물길을 좋아한다. …(중략)…

송나라 때 배로 고려와 통할 적에 명주에서 이레 만이면 예성강에 닿았다 하니 가깝다고 할 수 있다.

그러나 조선 사백 년 동안에 딴 나라 배는 한 척도 오지 못했다. 어린아이가 손님을 보면 곧 수줍어하며 우는 것은 천성이 아니다. 다만 처음 보기 때문에 서먹서먹하여서 그러는 것이다. …(중략)…

일찍이 황다를 실은 배 한 척이 남해에 표착한 적이 있었는데, 그 후로 온 나라에서 십여 년 동안이나 차를 마셨으나 지금까지도 남았음을 보았다.

어떤 물건이든지 그렇지 않은 것이 없다.

지금은 면포를 입고 백지에 글을 써도 물자가 부족되지만, 배로 무역을 하면 비단을 입고 죽지에 글을 써도 물자가 남아돌아갈 것이다.

지난날, 왜국이 중국과 무역하기 전에는 우리에게 교섭하여 연경 실을 사 갔으므로 우리나라 사람이 거간하여 이익을 보았는데, 왜국이 이롭지 못함을 알고는 직접 중국과 통한 것이다.

논제 흥선대원군의 쇄국정책과 명성황후의 개화정책은 서로 대조적이었지만 시기적으로 둘 다 필요하다는 당위성을 갖는다. 어떤 정책이 더 필요했었는지 토론해 보고 근거를 들어 서술해 보자.

역사 깊이읽기

 이항로의 위정척사 상소

…… 또 하나 드릴 말씀이 있사옵니다. 양이(洋夷)의 화가 금일에 이르러서는 비록 홍수나 맹수의 해일지라도 이보다 심할 수 없겠사옵니다. 전하께서는 부지런히 힘쓰시고 경계하시어 안으로는 관리들로 하여금 사학(邪學)의 무리를 잡아 베시고, 밖으로는 장병들로 하여금 바다를 건너오는 적을 정벌케 하옵소서. …(중략)… 몸을 닦아 집안이 다스려지고 나라가 바로 잡힌다면 양품이 쓰일 곳이 없어져 교역하는 일이 끊어질 것입니다. 교역하는 일이 끊어지면 저들의 기이함과 교묘함이 받아들여지지 않을 것이며, 기이함과 교묘함이 받아들여지지 않는다면 저들이 기필코 할 일이 없어져 오지 않을 것입니다. 이는 잡아 죽이고 정벌하는 일과 본말이 되어 서로 돕고 의지하게 되오니 꼭 마음에 두셔야 하옵니다.

 최익현의 상소

　　최익현은 1876년 일본과의 강화도 조약을 체결하자 도끼를 들고 궐문 앞에 엎드려 조약의 불가함을 외쳤다. 이것이 '오불가척화소'로 그 내용을 정리하면 첫째, 일본의 침략에 의한 정치적 자주의 위기를 말한다. 둘째, 일본의 사치품에 의한 조선의 전통 산업이 파괴됨을 말한다. 셋째, 일본은 서양의 적과 같으며 천주교가 확산되어 전통 예의의 위기를 조장할 수 있다. 넷째, 일본인에 의한 재산과 부녀자 약탈의 위기에 직면한다. 다섯째, 금수와 같은 일본과 문화 민족인 우리가 교류할 때에 도래할 문화의 위기를 말한다. 이는 최익현의 '왜양일

체론'으로 일본과 서양을 동일하게 간주하고 우리의 역사와 문화적 전통을 지키기 위해서는 자주성을 확보해야 한다는 주장이다.

— 오불가척화소—

최익현은 1905년 '을사늑약'이 체결되자 '청토오적소'를 올려 조약의 무효를 주장하고 을사 5적을 처단할 것을 주장하였다. 그러나 상소가 받아들여지지 않자 전라도 태인에서 의병을 일으켜 항일의병 운동을 전개해 나갔지만 체포되어 대마도로 압송되었다.

Ⅱ. 외세에 대한 저항과 개혁

역사 훑어보기

개항 이후, 조선의 지배층은 외세의 침략에 적절한 대응책을 세우지 못한 채 타협과 굴복을 일삼는 무능을 드러냈다. 문호 개방 이후 배상금 지불이나 근대 문물 수용에 필요한 경비 지출 등으로 국가의 재정이 어려워졌고 농민에 대한 지배층의 수탈은 더욱 심해져갔다. 하지만 사회 개혁이 진행되면서 신분 제도가 폐지되고 평등 의식도 점차 성장하였고 외국과의 교류를 통해 외래 문물과 제도 등이 수용됨에 따라 전통적인 생활 모습에도 많은 변화가 생겨 개혁의 바람은 곳곳에서 일었다.

1. 외세에 대한 저항

1) 동학농민운동

1860년대에 등장한 동학은 "사람 섬기기를 하늘같이 하라."라고 하여 사람은 누구나 평등하다는 사상을 가지고 있었다. 이러한 평등사상에 기초한 동학은 민중 속으로 빠르게 퍼져 나갔고, 1894년 동학 농민 운동으로 발전하였다. 동학 농민 운동은 일본군과 조선 관군의 진압으로 좌절되었지만, 양반 중심의 신분 사회가 타파되는 결정적인 계기를 마련하였다.

전봉준

동학 농민 운동은 농민층이 전통적 지배 체제에 반대하는 개혁 정치를 요구하고 외세의 침략을 자주적으로 물리치려 했다는 점에서 아래로부터의 반봉건적, 반침략적 민족 운동이었다.

1기	• 고부 민란기 - 고부 군수 조병갑의 횡포에 항거, 전봉준 봉기
2기	• 농민운동 절정기(보국안민·제폭구민) - 황토현 전투 승리 → 전주 점령 → 전주 화약
3기	• 사회 개혁기(집강소) - 폐정개혁안 실천
4기	• 반봉건 - 봉건적 지배 체제 반대(노비 문서의 소각, 토지의 평균 분작 등 주장) • 반침략적 민족 운동 - 외세의 침략에 맞선 국권 수호 운동

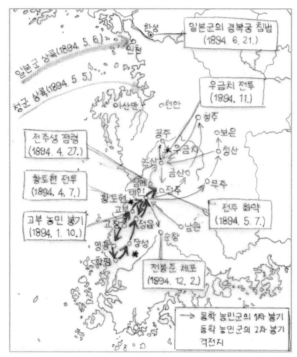

동학농민운동

2) 갑오개혁과 을미개혁

갑신정변과 동학 농민 운동에서 추구하던 신분 제도의 폐지는 마침내 갑오·을미개혁을 통해 이루어졌다. 양반과 상민의 신분적 차별이 없어지고, 천민 신분과 공·사노비 제도가 폐지되었다. 또 조혼이나 과부의 재혼 금지, 인신 매매, 고문, 연좌제 같은 악습도 없앴다. 아울러 과거제를 폐지하고, 신분의 구별 없이 인재를 등용하는 새로운 관리 임용 제도를 만들었으며, 사법권을 행정권에서 분리시켜 새로운 사법 제도의 기틀도 마련하였다.

폐정 개혁 12개조

1조 동학교도와 정부는 서로 원한을 씻고 모든 행정에 서로 협력한다.

2조 탐관오리는 그 죄를 조사하여 엄하게 처벌한다.

3조 횡포를 부리는 부자는 엄하게 처벌한다.

4조 행실이 바르지 못한 선비와 양반들은 벌을 준다.

5조 노비문서는 불태워 버린다.

6조 천한 사람을 차별하는 것을 없애고, 백정이 신분을 표시하기 위해 쓰는 모자인 평량갓(패랭이)을 없앤다.

7조 젊어서 과부가 된 여자는 다시 결혼을 할 수 있도록 허용한다.

8조 나라에서 정하지 않은, 필요 없는 세금은 모두 없앤다.

9조 관리를 뽑을 때 정해진 지역에서만 뽑는 것을 없앤다.

10조 일본과 통하는 자는 엄하게 처벌한다.

11조 모든 빚은 모두 없는 것으로 한다.

12조 토지는 모두 공평하게 나누어서 농사를 짓게 한다.

3) 을미사변과 아관파천

청·일 전쟁에서 승리한 일본은 청으로부터 조선을 보호한다는 명목으로 간섭을 강화하였다. 그러나 러시아·독일·프랑스 세 나라의 간섭으로 일본의 세력은 위축되었다(삼국간섭). 위축된 일본의 세력을 견제하려고 명성황후는 친러 정책을 실시하였다. 이에 분노한 일본은 명성황후를 시해하는 을미사변을 일으켰다

건청궁(문화재청)

(1895). 을미사변 후 개화파 정부는 개혁 사업을 다시 추진하면서 단발령 시행, 태양력 사용 등의 정책을 실시하였다.

일본의 침략과 급진적인 갑오·을미개혁의 실시로 대부분의 국민 사이에 반일 정서가 확산되었다. 또 고종은 왕권을 제약하려는 개화 세력의 개혁에 불만을 가지고 있었고,

을미사변 후에는 신변의 위협까지 느끼게 되었다. 이에 고종은 러시아 공사관으로 피신하였고 개화파 정부는 무너졌다. 아관파천으로 국가의 자주성은 손상되었고, 광산, 삼림 등에 대한 열강의 이권 침탈도 심해졌다.

4) 항일의병전쟁의 전개

조선을 침략한 열강 가운데 조선에게 가장 큰 저항을 받은 세력은 일본이었다. 일본은 과거 왜구에서부터 임진왜란, 강화도조약, 을미사변 등을 통해 조선인들에게 악의 축으로 인식되었다. 특히 1895년 명성황후 시해 사건을 기점으로 본격적으로 나타나기 시작한 항일의병은 독립군과 광복군으로 이어져 항일단체의 초석이 되었다.

일본은 서양의 제국주의 국가들과 맞서기 위해서는 조선이 절대적으로 필요했다. 이 때문에 수단과 방법을 가리지 않고 조선을 강탈하며 청나라와 러시아를 조선에서 몰아냈다. 이러한 일본 제국주의의 잔혹한 국권 침탈에 맞서 조선의 민중들은 다양한 방법으로 일본과 맞서게 되었다.

을미사변이 발생하자 서울에서는 '8도의 백성들이 만대 후에도 잊지 못할 대원수'라는 보가 나붙었다. 또 같은 해 11월 15일 단발령이 내려지자 대신들과 유생들은 물론 전국의 백성들이 친일내각에 강력히 반발하기 시작했다. 조선의 백성들은 명성황후 시해 사건의 주범인 일본과 단발을 강요하는 친일 관료들을 처단하기 위해 조직적인 무장항쟁을 전개하였다.

1차 항일의병전쟁은 위정척사사상을 가진 유생들을 중심으로 일반 농민과 동학농민군의 잔여세력이 가담하였다. 이들의 활동은 1896년 아관파천의 간접적인 계기가 되었으나 조선을 일본으로부터 구해내지는 못했다. 이후 1차 의병은 친일내각이 무너지고 단발령이 취소되면서 고종의 권고로 대부분 자진 해산하였다. 그러나 유인석, 민용호, 김도현 등은 러시아의 내정간섭에 대항하여 계속 항전하였다.

2차 항일의병전쟁은 1905년 을사늑약이 체결되자, 1차 의병의 중심이 되었던 유생들과 반봉건을 외치던 농민조직, 그리고 관료들이 참여하였다. 특히 신돌석과 같은 평민의 병장들이 많이 활동하였다.

1차 의병전쟁이 왕실을 존중하고 외척을 배척하는 성격을 가진 데 비해, 2차에는 을사늑약으로 인해 침탈된 조선을 회복하기 위해 적극적인 목표를 갖고 진행되었다. 이후 1907년 고종의 강제 퇴위와 해산된 정규군의 합류로 의병부대의 규모는 확대되고 조직이 강화되었다. 의병전쟁은 국권을 회복하기 위한 백성들의 자발적인 행동으로 이후 독립군으로 전환되어 독립운동의 초석이 되었다.

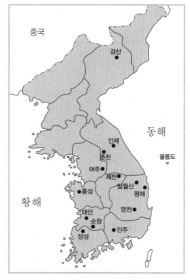

항일의병의 궐기

	을미의병	을사의병	정미의병
원 인	을미사변, 단발령	을사조약	고종의 강제 퇴위, 군대해산
주요인물	유인석, 이소응	최익현, 신돌석	이인영, 허위
경 과	• 단발령 철회와 고종의 해산 권고로 해산		• 13도 창의군 조직 → 서울진공작전 실패 • 일본의 남한대토벌 작전 → 만주, 연해주로 이동

2. 근대화를 위한 노력

1) 독립협회

아관파천 이후 외국 열강들의 이권탈취가 심해지자 미국에서 돌아온 서재필은 독립신문을 창간하고 남궁억, 이상재 등의 개혁 인사와 이완용 등의 현직관료와 더불어 독립협회(1896. 7)를 창립한다. 이후 독립협회는 학생·교사·군인·백정·기생 등 다양한 계층의 관심을 받으며, 신체의 자유·재산권 보호, 언론·집회·결사의 자유를 요구하고 국민참정권 운동을 전개하며 발전해나갔다.

그러나 정권에서 배제될 것을 두려워한 보수파 관료들의 모함으로 고종은 독립협회의 해산 명령을 내리고 간부들을 체포한다. 이에 시민과 독립협회는 만민공동회를 개최하고 시위하지만 정부와 황국협회, 군대에 의해 강제로 해산된다.

독립협회는 열강의 이권탈취에 반대하는 자주국권운동과 국민 기본권을 확립하고 의회를 설립하는 자유민권운동, 산업의 활동을 촉구하고 국력강화를 위한 자강개혁운동 등을 전개하면서 민중을 근대화 운동에 끌어들였다는 의의가 있지만 민중의 역량을 과소평가하여 의병과 타협하지 않은 점은 아쉬움으로 남는다.

독립문(문화재청)

환구단(문화재청)

2) 대한제국의 성립

1896년 명성황후 시해 사건이 발생하자 고종은 러시아 공사관으로의 파천을 단행했다. 이는 러시아의 힘을 빌려 일본을 견제하고자 하는 고종의 고육지책이었다. 아관파천으로 인해 친러내각이 성립되면서 일본의 침략세력은 일단 견제되었지만, 국가의 위신은 땅에 떨어지고 열강의 이권 침탈은 더욱 심해졌다.

고종은 근대국가에 대한 국민적 열망과 러시아를 견제하려는 열강들의 성원으로 외국 공사관들과 가까운 경운궁으로 1년 만에 환궁하게 되었다. 그리고 환궁과 동시에 국호를 대한제국, 연호를 광무로 고치고 황제라 칭하며 자주국가임을 대외에 선포하였다. 대한제국은 구본신참(舊本新參)을 시정 방향으로 정하고 전통적인 제도에 새로운 제도를 가미하고자 하였다. 대한제국의 성립은 소중화 의식에 사로잡혀 있던 조선의 국가의식을 혁명적으로 전환시킨 커다란 변화였다. 또한 흥선대원군과 명성황후의 부재 속에서 조선을 근대국가로 탈바꿈시키고자 한 고종의 열망이 고스란히 드러난 결과였다. 한때 조선의 상국 대접을 받던 청국은 조선의 이런 변신에 화를 내기도 했지만, 열강의 반식민지로 전락한 청국을 더 이상 조선이 눈치 볼 상대는 아니었다.

각국으로부터 독립국가로 승인을 받은 대한제국의 개혁은 장지연, 정교 등의 주장을 반영하여 황제권과 자위군대의 강화에 집중하였다. 고종은 하늘에 제사를 지내는 원구단을 세우고 그곳에서 즉위식을 거행하였다. 그리고 모든 제도를 황제국에 맞게 고치도록 했다. 하지만 대한제국은 지나치게 황제권을 강조하며 갑오·을미개혁의 급진성을 비판하였다. 이로 인해 진보적 정치세력인 독립협회를 탄압하는 등 정치적 보수성을 짙게 드러내며 복고주의의 성격을 띠었다.

대한제국은 열강의 세력 균형을 이용하여 자주 국가로 발전하기 위해 노력하였다. 특히 국방력을 강화하기 위하여 새롭게 군복식을 제정하고, 외국의 신식 화기와 장비를 도입하여 신식군대를 양성하기 시작하였다. 하지만 대한제국은 현실적인 힘의 한계를 극복하지 못하며 일본의 침략을 막아내는 체제 변혁을 이루지 못했다.

한편 이 시기에 자유 민권사상, 자강 개혁사상, 자주 국권사상을 지닌 진보적 지식인들에 의해 독립협회가 성립되었다. 독립협회는 민중의 지지를 기반으로 한 사회단체로서 개혁정치에 영향을 끼쳤다. 하지만 보수 세력의 반발로 인해 해산됨으로써 조선의 개혁에 큰 도움이 되지는 못하였다.

> **자료**
>
> ### 대한국 국제(요약)
>
> 제1조 대한국은 세계 만국이 공인한 자주 독립 제국이다.
> 제2조 대한국의 정치는 만세 불변의 전제 정치이다.
> 제3조 대한국 대황제는 무한한 군권을 누린다.
> 제5조 대한국 대황제는 육·해군을 통솔한다.
> 제6조 대한국 대황제는 법률을 제정하여 그 반포와 집행을 명하고 대사, 특사, 감형, 복권 등을 명한다.

제7조 대한국 대황제는 행정 각부의 관제를 정하고 행정상 필요한 칙령을 발한다.
제9조 대한국 대황제는 각 조약 체결 국가에 사신을 파견하고 선전, 강화 및 제반 조약을 체결한다.

3) 근대시설의 수용

개항과 더불어 조선정부는 근대문물과 기술을 도입하여 각 분야에 근대시설을 건립하였다. 이에 따라 생활양식도 차츰 변모하였다. 근대시설의 확충은 열강의 이권이나 침략 목적과 관련된 것도 있지만, 본질적으로 조선의 자강 노력에 의거한 것이었다.

조선정부에 의해 세워진 근대시설은 1883년 근대 무기를 제조하고자 창설된 기기창과 1895년 우편사무를 위해 창설된 전환국이었다. 이때 근대적 인쇄술이 도입되어 <한성순보>를 발간한 박문국과 민간 출판사인 광인사도 설립되었다.

1895년 최초로 서울-인천 간 전신선이 가설되었고, 그 후 중국·일본을 연결하는 국제 통신망도 갖추었다. 하지만 전신은 청의 내정 간섭용으로 오용되기도 하였다. 이와 함께 1898년에는 덕수궁 안에 전화가 최초로 가설되었다. 전신이 가설된 해에는 갑신정변으로 중단된 우정국이 다시 개국되어 만국우편연합에 가입하기도 하였다.

근대 교통시설의 대명사라 할 수 있는 철도는 1899년 미국과의 합작으로 경인선을 부설하였고, 일본과 합작하여 경부선, 경의선을 부설하였다. 한편 대한제국 황실은 미국인 콜브란과 합자하여 한성전기회사를 설립하였으며, 서대문-청량리 구간을 오가는 전차를 부설하였다.

의료와 그에 따르는 시설에서도 많은 변화가 있었다. 지석영은 종두법을 보급하였으며, 정부에서는 근대식 병원인 광혜원과 광제원, 대한의원 등을 세웠고, 지방에는 자혜의원을 설립하였다. 그 밖에도 세브란스 병원이 설립되어 의료 보급에 기여하였다. 건축 부문에서도 서양의 여러 양식이

석조전(문화재청)

도입된 건축물이 세워졌다. 프랑스 개선문을 참고한 독립문과 르네상스 양식이 반영된 덕수궁의 석조전, 정관헌, 중세 고딕 양식의 명동성당 등이 건립되었다. 또한 최초의 근대학문과 무술을 가르친 원산학사를 비롯해 정부가 세운 육영공원 등의 근대적 교육시설도 세워졌다. 이 밖에도 선교사들이 세운 배재학당, 이화학당 등의 사립학교와 경성의학교, 철도학교, 광업학교 등 근대적 기술 교육기관이 설립되어 근대적 지식인과 기술자들을 양성하였다.

명동성당(문화재청)

이러한 일련의 근대시설의 설립은 백성들의 생활 개선에 크게 기여하였으나, 경부선과 경의선 철도와 같이 외세의 침략에 이용되기도 했다.

> **자료**
>
> ### 「동심가(同心歌)」, 이중원
>
> 잠을 깨세, 잠을 깨세 / 사천 년이 꿈 속이라.
> 만국(萬國)이 회동(會同)하야 / 사해(四海)가 일가(一家)로다.
>
> 구구세절(區區細節) 다 버리고 / 상하(上下) 동심(同心) 동덕(同德)하세.
> 남의 부강 부러워하고 / 근본 없이 회빈(回賓)하랴.
>
> 범을 보고 개 그리고 / 봉을 보고 닭 그린다.
> 문명(文明) 개화(開化)하려 하며 / 실상(實狀) 일이 제일이라.
>
> 못에 고기 부러워말고 / 그물 매어 잡아 보세.
> 그물 맺기 어려우랴 / 동심결(同心結)로 매어 보세
>
> _ <독립신문>에 게재된 창가

4) 애국 계몽 운동

① 애국 계몽 운동 단체의 활동

안창호

　　보안회는 일본이 전국토의 30%나 되는 황무지를 50년 동안 개간해서 이용할 수 있는 권리를 요구하자 반대운동을 전개하여 일본이 철회하게 하였다. 또 근대적 입헌 의회 제도를 중심으로 하는 정치 개혁을 주장한 헌정연구회, 을사조약 이후 교육과 산업을 통한 자강을 주장하고 고종의 강제 퇴위 반대 운동을 전개했던 대한자강회가 있다.

안창호, 이승훈, 양기탁 등이 중심이 되어 비밀 결사로 조직되었던 신민회도 있다. 신민회는 자주 독립을 위한 민족의 역량 강화를 위해 교육, 산업, 문화 계발에 역점을 두어 대성학교와 오산학교를 설립하였으며 자기 회사와 태극서관을 운영하였다. 또한 국외 독립운동기지를 남만주 삼원보에 건설하여 한인 집단 거주지를 조성하였고 독립군 양성을 위한 신흥 학교를 설립하였다. 그러나 일본이 조작한 105인 사건으로 해체되었다(1911).

② 교육 활동

교육활동으로는 서북학회, 기호 흥학회 등 학회를 조직하여 학교를 설립하고 월보를 간행하였으며 민족의식을 고취시키고 민중 계몽에 앞장섰다.

③ 언론 활동

베델

　　언론활동으로는 시일야방성대곡을 게재하여 을사조약의 부당성을 폭로하였던 황성신문이 있고 영국인 베델은 양기탁과 함께 대한매일신보를 창간하였다. 대한매일신보는 영국인이 설립하여 강력한 항일 언론 활동을 펼칠 수 있었고 많은 독자층을 확보할 수 있었다. 또한 순한글로 주로 부녀자 층을 대상으로 언론 활동을 하였던 제국 신문이 있다.

④ 국학 연구

민족 영웅의 위인전과 외국의 독립 및 흥망사가 많이 소개되었다. <독사신론>은 신채호가 서술한 최초의 고대사에 관한 글로 1908년부터 대한매일신보에 게재하였다. 신

주시경

채호는 역사는 단순히 영토의 득실을 이야기하는 것이 아니라 그 민족의 일어남과 쇠락함을 다루어야 한다고 주체적으로 서술하여 민족주의 역사학의 기틀을 마련하였다. 또한 주시경은 독립신문의 발간에 참여하였고 평생을 한글 연구에 힘썼다. 주시경은 국문 연구소의 연구위원이 되어 국문법을 정리하고 국어와 국문 연구에 새로운 장을 마련하였다고 평가된다.

⑤ 국채 보상 운동(1907)

일본에 진 빚을 국민의 힘으로 갚자는 경제적 자립운동이 일어났다. 일본은 조선 정부에 차관을 강요하여 일본에 많은 빚을 지게 되었다. 국채보상 운동은 대구에서 서상돈의 제안으로 시작되어 국채보상 기성회를 중심으로 전국으로 확산되어 다양한 계층이 참여하였고 금연, 금주, 패물 헌납을 통한 모금 운동이 전개되었다. 그러나 통감부의 방해와 탄압으로 중단되었다.

> 자료
>
> ### 국채보상운동
>
> 지금 국채가 1천3백만 원이 있으니, 이것은 우리나라가 존재하고 망하는 것과 관계되는 일입니다. 갚으면 나라가 보존되고, 갚지 않으면 나라가 망할 것은 틀림없는 일이다. 그런데 지금 국고로는 갚을 형편이 못되니 …… 2천만 민중이 3개월 기한으로 담배를 피우지 말고, 그 대금으로 1인당 매달 20전씩 거둔다면 1천3백만 원이 되겠습니다.

> 자료
>
> ### 이회영과 그 다섯 형제들
>
> 조선 최고의 명문 집안 출신이었던 이회영과 그 다섯 형제들은 일제에 국권을 빼앗기자 전 재산을 처분한 후 남만주로 망명하였다. 이들이 처분한 재산은 지금 돈으로 600억 이 원이 넘는 거액으로, 삼원보에 신흥 학교를 세워 민족 교육과 독립군 양성을 추진하는

 등 독립운동 자금으로 모두 사용되었다. 이회영과 형제들은 가지고 있던 모든 것을 포기하고 스스로 험난한 길을 걸어간 것이다. 그들은 끼니를 걱정할 정도로 궁핍한 생활을 하면서도 독립운동에 일생을 바치다 생을 마감하였다. 그 중 유일하게 다섯째인 이시영만이 광복의 기쁨을 누릴 수 있었다.

고종

명성황후

역사와 논술 마주보기

 동학농민운동

1. 고부 백산에 진을 치고 다음과 같은 격문을 발표하였다.

우리가 의로운 깃발을 들어 이곳에 이름은, 그 뜻이 결코 다른 데 있지 아니하고 창생을 도탄 속에서 건지고 국가를 반석 위에 두고자 함이다. 안으로 탐학한 관리의 머리를 베고 밖으로 횡포한 강적의 무리를 쫓아내고자 함이다. 양반과 호강의 앞에서 고통을 받는 민중들과 방백과 수령의 밑에서 굴욕을 받는 소리들은 우리와 같이 원한이 깊은 자이다. 조금도 주저치 말고 이 시각으로 일어서라. 만일 기회를 잃으면 후회해도 미치지 못하리라.

2. 운명(殞命) - 전봉준

때가 오니 천하가 모두 힘을 같이 하였건만

운이 다하니 영웅도 스스로 도모할 수가 없구나

백성을 사랑하는 올바름일 뿐 나에게는 과실이 없나니

나라를 위하는 오직 한마음 그 누가 알리

3. 전봉준 판결 선고서

전라도 태인군 산외면 동곡 거주, 농업, 평민

피고 전봉준 41세.

위에 기록한 자 전봉준에 대한 형사 피고 사건을 심문하니······

피고 전봉준을 사형에 처한다.

개국 504년 3월 29일 법무아문 임시 재판소 선고.

법무아문대신 서광범[2]

---

2) 김육훈, 『살아있는 한국근현대사 교과서』, 휴머니스트, 2007.

논제 갑신정변을 추진했을 때 서광범의 생각과, 두 차례 농민 봉기를 일으켰을 때 전봉준의 생각은 어떻게 달랐을까? 외세에 간섭 없는 반석같이 튼튼한 나라를 만들고자 했던 두 사람의 의견은 어디에서 달랐나 서술해 보고, 두 사람이 하나 되어 한길을 갈 수는 없었을까? 의견을 제시해 보자.

같은 꿈, 다른 생각

전봉준	서광범
• 일본이 대궐을 범한 것은 장차 나라를 병합하려는 짓이니, 일본과 싸워 물리치지 않을 수 없다. • 노비문서를 불태우고, 천인에 대한 차별 대우를 바로 중지하여야 할 것이다. • 공·사채를 막론하고 기왕의 빚은 모두 없던 걸로 하고, 토지는 고루 나누어서 경작하도록 하자.	• 오랜 세월 종속국으로 청의 간섭을 받아 왔다. 일본은 청을 몰아내 조선의 독립을 도울 것이다. • 인민 평등권을 제정하여 관리를 등용할 때나 선비를 구할 때 문벌에 구애받지 말아야 한다. • 국가 재정은 모두 한 곳(호조)에서 맡고, 토지세법을 개정하여 백성의 어려움을 구하고 나라 살림을 풍족하게 해야 한다.

 전봉준 재판 기록(발췌)

> 심문자 : 작년 3월 고부 등지에서 민중을 크게 모았다고 하니 무슨 사연으로 그리하였는가?
>
> 전봉준 : 고부 군수(조병갑)의 수탈이 심하여 의거하였다. … (중략) …
>
> 심문자 : 전주 화약 이후 다시 난을 일으킨 것은 무슨 이유인가?
>
> 전봉준 : (　　)이 개화라 칭하고 군대를 거느리고 우리 서울에 들어와 밤중에 왕궁을 공격하여 임금을 놀라게 하였다 하기로, …… 일본인과 접전하여 그 책임을 묻고자 함이었다.

논제 동학농민운동과 위 자료를 통해 알 수 있는 동학 농민 운동의 성격을 말해 보자.

의병활동의 전개와 한계

자료 1

　　오늘날 우리 한국은 삼천 리 강토와 2천만 동포가 있으니, 자강에 분발하여 힘써 단체를 만들고 모두 단결하면 앞으로 부강한 전도를 바랄 수 있고 국권을 능히 회복할 수 있을 것이다. 자강의 방법으로는 교육을 진작하고 산업을 일으켜 흥하게 하면 되는 것이다. 무릇 교육이 일지 못하면 백성의 지혜가 열리지 못하고, 산업이 늘지 못하면 국가가 부강할 수 없다. 그런 즉 민지(民智)를 개발하고 국력을 기르는 길은 무엇보다도 교육과 산업을 발달시키는 데 있지 않겠는가?

　　　　　　　　　　　　　　　　　　　　　　　　　　 — 〈황성신문〉, 광무 10년 4월 2일자

자료 2

　　…… 실로 충의의 마음이 격렬하게 일어나 의병으로 나선 사람도 있는 동시에, 저 교활한 도적들과 부랑아나 파락호의 못된 무리가 때가 왔다고 하면서 의병이라 일컫는 경우 또한 적지 않을 것이다. …(중략)… 군들의 오늘 이러한 행동이 …(중략)… 실은 도리어 동포를 해치고 조국을 상하게 할 뿐이요, 털끝만치도 실효가 없을지니…(중략)… 국권을 되찾으려고 한다면 눈앞의 치욕을 참고 국가의 원대한 계획을 도모하여 모두 병기를 버리고 각자 고향으로 돌아가 농부는 농업을 열심히 하고, 공장(工匠)은 공업을 열심히 해야 한다. 각기 산업에 종사하여 자산을 저축하고 자체를 교육하여 지성을 계발하여 실력을 양성하면, 다른 날에 독립을 회복할 기회를 자연히 기대할 수 있을 것이니……

　　　　　　　　　　　　　　　　　　　　　　　　　　　 — 〈황성신문〉, 1907. 09. 25

자료 3

　　1907년 12월에 이인영을 13도 창의 대장, 허위를 군사장으로 하여 전국 의병장들이 인솔하는 약 1만 명의 병력이 서울 근교 양주로 집결하였다. 그러나 전국 의병 연합 부대의 편성 과정에서 이들은 당시 일본 군경의 가장 두려운 대상이었던 신돌석과 홍범도, 김수민 등과 같은 평민 의병장이 이끄는 부대를 빼버렸다. 더욱이 이인영은 부친 사망이라는 비보를 받아들고 총대장의 직책을 버리고 고향으로 돌아갔다. 총대장이 없는 의병 연합군은 서울 진공 작전을 감행했으나 결국은 실패하고 전국으로 흩어졌다.3)

논 제 위의 자료를 참고하여 의병의 활동에 대한 평가를 400자 내외로 서술해 보자.

---

3) 김육훈, 『살아있는 한국근현대사 교과서』, 휴머니스트, 2007.

역사 테마로 논술쓰기

 민족자본

- 시전 상인들은 황국 중앙 총상회를 조직하여 상권 수호 운동을 벌리고, 근대적 생산 공장에 투자하였다.
- 자본 축적에 성공한 일부 객주는 상회사를 설립하였는데 이 상회사는 점차 특정 상품을 취급하거나 특정 기관에 전문적으로 납품하는 회사로 발전하였다.
- 광무 개혁을 전후하여 조선인 관료들이 중심이 되어 조선 은행을 설립하였으며, 민간에서도 자본을 합자하여 한성은행, 천일 은행 등을 세웠다.

논제 1 위와 같은 노력에도 불구하고 민족 자본이 크게 성장하지 못한 이유에 대해 100자 내외로 서술하시오.

논제 2 원납전은 '자신이 원하여 자진해서 납부하는 돈'이라는 뜻이다. 원납전은 왜 생겨났으며, 실제는 어떠했을까? 설명해 보자.

논제 3 다음에서 말하는 내용에 대해 흥선대원군은 어떤 개혁을 하였는지 말해 보자.

- 서원을 모두 허물라. 백성을 해치는 자는 공자가 다시 살아난다 해도 용서하지 않겠다.
- 양반에게도 군포를 부과하라. 군역을 면제받는 자들 때문에 평민이 세금을 더 내는 것은 옳지 못하다.
- 환곡을 폐지하라. 앞으로는 곡식을 대여하고 빈민을 구제하는 일을 민간에 맡겨라.

300 한국사논술 지도의 방법과 실제

논제 4 병인양요와 신미양요 두 차례에 걸친 서양과의 큰 전투가 있었다. 이 두 차례의 양요는 강화도에서 발생했는데 서양 세력이 강화도를 침범한 이유는 무엇일까? 서술해 보자.

논제 5 강화도 조약이 불평등 조약인 근거를 찾아 정리해 보자.

논제 6 갑신정변은 근대적 조약이라고 할 수 있다. 근대적 성격을 보여 주는 조항은 무엇일까? 찾아보자.

논제 7 영국이 거문도를 점령한 이유는 무엇일까? 서술해 보자.

논제 8 갑오개혁의 한계를 말해 보자.

논제 9 갑신정변과 동학 농민 운동, 갑오개혁의 공통점을 말해 보자.

논제 10 독립협회는 국민의 성금을 공개적으로 모집하여 독립문을 세웠다. 왕실에서부터 백성에 이르기까지 각 계각층의 사람들이 자발적으로 참여하였다. 독립협회가 독립문을 세운 이유는 무엇일까? 서술해 보자.

논제 11 1. 독립협회의 '헌의 6조'이다. 각 조항이 지니는 의미를 평가해 보자.
2. 독립협회의 의의와 한계를 설명해 보자.

2조 외국과의 이권에 관한 계약과 조약은 각부의 대신과 중추원 의장이 함께 날인하여 시행할 것
3조 재정은 탁지부에서 모두 관리하고, 예산과 결산을 국민에게 공포할 것
4조 중대한 범죄는 공판하고 피고의 인권을 존중할 것
5조 칙임관은 정부에 그 뜻을 물어 과반수가 동의하면 임명할 것

논제 12　1. 대한국 국제에 나타난 황제의 권한을 설명해 보자.
　　　　　　2. 대한 제국이 추구한 정치 형태를 말해 보자.

논제 13　1. 아래 조약으로 대한 제국이 일본에 빼앗긴 것이 무엇인지 말해 보자.
　　　　　　2. 아래 조약은 국제법상 무효이다. 그 이유를 조사하여 발표해 보자.

을사늑약

제2조 일본국 정부는 한국과 타국 간 조약에 관한 업무를 담당하고 한국 정부는 지금부터 일본
　　　국 정부의 중개를 거치지 않고서는 국제적인 성질을 가진 어떤 조약이나 약속을 맺지 않
　　　는다.
제3조 일본국 정부는 그 대표자로 한국 황제 폐하 밑에 1명의 통감을 두되 통감은 외교에 관한
　　　사항을 관리하기 위해 서울에 주재한다.

논제 14　신채호가 <독사신론>을 쓰게 된 시대적 배경을 조사하고 역사에서 가장 중요하다고 생각한 것은
　　　　　　무엇인지 말해 보자.

논제 15　근대화 과정에서 국권 수호 운동은 두 가지의 방향으로 전개되었다고 할 수 있다. 두 가지 방향을
　　　　　　말해 보자.

역사 깊이읽기

홍범 14조

1. 청국에 의존하려는 마음을 버리고 확실히 자주 독립하는 기초를 확고히 세운다.
2. 왕실 전범을 제정하여 왕위의 계승과 종실, 외척의 구별을 명확히 한다.
3. 임금은 대신과 의논하여 정사를 행하고 종실, 외척의 내정 간섭을 금지한다.
4. 왕실 사무와 국정 사무를 모름지기 나누어 서로 혼합하지 아니한다.
5. 의정부와 각 아문의 직무 권한을 명확히 규정한다.
6. 인민에 재산 조세 징수는 법령으로 정해서 명목을 덧붙여 함부로 거두지 않는다.
7. 조세의 부과와 징수, 경비 지출은 모두 탁지아문이 관할한다.
8. 왕실의 경비는 솔선하여 절약하고, 이로써 각 아문과 지방관의 모범이 되게 한다.
9. 왕실과 관부의 1년 회계를 예정하여 재정의 기초를 세운다.
10. 지방 관제를 속히 개정하여 지방 관리의 직권을 제한한다.
11. 총명한 젊은이들을 파견하여 외국의 학술과 기예를 견습시킨다.
12. 장교를 교육하고 징병을 실시하여 군제의 근본을 확립한다.
13. 민법과 형법을 제정하여 인민의 생명과 재산을 보전한다.
14. 문벌을 가리지 않고 인재 등용의 길을 넓힌다.[4]

 이루지 못한 개혁의 꿈

19세기 후반 개화 정책을 둘러싼 논쟁은 상소의 형태로 전개되었는데 다음은 그 논쟁의

---

4) 김육훈, 『살아있는 한국근현대사 교과서』, 휴머니스트, 2007.

일부이다.

외국의 교(教)는 즉 사(邪)로서 마땅히 멀리해야 하지만, 그 기(器)는 즉 리(利)로서 가히 이용후생의 바탕이 될 것인 즉, 농, 공, 상, 의약, 갑병(甲兵 : 군사), 주차(舟車 : 배와 수레)등의 종류는 어찌 이를 꺼려서 멀리하겠는가?

_『일성록』, 곽기락의 상소

서양 각국에 사신을 파견하여 그 우호를 신장시키는 한편 거기서부터 기술 교사를 청하여 우리나라 상·하 인민들에게 새 기술을 습득시키고 …(중략)… 정부와 따로 공의당(公議黨)을 특설하여 시무에 밝은 인사들을 참여시키고 그들로 하여금 정사 논의를 돕게 하고 …(중략)… 도하(都下)에 큰 규모 상인들을 불러 모아 그들의 이해 및 편리함과 불편함을 상의케 하고 그 손해에 따라 징세토록 하며 …(중략)… 법에 따라 채광을 장려하고 화폐 유통을 장려하며, 놀고 먹는 자를 없애도록 하자.

_『일성록』, 고영문의 상소

삶과 죽음을 돌보지 않고

머리를 깎이고 외관을 바꾸니 나라의 풍속은 오랑캐로 변하였고, 국모를 시해하고 임금을 협박하니 갑오·을미의 원수를 아직도 갚지 못하였다. …(중략)… 무릇 의병을 일으킴에 응모한 우리 충의지사들은 모두 강개하여 나라에 보답할 뜻을 간직하였을 것이다. 신분 계급을 가리지 않고 함께 포용하였으니 좋은 계책은 남김없이 시행하였고, 의리와 사욕을 분간하여 취택하였으니 사사로운 정리는 깨끗이 잊어버렸다.

_ 의병장 이강년이 각 도읍에 보낸 격문

아아, 슬프도다. 그 누가 해외 통상의 꾀가 천하 망국의 기본이 될 줄 알았으랴. 나라의 문을 열어 도적을 맞아들인 이른바 권신 대족들은 그들의 앞잡이가 되어 악행을 돕고 있는데 목숨을 바쳐 인(仁)을 이룬 유생들만이 남의 노예가 되는 수치를 면할 수 있음이라. 대의를 밝힘에는 상하 귀천의 구분이 없으니 다 같이 일어서서 임금의 원수를 갚자. 화이(華夷)가 분명치 않다면 바로잡아야 할 것이며, …(중략)… 종사가 전복된다면 바로 잡아야 한다. 삶과 죽음을 돌보지 않고, 능력을 헤아리지 않고 앞질러 분기하여 부르짖고 궐기하자.

_ 유인석 부대 격문

- 양헌수 – 프랑스 제족이 7척의군함을 이끌고 강화도를 침략한 병인양요가 발생하자 500명의 포수를 이끌고 정족산성에 잠입해 적을 격파하였다.

- 흥선 대원군 – 세도정치를 척결하고 왕권을 강화하는 여러 가지 정책을 펼치고 비변사를 폐지하고 서원 철폐와 호포법 시행, 사창제도 실시, 경복궁 중건사업을 단행하였다.

- 최제우 – 1860년대 우리나라 전통의 경천사상과 유불선의 주요 내용을 바탕으로 주문과 부적, 후천개벽 등 민간 신앙의 요소를 결합시킨 동학을 창시하였다.

- 최시형 – 동학의 2대 교주로 전주 삼례에서 교조의 신원과 동학에 대한 탄압 중지를 청원하는 교조신원운동을 전개하였다. 또한 동학농민운동이 일어나자 이에 호응하여 무력투쟁을 전개하고 손병희에게 도통을 전수하였다.

- 최익현 – 경복궁 중건 비판, 서원철폐 반대, 대원군의 하야상소, 강화도조약 결사반대 상소, 을미사변과 단발령 공포 반대 상소, 을사5적의 처단을 주장하는 상소 등 위정척사운동을 전개하고 대마도에서 옥사하였다.

- 김윤식 – 영선사로 청나라 근대식 병기의 제조 및 사용법을 배워 기기창을 세우고 신식무기로 무장한 군대 진무영을 설치하였다.

- 이제마 – 저서<동의수세보원>에서 환자의 체질에 중점을 둔 질병치료를 저술하였다.

- 김홍집 – 제2차 수신사로 임명되어 일본에서 <조선책략>을 가져왔다. 갑오개혁을 주도하며 <홍범14조>를 발표하였다.

- 유인석 – 이항로의 제자로 강화도조약 반대 상소를 올렸다. 을미의병을 일으키고 정미7조약을 계기로 연해주로 망명하여 13도의군을 창설하고 총재가 되었으나 경술국치로 실패하고 <우주문답>을 간행하였다.

- 장승업 – 안견, 김홍도와 함께 조선 후기 화단의 3대 거장으로 불리어진다.

- 이상재 – 서재필, 윤치호 등과 독립협회를 조직하고 독립문을 건립, <독립신문>을 발행하였다. 신간회가 결성되자 회장으로 추대되었다.

- 김옥균 – 갑신정변을 단행하고 개화당 신정부를 수립하였다. 청군의 무력 공격을 받아 개화당 정권은 삼일천하로 끝나고 홍종우에게 암살당하였다.

- 명성황후 – 대원군 하야, 강화도조약 체결, 임오군란에서 청나라에 지원 요청, 거문도사건이 일어나자 묄렌도르프를 파견해 영국과 사태 수습 협상, 러시아와 접촉 시도 등 여러 일들을 겪었다. 을미사변으로 죽고 대한제국으로 바뀌면서 명성황후로 추대되었다.

- 홍영식 – 조사시찰단의 일원이었으며 우정국 총판이 되어 개국 축하연을 계기로 김옥균, 박영효 등 개화당과 갑신정변을 일으켰지만 3일 만에 붕괴되어 대역죄로 처형되었다.

- 서광범 – 보빙사의 일원이었으며 갑신정변을 일으키고 일본으로 망명하였다. 미국에서 조선 교육론과 조선민담을 계재하고 사법제도의 근대화를 위해 재판소 구성법, 법관양성소 규정 등을 제정하였다.

- 안창호 – 한말의 독립 운동가이며 사상가로 독립협회, 신민회, 흥사단 등에서 활발하게 독립운동활동을 하였다.
- 전봉준 – 고부민란을 일으키고 전주성을 점령하고 전주화약을 맺고 집강소를 설치하였다. 공주 우금치 전투에서 일본군과 관군의 연합군에게 대패하여 서울로 압송되어 교수형을 당하였다.
- 유길준 – 최초로 미국에 파견된 사절단인 보빙사의 일원이고 최초의 미국 유학생으로 수학하고 유럽 각국을 순방하였다. 독일 부영사 부들러와 함께 조선중립화론을 제기하고 독립신문 창간을 적극 후원하지만 아관파천으로 내각이 해산되어 일본으로 망명하였다.
- 고종 – 조선 제26대 왕이자, 대한제국 제1대 황제이다(재위 1863~1907).
- 지석영 – 젖소에서 발생되는 두종인 우두를 소아의 팔에 접종하는 제너의 종두법을 최초로 도입하고 서양 의학 도입의 계기를 마련하였다. 또한 한글연구를 발전시켰다.
- 이준 – 보안회를 조직하여 황무지 개간권에 대해 반대투쟁을 하고 국채보상운동이 일어나자 국채보상연합회의소를 설립하여 전국적으로 확대하기 위해 애쓰고 신민회에 가입하였다. 헤이그 특사단으로 파견되었지만 실패하자 자결하였다.
- 박영효 – 철종의 부마이고 제3차 수신사로 임명되어 일본으로 가는 배 위에서 태극기를 정하고 태극기를 최초로 사용하였다. 〈한성순보〉를 창간하고 갑신정변의 실패로 일본에 망명하였다가 귀국하여 제2차 갑오개혁을 추진하고 동아일보 초대사장을 하였다.
- 민영환 – 을사늑약이 체결되어 국권이 강탈되자 이완용 등 을사늑약 서명 인사를 처형하고 조약을 파기할 것을 상소했으나 좌절되자 유서를 남기고 자결하였다.
- 서재필 – 갑신정변 실패 후 미국으로 망명하고 의과대학을 졸업하였다. 〈독립신문〉을 간행하고 3·1운동이 일어나자 전 재산을 정리해 독립운동 자금으로 내놓고 우리나라의 독립을 각국에 호소하고 광복 후에는 미군정의 최고정무관이 되어 귀국했다가 미군정이 종식되자 미국으로 돌아가 사망하였다.
- 이승훈 – 한국 천주교 사상 최초의 영세자로, 1801년 신유박해로 처형되었다.
- 이회영 – 간도 용정촌에 민족교육기관인 서전서숙 건립에 참여하고 신민회를 조직하였다. 전 가족이 재산을 처분하고 만주로 건너가 황무지를 개간하여 독립운동기지를 건설하고 경학사를 조직하고 신흥강습소를 설립하였다.
- 홍범도 – 만주에서 대한독립군을 편성하여 봉오동에서 일본국을 격파하고 북로군정서와 합동으로 청산리대첩을 승리로 이끌고 자유시로 들어갔다. 스탈린의 한인 강제 이주정책에 의해 연해주를 떠나 중앙아시아의 카자흐스탄으로 이주하여 생활하였다.
- 이상설 – 서전서숙을 설립하여 조선인 자녀들에게 근대학문을 가르치고 항일 민족운동에 기여하였다. 고종의 칙명을 받아 헤이그특사로 네덜란드에 파견되고 권업회를 조직하여 회장으로 선출되었던 항일 운동가이다.
- 양기탁 – 사장으로 베델을 추대하여 일간신문 〈대한매일신보〉를 창간하고 국채보상운동, 신민회, 신흥무관학교, 독립군 기지 건설, 105인 사건, 동아일보 창간, 등과 관련되었다.

III. 일제 국권 침탈 및 민족 독립 운동

역사 훑어보기

우리의 근대사회는 제국주의(자본주의의 최종 단계로서 힘으로 자본주의 모순 해결 도모) 열강의 침탈로 자주적인 발전이 좌절되고 근대적 국민국가를 수립하는 데 실패해 일제의 식민지 지배를 받게 되었다. 세계 역사상 유례없는 가혹한 수탈과 민족 말살통치(명성황후 살해, 창씨 개명, 정신대 강요)를 겪으면서도 우리는 민족 독립운동을 줄기차게 전개해 끝내는 나라를 지켜냈다. 우리가 근대사회를 바르게 이해하기 위해서는 자주적 근대화의 노력, 반침략 민족운동의 전개, 일제 식민지배의 실상, 민족 독립운동의 전개 등을 체계적으로 정리해야 할 것이다.

1. 국권 침탈 과정

1) 러일전쟁과 을사늑약

대한제국은 열강세력, 특히 일본을 배격하였으나 일본은 1902년 영국과 영일동맹을 맺어 한반도에 대한 영향력을 유지하며 러시아를 견제했다. 이후 일본은 1903년부터 러시아와 조선과 만주에 대한 세력권 협상을 시도하였다. 하지만 러시아의 계속된 남진정책으로 인하여 협상이 결렬되자 일본군은 러시아와의 결전을 위해 1904년 2월 6일 인천에 입항하였다. 하지만 일본군의 입항을 저지할 만한 힘이 없었던 대한제국은 일본의 압력에 굴복할 수밖에 없었다.

러일전쟁은 1904년 2월 8일에 일본이 뤼순 군항을 기습 공격함으로써 시작되었다. 이때 대한제국은 국외중립을 선언하였으나 일본은 대한제국을 강압하며 1904년 2월 22일

한일의정서를 채결하고, 1905년 다시 을사늑약을 체결하였다. 이로써 대한제국은 국방·외교·재정·교통·통신·산업 등 전 분야에 걸친 실권을 강탈당하였다. 이후 일본은 1905년 5월 5일 요동반도를 선점하였으며, 5월 27일에는 대한해협에서 러시아의 발틱 함대를 대파하는 등 세계가 놀랄 정도의 전과를 올렸다.

러일전쟁은 표면적으로는 러시아와 일본이 만주와 조선을 점령하기 위해 일으킨 일종의 국지전이었지만, 일본의 배후에는 영국과 미국의 외교적 지원과 자금 지원이 있었다. 이는 일본이 러시아를 물리친 대가로 조선을 차지하는 것을 세계열강이 승인함을 뜻했다.

러일전쟁이 일본의 승리로 끝나자 대한제국의 주권은 일본에게 넘어갈 위기에 놓이게 되었다. 일본은 1905년 9월 5일 미국의 포츠머스에서 러시아와 강화조약을 체결하여 남사할린을 할양받고, 남만주 진출과 조선에서의 우월권을 인정받았다. 전쟁에서 패한 러시아는 급격한 내부적 혼란에 빠져들며 만주와 한반도에서 완전히 물러나게 되었다. 반면 일본은 제국주의를 앞세운 세계열강과 어깨를 나란히 하게 되었다.

일본은 러일전쟁 중 독도를 강탈하며 한반도 침탈의 전주곡을 울렸다. 이후 1905년 7월, 미국과 일본은 가쓰라-테프트 밀약을 통해 미국의 필리핀 점령을 인정하는 대가로 일본의 대한제국 강점을 묵인하였다. 대한제국은 이러한 일본의 정지작업에 의해 국권을 서서히 상실하며 고립무원의 상태에 빠지게 되었다.

2) 일제의 국권 침탈과 경제 약탈 과정

일제는 국권을 강탈한 후 식민 통치를 위해 조선 총독부를 설치하여 한민족에 대한 정치적 탄압과 경제적 착취를 시작하였다. 일본군 현역 대장 중에서 임명된 조선 총독은 조선에 대한 입법, 행정, 사법권은 물론 군대 통수권까지 장악한 절대 권력을 행사하였다. 이로 인해 2만 여 명이 넘는 헌병 경찰 및 보조원을 거느린 총독은 무단 통치를 실시하여 한국인을 억압하였다. 세계 역사상 그 유래를 찾아볼 수 없는 혹독한 식민 통치로 우리 민족은 언론, 집회, 출판, 결사의 자유를 완전히 박탈당했으며 민족 지도자들은 무차별 체포, 투옥, 고문, 살해되었다. 이와 같은 일제의 만행으로 우리 민족의 항일 독립 운동은 비밀리에 전개될 수밖에 없었다.

하지만 3·1 민족독립항쟁이 일어나자 일제는 무력통치의 한계를 절감하며 헌병경찰을 보통경찰로 바꾸고, 신문 발행을 허용하는 등 표면적으로 문화통치를 내세웠다. 하지만 이는 일제가 펼친 고도의 식민지 통치 술책에 불과했다. 일제는 문화통치를 실시하여 조선인들에게 초급 학문과 기술 교육만을 허용하여 식민지 지배에 도움이 될 인간만을 양성하였다. 이와 함께 친일파를 적극 양성하여 조선인들을 분열시켰다. 친일파는 해방 후에도 공무원, 경찰, 언론계, 학계, 예술계, 정치계 등 전 분야에 걸쳐 우리 사회를 왜곡하고 발전을 저해하는 암적 존재가 되었다.

조선의 경제를 독점하고 착취하기 위하여 일제는 1908년 8월에 조선의 실업인과 일본의 귀족들이 1천만 원의 자금을 들여 합작한 동양척식주식회사를 세웠다. 조선 경제 침탈의 첨병 역할을 한 동양척식주식회사는 1912년 근대적 토지제도를 확립한다는 명분으로 토지조사국을 설치하여 전국적인 토지조사사업을 실시하였다. 이들은 기한부 신고제와 복잡하고 까다로운 신고 절차를 만들어 토지 신고를 기피하거나 기회를 놓친 공공기관과 문중의 토지, 산림, 초원, 황무지 등 전국토의 40%를 탈취했다. 이로 인해 땅을 잃은 농민들은 소작농이 되거나 유랑민으로 전락할 수밖에 없었다.

조선 총독부는 우리나라 산업 전반에 걸쳐 철저한 착취 정책을 폈고 우리 민족 기업의 성장을 규제하기 위하여 회사령을 제정, 공포하였다. 또한 일제는 철도, 항만, 통신, 항공, 도로 등이 시설을 일본의 경제 발전을 뒷받침할 수 있도록 개편 정리하고, 인삼, 소금 등을 전매 사업으로 독점하여 막대한 이익을 취하였다.

공업화 정책을 추진하면서 자국의 식량이 부족해진 일제는 1920년부터 미곡 증산을 위하여 개간 사업과 간척 사업으로 농지를 확장하고 수리 시설을 개선하는 등의 계획을 세워 증산된 쌀 대부분을 목포, 군산항을 통해 일본으로 가져갔다. 이러한 산미 증식 계획으로 한국인의 식량 사정은 극도로 악화되어 한국인은 만주에서 들여온 조, 수수 등의 잡곡으로 쌀을 대신해야 했다.

일제는 1930년대에 들어와 세계 경제 공황을 타개하기 위한 방안으로 일본 본토와 식민지를 하나로 묶는 경제 블록을 형성, 본격적인 대륙 침략을 강행하기 위해 한반도를 병참 기지로 삼으려는 정책으로 전환했다. 이로 인해 국가 총동원법을 제정하여 전시 동원 체제를 확립하고 지원병제·징병제를 실시하여 청년들을 전쟁터로 끌고 갔고 징용제를 실시하여 일본, 중국, 사할린, 동남아시아로 수많은 사람들을 노동자로 끌고 갔다. 또한 근로 보국대, 여자 근로 정신대라는 이름으로 여성도 끌고 가 노동력과 성을 착취하였다.

일제의 잔혹한 식민지 정책은 한국의 자주적 근대화와 발전에 막대한 지장을 초래했다. 일제가 식민통치를 위한 수단으로 계획한 시설의 설비투자 역시 식민통치를 위한 것이었을 뿐 한국에게는 아무런 도움도 되지 못했다.

2. 민족 독립 운동 전개 과정

1) 3·1 민족독립항쟁과 대한민국 임시정부

1918년(무오년) 11월 만주지역의 독립군들은 '일제 침략자를 무력으로 몰아내고 대한의 완전한 자주독립국임'을 선포하는 <대한독립선언서>를 발표하였다. 이는 일제에 항거한 최초의 독립선언으로 강력한 무장투쟁을 선언했다는 점에서 큰 의미를 가진다.

유관순   무오년 독립선언을 이어 1919년 2월 8일에는 최팔용을 중심으로 한 4백여 명의 일본 유학생들이 도쿄 YMCA회관에서 조선 청년독립단을 발족하고 독립선언을 하였다. 이러한 국외에서의 독립선언은 곧 국내에도 영향을 미쳤다.

당시 민족지도자들은 미국의 월슨 대통령이 제창한 민족자결주의의 영향을 받아 일제 식민통치의 부당함과 한민족 독립의 당위성을 전 세계에 알리기 위해 천도교(동학), 기독교, 불교 등 범종교적·범민족적 연대를 조직하여 전국적인 봉기와 시위를 계획했다. 1919년(기미년) 3월 1일, 민족대표 33인의 독립선언문 낭독으로 시작된 3·1 민족독립항쟁은 일본 제국주의에 대한 비폭력 평화적 투쟁으로 전개되었다.

3·1 민족독립항쟁은 비서구사회 최초로 일어난 근대민족주의의 비폭력 대중항쟁으로 국내외에 커다란 충격을 주었다. 3·1운동은 소수 엘리트만의 급진항쟁에서 대중항쟁의 단계로 발전시켜 중국의 5·4운동, 인도의 사타그라하 운동 등이 일어나는 계기가

되었다. 국내에서 3·1 민족독립항쟁의 개혁적·공화적 이념은 항쟁기간 중 국내외에 결성된 임시정부들에 계승되어 한국의 근대국가 형성에 큰 이정표가 되었다. 반면 일제는 만세항쟁을 탄압하는 과정에서 제암리 학살과 같은 제국주의적 만행을 저지르며 악랄하게 탄압했다. 이러한 일제의 잔혹한 만행은 국내외에 알려지면서 엄청난 비난을 받게 되었다. 이는 독립운동이 비폭력·평화적 투쟁에서 무장투쟁으로 발전하는 계기가 되었고 독립운동의 주체가 학생·노동자·농민 등으로 다양해지는 계기를 마련하였다.

3·1운동으로 온 민족의 염원을 확인한 민족 지도자들은 국내외 여러 곳에서 임시정부를 수립하였다. 이들 중 조직적인 기반을 갖춘 것은 연해주, 상하이, 한성에서 조직, 발표된 3개의 임시정부였다. 그러나 각기 지역이 달라 통합 정부가 필요함을 느껴 한성 정부를 계승하여 정통성을 확립하고 각료는 대한 국민 의회 정부안을 선별 수용하고 헌법과 조직은 대한민국 임시정부안

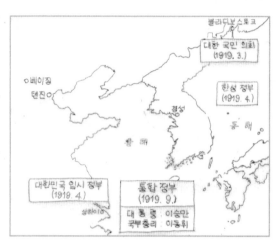

대한민국임시정부

을 참작하여 통합된 대한민국 임시정부로 중국 상하이에서 출범하였다. 대한민국 임시정부는 연통제와 교통국이라는 비밀 행정 조직망을 구성하여 국내와 연결하였고 조직적인 독립 운동을 전개해 나갈 수 있었다. 또한 군사 활동을 통해 독립 전쟁 준비에 착수하였고 외교 활동을 통해 일제의 불법성과 한국 독립의 당위성을 알리고자 노력하였다.

대한민국 임시정부는 1920년대 중엽을 고비로 활동에 어려움을 겪으면서 민족주의 계열과 사회주의 계열 간의 갈등이 커져 무장 독립 투쟁론, 외교 독립론, 실력 양성론의 대립으로 의견이 갈라졌다. 국민 대표 회의에서 별다른 성과를 거두지 못한 채 임시정부는 인력과 자금 부족 등으로 어려움을 겪기도 하였다. 그러나 이동녕, 김구 등의 노력으로 조직이 정비되어 난국을 타개하고 한인 애국단을 설립하여 위상을 국내외로 떨쳐 나갔다.

2) 국외에서의 독립군 활동

만주는 예부터 우리 겨레의 주된 활동 무대였다. 특히 간도지역은 1712년 백두산 분수령에 청나라와 국경을 정하여 정계비를 세우고 조선인이 이주하여 개간을 하면서 살기 시작하였다. 이후 1869년 무렵에는 함경도 지방의 대흉년으로 많은 사람들이 두만강과 압록강을 넘어 간도지방으로 들어가기에 이르렀다.

을사늑약으로 조선의 외교권을 쥐게 된 일제는 1909년 청나라와 간도협약을 맺으며 간도를 청에 넘겨주었다. 이에 따라 간도는 일시적으로 조선인이 거주하는 지역이면서도 일본의 직접적 지배를 피할 수 있는 곳이 되었다. 일제의 억압을 피해 항일 투쟁을 할 최적의 장소로 간도가 주목되면서 1910년 9월~1911년 12월 사이에만 2만 5천여 명이 간도로 이주하면서 대규모의 독립운동 기지가 되었다.

간도 다음으로 조선인들이 많이 망명한 곳은 러시아의 연해주였다. 간도와 연해주로 이주한 조선인들은 산업을 일으켜 경제적 발판을 구축하고, 근대적인 민족 교육과 군사 훈련을 강화하여 무장 독립전쟁을 위한 거점을 마련하기 시작했다. 이회영, 이상룡 등이 설치한 남만주의 삼원보, 이상설 등이 세운 밀산부의 한흥동, 블라디보스토크의 신한촌 등이 대표적인 곳이다. 간도의 중심인 용정에는 용정학교 등 민족교육기관이 설립되었는데, 특히 서전서숙은 애국독립사상을 고취하는 신교육을 실시하여 항일 민족교육의 효시가 되었다.

민족교육기관의 설립과 아울러 독립군 지휘관 양성을 위한 무관학교 등이 설립되면서 1919년까지 간도에는 백 수십 개의 학교가 설립되었고, 연해주에는 신한촌의 한인 학교를 비롯한 10여 개의 민족학교가 설립되었다. 이러한 토대 위에 1914년 이상설과 이동휘를 정·부통령으로 하는 대한광복군 정부가 블라디보스토크에 수립되어 독립군의 무장 항일 투쟁을 위한 본격적인 터전이 마련되었다.

이상설

군자금을 마련하여 무기를 사고 군사훈련을 받은 독립군은 압록강과 두만강을 건너 주로 한·만 국경 지대인 함경도와 평안도에 진입하여 일제의 식민 통치 기관을 습격 파괴하였으며 일본 군경과 치열

홍범도

김좌진

한 전투를 전개하였다. 홍범도가 지휘하는 대한 독립군과 김좌진이 지휘하는 북로군정서군은 봉오동 전투, 청산리 전투 등에서 대승을 거둬 일본군에게 큰 타격을 주었다. 그러나 훈춘 사건, 간도 참변 등 일본군의 만행으로 독립군은 일본군의 추격을 피해 소련으로 이동하였고, 그 후 자유시 참변으로 수많은 사상자를 낸 후 다시 만주로 돌아왔다. 자유시 참변으로 큰 피해를 입은 독립군은 통합의 움직임을 보이며 참의부, 정의부, 신민부를 조직함으로써 만주 일대의 독립 전쟁을 전개하였다.

1931년 일제가 만주사변을 일으켜 만주를 점령하자 한국독립군은 일제의 관동군과 만주국 군대에 의해 위기에 처하게 되었다. 독립군은 이러한 어려움 속에서도 만주국 설립으로 인해 항일의식이 고취된 중국군과 연합하여 항일전을 전개함으로써 난국을 타개하고자 했다.

지청천이 이끄는 한국독립군은 중국의 호로군과 연합하여 쌍성보 전투, 사도하자 전투 등에서 일본과 만주국 연합부대를 크게 격파했다. 그리고 대전자령 전투에서는 막대한 전리품을 얻기도 했다.

또한 양세봉이 지휘하는 조선혁명군은 1932년 3월 중국의용군과 함께 만주 영릉가성을 공격하여 일·만 연합군을 격퇴하였다. 한·중 연합군의 합동작전으로 이루어진 이 전투는 양국이 일제에 대항해야 할 공동운명체라는 의식과 함께 정신적 유대감을 높여 주었다. 하지만 분전에도 불구하고 1932년 8월 조선혁명군의 후원자였던 중국인의 배신과 1934년 양세봉의 순국으로 조선혁명군은 큰 위기에 봉착하게 되었다.

한·중 연합작전은 1930년대 중반 이후 일본군의 대대적인 공격과 함께 위축되기 시작했으며, 중국군의 사기 저하 등이 겹쳐지면서 먼저 중국군의 항일전에서 이탈함으로써 끝나고 말았다. 이와 함께 상해 임시정부에서 직할 군단의 편성을 위해 만주에 있는 조선독립군의 이동을 요청하자 대부분의 독립군은 내륙으로 이동하여 한국광복군 창설에 참여하게 되었다.

만주에서의 독립군 활동은 1930년대 후반까지 지속되었으나, 타국에서 펼쳐지는 구국 항쟁은 여러 면에서 한계성을 드러내고 말았다. 특히 본토와 연결되지 못한 채 이루어진 부분적인 승전은 도리어 일제의 대대적인 보복을 불러와 지속적인 전투능력을 유지하기가 어려웠다. 또한 3·1 민족독립항쟁 이후 민족지도자들이 세운 정부가 무장투쟁의 본거지인 만주지역에 세워지지 못하고, 서구열강과의 외교적 교섭이 용이한 상해에 세워짐으로써 독립 역량이 분산된 것도 큰 문제였다.

결국 상해의 대한민국 임시정부가 한국광복군을 창설하여 만주의 독립군을 흡수함으로써 독립 역량을 집결하기는 했지만, 여전히 국내와 유리된 외부에서의 독립투쟁의 한계는 남아 있었다.

독립을 원하는 우리 겨레의 항쟁 열의는 국내외를 가리지 않았다. 3·1 민족독립항쟁의 불을 당긴바있던 일본에서의 독립항쟁은 1923년 9월 박열의 일왕 저격 의거, 김지섭의 일제 궁성 투탄 의거로 이어졌다.

일본 내의 조선인들은 온갖 차별을 묵묵히 견딜 수밖에 없었다. 특히 1923년 관동대지진 이후 일본 당국이 만들어낸 유언비어에 의해 수많은 동포들이 학살당하는 참사를 겪어야 했다. 이런 상황이 계속되자 일본에서의 독립투쟁은 점차 한계를 맞게 되었다.

이에 1931년 중국 상하이에서 일본의 주요인물을 암살하려는 목적으로 한인애국단이 조직되었다. 대한민국 임시정부의 국무령이던 김구가 중심이 되어 조직하고 1932년 일본 국왕을 암살하기 위해 이봉창을 동경으로 비밀리에 잠입시켜 폭탄을 던졌으나 실패하고 이봉창은 그해 10월 사형을 당하였다. 같은 해 1932년 4월 29일 윤봉길은 상하이 홍커우 공원에서 거행된 전승 기념식장에 잠입하여 폭탄을 던졌다. 이를 중국에서는 '2억의 중국인이하지 못하는 일을 한사람 한국인이 해냈다'고 하며 격찬하였고 그 후 한·중 연합작전에 많은 영향을 미쳤다.

일제의 대륙 침략이 과속화 되는 가운데 중국에서의 항일투쟁도 본격화되었다. 사회주의 진영은 화북 지역에서 민주공화국의 강령을 내세우며 조선독립동맹을 결성하고, 1938년에는 조선의용군도 창설하였다. 이후 1940년 9월 한국광복군이 창설되자 조선의용군의 다수가 참여하여 독립투쟁의 단계를 높였다.

한편 민족주의 진영에서는 1930년 이후 김구의 한국국민당, 조소앙의 한국독립당, 지청천의 조선혁명당 등 세 갈래로 나뉘어졌던 세력을 1938년

이봉창

윤봉길

한국독립당으로 통합하며 대한민국 임시정부에 힘을 실어주었다. 임시정부는 3당 통합으로 인적 기반이 확대되자 그해 9월 광복군을 창설하여 당(의정원), 정(임시정부), 군(광복군)의 국가체제를 갖추게 되었다. 임시정부의 조직과 체제가 확대되자 중국에서 활동하고 있던 좌익세력까지 임시정부로 결집하게 되었다.

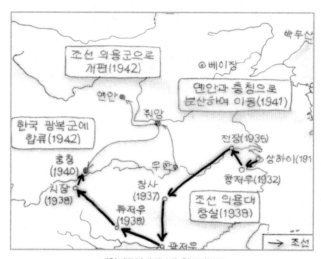

대한민국임시정부와 한국광복군

본연의 위상과 역할을 갖게 된 임시정부는 국내외 항일단체와 통일을 추진하였다. 아울러 태평양전쟁이 발발하자 일본과 독일에 선전포고를 하고, 연합군과 함께 대일전쟁을 전개함으로써 전후 연합국의 지위를 획득하기위해 노력하였다.

1943년 8월 임시정부는 인도-미얀마 전선에 광복군을 보내 영국군과 함께 대일전쟁을 전개하였으며, 미국 전략첩보기구와 손잡고 국내진공작전을 추진하였다. 이와 함께 한국광복군과 조선의용군을 압록강에서 합류시켜 국내로 진입하려는 계획을 세웠다. 그리고 미국에게 제주도 점령을 요청하여 이곳을 통해 광복군을 국내로 진입시킬 준비를 하였다. 하지만 일본이 원자탄을 맞고 너무 빨리 항복하는 바람에 임시정부는 승전국 대우를 받을 수 없었다. 이로 인해 광복 후에도 우리 겨레의 운명을 남에게 다시 맡기는 안타까운 상황이 계속 이어지게 되었다.

3) 국내 항일 민족 항쟁과 민족 문화 수호 운동

3·1운동 이후 무장 항일 투쟁은 만주와 연해주를 중심으로 이루어졌으나 국내에서도 독립군 부대가 결성되어 식민 통치 기관의 파괴, 친일파의 숙청, 군자금의 모금 등의 활동을 펴 나갔다. 그러나 국내에서의 항일 운동은 일제의 감시와 탄압으로 큰 어려움을 겪고 조직이나 규모가 영세하여 점차 활동이 쇠약해지다가 만주로 이동하여 독립군에 흡수 통합되었다.

1920년대 들어 사회주의 사상이 유입되면서 학생과 시민들의 민중의식이 고취되어 민족주의계열과 사회주의계열의 항일 운동이 전개되었다.

1926년 대한제국 마지막 황제인 순종의 장례일에 일어난 6·10만세운동, 1929년 광주에서 한·일 학생들 사이의 충돌로부터 비롯된 광주학생운동 등은 3·1 민족독립항쟁 이후 지속되어 온 독립에 대한 열망의 산물이었다. 그러나 일제는 1차 세계대전과 만주사변 등을 통해 세력을 더욱 팽창하며, 애국지사들에게 회유와 협박을 가하기 시작했다. 이와 함께 일제의 식민 지배가 지속되자 민족주의 계열이나 사회주의 계열에서는 독립 운동의 진로 모색에 어려움을 겪게 되었다.

일제의 세력이 더욱 확장되며 식민 지배가 지속되자 현실을 인정하고 민족의 역량을 향상시켜 자주 독립의 기초를 이루자는 민족 실력양성론이 나타나기 시작했다. 1920년대에 추진된 민족 기업 발전 노력은 물산 장려 운동, 민립 대학 설립 운동과 함께 민족주의계가 주도한 민족 실력 양성 운동이었다. 또한 조선 일보, 동아 일보 등 언론 기관이 적극적으로 민족 문화 형성을 목적으로 문자 보급 운동을 시작하였고, 농촌 계몽 운동과 문자 보급 운동을 전개하였다.

사회주의 계열은 청년 지식층을 중심으로 파급되면서 사회·경제 운동을 활성화시키기도 하였는데 청년 운동, 여성 운동과 농민, 노동 운동, 형평 운동 등 각 방면에 걸쳐 사회주의 사상으로 권익과 지위 향상을 위한 활동을 하였다.

1927년 민족주의 진영과 사회주의 진영은 이념적인 갈등을 타파하고, 단일화된 민족 운동을 강력하게 추진하기 위해 신간회를 결성하였다. 신간회는 기회주의자를 배격하고 민족의 단결과 각성을 촉구하는 것을 기본 강령으로 내세워 전국적인 활동을 펼쳤다.

하지만 끊이지 않는 이념 대립과 나날이 악랄해지는 일제의 탄압으로 인해 1930년대 초해체되고 말았다.

또한 전 인구의 80%를 차지하는 농민은 일제의 토지 조사 사업과 산미 증식 계획 등에 의해 소작농으로 전락하여 수확량의 50~60%에 이르는 소작료를 바치며 고통스러워했다. 3·1운동 때 주도 세력으로 등장한 농민은 이후 일본인 지주에 대항하여 소작 쟁의로 투쟁하게 되었다. 대표적인 것은 1924년 악질 지주를 상대로 전개된 전남 신안 암태도의 소작 쟁의를 들 수 있다. 또 열악한 노동 조건, 값싼 임금, 불안전한 설비로 인한 사고의 위험, 감독의 횡포 및 민족 차별적 대우로 인해 노동 운동이 크게 증가하였다. 소작 쟁의와 노동쟁의는 농민과 노동자들이 일제의 수탈에 항거하는 항일 민족운동의 성격을 띠고 있었다.

일제는 조선인들에게 초급 학문과 기술 교육만을 허용하여 식민지 지배에 도움이 될 인간만을 양성하려 하였다. 그래서 '동화'와 '차별'이라는 두 가지의 전제 아래 식민지 교육을 실시하여 무기력하고 피동적인 식민지 인간을 양성하려 하였다. 또한 한국사를 왜곡하여 정체성, 타율성, 사대성, 반도성, 당파성, 일선 동조론 등의 식민 사학의 논리를 확정하여 한국인의 독립 정신을 말살하려 하였다.

그러나 문학과 예술 분야에서도 우리의 것을 지키려는 노력은 지속되어 조선어 연구회는 '가갸날'을 제정하고 <한글>이라는 잡지를 간행하여 한글 연구를 심화시켰다. 또한 한국사 연구도 활발하여 신채호는 『조선상고사』, 『조선사 연구초』를 저술하여 한국 고대 문화의 우수성을 밝히고, 우리 고대사의 독자성을 부각시켰고 박은식은 『한국 통사』, 『한국 독립 운동지혈사』를 저술하여 일제의 불법 침략과 한국 독립 운동사를 정리하였다.

또한 종교계에서도 항일 독립 운동의 중추적 역할을 맡아 활발한 활동이 전개되었는데, 원불교의 생활 개선 운동, 천도교의 어린이날 행사, 대종교의 친일 매국노 처단, 기독교의 신사 참배 거부 등은 대표할 만한 일들이다.

문학에서도 민족 정서를 바탕으로 식민지현실을 고발하고 민족 의식을 고취하고자 하는 작품들이 많이 나왔다. 한용운의 <님의침묵>, 심훈의 <상록수, 그날이 오면>, 이육사의 <광야>, 윤동주의

한용운   이육사

윤동주   이중섭

<자화상, 서시> 등이었다. 그러나 일제에 저항하는 작품과 달리 일제 침략과 수탈 정책을 홍보하는 이광수, 노천명 등의 친일 문학도 있었다. 연극에서는 서구의 근대극 형식을 도입하여 토월회와 극예술 연구회 등의 단체를 결성하여 신극 운동을 전개하였다. 영화에서는 나운규의 '아리랑'에서 민족정서와 애환을 영화로 표현하였다. 미술에서는 이중섭이 조선의 냄새가 난다는 <소>를 그렸고 여성에 대한 낡은 생각과 관습에 맞선 삶을 살았던 여류 화가 나혜석이 있었다. 음악가로는 <봉선화>를 작곡한 홍난파, <반달>을 작곡한 윤극영, <애국가>를 작곡한 안익태가 있다.

역사와 논술 마주보기

 역사신문 만들기

1) 역사신문 만들기를 제작학습 방법의 하나로서 도입하는 목적

첫째, 시대에의 공감대가 높아지고 역사적 사상이 학생에게 있어서 자신의 신변의 것이 된다. 그리고 역사에 관한 흥미와 관심을 불러일으킬 수 있다.

둘째, 기사의 선택과 구성, 그림과 지도에 의한 표현 등을 학생 각각의 능력에 따라 표현할 수가 있으며, 특히 학생들이 정리하는 힘을 기를 수 있다.

셋째, 시대의 중요한 사상과 특색을 파악할 수 있다.

넷째, 시대의 변천을 종합적으로 이해할 수 있다.

다섯째, 그 시대와 현대와의 관련 및 영향을 생각할 수 있다.

여섯째, 자료수집, 생각하기, 선택하기, 정리하기 등의 작업적인 학습을 통해서 많은 능력을 종합적으로 지닐 수 있다.

일곱째, 학생의 작품을 학급 전체에서 발표하기가 용이함과 아울러 내용에 대해서 학생 상호간의 흥미·관심을 높일 수 있다. 게다가 서로의 작품을 상호 평가하는 것도 가능하다.

2) 초등학교 역사학습에서 역사신문을 만들게 하는 것의 의의

첫째, 만드는 기쁨이 있다.

둘째, 여러 가지 작업 내용을 도입하는 일이 가능하다.

셋째, 신문은 작업의 결과가 한 장의 지면에 나타난다. 때문에 자신이 노력한 결과를 한 눈에 볼 수 있는 이점이 있다.

3) 학습지도 효과 측면에서 의의

첫째, 역사신문을 만들기 위해 학생들은 역사상의 사실을 완전히 조사할 필요가 있다.

둘째, 사실과 사실 간의 관련 파악도 필요하다.

셋째, 자기 자신의 생각을 갖는 일이 필요하다.

넷째, 신문의 지면 안에서 토픽, 칼럼, 광고 등을 설정하는 것에 의해 기사를 쓴 학생이 그 시대를 어떤 이미지로 받아들였는가 알 수 있다.

4) 역사신문 기사의 형식

신문이름	배경이 되는 시대를 잘 드러나게 한다(세종신문, 고조선일보 등)
기사	육하원칙에 맞게 작성하되 서술시점은 현재로 한다. 기사의 형식은 다양하다. 사실을 보도하는 스트레이트 기사도 있고, 사건이 일어난 배경이나 전망 등을 해설하는 기사, 사건에 대한 비평 기사, 사건의 주인공을 인터뷰해 궁금한 점을 알아보는 형식의 기사도 있다. 태조 왕건의 고려 창건에 대해 쓴다면 스트레이트 기사로는 왕건이 고려를 창건했다는 사실을 전달하고 고려 창건의 배경과 전망을 해설하는 기사, 고려 창건에 대한 사설, 왕건 직격 인터뷰 등으로 채울 수 있다.
르포	역사의 한 시점이나 사건을 정한 뒤 사실을 따져 보며 현장에서 직접 확인해야 할 점을 미리 정리한다. 신문 말고도 인터넷·서적 등을 두루 활용해 자료를 충분히 준비한다. 역사의 현장에서 보고 느낀 점, 새로 알게 된 점 등을 적는다. 현장 사진은 유적, 유물 사진을 찾아 곁들여도 된다. 실제로 현장을 다녀옴으로써 알게 된 사실이 생생하게 드러나도록 한다.
해외토픽	기사화 할 역사의 배경 시기와 비슷한 다른 나라의 사건을 소개한다.
인터뷰기사	특별히 관심 있는 역사적 인물을 정해 그 인물과 실제로 만났다고 가정하고 인터뷰하면서 대화 내용을 정리한다. 예상 질문과 답변은 사실에 근거를 둔다. 인물의 입장을 충분히 고려한 대답을 이끌어내려면 대상 인물에 정통해야 한다.
문화행사 소개	당시의 지배계층이나 백성이 즐긴 문화에 관련된 전반적인 정보를 담을 수도 있다. (임금 수라상을 소개한 음식문화, 신라의 길쌈 등)
신간안내	역사 속 인물이 저술한 책을 소개한다. 서평을 곁들여도 괜찮다.
독자투고	백성의 불만이나 칭찬 사례를 알리는 글이다. 고을 수령 등 관리나 임금, 다른 백성에게 하고 싶은 말을 써도 좋다. 사실을 근거로 쓰되 글쓴이의 주소도 당시 지명이면 된다.
만화	역사적으로 비중이 큰 사건의 의미를 살려 한 컷 또는 네 컷으로 표현한다. 촌철살인 할 수 있는 제목도 붙인다.
사진	역사책 또는 신문에서 스크랩해 쓰거나 직접 그려 넣어도 된다.
광고	고려자기를 예로 든다면 자기를 판매한다는 상품광고, 자기 제작자를 찾는 구인광고도 있을 수 있다. 자기 제작 비법을 전수한다는 공익광고를 만들어도 된다. 상품광고로 그 시대의 발명품을 소개해도 좋다. 제품의 특징과 역사적 의의 등이 나타나도록 구성한다. 일반신문을 활용해 콜라주(화면에 인쇄물·천·쇠붙이·나뭇조각 등을 붙이는 기법)로 광고를 제작하면 미적 감각을 살릴 수 있다.

5) 학습과정에서 역사신문을 만드는 시기

첫째, 하나의 학습을 마치고 나서 그 정리로서 신문을 만들게 하면 인상에 남는 것을 중심으로 구성할 수가 있다.

둘째, 수업시간을 효과적으로 사용하기 위해서는 학습을 진행함에 따라 차례로 신문을 만들어 가는 방법이 있다.

셋째, 신문의 주요기사를 학습정리로써 쓰고, 그 외에는 개인 각자가 조사하여 학습으로써 쓰는 방법도 있다.

6) 역사 신문 제작 과정

① 신문의 종류 정하기

신문의 주제·크기·지면 등을 정해 어떤 신문을 만들지 결정한다.

② 신문 제호 정하기

주요 내용을 바탕으로 간결하고 의미 있는 제호를 결정한다.

③ 신문의 구성요소 정하기

신문에 실릴 주요 기사와 특집기사·사진·그림·만화·광고·사설·오피니언·캠페인 등을 정한다.

④ 자료 수집

교과서, 책, 인터넷, 직접 찍은 사진, 그림, 인터뷰, 신문 등에서 자료를 찾는다.

⑤ 기사 등 신문에 들어갈 원고 준비

기사 적성하기, 기사 제목 정하기, 사진, 캡션, 그림, 만화, 광고 등을 준비한다.

⑥ 레이아웃(배치)

신문의 구성요소를 중요도에 따라 지면에 보기 좋게 배치한다.

⑦ 신문 편집, 발행하기

긴 자, 필기도구(여러 색상), 원고와 자료 등을 이용해 지면을 완성한다.

⑧ 신문 배포

친구·이웃·친척·선생님께 나눠준다.

7) 역사신문 제작하기의 실제

역사신문 제작하기에 필요한 최소 3차시를 계획했다. 실제수업에서는 1차시를 더 소요한 경우도 있었는데 학생의 신문 이해 정도에 따라 차시를 조정하는 것이 필요하다.

역사신문 제작하기의 계획표

차 시	교수·학습내용	유의점, 준비
1차시	• 신문의 면 구성 • 신문의 제작 과정, 기사, 내용과 표제 제목 달기, 기사문 작성, 기사 배치의 유의 사항 • 역사신문 제작 안내 • 역사신문 만들기 계획서 작성, 제출 • 모둠 조직, 나라 선정, 신문 이름, 역할 분담, 실을 내용 선정	• 신문 준비 • 교사 제시 자료 • 신문의 일반적 면 구성 • 신문의 제작 과정 기사 쓰기의 유의점 • 역사신문 만들기 • 역사신문 계획서
2차시	<신문제작> • 자료 준비 확인, 기사작성, 기사 선정, 기사 배열, 편집, 색칠, 완성	• 신문 제작에 필요한 모둠별 자료
3차시	• 신문제작 완성 • 돌려가면서 보고 비교, 채점(편집, 표제 달기, 중요 내용 등)	• 완성한 신문 • 역사신문 상호 평가

① 기사문

우리의 소리를 찾아서…

우리 판소리는 2003 년에 유네스코에 세계무형 문화 유산으로 등재 되었습니다. 어떤 특징 때문에 세계적인 유산이 된 것일까요? 그 소리가 거친 것도 그렇습니다마는 그보다는 반주라고는 북밖에 없고 그에 맞추어 가수가 여러 등장인물의 역할을 혼자 다 한다는 면에서 그 독특함을 인정받은 것입니다. 전 세계 어디에 가수 한 사람이 북 하나에만 맞추어 혼자 울고 웃으면서 노래하는 성악이 있겠습니까? 판소리는 '1 인 오페라(one-man opera)' 라고 하는 데에서 알 수 있듯이 소리꾼이 등장하는 모든 인물의 역할을 합니다. 춘향전이면 춘향이부터 이몽룡, 심지어는 변학도나 아전까지 모든 역할을 소리꾼 혼자 다 해냅니다. 특이한 점은 또 있습니다. 북 반주를 하는 고수와 대화를 한다는 점입니다. 그러니까 고수는 단순한 반주자가 아니라 등장인물 역할까지 하는 겁니다. 이런 예는 세계의 다른 성악에서는 찾기 어렵습니다. 서양의 성악가가 악단의 반주에 맞추어 오페라 아리아를 부르다 느닷없이 연주자들과 대화를 한다면 얼마나 이상한 일이겠습니까? 게다가 판소리는 그 이야기가 보통 긴 게 아닙니다. 생각해보십시오. 심청이가 태어나서부터 자라서 뱃사람들에게 끌려가 바다에 빠져 죽고 다시 살아나 왕비가 되어 아버지를 만나기까지 그 얼마나 긴 시간입니까? 이걸 다 노래하려니 몇 시간씩 걸립니다. 그런데 판소리는 혼자 하는 것이니 이 몇 시간 동안을 홀로 노래해야 합니다. 서양 오페라는 2-3 시간짜리를 여럿이 번갈아 노래해도 힘들다고 하는데 판소리는 서너 시간을 혼자 노래하니 그 힘이 어디서 나오는지 기가하기까지 합니다.

선비 허생, "부자" 되다?

－허생 매점매석으로 상심만 낭 벌어…-

② 인터뷰 기사

신채호 옥중 인터뷰

1930년 10년형을 선고받고 뤼순감옥에 갇힘

기 자 : 감옥에 또 갇힌 소감을 말씀해주십시오?

신채호 : 속상하지만 이곳에서도 할 일이 있습니다.

기 자 : 무엇을 하시려구요?

신채호 : 우리나라 역사에 대한 글을 쓸 것입니다.
 〈참고〈조선일보 조선상고 제목으로 연재됨〉

기 자 : 감옥의 환경은 어땠나요?

신채호 : 추위는 말 할 수 없을 만큼 춥고 힘들어 결국
 병에 걸리고 말았네요 허허허

기 자 : 보증인을 세우면 석방시켜 주겠다고 했나요?

신채호 : 네

기 자 : 보증인은 누굴 세우셨나요?

신채호 : 고향의 친척분을 세워주신다고 했습니다.

기 자 : 그래서 나오기로 결정 하셨나요?

신채호 : 아니요 저는 나오지 않겠다고 했습니다.

기 자 : 이렇게 좋은 기회인데 왜 나오지 않는다고 하셨습니까?

신채호 : 그 보증인이 친일파였거든요

기 자 : ……

결국 신채호선생은 병이 악화되어 1936년 2월 21일 4시 20분에 세상을 떠났습니다. 친일파의 도움으로 석방 되느니 차라리 감옥에서 죽겠다던 신채호.
 그는 마지막 순간까지 자신의 몸을 돌보지 않고 조국의 독립을 위해 싸운 신채호… 모든 애국지사에게 머리숙여 감사을 드립니다. 내사랑하는 나라가 있어야 나도 있다는 것을 다시 일깨워준 신채호…

－ 이 화 순 기자 －

특집 - 조선시대 의 여성

타임머신의
첫 번째
인터뷰
주인공
신사임당
(1504~1551)

안녕하십니까?

③ 해외토픽

④ 집중탐구

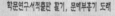

⑤ 신간안내

⑥ 광고

⑦ 독자투고

⑧ 생활

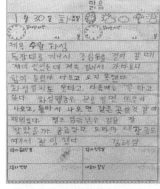 

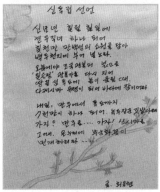 

⑨ 칼럼

'태양의 후예' 라는 드라마에서 등장인물이 고려는 최수종이 세우고 이동근에게 망한 나라라고 한다. 그래서 혼이 나는 장면을 보며 시청자들은 다시 생각하지 않을까? 정말 고려는 누가 세우고 누구에게 망하는지를 생각하고 어떻게 망하는지를 생각하며 역사는 쉽구나 하고 느꼈으면 한다.

얼마 전 가르치는 학생들에게 '유관순이 어디서 만세운동을 펼쳤을까?' 를 물었더니 '화개장 터' 란다. 처음에는 어안이 벙벙하고 천안도 아니고 아우내 장터는 더더욱 아닌 화개장터라니 이게 무슨 소리인가 한참을 정신이 없었다. 그러면서 크게 한바탕 웃어주었다. 학생들에게 선생님이 웃는 이유를 아느냐 하니 한 학생이 화개장터가 어디 있는데요? 하면서 그 친구는 천안을 가니 유관순의 만세장터가 있었다고 한다. 그러면서 그 학생들은 이제 절대 안 잊어버리겠다고 한다. 화개장터로 나온 이유는 아마 노래 제목이어서 일 것이다.

이처럼 텔레비전, 영화 등 대중매체 속에서 학생들은 역사와 접하게 된다. 그래서 학생들을 가르치면서 역사드라마 역사영화는 꼭 보려고 애쓴다. 그래서 어떤 점이 차이가 있고 어떤 점이 사실이고 어떤 점이 생각해 볼 수 있는 것인지를 이야기해 주기 위해서이다.

역사 테마로 논술쓰기

 민족지도자들의 독립노선

이승만의 외교독립론

이승만은 국권피탈 후 미국에서 한국의 독립을 위해서는 강대국, 특히 미국의 지지가 있어야 한다며 외교 독립론을 펼쳤다. 1919년 상하이에 임시 정부가 설립되자, 워싱턴에 구미 위원부를 설치하였다. 하지만 상하이의 인사들은 외교 독립론보다는 무장 투쟁을 강조해 1921년 임시 정부와 결별하였다.

이동휘의 무장투쟁론

이동휘는 오직 무력에 의해서 일본군을 격퇴해야 하는 것으로 생각했다 무장으로서 조선독립을 위해 일본과 싸우는 것만이 최선의 방법이라고 무장투쟁론을 펼쳤다.

안창호

안창호는 배워서 익히는 것의 중요성을 강조하며 실력양성론과 함께 교육을 통해 인재를 양성하고 실력을 키우는 것이 독립의 발판이라 생각하여 점진학교, 대성학교, 동명학원을 설립하였다.

논제 국민대표회의에서 모인 민족지도자들은 서로의 의견을 좁히지 못한 채 각자의 독립 노선을 추구하였다. 독립운동 노선이 달랐던 내용과 이유를 서술해 보자.

일제 식민 사관

- 일선 동조론은 조선과 일본은 고대에 뿌리가 같고 본래 같은 민족이므로 하나가 되어야 한다는 주장이다.
- 정체성론은 한국이 여러 정치적, 사회적 변화를 겪으면서도 능동적으로 발전하지 못하였으며, 개항 당시 조선 사회가 10세기 말 고대 일본의 수준과 비슷하다는 주장이다.
- 당파성론은 조선 왕조의 멸망 원인은 우리 민족의 파벌 의식과 분열주의에 기인한다는 주장이다.
- 타율성론은 한국의 역사는 한국인의 주체적인 역량에 의해 전개된 것이 아니라, 중국이나 몽골, 만주, 일본 등 주변 외세의 간섭과 힘에 의해 좌우되었다는 주장이다.

논제 일제는 조선을 식민지화 시키는 동시에 대륙침략을 정당화하기 위해 식민사관을 주장했다. 위의 식민사관을 비판하여 올바른 한국사 연구 방향을 제시해 보자.

조선 혁명 선언

> 강도 일본이 우리의 국호를 없이 하며, 우리의 정권을 빼앗으며, 우리 생존의 필요 조건을 다 박탈하였다. …(중략)… 이상의 사실에 의거하여 우리는 일본 강도 정치 곧 이족 통치가 우리 조선 민족 생존의 적임을 선언하는 동시에, 우리는 혁명 수단으로 우리 생존의 적인 강도 일본을 살벌함이 곧 우리의 정당한 수단임을 선언하노라. …(중략)…
> 내정 간섭이나 참정권이나 자치를 운동하는 자가 누구이냐? …(중략)… 3·1운동 이후에 강도 일본이 또 우리의 독립 운동을 완화시키고 송병준, 민원식 등 매국노 한둘을 시키어 이따위 광론을 부름이니, 이에 부화하는 자는 맹인이 아니면 어찌 간적(奸賊)이 아니냐.…(중략)…

논제 조선혁명선언을 강령으로 활동한 의열단의 활동 내용을 구체적으로 서술해 보자.

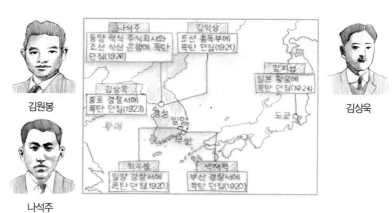

김원봉

나석주

김상옥

신간회

신간회의 설립 배경

조선 민흥회는 한국 민족의 공동 권익을 쟁취하고, 한국민의 단일 전선을 결성할 목적으로 창설되었다. 민흥회는 산업 종사자, 학생, 지식인 등 전국민의 단합과 통일을 주창한다.

민족적 통합의 그 목적은 '한국의 해방'에 있다. …(중략)… 이러한 운동은 필시 반제국주의 운동으로 표출될 것이다. …(중략)… 과거의 운동은 계급 의식이 내연되어 있었고 국가 전체적으로 볼 때 분열되어 있었다. 그러나 근년의 운동에서는 계급 운동 참여자라 할지라도 연합 민족 운동을 강렬히 요구하고 있다. …(중략)…

_ <조선일보>, 1926. 7. 11자 사설

신간회의 강령

1. 우리는 정치적·경제적 각성을 촉진한다.
2. 우리는 단결을 공고히 한다.
3. 우리는 기회주의를 일체 부인한다.

논제 1 신간회의 설립 목적과 의의에 대해 서술해 보자.

논제 2 신간회의 강령 중 '기회주의'란 어떤 세력을 의미하는 것일까? 설명해 보자.

📚 문화통치

3·1운동으로 일제는 종래의 무단 통치에 의한 지배에 한계가 있다는 것을 깨달았다. 한민족의 강한 독립 의지와 강력한 항일 운동이 엄격한 헌병 경찰의 감시 속에서도 변하지 않고 지속되는 과정을 보면서 일제는 크게 당황하였다. 결국 3·1운동 이후 악화된 국제 여론에 직면한 일제는 식민 통치 정책의 전환을 모색하지 않을 수 없었다.

지금까지 현역 군인으로 조선 총독을 임명·파견하던 것을 고쳐 문관도 그 자리에 임명할 수 있게 하고, 헌병 경찰제를 보통 경찰제로 바꾸었다. 그러나 우리나라에서 일제가 축출될 때까지 단 한명의 문관 총독도 임명되지 않았고, 또 보통 경찰제도로의 이행은 헌병 경찰을 제복만 바꾸어 입히는데 지나지 않았다. 오히려 경찰의 수와 장비, 그리고 그 유지비는 3·1운동 이전보다 크게 증가하였다. 또 한민족에게 어느 정도의 언론의 자유를 주어 몇 개의 한국 신문을 허용하는 등 식민 지배를 완화시키는 체하였으나, 이는 언론을 통해 표출되는 민족 운동 진영의 동향을 파악하려는 교묘한 정책이었으며, 언론 자유도 근본적으로 그들의 식민 통치에 지장이 없는 한도 내에서만 허용되었다. 결국 문화 통치란 그들의 가혹한 식민 통치를 은폐하고 한민족의 지배를 효과적으로 추진하기 위하여 한민족을 이간하고 분열시키는 교활한 식민 통치 정책이었던 셈이다.[5]

논제 문화통치의 허상을 서술하여 문화통치를 비판해 보자.

---

5) 김광남 外, 『고등학교 한국근·현대사』, 두산, 2009.

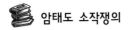 **암태도 소작쟁의**

다음은 암태도 소작쟁의를 배경으로 한 송기숙의 소설 『암태도』의 줄거리이다.

서태석과 박복영 등을 중심으로 한 소작인들은 지주 문재철에 대항하여 소작료를 내리기 위해 암태소작회를 조직하고 소작 쟁의를 벌인다. 그리하여 문재철의 논만 제외하고 가을걷이를 하지만, 문재철 논의 벼들이 계속 머리를 숙이는 것을 본 소작인들은 결국 문재철 논의 추수를 하고 만다. 한편, 문재철의 마름들은 머슴을 동원하여 강제로 벼를 빼앗아 갔다. 이에 대한 대책으로 자경단을 조직한 소작인들은 마름패가 마을에 들어서면 계속 감시하고 뒤를 밟는다. 그러다가 맨손의 서동오가 폭행을 당하고 이에 마름을 경찰에 고소하지만 경찰은 이내 풀어 준다.

결국 마을 사람들은 지주 공덕비를 회수하기 위해 면민 대회를 연다. 그러나 회의 도중에 문재철 패거리들이 서태석, 박종유, 서동오를 폭행하게 되자, 이를 계기로 신문 지상에 그 동안의 사건 전모를 밝힌다. 그러나 경찰은 지주만 감싸고 돈다. 이에 분노한 서태석과 소작인들은 지주 공덕비를 부수고, 이에 대한 보복으로 문씨 가문의 사람들이 몰려와 마을 사람을 때리고 세간을 부수는 등의 횡포를 자행한다. 소작인들 역시 그 보복으로 문씨 마을에 피해를 입힌다.

이에 경찰에서 소작인측은 13명을 구속하고 지주측은 3명만 구속하자, 마침내 400여 소작인들은 목포 경찰서로 가서 농성을 한다. 그러나 오히려 26명이 더 구속되고 이들은 광주로 이감된다. 그러던 어느 날, 도지사와 만난 만수와 박복영은 소작 쟁의 타결의 실마리를 풀고 결국 쟁의는 소작인들의 승리로 끝이 난다.

논제 1 암태도 소작쟁의의 의미를 서술해 보자.

논제 2 일제가 태형령을 제정한 목적을 말해 보자.

논제 3 일제가 토지 조사 사업을 실시한 이유와 결과를 서술해 보자.

논제 4 일제가 회사령을 실시한 목적을 서술해 보자.

논제 5 3·1운동 이후 화성 제암리에서는 무슨 일이 일어났나요? 조사하여 말해 보자.

논제 6 산미증식계획을 실시한 이유와 실시 후 쌀 생산량이 늘어났음에도 불구하고 국내 소비량이 줄어든 이유를 설명해 보자.

논제 7 아래와 같은 구호를 외치며 전개된 운동은 왜 일어났는지 이유를 설명하고 사회주의는 왜 이 운동을 비판하였는지 말해 보자.

> 입자! 조선 사람이 짠 것을/먹자! 조선 사람이 만든 것을
> 쓰자! 조선 사람이 지은 것을/조선 사람, 조선 것

논제 8 1920년대 농민운동과 노동 운동이 활발하게 일어난 이유를 말해보고 당시 농민과 노동자가 내세웠을 구호를 상상하여 써 보자.

논제 9 광주 학생 항일 운동이 전국적인 규모의 민족 운동으로 발전하게 된 이유는 무엇일까? 설명해 보2
청산리 대첩을 승리로 이끈 독립군 부대는 적은 병력으로 승리를 거둘 수 있었다. 이유를 조사하여 발표해 보자.

논제 10 일제가 황국 신민 서사를 외우게 한 이유를 말해보고 같은 목적으로 강요했던 다른 정책의 예를 들어 보자.

논제 11 대한민국 임시 정부가 한국광복군의 국내 진공 작전을 계획한 목적이 무엇이었는지 말해 보자.

논제 12 일제가 조선어 학회를 독립운동 단체로 규정한 이유와 탄압한 방법을 서술해 보자.

논제 13 다음은 백남운이 쓴 <조선사회경제사>의 일부이다. 이 내용은 무엇을 말하는지 서술해 보자.

> 우리 조선 역사 발전의 전 과정은 대체로 세계사의 발전 법칙에 의하여 다른 여러 민족과 거의 동일한 과정을 거쳐 온 것이다.   —<조선사회경제사>

논제 14 <자료 1, 2>와 같은 시를 쓴 이유가 무엇인지 설명해 보자.

[자료 1]

그날이 오면

심훈

그날이 오면, 그날이 오면
삼각산이 일어나 더덩실 춤이라도 추고
한강물이 뒤집혀 용솟음칠 그날이
이 목숨이 끊어지기 전에 와 주기만 하량이면
나는 밤하늘에 나는 까마귀와 같이
종로의 인경을 머리로 들이받아 울리오리다.
두개골은 깨어져 산산조각이 나도
기뻐서 죽사오매 오히려 무슨 한이 남으오리까.

[자료 2]

님의 부르심을 받들고서

노천명

남아면 군복에 총을 메고
나라 위해 전쟁에 나감이 소원이라니
이 영광의 날
나도 사나이었다면, 나도 사나이었다면
귀한 부르심을 입는 것을 ……
이제 아시아의 큰 운명을 걸고
우리의 숙원을 뿜으며
저 영미(英美)를 치는 마당에랴.

역사 깊이읽기

 대한민국 임시정부

> 1. 상하이와 러시아령에 설립한 정부들을 일체 해소하고 오직 국내에서 13도 대표가 창설한 한성 정부를 계승할 것이니 국내의 13도 대표가 민족 전체의 대표임을 인정한다.
> 2. 상하이에서 설립한 제도와 인선을 없는 것으로 하고, 한성 정부의 집정관 총재 제도와 그 인선을 채택하되 상하이에서 정부 수립 이래에 실시한 행정은 그대로 유효할 것을 인정한다.
>
> — 안창호
>
> 만주와 연해주처럼 국내와 접해 있는 지역에서도 국내와의 연락을 충분히 할 수 없으며 또 마음대로 활동할 수 없는데, 상하이와 같이 원격지이며 타국의 영토 안에 있으면서 어떤 일을 할 수 있으리라고는 생각되지 않는다.
>
> — 문창범

 인물탐구

- 이동휘 – 고려혁명당 등의 조직을 주도하면서 무장투쟁노선과 사회주의 혁명노선에 입각한 민족해방운동을 전개하였다.
- 순종 – 대한제국의 황제로 연호를 융희로 고치고 이른바 한일병합조약이 체결되면서 일제에게 국권을 강탈당하고 조선왕조 27대가 519년 만에 망하고 마지막 황제가 되었다.
- 김구 – 데라우치 총독 암살 미수 사건, 한인애국단 조직, 한국광복군 조직, 대한민국임시정부 주석 선임, 남북협상 주장, 등의 일을 하고 마지막에는 안두희에게 암살당하였다.
- 주시경 – 국어문법을 체계화하여 <국어문법>을 저술하고 국어연구학회를 설립하고 조선광문회 사전

을 편찬하였다.

- 신돌석 – 평민 출신 의병장으로 을사의병 시기에 봉기하여 크게 승리하고 민중의 의병전쟁 참여의 기폭제가 되었으며 평민의병장들이 대거 등장하는 데 영향을 주었다.

- 안중근 – 러시아에서 단지회라는 비밀결사를 조직해 이토 히로부미와 이완용 암살 계획을 세우고 만주 하얼빈 역에서 이토 히로부미를 저격해 사살하고 사형을 언도받아 중국 뤼순감옥에서 <동양평화론>을 지필하다 순국하였다.

- 조소앙 – 김좌진과 대한독립의군부를 조직하고 직접 쓴 삼균주의가 한국독립당과 임시정부의 정치이념으로 채택되고 또한 대한민국건국강령으로 삼균주의가 공표되기도 하였다.

- 윤봉길 – 한인애국단에 입단하여 김구, 이동녕, 이시영, 조소앙 등과 협의하여 거사를 구상하고 홍커우공원에서 도시락으로 위장한 수류탄을 식장에 던져 일본군 대장을 죽이고 일본군 장군들에게 중상을 입히고 일본에서 사형을 당하였다.

- 나운규 – 1920년대 일제강점기에 사실주의를 바탕으로 민족의 문제를 영화로 제작하여 한국 영화계의 선구자로, <아리랑>을 통해 민족현실과 저항정신을 드러냈다.

- 이중섭 – <황소>, <싸우는 소>, <흰소>, <움직이는 흰소>, <길떠나는 가족>, <서귀포의 환상> 등의 작품을 그렸던 비운의 화가이다. 그는 격렬한 터치로 표현된 소를 통해 민족적 자각을 일깨워 주고자 하였다.

- 한용운 – 동학농민운동 가담, <조선불교유신론>저술, <불교대전>저술, 민족대표 33인중 한 사람으로 독립선언서에 서명, 물산장려운동 지원, 시집 <님의침묵> 출판, 신간회 발기인으로 가담, 불교를 통한 청년운동 강화를 하였다.

- 장지연 – 대한제국과 일제강점기 초기의 언론인으로 1905년 을사조약이 체결되자 <황성신문>에 '시일야 방성대곡'이라는 사설을 발표하여 일본의 흉계를 통박하고 그 사실을 널리 알렸다.

- 김규식 – 대한민국임시정부 대표로 파리강화회의에 참석하여 일본의 한국 침략을 규탄하고 광복 후에 이승만의 남한 단독정부 수립 안에 반대하고 남북협상을 제안하여 김구와 함께 평양을 방문하여 회담을 가졌지만 실패하고 1950년 납북되었다.

- 조만식 – 평양에서 조선물산장려회를 설립하고 회장이 되었으며 민립대학기성회를 설립하고 신간회 결성을 주도하였으며 조선일보사 사장을 역임하고 조선민주당을 창당하였다.

- 지청천 – 일본군을 탈출하여 신흥무관학교에서 독립운동을 시작하고 중국군과 합세해 한중연합군을 결성하고 한국광복군 창설하여 총사령관이 되어 일본군과 전투를 하였다.

- 최남선 – 잡지 <소년>을 창간하고 논설문과 새로운 형식의 자유시 <해에게서 소년에게>를 발표하고 조선광문회를 창설해 고전을 간행하였다. 3·1운동 때 독립선언문을 기초하여 민족운동을 하였지만 총독부의 조선사편찬위원회 위원이 되어 친일적 성향으로 전향하였다.

- 이승만 – 한국의 정치가·독립운동가, 초대 대통령. 독립협회, 한성임시정부, 상하이 임시정부에서 활동했다. 광복 후 우익 민주진영 지도자로 1948년 대한민국 초대 대통령에 당선되었다. 4선 후, 4·19

혁명으로 사임하여 하와이로 망명하였다.

- 홍난파 – <봉선화>를 작곡하고 국내 최초의 음악잡지 <음악계>를 창간하고 우리나라 최초의 바이올린 독주회를 가지고 <풍당풍당>, <고향생각>, <옛동산에 올라>, <금강에 살으리랏다>, <산에들에> 등 다수의 작품이 있다.

- 김원봉 – 1919년 만주에서 의열단을 조직하여 항일무장투쟁을 하고 한국광복군 부사령관에 취임하고 남북협상 때 월북하여 북한 최고인민회의 대의원이 되고 연안파 제거 작업 때 숙청되었다.

- 방정환 – '어린이'라는 용어를 처음으로 만들어 늙은이, 젊은이와 동급으로 격상시키고 한국 최초의 순수 아동잡지 <어린이>를 창간하고 아동문학을 보급하였다. 최초의 아동문화운동 단체 색동회 조직 및 어린이날을 지정하였다.

- 장면 – 제2공화국 내각책임제와 의회 양원제를 기본으로 하며, 경제 발전을 위한 경제발전5개년 계획을 수립하였다. 4.19혁명 이후 혼란스러운 정국을 수습하고 민주적 선거절차를 통해 정권교체를 이루어냈다. 또 한국의 국제적 승인을 이끌어내기도 하였다.

- 이봉창 – 한인애국단의 일원으로 도쿄에서 일제의 괴뢰 정부인 만주국 황제 푸이와 함께 관병식을 마치고 궁으로 돌아가던 일본 천황 히로히토에게 수류탄을 던졌으나 실패했고 사형 당하였다.

- 이범석 – 신흥무관학교와 북로군정서의 교관이 되고 청산리전투에서 활약하고 한국광복군의 참모장이 되었고 초대 국무총리와 국방부장관을 겸임하고 내무부장관을 역임하였다.

- 심훈 – 동아일보에 우리나라 최초의 영화소설 <탈춤>을 연재하고 동아일보에 <상록수>를 연재하고 <그날이 오면>의 작품이 있다.

- 유관순 – 천안에서 출생하여 이화학당 입학하고 서울에서 기미독립만세운동에 참가하고 아우내 장터에서 군중에게 태극기를 나누어 주며 시위를 이끌다가 체포당하였다. 서대문형무소안에서 독립만세운동을 전개하다가 순국하였다.

- 김좌진 – 대한민국임시정부 휘하 북로군정서의 총사령관이 되었다. 1920년 10월 청산리로 유인되어 진입한 일본군을 상대로 백운평, 천수평 등지에서 격전을 벌여 대승을 거두고 신민부를 만들고 총사령관으로 있으면서 독립군 간부양성을 위한 학교를 설립하고 1930년 사망하였다.

09

현대와
평가 및 첨삭

역사 훑어보기

1945년 8월, 드디어 일제의 식민 통치에서 벗어나 광복을 맞이하였다. 그러나 미·소 강대국 사이에서 통일 민족 국가를 수립하지 못하고 분단이 되고 끝내는 한국전쟁으로 민족 상잔의 비극을 겪게 되었다.

전쟁 이후 많은 어려움을 겪으며 다시 경제적으로 성장하면서 세계의 이목을 집중시키지만, 급속도의 경제 성장에 가려져 민주주의의 발전은 오히려 늦춰지는 시련을 겪게 된다.

1. 대한민국의 수립

1) 8·15 광복과 대한민국 수립

대한민국 임시정부는 일제의 패망을 예견하여 민족주의 계열 주도하에 사회주의 계열인 민족 혁명당이 참여하여 조소앙의 삼균주의에 기초한 보통선거를 통한 민주공화국 수립을 규정하는 주요 강령을 발표하였다.

조선독립동맹은 중국화북 지방에서 활동하던 김두봉 등의 사회주의 계열 인사들이 주도하여 토지분배와 대기업 국유화, 민주공화국 수립을 내세우며 건국을 준비하였다.

국내에서는 조선건국동맹이 여운형 주도 하에 사회주의자와 민족주의자가 모두 참여한 가운데 해방 직후 조선건국준비위원회로 발전하였다. 주요강령으로는 일제 타도와 민주주의 국가 수립, 노동자·농민 해방에 치중할 것을 주요 강령으로 삼았다.

국내외의 줄기찬 독립운동 전개와 연합국의 승리로 얻은 결과로 8·15 광복을 맞은 대한민국은 카이로 선언(1943), 포츠담 선언(1945, 7) 등으로 국제 사회의 한국 독립을 보장받았다.

모스크바에서 개최된 3국 외상회의에서 미국·영국·소련 3국 대표가 전후 문제 처리에 관한 협정을 체결하는 과정에서 임시 민주정부 수립과 미·소 공동위원회 설치, 최고 5년간 한반도 신탁통치 등을 합의하게 된다. 하지만 신탁통치 문제로 우익 세력은 신탁 반대운동으로 좌익세력은 신탁 지지를 주장하면서 격렬하게 대립하였다. 당시 상황을 살펴보면 미·소 군정하의 남한은 미군정이 친미적인 우익 정부수립을 후원하여 친일 세력의 득세로 정권이 수립되었고, 북한은 소련의 지원을 힘입은 김일성을 중심으로 한 공산주의 세력이 민족주의 우파 세력(조만식)을 억압하여 공산 정권 수립의 기반을 확립하였다. 그러면서 남북한에서 각각 단독 정부 수립의 움직임이 진행되었다.

곧 한국 문제는 유엔에 상정되고 유엔 한국 임시 위원단의 감시 아래 인구 비례에 따라 총선거를 실시하여 통일 정부를 수립하라고 가결되었다. 따라서 남한으로 유엔 한국 임시 위원단이 내한을 하지만 북한은 총선거 실시는 인구가 적은 북한에 불리한 것이라고 판단한 소련에 의해 유엔 한국임시위원단의 방북을 거부한다.

> **자료**
>
> ### 김구의 '삼천만 동포에게 읍고함'(1948. 2. 10)
>
>
> 친애하는 3천만 자매 형제여!
> 한국이 있고야 한국 사람이 있고, 한국 사람이 있고야 민주주의도 공산주의도 또 무슨 단체도 있을 수 있는 것이다. …(중략)… 마음 속의 38도선이 무너지고야 땅 위의 38도선도 철폐될 수 있다. 내가 불초하나 일생을 독립 운동에 희생하였다. …(중략)… 이 육신을 조국이 수요한다면 당장에라도 제단에 바치겠다. 나는 통일된 조국을 건설하려다가 38도선을 베고 쓰러질 지언정 일신에 구차한 안일을 취하여 단독 정부를 세우는 데는 협력하지 아니하겠다.[1]

단독 정부 수립을 둘러싼 갈등으로 김구·김규식 등 중도파가 남북 협상을 추진했으나 실패하였고 남한 단독 정부수립 반대와 미군 철수를 주장하며 공산주의자들이 봉기하여 군·경의 진압 작전 과정에서 많은 양민이 희생되는 제주도 4·3사건이 발생하였

1) 이은성, 『대한민국사 자료집 6』, 국사편찬위원회, 1990.

다. 이승만 정부가 수립되고 제주 4·3사건 진압에 반대한 국군 제14연대의 좌익 세력이 봉기한 여수·순천 10·19사건이 있었다.

2) 이승만 정권 수립과 6·25전쟁

이승만과 한국 민주당이 참여하고 김구의 한국 독립당과 김규식 등의 중도파는 선거에 불참하며 이승만은 무소속 중 우익 성향의 의원들을 끌어들여 국회에서 다수 세력을 차지하게 되며 3권 분립과 대통령 중심제, 국회의 간접 선거를 골자로 하는 민주공화국 체제의 헌법을 제정하여 이승만 정권이 출범하여 대한민국 수립을 선포하였다. 그리고 1948년 12월에는 유엔 총회에서 대한민국 정부를 한반도 내의 유일한 합법 정부로 승인하게 되었다.

북한은 광복 직후 조만식 등이 평남 건국준비 위원회를 결성하지만 소련군의 명령으로 좌·우 합작의 인민 위원회로 개편되고 북조선 임시 인민 위원회의 구성으로 김일성이 등장한다. 무상몰수·무상분배 원칙 하에 토지 개혁을 실시하며 주요 산업의 국유화, 친일파·지주·자본가·지식인 상당수가 남쪽으로 이동하고 공산주의 체제가 확립되었다. 1948년 9월에는 김일성이 내각 수상에 취임하며 조선민주주의 인민 공화국을 선포하여 북한 정권이 수립되었다.

북한에서는 정권 수립 후 민주 기지론이 대두되며 전쟁에 대비한 소련·중국과 비밀 협정을 체결하고 소련에서 탱크·비행기 등 무기를 도입하여 중국 인민 해방군 소속의 조선의용군 5만 명을 인민군에 편입하며 남침을 준비하였다.

1950년 6월 25일, 북한의 남침으로 6·25전쟁이 발발하였다. 북한의 침공에 속수무책으로 서울이 점령되고 낙동강 전선까지 밀리게 되었다. 이에 미군을 중심으로 유엔군이 참전하고 인천 상륙작전을 감행하여 서울을 탈환하고 압록강 유역까지 진격하지만 그해 10월에 중국군의 개입으로 한강 이남까지 후퇴하였다. 그 후 서울을 재탈환하고 38도선 일대에서 빼앗기고 탈환하는 과정을 몇 번 반복하면서 교착 상태에 빠짐으로 소련의 휴전 제의를 받아들여 휴전 협정이 체결되었다(1953. 7. 27). 이로써 한반도는 분단국가로 독일이 통일된 이후 유일한 분단국가가 되었다.

한강 철교(문화재청)   6 · 25전쟁

6 · 25전쟁은 남북한을 합쳐 약 500만 명의 사상자를 냈고 남한의 경우 제조업의 40%
이상이 파괴되어 경제 마비를 초래하고 전쟁고아와 이산가족이 양산되는 등 엄청난 피
해를 가져왔다.

6 · 25전쟁은 자유주의 진영과 공산주의 진영의 대립전쟁이었으며, 국가 통일 전쟁의
성격으로 이후 남북한의 적대감이 심화되어 남북 간의 무력 대결 태세가 지속되었다.
또한 6 · 25전쟁은 김일성과 이승만이 각각 독재 체제를 강화하고 미 · 소 냉전이 격화되
는 계기가 되기도 하였다.

2. 민주주의 시련과 발전

1) 이승만 정부의 독재와 4 · 19혁명

대한민국 수립 이후 친일파 청산의 중요한 과제가 화두로 떠올랐다. 그러나 이승만
정권은 반공을 내세워 친일청산에 비협조적이었고 오히려 경찰이 반민특위를 공격하여
해체시킴으로 인해 친일파 청산은 실패하고 말았다. 친일파 청산에 소홀하고 농지 개혁
에도 소극적이었던 이승만 정권에 국민들은 반발하고 1950년 5월의 국회의원 선거에서

이승만 정권에 비판적인 무소속 출마자들이 대거 당선되고 한국 전쟁 중 거창양민 학살 사건, 국민 방위군 사건 등이 일어나면서 이승만 정부의 기반이 약화되었다.

이에 이승만 정권은 자유당을 조직하고 발췌 개헌과 사사오입 개헌으로 장기 집권을 도모하기에 이르렀고 이에 반발하는 진보당을 탄압하고 경향 신문을 폐간 시키는 등 독재 체제를 강화하였다.

이승만 정부는 1960년의 정·부통령 선거에서 고령의 이승만 대통령 유고시 부통령이 대통령직을 승계할 것에 대비하여 자유당 출신의 이기붕을 부통령에 당선시키려고 대대적으로 부정 선거를 자행하였다. 이에 마산에서 대규모 규탄 시위가 일어났고, 김주열 학생의 처참한 주검이 4·19혁명을 전국적으로 확산되는 계기가 되었다.

독재정부에 대한 4·19혁명은 대규모의 유혈사태로 커져갔다. 대규모의 유혈사태로 국민의 분노는 절정에 이르렀고, '국민이 원한다면 물러나겠다'는 이승만의 성명과 함께 이승만은 하야하고 독재정권은 무너져 허정 과도정부가 수립되었다.

> **자료**
>
> ## 대학 교수단 시국 선언문(1960. 4. 25)

1. 마산, 서울, 기타 각지의 데모는 주권을 빼앗긴 국민의 울분을 대신하여 궐기한 학생들의 순수한 정의감의 발로이며 불의에는 언제나 항거하는 민족 정기의 표현이다.
2. 이 데모를 공산당의 조종이나 야당의 사주로 보는 것은 고의의 왜곡이며 학생들의 정의감에 대한 모독이다.
3. 합법적이요 평화적인 데모 학생에게 총탄과 폭력을 기탄없이 남용하여 공전의 참극을 지어낸 경찰은 자유와 민주를 기본으로 한 대한 민국의 국립 경찰이 아니라 불법과 폭력으로 권력을 유지하려는 일부 정치 집단의 사병이다.
4. 누적된 부패와 부정과 횡포로써 민권을 유린하고 민족적 참극과 국제적 수치를 초래하게 한 현 정부와 집권당은 그 책임을 지고 물러가라.
5. 3·15 선거는 부정 선거이다. 공명선거에 의하여 정부통령을 재선거 하라.[2]

---

2) 이정식, 『한국현대 정치사』, 성문각, 1986.

2) 5·16 군사정변과 박정희 정부의 독재

4·19혁명 후 허정 과도정부가 내각 책임제로 개헌하여 국무총리에 장면, 대통령에 윤보선이 당선되어 민주당 장면 내각이 성립되었다. 장면 내각 때는 학원 민주화 운동, 노동 운동, 청년 운동 등 민주화의 움직임이 활발하였고 평화 통일을 지향하는 중립화 통일론과 남북 협상론이 대두되었지만 부정선거 책임자 처벌에 소극적이고 민주화 요구를 억압하고 남북 협상과 통일 운동에 부정적인 입장을 취한 민주당 정부의 개혁 의지 미약으로 민주당의 보수성과 내부 분열을 초래하였다. 또한 국민들의 민주화 요구에 부응하지 못했다는 평가로 박정희 정부를 부르게 되었다.

박정희(박정희대통령 기념관)

사회혼란과 장면 내각의 무능을 구실삼아 박정희를 중심으로 한 일부 군부 세력이 정변을 일으켜 권력을 장악하며 비상계엄령을 선포하고 국가 재건 최고 회의를 구성하여 군정을 실시하는 5·16 군사정변이 발생하였다.

> ┌─────┐
> │ 자료 │
> └─────┘
> ### 박정희 대장의 전역식 인사
>
> …… 5·16 군사 혁명의 불가피성은 바로 우리가 직면했던 혁명 진전의 국가 위기에서 인정되어야 할 것입니다. …(중략)… 본인은 군사 혁명을 일으킨 책임자로서 이 중대한 시기에 처하여 일으킨 혁명의 결말을 맺어야 할 역사적 책임을 통감하면서 2년에 걸친 군사 혁명의 진정 종지부를 찍고 혁명의 악순환이 없는 조국 재건을 위하여 항구적 국민 혁명의 대오 제3공화국의 민정에 참여할 것을 결심하였습니다. …(중략)… "다시는 이 나라에 본인과 같은 불운한 군인이 없도록 합시다."
>
> ─ 〈동아일보〉 1963. 8. 30일자

그 후, 반대세력을 탄압하여 민주 공화당을 창당하고 민간인 신분으로 출마하여 대통령에 당선된 박정희는 경제제일주의 정책을 내세워 민심을 수습하려 하였다. 하지만 굴욕적인 한·일 국교 정상화와 베트남 파병으로 반대 시위가 확산되었고 이에 정부는 서울 지방에 비상 계엄령을 선포하고 시위를 진압하였다.

이어 1972년 10월에는 남북관계 고조 속에서 확고한 국가 안보와 지속적인 경제 성장을 위해 강력한 지도력과 정치적 안정이 필요하다고 주장하며 10월 유신을 선포하였다. 그리고 대통령 권한이 극대화되고 민주주의의 기본 원리를 무시한 권위주의 독재 체제인 유신 체제를 구축했다.

독재체제에 대한 국민적 저항과 국제 사회의 비판적 여론이 높아지니까 긴급조치를 발포하고 전국 민주 청년 학생 총연맹 사건 등을 조작하며 유신체제를 유지하려 하였다.

하지만 경제 불황, 민심 이반, 미국과의 마찰 등을 배경으로 유신체제는 붕괴를 불러 왔다. YH무역농성사건, 신민당 총재 김영삼의 국회 제명사건, 부·마 항쟁, 중앙정보부장 김재규와의 마찰로 박정희가 피살(1979. 10. 26)되며 유신체제는 막을 내렸다.

3) 5·18 민주화 운동과 신군부 세력

박정희가 죽고 통일주체국민회의에서 최규하를 10대 대통령으로 선출하였으나 12·12 쿠데타로 전두환·노태우를 중심으로 한 신군부 세력이 정권을 장악하였다.

이에 맞서 민주진영에서 계엄철폐 등을 외치며 일어나자 신군부는 전국에 계엄령을 선포하고 일체의 정치활동을 중지시켰다. 이에 1980년 5월 18일 전남 광주에서 비상계엄 철회와 민주 헌정회복을 요구하는 시위가 발생하였고 계엄군의 과잉 진압에 분노한 시민들과 학생들은 총을 들고 일어났으나 계엄군에 의해 무력진압 되었다. 5·18 민주화 운동은 군부독재에 저항하는 민중의 의지를 보여 주었으며 민주화 운동의 밑거름이 되었다.

신군부가 국가 보위 비상 대책 위원회를 조직하여 권력을 장악하고 사회를 통제하며 헌법을 개정하고 민주 정의당을 조직하며 전두환 정부의 제5공화국을 성립시켰다. 이후 신군부는 정의사회 구현을 내세우며 물가안정과 경제성장을 이루어냈다.

그러나 정통성을 인정받지 못한 전두환 정부는 민주화 세력의 끊임없는 도전을 받았고 이를 진압하는 중 87년에는 박종철 고문치사 사건이 발생하여 전두환 정부에 대한 국민들의 저항은 더욱 거세었다.

같은 해 전두환은 대통령 직선제를 요구하는 국민들의 바람을 호헌조치로 억누르자 국민들은 분노하였고 87년 6월에 100만 명이 넘는 시민이 시위에 참여하는 6월 항쟁이 발생하였다. 이에 정부는 대통령 직선제 개헌을 골자로 하는 6·29 선언을 발표하였다. 그러나 직선제에 의해 치러진 87년 대선에서 노태우가 당선됨으로 인해 민주주의 진영은 타격을

88 서울올림픽(올림픽기념관)

입었다. 노태우 정부는 88서울 올림픽을 성공적으로 치르고 북방외교를 추진하여 동유럽 국가, 소련 등과 외교관계를 수립하였다.

4) 문민정부와 국민정부, 참여정부

군 출신 대통령이 지배하던 시대가 끝나고 민간인 출신의 대통령이 정부를 이끌게 되었다. 김영삼 정부는 5·18 민주화 운동의 희생자들에 대한 추모식을 거행하고 전두환과 노태우를 구속 기소하였다. 또한 시장 개방 정책을 추진하면서 OECD에 가입하고 국민 소득도 늘어나 선진국 대열에 들어서는 것처럼 보였다. 하지만 1997년 말 외환 위기를 맞아 IMF의 지원을 받는 등 경제적 어려움을 겪게 되었다.

다음 김대중 정부는 민주주의와 시장 경제의 병행 발전을 발표하면서 국가적 과제를 제시하고 국민의 협조 속에서 개혁을 추진하고자 노력하였다. 또한 김대중 정부는 햇볕 정책으로 2000년 6월 평양 방문으로 남북정상회담을 이끌었고 그로 인해 김대중은 2000년 말 노벨 평화상을 수상하였다.

노무현 정부는 참여정부를 표방하면서 국민과 함께 하는 민주주의, 더불어 사는 균형 발전 사회, 평화와 번영의 동북아 시대 등을 국정 지표로 제시하였다.

3. 경제 발전과 통일정책

1) 경제의 발전과 사회·문화의 변화

대한민국 정부 수립 후 정부는 경제 안정을 위해 토지 3정보를 상한으로 하여 유상 매입, 유상 분배를 원칙으로 하는 농지개혁을 단행하였다. 57년까지 시행된 농지개혁은 지주제의 철폐와 자영농 육성, 산업화의 토대를 마련하였다.

한국전쟁으로 인한 토지의 손실과 산업의 피폐에서 경제 복구 사업이 진행되었고 제분, 제당, 섬유 공업의 집중적 발달을 가져오면서 문어발식 대기업을 키우는 원인이 되었다.

박정희는 1962년부터 경제개발 5개년 계획을 추진하면서 수출주도형의 공업화 전략을 채택, 발전시켜 신흥공업국의 면모를 갖추게 되었다.

이후, 한국 경제는 APEC에 적극 참여하고 OECD에 가입하면서 차차 발전하기에 이르렀다.

그러나 짧은 기간에 경제 발전을 이룩한 뒷면에는 재벌의 탄생, 중화학의 과잉설비투자, 관치금융, 빈부격차, 지역간 불균형 등의 문제를 가져왔고 정경유착과 부정부패가 만연하고 기업 경영의 불투명과 외자문제로 IMF를 겪어야 했다. 최근에는 중국의 성장, 실업 증가, 경제 장벽 강화들이 해결해야 할 과제들이다. 또한 도시로 인구가 집중되면서 주택난, 교통난, 공해 문제 등이 발생하였고, 황금만능주의와 가족해체현상으로 인해 노인 문제, 청소년 문제 등이 대두되고 있다.

2) 통일정책과 평화 통일의 과제

해방 이후 미국과 소련의 개입, 이념의 갈등으로 인해 남북한의 분단체제는 한국 전쟁으로 인해 더욱 고착화 되었다. 이후 남한과 북한이 처음으로 공식적인 대화를 시작한 것은 1971년, 남북 적십자 회담이다. 이때 이산가족 문제가 논의되었으며 1972년에는 남한과 북한 정부가 7·4 남북 공동 성명을 발표하였다. 이 성명서에 통일에 대한 중요한 세 가지 원칙이 담겨 있다. 첫째는 통일은 외국에 의존하거나 간섭을 받지 않고 자주적으로 해결해야 한다는 것이고, 둘째는 통일은 무력이 아닌 평화적인 방법으로 실현해야 한다는 것이다. 셋째는 사상·이념·제도의 차이를 넘어서 하나의 민족으로 민족적 대단결을 해야 한다는 것이다. 하지만 7·4 남북 공동 성명은 박정희와 김일성이 각각의 독재 정부를 유지하기 위한 수단으로 이용하면서 통일에 관한 논의는 거의 중단되었다. 그러다가 1982년 민족화합 민주통일 방안을 발표하면서 남북경제회담, 이산가족 고향 방문 등이 이루어지고 89년대 후반에는 냉전의 해체와 함께 남한에서 한민족공동체 통일 방안을 제시하였다. 1990년부터 남북 정부 당국자 간의 회담이 크게 늘어났다. 1991년에 남한과 북한 정부는 '남북한 사이의 화해와 불가침 및 교류 협력에 관한 합의서'를 채택했지만 잘 지켜지지 않았다. 그러다 1993년 북한이 NPT를 탈퇴하면서 긴장이 조성되었고 김일성의 조문문제로 남북관계가 경색되었다.

98년에는 금강산 관광을 시작으로 2000년에 김대중 대통령과 김정일 국방 위원장이 정상 회담을 하고 '6·15 남북 공동 선언'을 발표하였다. 정상 회담을 계기로 남북 관계는 획기적으로 발전하게 되었다. 개성공단, 금강산 관광, 남북 이산가족 만남 등의 교류가 크게 늘어났다. 2007년 노무현 대통령도 북한을 방문해서 김정일 위원장과 정상 회담을 하였다.

> 자료

남북한 사이의 화해와 불가침 및 교류 협력에 관한 합의서

- 제1조 남과 북은 서로 상대방의 체제를 인정하고 존중한다.
- 제9조 남과 북은 상대방에 대하여 무력을 사용하지 않으며 상대방을 무력으로 침략하지 아니한다.
- 제17조 남과 북은 민족 구성원들의 자유로운 왕래와 접촉을 실현한다.

역사와 논술 마주보기

논술의 평가 및 첨삭

1. 고쳐쓰기의 요령

글을 모두 쓴 다음에는 반드시 다음과 같은 항목을 체크해 보아야 한다.

 1) 문자, 용어는 바르게 쓰였는가

 2) 주어와 서술어는 바르게 연결되었는가

 3) 고유 명사, 숫자는 정확히 쓰였는가

 4) 문장 부호는 바르게 쓰였는가

 5) 문의 길이는 적절한가

 6) 단락은 알맞게 구분되었는가

 7) 쓸데없는 부분은 없는가

 8) 부족한 부분은 없는가

 9) 서론과 결론은 효과적으로 쓰였나

10) 쓰고자 한 것을 명확히 썼는가

11) 내용이 극단으로 흐르거나 편견은 없는가

12) 모순되는 부분은 없는가

13) 인용, 예시는 적절한가

14) 문체, 시제는 통일되었는가

15) 띄어쓰기, 맞춤법의 원칙에 어긋난 부분은 없는가

16) 원고지 쓰기에 알맞게 쓰였는가

17) 제한 잣수를 벗어나지는 않았는가

18) 독자에게 불쾌감을 주거나 누군가를 모함한 부분은 없는가

2. 첨삭 순서

1) 글 수준의 검토

① 주제나 목적의 타당성을 검토한다. 주제 설정이 잘못되면 글의 방향이 잘못된 방향으로 흐르게 된다.

② 글의 짜임새를 검토한다. 구성이 부적절하면 내용이 앞뒤가 맞지 않게 된다.

③ 글의 길이와 분량을 검토한다. 중요한 부분을 자세히 다루고 중요하지 않은 부분의 비중은 줄여야 한다.

2) 단락 수준의 검토

① 단락의 소주제가 적절한지 검토한다. 소주제가 한 단락에서 다루어질 수 있는 개념인지 살펴본다.

② 소주제가 충분히 풀이되고 있는지 검토한다.

③ 단락 사이의 연결이 잘 되어 있는지 검토한다.

3) 문장 수준의 검토

① 문장은 문법적으로 틀리지 않는지 살펴야 한다.

② 뜻이 모호한 문장이 아닌지 살펴야 한다.

③ 길고 복잡한 문장이 아닌지 살펴야 한다. 불필요하게 긴 문장은 줄여야 한다.

④ 어휘가 부적절한 것은 바꾸도록 해야 한다.

⑤ 문장부호, 띄어쓰기, 맞춤법 등에 맞도록 살펴야 한다.

3. 문장 다듬기

비논리적인 문장

① 문장 속에 있는 단어, 구, 절들은 서로 뜻이 잘 연결되도록 이음말을 써야 한다.

나는 영숙하고 철수를 보았다

동방신기는 노래하고 춤하고가 좋아.

➡

② 하나의 문장에는 하나의 의미만 담는다.

> 종석이는 어제 밤에 늦게 집을 나가서 pc방에 가고 게임을 두 시간이나 하고 배가 고파 편의점에서 라면을 사먹고 새벽 2시쯤 집에 와서 씻고 잤기 때문에 당연히 학교에 늦게 되었고 그래서 지각을 해서 담임선생님에게 혼이 났다.

➡

③ 한 문장 속의 성분은 논리에 맞도록 짝이 맞아야 한다. 이를 호응이라고 한다.

즐거운 주말이 되십시오.

내일은 비가 예상됩니다.

선수들의 노고를 치하하겠습니다.

➡

④ 문장에 꼭 필요한 성분을 생략하여 문장의 논리를 깨뜨려서는 안 된다.

교무실에 갔는데 안와서 화가 났거든? 아무도 내말 안 듣는 거야.

➡

붕당정치는 상대 세력에 대한 견제와 비판을 통하여 자신들의 세력을 유지하였다.

➡

부정부패를 일삼으면 백성들의 신임을 얻지 못하고, 몰락할 수 있는 원인이 되었다.

➡

허생전에서 허생은 변부자에게 만냥을 꿔서 과일들을 싹쓸이 한다. 하지만 이것은 불가능하다 생각된다. 적은 돈도 아니고 만냥이다. 진~~짜로 만냥을 줄까나?

➡

붕당정치 이전의 관리들 중에는 백성들의 안위는 돌보지 않고, 온갖 부정을 저지르며 힘없는 백성들을 착취하기도 했다.

➡

고려시대 때 불교장려책으로 왕권을 강화하였지만, 조선 초부터 성리학을 중심으로 신권을 강화시키는 도구로 유교정책을 이용한 것이다.

➡

대조영은 위대한 영웅이라 생각한다. 역사 속에 자리잡고 있는 인물 중에 한 사람이지만 발해의 건국자이며 우리에게는 민족적 자긍심과 위상을 드넓게 만든 인물임에 틀림이 없을 것이다. 고구려 멸망으로 인해 다시금 고구려라는 나라를 다시 세우기 위해 끊임없는 노력에 당나라에게 맞서 싸우며 흩어져 있는 고구려인들을 모아 나라를 세워 백성을 다스렸다. 또한 해동성국이라고 불릴 정도로 발전시켰으며 만주영토 대부분과 연해주를 차지하고 있었던 발해 아쉽게도 지금은 우리땅이 아니지만 문화와 정신만큼은 뿌리깊게 남아있지만 한국 역사에는 사라져 아쉬울 뿐이다.

➡

우리나라는 고조선 이후에 분명히 부여라고 하는 강력한 나라가 있었다. 문자로 기록되기 이전의 역사도 우리의 역사이다. 부여의 지역을 흡수해 가던 고구려가 부여와 비슷한 건국 신화를 만들어 낸 것이 분명하다.

➡

고려의 제4대 왕 광종은 왕권강화를 위해 노비안검법과 과거제도를 실시한다. 왕권이 강화되어야 한다.

➡

'역성혁명'으로 조선을 건국하였다. 이성계의 역성혁명 당시 역성혁명을 반대한 온건파의 대표적 인물인 정몽주는 제거해야만 했을까?

➡

윤관은 함경도의 주요 지점이었던 9군데에 성을 쌓았다. 이것을 동북9성이라고 한다. 그리고 남쪽에 살고 있던 백성들을 그 곳에 옮겨 살게 하였다. 이렇게 해서 동북지방의 국토가 넓어졌으나 동북9성은 여진족이 살고 있던 지역에 너무 깊숙이 들어가 있어서 그들의 공격을 견뎌내기가 쉽지 않았다. 결국 동북9성을 쌓은 지 1년 여 만에 여진족에게 돌려주게 된다.

➡

＊ 다음 자료를 토대로 추론할 수 있는 당시의 사회상을 서술하시오.

> 황해도 봉산 지탑리와 평양 남경의 유적에서는 탄화된 좁쌀이 발견되어 잡곡류를 경작하였음을 알 수 있다. 이 시기에 사용된 주요 농기구로는 돌괭이, 돌삽, 돌보습, 돌낫 등이 있다. 그리고 현재 남아 있지는 않지만, 중국이나 일본의 경우처럼 나무로 만든 농기구를 사용하였을 가능성도 있다.

황해도 봉산 지탑리와 평양 남경은 신석기 시대의 유적이다. 윗글을 보면 신석기 시대부터 농경 생활이 시작외었음을 알 수 있다. 채집경제에서 생산경제로 전환된 시기이다. 여러 가지 작물을 경작했음을 알 수 있다.

➡

당시 사회는 농경생활을 바탕으로 정착생활을 하였음을 알 수 있다. 농경으로 인해 채집보다 안정적인 식량의 확보가 가능해 졌고 또한 농사를 짓기 위해서는 정착 생활이 필수이기 때문이다. 또 농사는 필연적으로 여러 농기구들의 발달을 가져왔다.

➡

이 시대는 신석기 시대이고 농경사회였다. 그 이유는 다양한 농기구의 사용과 밭농사의 경작 등 농경사회에서 볼 수 있는 연모의 사용이 많다.

➡

당시의 사회는 농경사회였을 것이다. 왜냐하면 탄화된 좁쌀이 발견된 것으로 보아 잡곡류를 경작했음을 알 수 있고 돌로 만든 농기구들이 발견된 점으로도 알 수 있다. 돌을 갈아서 용도에 맞게 다양한 도구들을 만들어 사용하여 농사를 지은 것으로 보아 정착생활을 하였음을 짐작할 수 있다.

➡

정착생활이 시작되었음을 알 수 있달. 이유는 탄화된 좁쌀이 발견되어 잡곡류를 경작했음을 알 수 있고, 농경사회를 이루게 되어 정착을 시작했음을 추측할 수 있다. 주요 농기구로 돌괭이, 돌삽, 돌보습, 돌낫 등이 발견되었다.

➡

신석기 시대 유적지에서 발견된 좁쌀은 신석기인들이 농사를 짓기 위해 정착생활을 했다는 것을 말해 준다. 수렵, 사냥을 위해 이동생활을 하던 구석기 시대와는 달리 한 곳에 정착하며 농사를 짓고, 그에 따라 다양한 도구들을 발전시켰다.

➡

동북공정은 중국이 중국 동북지역이 역사·문화적으로 중국의 영역이었음을 확인하기 위해 시작한 국책학술사업으로 중국의 58개의 소수민족들을 하나의 통일된 역사 속에 편입시켜 중화사상으로서 구심점과 단합된 목표를 지향하는 국가정체성 확립에 목적이 있다. 또한 이로써 중국공산당이 산업화로 발전된 단위 민족들의 독립의지를 사전에 제재하려는 의도로 나온 것으로 분석된다.

중국은 동북공정을 통해 고조선부터 발해까지 4000년 안팎을 백두산을 중심으로 만주벌판에 살았던 한민족의 역사를 중국의 변방정권 역사로 왜곡·축소하려 하고 있다.

➡

동북공정이란 중국 국경안에서 전개된 모든 역사를 중국역사로 만들기 위해 2002년부터 중국이 추진하고 있는 동북쪽 변경지역의 역사와 현상에 관한 프로젝트로 동북공정이 우리에게 문제가 되고 있는 것은 동북공정에서 다루고 있는 내용들 중 고구려사를 비롯한 고조선, 발해 등 한국 고대사와 관련된 연구들이 한국사를 크게 왜곡하고 있다는 점이다.
… (중략)…

여기에는 통일 한국이 만주지역에 대한 영향력 확대를 미리 차단하려는 의도와 과도기 한반도에 대한 개입여지를 확보해 두려는 사전 포석일 가능성도 있다.

➡

2) 논술에서 피해야 할 표현

논술을 잘 쓰기 위해서는 자신의 독창적인 생각을 논리적으로 펼쳐나가는 것도 중요하지만 이를 제대로 표현해내는 글쓰기 능력 역시 중요하다. 아무리 좋은 생각이라도 제대로 담아내지 못한다면 절반의 성공에 불과하기 때문이다. 논술에서 피해야 할 표현법을 알아보자.

① 학생들이 주로 사용하는 문장 형태 중 하나가 스스로 묻고 대답하는 식의 글이다. '그렇다면 인간은 전적으로 선하다는 주장인가? 그렇지는 않다'는 방식의 묻고 대답하는 문장은 가능하면 피하는 것이 좋다. 스스로 묻고 대답하는 과정 속에서 오류에 빠질 가능성이 높으며, 읽는 사람에게도 매끄럽게 전달되기 어렵기 때문이다. 의문형, 청유형의 문장을 사용하게 될 때는 문장의 선후를 바꿔 생각해보자. 순서를 바꾸면 굳이 의문형, 청유형을 사용하지 않고도 같은 의미를 전달할 수 있다.

② 나열식 전개도 학생들의 글 전개에 자주 사용하는 방식이지만 조심해야 할 구조 중 하나다. '첫째, 둘째' 번호를 붙여 나열하는 방법은 글쓴이의 입장에서는 쉽게 글을 이끌어갈 수 있어 선호되지만 읽는 이에게는 진부하게 느껴지는 글쓰기 방식이다. 번호에 따라 단락을 나누다 보면 불필요하게 단락의 수만 많아질 가능성이 높다.

③ 자신의 체험담을 논거로 사용할 때도 신변잡기로 흐르지 않도록 주의해야 한다. 체험담은 글의 주제와 직접적인 관련이 있는 것이라면 더 없이 좋은 논거가 될 수도 있

지만 쓸 데 없는 경험담은 글을 망치기 십상이다.

④ 또 '앞에서 살펴본 것처럼', '앞으로 ~에 대해 살펴보겠다' 등과 같이 자신의 글쓰기 과정을 드러내는 표현은 생략하는 것이 좋다. 불필요하게 남발되는 접속사와 마찬가지로 글의 흐름을 끊어놓기 때문이다. 읽는 이로 하여금 글의 전개능력이 부족한 사람이 쓴 글이란 사실을 금세 파악하게 해 좋은 인상을 주지 못한다.

3) 나쁜 논술의 형식적 유형

① 서론-본론-결론 분량이 들쭉날쭉

서론, 본론, 결론의 구성을 갖추고 글을 쓰면서도 분량을 제대로 분배하지 못해 글의 균형을 잃는 경우가 있다.

1,600자를 기준으로 했을 때, 서론 300자(±30자), 본론 1,000자(±100자), 결론 300자(±30자) 내외가 적당하다.

② 문단 길이도 제각각

논술문에서는 각각의 소주제에 따라 문단을 적절하게 구분해야 한다. 문단은 너무 길어도 너무 짧아도 안 된다. 하나의 문단에는 하나의 소주제만을 담아야 하고 문단의 길이도 비슷하게 맞추는 것이 좋다. 대개 1,600~1,800자 기준으로 4~6개의 문단이 적절하다.

③ 너무 긴 문장

논술문의 문장은 자신의 생각을 뚜렷하게 드러낼 수 있도록 간단명료해야 한다. 강조할 뜻이 없는데도 같은 생각을 말만 바꾸어 되풀이하거나 꼭 필요하지 않은 단어를 사용하는 것, 특별한 이유 없이 길게 쓴 것, 필요 없이 복잡하게 쓴 문장 등은 글의 경제성을 해친다. 대개 원고지 세 줄(80자 정도)을 넘어가는 문장은 길다는 인상을 준다.

④ 남의 의견을 인용 부호도 없이 사용

제시문의 내용이나 다른 사람의 의견 등을 인용할 때에는 인용 부호를 사용하고 그 출처를 분명하게 밝혀 줘야 한다. 다른 사람의 의견을 마치 자신의 의견인 양 쓰는 것은 채점자에게 나쁜 인상을 줄 뿐만 아니라 글의 전체적인 신뢰도를 떨어뜨린다.

⑤ 상투적 표현 남발

학생들은 서론의 마지막 부분이나 결론의 처음 부분을 어떻게 작성해야 할지 몰라 '지금부터 ～에 대해 쓰겠다' 또는 '지금까지 ～에 대해서 알아보았다' 등의 상투적인 표현을 쓰는 경우가 많다. 이런 문장은 꼭 필요한 경우가 아니면 쓰지 않는 것이 좋다.

⑥ 1인칭 주어-구어체 표현

논술문은 글쓴이 자신의 견해를 객관적으로 입증하는 글이므로 말하는 사람은 당연히 1인칭이다. 하지만 '나는 이렇게 생각한다' '내 생각에는'과 같은 1인칭 주어는 사용하지 말아야 한다. 또한 '이건(이것은)', '게(것이)', '근데(그런데)' 등의 줄임말이나 '그', '이런' 등의 불필요한 구어체 표현은 논술문에서는 피하는 것이 좋다.

⑦ 수식어나 비유적 표현의 지나친 사용

논술문의 문장은 간결해야 한다. 비유적 표현을 지나치게 많이 사용하면 내용이 불분명해진다.

우리말에 발달되어 있는 감각적인 수식어 역시 논술문과 같이 논리적인 글에는 적합하지 않으므로 자제해야 한다.

⑧ 한자어 외국어 남발

논술문에서는 한자어와 외국어 사용에 유의해야 한다. 정확하고 적절한 한자어를 쓰는 것은 무방하지만 문제에서 요구하지 않는 이상 굳이 쓸 필요는 없다. 또 우리말 표현이 없는 경우를 제외하고는 외래어가 아닌 외국어 사용을 자제하는 것이 바람직하다. '바겐세일'은 '할인 판매', '비전'은 '전망', '브랜드'는 '상표'가 더 좋다.

⑨ 원고지 사용법 맘대로

원고지 사용법을 제대로 안 지켜 감점을 당하는 경우가 많다. 감점 폭이 크지 않지만 조금만 신경을 쓰면 감점을 충분히 피할 수 있으므로 원고지 사용법에 신경을 써야 한다. 특히 문단을 시작할 때에는 원고지 첫 칸을 비워야 하며, 문단이 바뀌는 경우를 제외하고는 줄을 바꾸지 않는다.

⑩ 지저분하거나 흘려 쓴 글씨

퇴고(推敲)할 때 올바른 교정부호를 사용해 깨끗하게 수정하는 것이 좋다. 틀린 부분은 자를 대고 깨끗하게 두 줄을 긋고 그 위에 수정한다. 글씨를 또박또박 깔끔하게 쓰면 내용 못지않게 채점자에게 좋은 인상을 줄 수 있다.

4) 나쁜 논술의 내용적 특성

① 애매한 주제 전개

논술문은 자신의 주장을 합리적인 근거를 들어 펼치는 글이다. 따라서 무엇보다 자신의 생각 즉, 주제를 분명하게 드러내는 것이 중요하다. 서론에서 논제와 관련한 화두를 던지고 논의의 필요성과 방향을 드러내면서 주제를 강조할 수 있다. 또한 결론에서 주제문을 명시적으로 드러내는 방법도 있다.

② 제시문 따로, 내 생각 따로

최근의 논술 문제는 자료 제시형을 활용하는 경향이 강하다. 따라서 수험생들은 제시문에서 필자가 드러내고 있는 주장과 근거를 바탕으로 주제를 설정하고, 그에 대한 자신의 견해를 타당성 있게 전개해야 한다.

③ 저명인사의 주장이 내 주장

주체성 없이 의견을 제시하는 경우다. 다른 사람의 견해, 특히 권위자의 견해에만 기대어 주장을 펼치는 답안을 볼 수 있다. 이러한 경우 채점자에게 주체성이 없다는 느낌을 줄 수 있어 좋은 평가를 기대하기 어렵다. 부족하더라도 자신감 있게 자신의 견해를 드러낼 수 있어야 한다.

④ '좋은 게 좋은 거야' 막연한 절충론

논술 문제에서 상반된 견해를 드러내고 있는 제시문을 보여 주고, 그에 대한 견해를 펼치도록 하는 경우가 있다. 이때 적당히 두 견해 간의 합의점만을 찾으려고 하는 태도는 좋지 않다. 논술 자체가 이치를 따져 논리적으로 말하는 것이다. 이것도 저것도 아닌 어중간한 입장보다는 하나의 입장을 지지하는 것이 바람직하다.

⑤ 논술은 신변잡기가 아니다

'내 경험을 예로 들자면……' 식으로 신변잡기(身邊雜記)적인 예시에 집착하는 경우가 많다. 제시문의 내용을 언급할 때 제시문의 특정 부분이나 예시에 많은 부분을 할애해선 안 된다.

논술문을 수필을 쓰는 것으로 착각하는 수험생도 있다. 자신만의 개인적인 경험을 신변잡기 식으로 서술하여 주제를 뒷받침하는 근거로 사용하는 것도 바람직하지 않다.

작은 부분에 너무 집착하면 주제와는 다른 방향으로 흐를 가능성이 높다.

거시적 안목으로 제시문을 분석하고, 자신의 경험을 누구나 공감할 수 있는 사회 일반의 원리로 발전시켜 논거로 삼아야 한다.

역사 테마로 논술쓰기

 정부 수립을 둘러싼 갈등

이승만의 정읍 발언(1946.6)	김구의 삼천만 동포에게 읍고함(1948.2)
"무기한 휴회된 미·소 공동 위원회가 재개될 기색도 보이지 않으며, 통일 정부도 뜻대로 되지 않으니, 우리는 남한만이라도 임시 정부를 조직해야 한다."	"나는 통일된 조국을 건설하려다가 38도선을 베고 쓰러질지언정 일신의 구차한 안일을 위해 단독 정부를 세우는 데 협력하지 아니하겠다."

논제 정부 수립을 둘러싼 다른 견해이다. 이 발언의 결과를 서술해 보자.

 반민족행위 처벌법

논제 1949년에 국회에서 반민족 행위 처벌법을 제정하고 반민족 행위 특별 조사 위원회를 구성하였다. 반민 특위의 목적과 활동, 반민 특위 활동에 대한 이승만 정부의 태도를 서술하고 평가해 보자.

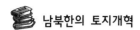 남북한의 토지개혁

(가) 북한의 토지개혁

북한은 1946년 3월 민주개혁이라는 이름으로 전면적인 토지 개혁에 들어갔다. 북한에서 실시된 토지 개혁의 방법은 '무상 몰수·무상 분배'였다. 일본인과 친일파의 토지는 무조건 몰수하였고, 조선인이 소유한 토지도 5정보가 넘거나 자신의 힘으로 경작하지 않으면 몰수하였다. 그리하여 '토지는 밭갈이하는 농민에게'라는 원칙에 따라 토지가 없거나 적은 농민들에게 나누어 주었다. 하지만 농민들이 무상으로 받은 토지는 매매나 양도가 허용되지 않았다.

(나) 남한의 농지개혁

일본인 지주 소유의 농지 재분배 요구와 북한의 토지 개혁에 자극을 받아 농지 개혁법을 제정하여 개혁에 착수 하였다. 1가구당 농지 소유 면적을 3정보로 제한하고 3정보 이상은 정부가 유상 매입하여 농민에게 유상 분배하는 방법으로 농지 개혁을 완료하였다. 그 결과 지주제가 폐지되고 농민 중심의 토지 소유가 실현되었다. 그리고 분배받은 토지 대금이 과중하여 도로 팔거나 소작농으로 전락하는 농민이 생기고 도시로 이주하는 경우가 발생하였다.

논 제 북한의 토지개혁과 남한의 농지개혁을 비교해 보자. 또한 실시배경과 실시 이후의 문제점을 서술해 보자.

푸른 하늘을 제압하는 / 노고지리가 자유로웠다고
부러워하던 / 어느 시인의 말은 수정되어야 한다.
자유를 위해서 / 비상하여 본 일이 있는 / 사람이면 알지.
노고지리가 / 무엇을 보고 노래하는가를
어째서 자유에는 / 피의 냄새가 섞여 있는가를
혁명은 / 왜 고독한 것인가를 / 혁명은
왜 고독해아 하는 것인가를   ㅡ「푸른 하늘을」, 김수영

껍데기는 가라. / 4월도 알맹이만 남고 / 껍데기는 가라.
껍데기는 가라. / 동학년 곰나루의, 그 아우성만 살고
껍데기는 가라.
그리하여, 다시 / 껍데기는 가라.
이곳에선, 두 가슴과 그곳까지 내논 / 아사달 아사녀가
중립의 초례청 앞에 서서 / 부끄럼 빛내며 / 맞절할지니
껍데기는 가라. / 한라에서 백두까지 / 향그러운 흙가슴만 남고
그, 모든 쇠붙이는 가라.   ㅡ「껍데기는 가라」, 신동엽

아…… 슬퍼요.
아침 하늘이 밝아 오면은 / 달음박질 소리가 들려옵니다.
저녁노을이 사라질 때면 / 탕탕탕탕 총소리가 들려옵니다.
아침 하늘과 저녁노을은 / 오빠와 언니들의 / 피로 물들었어요.
오빠 언니들은 책가방을 안고서 / 왜 총에 맞았나요.
도둑질을 했나요 / 강도질을 했나요.
무슨 나쁜짓을 했기에 / 점심도 안 먹고 / 저녁도 안 먹고
말 없이 쓰러졌나요.
자꾸만 눈물이 납니다.   ㅡ 당시 서울 수송 초등학교 학생 강명희의 글

논제 앞의 작품은 4 · 19관련 문학 작품이다. 작품의 배경이 된 4 · 19혁명에 대해 서술해 보자.

한일 협정, 무엇이 문제인가?

한일 기본 조약의 내용(1965. 6. 22)

　제1조 : 양 체약 당사국 간에 외교 및 영사 관계를 수립한다.

　제2조 : 1910년 8월 22일 및 그 이전에 대한 제국과 일본 제국 간에 체결된 모든 조약 및 협정이 이미 무효임을 확인한다.

　제3조 : 대한민국 정부가 국제 연합 총합의 결의 제195호에 명시된 바와 같이 한반도에 있어서의 유일한 합법 정부임을 확인한다.

　4조는 국제 연합 헌장 준수를, 5조·6조는 무역 해운, 통상, 민간 항공 운수에 관한 교섭을, 마지막 7조는 효력 발생 시점을 다루었다. 이 조약과 함께 4개의 부속 협정이 맺어졌다. 부속 협정은 '재일 교포의 법적 지위와 대우에 관한 협정', '한일 어업 협정', '한일 재산 및 청구권 해결과 경제 협력에 관한 협정', '한일 문화재 및 문화 협력에 관한 협정' 등이다.

논제 1 1965년 체결된 한일 협정의 문제점을 말하여 비판해 보자.

논제 2 베트남 파병의 경제적 효과는 어떠하였을지 찾아 보고 문제점은 무엇이었는지 서술해 보자.

논제 3 유신 헌법에서 대통령의 선출 방법과 권한에 대해 설명해 보자.

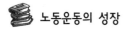 **노동운동의 성장**

• 모든 사람은 근로의 권리, 자유로운 직업 선택권, 공정하고 유리한 근로조건에 관한 권리 및 실업으로부터 보호받을 권리를 가진다. 모든 사람은 어떠한 차별도 받지 않고 동등한 노동에 대하여 동등한 보수를 받을 권리를 가진다. 모든 근로자는 자신과 가족에게 인간적 존엄에 합당한 생활을 보장하여 주며, 필요할 경우 다른 사회적 보호의 수단에 의하여 보완되는, 정당하고 유리한 보수를 받을 권리를 가진다. 모든 사람은 자신의 이익을 보호하기 위하여 노동조합을 결성하고 가입할 권리를 가진다.

— 세계인권선언 제23조와 제24조의 내용, 1948. 12. 10

• 일반 공무원의 평균 근무시간 일주 45시간에 비해, 15세의 어린 시다  공들은 일주 98시간의 고된 작업에 시달립니다. 또한 평균 20세의 숙련 여공들은 대부분 6년 전후의 경력자들로서 대부분이 햇빛을 보지 못해 안질과 신경통, 신경성 위장병 환자입니다. 호흡 기관 장애로 또는 폐결핵으로 많은 숙련 여공들은 생활의 보람을 못 느끼는 것입니다. …(중략)…

1일 15시간의 작업시간을 1일 10~12시간으로 단축해 주십시오. 1개월 휴일 2일을 늘려서 일요일마다 쉬기를 원합니다. 건강진단을 정확하게 하여 주십시오. 시다공의 수당(현재 70원 내지 100원)을 50% 이상 인상하십시오. 절대로 무리한 요구가 아님을 맹세합니다. 인간으로서의 최소한의 요구입니다.

— 대통령에게 드리는 글, 전태일, 1969. 11

논 제 전태일 대통령에게 드리는 글을 요약하고 빠른 경제성장의 이면에 있었던 희생에 대해 서술해 보자.

 **5 · 18 민주화 운동**

- 우리는 왜 총을 들 수밖에 없었는가? 그 대답은 너무나 간단합니다. 너무나 무자비한 만행을 더 이상 보고 있을 수만 없어서 너도 나도 총을 들고 나섰던 것입니다. …(중략)… 정부 당국에서는 17일 야간에 계엄령을 확대 선포하고 일부 학생과 민주지사, 정치인을 도무지 믿을 수 없는 구실로 불법 연행했습니다. …(중략)… 아! 이럴수가 있단 말입니까? 계엄당국은 18일 오후부터 공수부대를 대량 투입하여 시내 곳곳에서 학생, 젊은이들에게 무차별 살상을 자행하였으니! …(중략)…

  시민여러분!

  너무나 경악스런 또 하나의 사실은 20일 밤부터 계엄당국은 발포 명령을 내려 부차별 발포를 시작했다는 것입니다. …(중략)… 잔인무도한 만행을 일삼았던 계엄군이 폭도입니까, 이 고장을 지키겠다고 나선 우리 시민군이 폭도입니까? …(중략)…

  ㅡ 1980년 5월 20일에 살포된 〈광주 시민 궐기문〉

- 지난 18일 수백 명의 대학생들에 의해 재개된 평화적 시위가 오늘의 엄청난 사태로 확산된 것은 상당수의 타지역 불순 인물 및 고첩(고정간첩)들이 사태를 극한적인 상태로 유도하기 위하여 여러분의 고장에 잠입, 터무니없는 악성 유언비어의 유포와 공공시설 파괴, 방화, 장비 및 재산 약탈 행위 등을 통하여 계획적으로 지역감정을 자극, 선동하고 난동 행위를 선도한 데 기인된 것입니다.

  ㅡ 〈계엄사령관 담화문〉, 1980. 5. 21

- 소위 광주사태는 불순 폭동이 아니라 국민의 민주화 열망을 묵살한 5 · 17 폭거에 항거하여 일어난 범시민적 의거였다. 따라서 이 순수한 항쟁의 주역은 빨갱이도 폭도도 아니요, 어디까지나 자유민주주의를 사랑하는 우리 광주 시민을 비롯한 전남 도민 자신이었다.

  ㅡ 〈전남도민의 시국선언문〉, 1980. 5. 23

논제 5 · 18민주화운동을 읽고 올바른 정권을 위해 내가 할 수 있는 일은 무엇인지 서술해 보자.

햇볕정책과 6·15공동선언

김대중 정권은 남북 사이에 적대감을 해소하고 화해와 협력으로 길로 나아가기 위해 햇볕 정책을 추진하였다. 햇볕 정책이라는 용어는, 강한 바람이 아니라 따뜻한 햇볕이 나그네의 외투를 벗게 만들었다는 이솝 우화에서 인용한 말이다.

북한은 초기에 햇볕 정책을 불신하였지만 일관된 경제 지원과 교류가 이어지자 신뢰를 보이기 시작하였다. 남북 화해의 분위기가 무르익으면서 남북한 사이의 교류도 늘어났다. 1998년 11월에는 금강산 관광 사업이 시작되어 분단 50여 년 만에 민간인도 북한 땅을 밟을 수 있게 되었다.

이처럼 남과 북의 신뢰가 쌓이자 김대중 대통령과 김정일 국방위원장은 역사적인 남북 정상회담을 성사시켰다. 그리고 두 정상은 한반도의 통일, 민족의 화해, 남북 교류에 대한 합의를 담은 6·15 남북 공동 선언을 발표하였다.

6·15 남북 공동 선언

1. 남과 북은 나라의 통일 문제를 그 주인인 우리 민족끼리 서로 힘을 합쳐 자주적으로 해결해 나가기로 하였다.

2. 남과 북은 나라의 통일을 위한 남측의 연합제안과 북측의 낮은 단계의 연방제안이 서로 공통성이 있다고 인정하고 앞으로 이 방향에서 통일을 지향시켜 나가기로 하였다.

3. 남과 북은 올해 8·15에 즈음하여 흩어진 가족, 친척 방문단을 교환하며 비전향 장기수 문제를 해결하는 등 인도적 문제를 풀어 나가기로 하였다.

4. 남과 북은 경제 협력을 통하여 민족 경제를 균형적으로 발전시키고…… 협력과 교류를 활성화하여 서로의 신뢰를 다져 나가기로 하였다. (하략)

2000년 6월 15일
대한민국 대통령 김대중,
조선 민주주의 인민 공화국 국방 위원장 김정일

논제 통일의 장점을 말하여 통일을 해야 하는 당위성에 대해 서술해 보자.

역사 깊이읽기

 인물탐구

- 박정희 – 제5대~제9대 대통령, 3선 개헌을 통과, 새마을 운동을 추진, 국회 및 정당해산, 전국에 계엄령을 선포한 후 통일주체국민회의에서 간접선거를 통해 대통령에 당선, 유신헌법을 발표, 부마민주항쟁이 일어나고 그 해 10월 피격 당해 사망하였다.

- 김대중 – 15대 대통령에 당선되어 IMF관리체제의 외환위기를 극복하고 2000년 남북정상회담을 성사시키고 6·15남북공동선언에 합의하여 노벨평화상을 받았다.

- 김영삼 – 제14대 대통령선거에 당선되어 32년간의 군사정부 통치를 종식시키고 문민정부를 출범시키고 역사바로세우기를 추진하였다. 금융실명제를 도입, 지방자치제를 실시, 국제통화기금의 원조를 받아 외환위기를 겪기도 하였다.

- 전두환 – 12·12군사정변을 일으키고 제1인자가 되어 계엄령을 전국적으로 확대 실시하여 5·18민주화운동이 시작되고 제11대 대통령이 되었어요. 4·13호헌조치를 발표하여 6월 민주화운동이 일어나고 김영삼 정부에서 구속되었다.

- 노태우 – 12·12사태에 가담하고 민정당 대통령 후보시절에 6·29서언을 발표한 뒤 국민의 직접선거로 제13대 대통령에 당선되고 서울올림픽을 개최하고 남북한이 유엔에 동시 가입하고 중국과 러시아와 국교를 수립하였다.

- 전태일 – 재봉틀을 다루는 재봉사로 근로기준법 준수를 요구하며 분신자살 하였다.

▌변절자, 서병학의 삶을 통해 본 동학농민혁명

1. 서론 −중략−

2. 동학농민혁명의 발단과 전개

   1) 동학농민혁명의 발단 −중략−

   2) 동학농민혁명의 전개 −중략−

3. 당시 국내외 환경 −중략−

4. 2대 교주 최시형과 변절자 서병학

최시형은 최제우의 뒤를 이은 동학의 제2대 교주이며 1864년 최제우가 처형되자 태백산에 은신하고 관헌의 감시를 피해 안동, 울진 등지에서 포교에 힘썼다. 또한 『동경대전』, 『용담유사』 등 주요 경전을 발간하고 교의를 체계화하였다. 그 후 교조의 신원, 포교의 자유, 탐관오리의 숙청 등을 충청도 관찰사에게 요구하였고, 동학농민혁명이 끝난 뒤에 피신했다가 1898년 원주에서 체포되어 서울로 압송되고 처형당했다.

서병학은 출생지나 내력은 분명치 않으나 선비 출신으로 벼슬자리를 얻기 위해 과거를 보았으나 실패했다는 것만 전해지는 인물이다. 하지만 1890년대에 들어 동학이 전국적으로 확대되고, 최제우가 이단으로 몰려 죽은 탓으로 벼슬아치들은 포교의 자유를 인정치 않았고, 동학교도들을 잡아가두거나 재산을 갈취할 때, 교조 최제우의 억울한 죽음을 풀어주고, 동학교도 탄압을 중지하라는 요구를 하고, 강경한 상소문을 들고 광화문 앞에서 엎드려 임금을 당황케 할 때, 앞장선 사람이 바로 서병학이다.

또한 광화문 상소가 실패로 돌아가자, 동학교도와 농민지도자들 1만여 명이 상경하여 은밀히 활동하면서 외국 공사관과 교회나 성당 벽에 '이 땅에서 물러가라'는 내용의 글을 붙였는데, 이 일도 서병학과 강경파들이 주도하였다.

이 때 교주 최시형은 강경파 교도들의 압력으로 보은으로 자리를 옮기고 교도들에게 보은으로 모이라는 명령을 내렸다. 최시형의 명령이 있던 바로 그 날, 보은 관아 거리에는 '지금 왜와 서양의 도둑들이 나라의 심장부에 들어와 큰 난리가 극도에 이르렀다. 진실로 오늘의 서울을 보니 오랑캐의 소굴이 되었도다. 우리들 수만 명이 힘을 합해 죽음을 맹세코 왜와 서양세력을 깨뜨려 큰 공을 세우려 한다' 는 통고의 글이 여기저기 나붙었다. 동학교도들은 돌성을 쌓고 진지를 구축하고, 기를 올려 신호를 보내는 민첩한 행동을 보였다.

이 보고를 받은 조정에서는 온건개혁파인 어윤중을 선무사로 임명하여 군대를 딸려 파견하였다. 어윤중은 규모가 크고 조직적인데 놀랐다고 한다. 그러면서 대포를 걸어 놓고 위협하기도 하고 한쪽으로는 지도자들을 만나 회유하기도 하였다. 그 지도자의 책임자격으로 서병학이 어윤중을 만나게 된다.

"제가 불행하게도 여기에 들어와 사람들의 지목을 받은 지가 오래되었소이다. 마땅히 이곳에 모인 내력을 상세히 말씀드리지요. 호남에 모인 무리들은 예사로 보면 같으나 종류가 다르옵니다. 통문을 내고 방문을 붙인 것은 모두 그들이 한 짓이니 실정이 매우 수상합니다. 원컨대 공께서는 자세히 살피시어 결단하되 이들 무리와 혼동하지 말고 옥석을 구분해 주십시오."

어윤중이 올린 장계에 기록된 내용이다. 그 뒤 서병학은 최시형 등 지도자들과 함께 밤을 틈타 도주하였다. 의기가 충천하던 수만 명의 교도들도 해산하게 된다. 이것이 보은집회이다. 이 집회에서 그들은 반봉건·반외세 지향을 분명히 드러냈고, 이런 지향을 지니고 전면적 항쟁에 나서려 했던 것이다. 이 집회는 본격적인 농민전쟁을 예고한 사건이었다.

그렇다면 최시형과 서병학은 왜 달아났던가? 최시형은 끊임없이 숨어다니며 이루어 놓은 교단의 와해를 염려하여 '아직 시기가 이르니 감추어진 천기를 드러내지 말라'는 뜻으로 일단 해산케 하였다. 최시형은 집회를 함에 있어서도 좀 더 조직적이고 계획적인 방법을 모색하여 추진하려 했던 것이다. 그러나 서병학은 서양과 일본을 철저하게 배척하는 위정척사파로 모습을 드러내 강경파로 대두되지만 본질적으로는 출세를 꿈꾸는 자였던 것이다. 보은집회 때 달아난 뒤 서병학의 행적은 한때 묘연했다. 1894년 전봉준이 이끈 농민군이 전주성을 점령할 때에도 그의 활동은 두드러지지 않았다.

그러다 조정에서 농민군 토벌에 나서게 되었을 때 서병학이 잡혀 포도대장 겸 도순찰사에게 빌붙어서 벼슬 한 자리를 얻어 비밀히 돌아다니며 동학교인들을 정찰했다고 한다. 경기·충청 일대에서 전투와 관계없이 무수한 양민을 학살했고 텅 빈 장내리에 들어가 양민 3명을 처단하고 초막 4백여 채를 불태우는 사건 뒤에 서병학이 앞잡이 노릇을 하였다. 이에 그치지 않고 청산, 옥천, 영동지방에서도 앞잡이 노릇을 하였다. 최시형과 손병희가 이끄는 농민군은 패전을 거듭하여 강원도 쪽으로 달아났을 때 서병학은 예전에 목숨을 걸고 모시던 최시형과 죽음을 두고 맹세하며 뜻을 같이하던 손병희를 잡기 위해 앞잡이 노릇을 하였다.

초기 강경파였던 서병학과 전봉준은 함께 하는 것이 순리이다. 그러나 전봉준은 '서병학과 왕래한 적이 없다'고 하였다. 그런 점을 볼 때 서병학은 일신의 안위를 꾀하던 변절자의 모습을 보여준다. 전쟁이 끝난 뒤 서병학은 병고에 시달리다가 영화도 누리지 못하고 죽었다고 전해진다. 짧은 기간의 동학농민혁명을 생각하면 일신의 안위를 위해 대의를 저버린 삶의 모습이라고 하는 것도 거창하다. 처음부터 출세를 위해 동학을 이용한 모습으로 밖에 설명할 수 없다.

출신배경과 의식수준으로 '동학인'이 될 수밖에 없는 숙명을 지니고 있었다는 손병희도 동학농민혁명의 사건들을 보면 엇갈린 평가를 받고 있기도 하다.

동학인들의 면면을 살펴보면 각 지역 농민군 간에 조직적이고 체계적인 연대 형성이 어려웠음을 알 수 있다. 또한 동학농민혁명은 근대 사회를 건설하기 위한 구체적인 방안을 제시하지 못하고 개인의 역량에 의존하여 근대 무기로 무장한 일본 침략군과 싸우려 하였다는 한계를 드러낸다.

또한 농민군들 이외의 계층과의 연계도 활발하지 않은 점도 한계라 할 수 있다.

그러나 동학농민혁명은 초기에는 민란의 양상을 띠고 있었으나, 정부의 수습책이 미흡하자 점차 농민혁명의 성격을 띠었으며 전국적인 농민군을 조직하고 연대하려 하였고 전주화약 이후에는 집강소를 통한 아래로부터의 혁명 운동을 전개하였다. 또한 동학농민혁명은 안으로는 봉건적 체제에 반대하여 노비문서의 소각, 토지의 평균 분작 등 개혁 정치를 요구하였고, 밖으로는 외세의 침략을 물리치려고 한 반봉건적·반침략적인 성격이며, 아래로부터의 근대 민족 운동의 성격을 띤 것이었다.

동학 농민 운동은 반봉건적 성격과 반침략적 성격 때문에, 당시의 집권 세력과 일본 침략세력의 탄압을 동시에 받아 실패하고 말았으나 그 영향은 매우 컸다. 반봉건적 성격은 평등사상에 기초를 두고 있는 동학의 '인내천사상'을 보면 알 수 있고, 이는 갑오 개혁에서 신분제 철폐라는 개혁을 이루게 한다. 또한 반침략적 성격은 동학 농민군의 잔여 세력이 의병 운동에 가담함으로써 반일 무장 투쟁을 활성화시키는 계기가 되었다.

5. 결론

동학은 평등사상인 인내천과 민간사상이 결합되어 창시되어 탐관오리들에게 핍박받던 하층민의 실정을 그대로 반영하여 '보국안민'과 '제폭구민'을 내용으로 하층민들의 지지를 받아 전국적으로 빠르게 확산되었다.

이러한 백성들의 지지로 말미암아 조병갑에 탐학받던 고부의 농민들은 전봉준의 지도 하에 봉기를 일으켰다. 비록 서병학이 최제우의 억울함을 풀어주고 포교의 활동을 인정받고자 교조신원운동에 앞장섰던 인물이지만 그 내막을 살펴보면 그는 대의의 목표보다는 자신의 본래의 안위를 위해서 동학을 배반하는 행위도 서슴지 않았다.

서병학의 앞잡이 노릇으로 어윤중이 동학농민군의 동태와 그 지도자를 물색해 체포하였고 동학농민혁명의 실패의 한 원인이 되었다.

이에 반해 동학의 2대 교주인 최시형은 끊임없이 잠행하여 이루어놓은 교단의 와해를 무엇보다 염려하여 "아직 시기가 이르니 감추어진 천기를 드러내지 말라"는 뜻으로 일단 해산하게 하는 등 대의를 위해 뜻을 굽히지 않았다.

이와 같이 동학농민혁명은 우리 역사에 있어서 최초의 아래로부터의 대규모 개혁이고 그 성격은 반봉건에 그치지 않고 반외세적 성격도 띠고 있었다. 이는 갑오개혁과 의병운동의 무장투쟁에도 크게 영향을 끼치고 활빈당, 영학당, 동학당 등으로도 계승이 되었다.

동학농민혁명은 훗날 그 정신이 우리에게도 계승되어 우리민족에 대한 자부심과 자주정신을 일깨워주는 좋은 계기가 되는 역사적 대사건이다.

6. 참고문헌

• 이대식, 「동학농민운동의 집강소에 관한 연구」, 한남대학교 교육대학원, 2006.

• 채길순, 「동학혁명의 소설화 과정 연구」, 청주대학교 대학원, 1999.

• 이이화, 『발굴 동학농민전쟁-인물열전』, 한겨레신문사, 1994.

• 홍성수, 「동학농민운동 연구」, 전주대학교 교육대학원, 1999.

• 채숙자, 「동학사상에 관한 연구」, 전주대학교 교육대학원, 2000.

__ 보문고 2학년 이영은 · 이승준

Q팀의 논술문 잘 읽었습니다. 몇 가지 질문을 하겠습니다.

첫 번째, 동학농민운동이 고부민란을 단계로 걸치면서 봉건왕조를 바꾸자고 나선 역성혁명의 단계였다고 하셨는데 제가 알기로는 역성혁명은 정권이 교체되는 것으로 알고 있습니다. 그 당시 동학농민운동은 반봉건 반외세적 성격을 띠기는 했지만 군주제는 부정하지 않았습니다. 이 면에 대해서 추가 설명 부탁드립니다.

두 번째로, 김개남이 '노블레스 오블리제'를 몸소 실천한 사람이라고 하셨는데 그건 개인의 사상 일뿐 주제와는 적합하지 않고 동학농민운동의 본질적 사상이 아니라고 생각합니다. 동학농민운동과 관련지어 김개남의 사상에 대해 보충 설명 부탁드립니다.

세 번째, 손화중에 대해 너무 설화중심으로 말씀하셔서 실제 활약상에 대한 내용이 부족합니다. 좀 더 활동상을 자세하게 추가 설명 부탁드립니다.

네 번째, 남접이 북접을 끌어들여서 관군과 일본군에게 비등한 숫자로 싸웠더라면 좀 더 승산이 있었을 것이라는 아쉬움이 남는다고 하셨는데, 여기서 당시 북접 세력의 활동 및 활약상에 대해서 내용이 부족합니다. 이에 대해서 추가적인 설명을 부탁드립니다.[1]

▌최승로의 불교행사 축소, 옳은 주장일까

시무28조는 고려 성종 때, 중견 관료이자 유학자였던 최승로가 고려 정치에 대해 논한 상소문이다. 총 28개 조항 중, 현재까지 전하는 것은 22개인데, 그 주된 내용은 당시 고려사회의 지나친 숭불을 비난하고, 숭불정책으로 시행된 연등회와 팔관회 등을 축소하는 한편, 금 · 은 등의 귀금속을 통한 불상제작의 사치를 비판한 것 등 주로 불교에 대

---

1) http://donghak.or.kr/findex.jsp 매년 5월 열리는 '황토현 동학축제 토론대회'에 제출된 원고와 토론대회 반론 제시 글.

한 지나친 숭배를 자제하자는 내용이 주를 이루었으며, 이 외에 관료의 관복을 명확히 하고 지방관을 파견하는 등 중앙집권적인 지배체제를 주장하는 내용도 포함되어 있었다. 이는 오늘날, 당시 고려사회의 지나친 숭불정책으로 인해 낭비되던 세금을 줄여, 높은 세율로 고통받아오던 백성들의 부담을 줄이고, 왕권 중심에 중앙집권체제를 구축해 고려 발전에 기여했다는 평을 받는다.

역사교과서는 이렇게 시무 28조에 대한 긍정적인 평가만을 기술하고 있다. 그런데 과연 이 시무 28조의 내용이 반드시 고려사회에 있어 긍정적이기만 했을까? 나는 조금 생각이 다르다.

최승로는 시무 28조를 내세우면서, 당시에 절대적인 정치원칙으로 여기던 훈요 10조를 부정하였다. 훈요 10조는 고려 태조 왕건이 후대에게 국가의 안녕을 위해 남긴 10가지 유훈으로 비록 최승로가 개인의 신앙으로서의 불교는 인정했지만 훈요10조가 불교의 숭상뿐만 아니라 연등회와 팔관회의 중시를 말하고 있었기에, 그에 정면으로 반기를 드는 일임에는 틀림이 없는 것이었다.

고려 태조 왕건은 왜 불교를 중시하고, 연등회와 팔관회를 소홀이 하지 말라고 했을까? 그 이유는 아마도 불교라는 신앙에서 기대할 수 있는 국민들의 단합 때문이었을 것이다. 불교의 정신은 국민들이 국가가 어려울 때 국가를 위해 나가 싸워야 한다는 내용이 있다. 이처럼 불교는 국가에 대한 충성을 말하고 있으며 이뿐만 아니라 불교 행사를 개최하면서 국민들이 하나의 공동체의 소속원이라는 어떤 소속감을 심어 줄 수 있다. 이는 실제로 삼국시대 초기 각 나라들이 발전을 위해 앞 다투어 불교를 수용한 것에 근거하여 생각해 보면, 동의할 수 있을 것이다.

최승로는 위와 같은 이유에서 국가행사로 시행되어오던 연등회와 팔관회를 축소하였다. 고려시대 특별한 여가생활도 없었으며, 국민들은 하나로 묶어줄만한 것이 불교를 제외하면 거의 없었다는 점에서 볼 때, 가혹한 세금으로 국민들이 지쳤다는 이유만으로 불교행사를 추측한 것이 과연 잘한 일이었을까? 단순히 일 년에 한차례씩 행해오던 불교행사를 축소하는 것이 근본적인 조세 문제를 해결하고, 동시에 국민들에게 진정 도움이 되는 일이었을까? 분명이 다른 세금부담 원인도 존재하였을 텐데, 불교행사에서만 그 원인을 찾으려 했다는 것은, 그가 유학자였기 때문이 아니었나 하는 생각이 든다.

시무 28조는 물론 고려사회의 정비에 굉장히 큰 도움이 되었을 것이며, 성종이 유교에 밑바탕을 둔 정치를 펴는 데에 큰 밑거름이 되었을 것이다. 그렇지만 이렇게 일방적인 불교행사 축소를 주장하여, 국민의 단합과 결속력을 저하시킬 수 있다는 점을 생각해보면, 지금 우리가 일반적으로 배워 알고 있는 시무 28조에 대한 긍정적이기만 한 평가가, 과연 액면 그대로 받아드릴 내용인지, 한번쯤 의구심을 가져볼 법 하다.

_ 대전고 2학년 김태욱

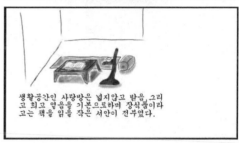

보문중학교 2학년 서정우 작품

만들기 1 민족 독립운동기 인물

만들기 2 건국시조 비교

만들기 3 사물놀이

만들기 4 골품제도

만들기 5 도구 변천사

만들기 6 칠지도

수업자료1

수업자료2

수업자료 3

수업자료 4

수업자료 5

수업자료 6

수업자료 7

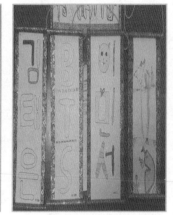

결과물 1

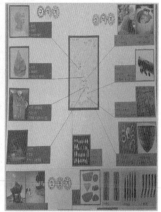

결과물 2

결과물 3

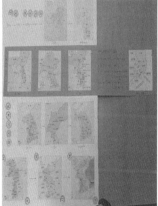

결과물 4

결과물 5

결과물 6

결과물 7

결과물 8

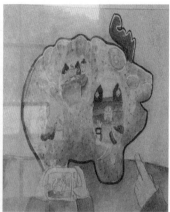

참고문헌

KBS한국사 제작팀, 『한국사전 3』, 한겨레출판사, 2008.

강만길, 『우리 역사 속 왜』, 서해문집, 2002.

강만길, 『우리 역사를 의심하라』, 서해문집, 2002.

강준식, 『논술 표현과 구성 훈련』, 삼성출판사, 2007.

고운기, 『우리가 정말 알아야 할 삼국유사』, 현암사, 2002.

국사편찬위원회, 「2007년 여름방학-중학교 국사교과서 교원연수 교재」, 교육인적자원부 국사편찬위
　　　원회, 2007.

국사편찬위원회, 『고등학교-국사』, 교육과학기술부 교과서, 2009.

권순형, 『고려사 열전』, 타임기획, 2005.

근현대사네트워크, 『우리 현대사 노트』, 서해문집, 2007.

김갑동, 『옛사람 72인에게 지혜를 구하다』, 푸른 역사, 2003.

김경복, 『이야기 가야사』, 청아출판사, 2004.

김광남 外, 『고등학교 한국근·현대사』, 두산, 2009.

김기흥, 『제왕의 리더십』, 휴머니스트, 2009.

김대식, 『한국사 콘서트』, 성안당, 2006.

김대식, 『한국사능력검정시험(고급 상)』, 한국고시회, 2009.

김동욱, 『실학정신으로 세운 조선의 신도시 수원화성』, 돌베개, 2002.

김병기, 『한국사의 천재들』, 생각의 나무, 2006.

김부식, 『삼국사기』, 바른사, 2009.

김삼웅, 『사료로 보는 20세기 한국사』, 가람기획, 1997.

김용만, 『지도로 보는 한국사』, 수막새, 2004.

김육훈, 『살아있는 한국근현대사 교과서』, 휴머니스트, 2007.

김종성, 『한국사 인물통찰』, 역사의 아침, 2010.

김한종, 『고등학교 한국근·현대사』, 금성출판사, 2009.

김흥식, 『1면으로 보는 근현대사』, 서해문집, 2009.

남경태, 『종횡무진 한국사』, 그린비, 2001.

노미희, 「역사영상자료 활용수업을 통한 역사의식 함양-중학교 역사 수업에서 TV방송 <역사스페
　　　셜> 자료활용을 중심으로-」, 공주대학교 교육대학원 역사교육전공, 2005.

동북아역사재단, 『고구려의 문화와 사상』, 동북아 역사재단, 2007.

동북아역사재단, 『고구려의 정치와 사회』, 동북아 역사재단, 2007.

동북아역사재단, 『발해의 역사와 문화』, 동북아 역사재단, 2007.

류한영, 『한국사능력검정시험』, 교학사, 2008.

모난돌 역사논술 모임, 『살아있는 역사 재미있는 논술』, 성안당, 2008.

문동석, 『문화로 보는 우리 역사』, 상상박물관, 2008.

박범성, 「연극적 방법을 활용한 역사수업 연구」, 공주대학교 교육대학원, 2007.

박영규, 『조선왕조실록』, 웅진, 2004.

박영규, 『한권으로 읽는 고려왕조실록』, 웅진지식하우스, 2007.

박원애, 「중학교 국어 논술교육의 양상과 문제점 연구」, 단국대학교 교육대학원, 2007.

박윤규, 『명재상이야기』, 보물창고, 2008.

박윤규, 『선비학자 이야기』, 보물창고, 2009.

박은봉, 『한국사상식 바로잡기』, 책과함께, 2007.

박지원, 이민수 역, 『호질 양반전 허생전(외)』, 범우사, 2001.

백유선, 『청소년을 위한 한국사』, 두리미디어, 2007.

부여군문화군보존센터, 「백제실록 의자왕」, 부여군청문화관광과, 2006.

서중식, 『한국 현대사 60년』, 역사비평사, 2007.

신병주, <역사에서 길을 찾다>, shinby7@konkuk.ac.kr

신병주·노대환, 『고전 소설 속 역사여행』, 돌베개, 2005.

신봉승, 『조선 정치의 꽃 정쟁』, 청아출판사, 2009.

신영희, 「중학교 국사교과서의 역사인물 학습에 관한 연구」, 여수대학교 교육대학원, 2006.

심재석·마현곤, 『EBS한국사능력검정시험』, 느낌이 좋은 책, 2008.

오정윤, 『단숨에 읽는 한국사』, 베이직북스, 2006.

유홍준, 『나의 문화유산 답사기』, 창비, 2004.

윤종배, 『나의 역사 수업』, 역사넷, 2008.

윤희진, 『교과서에 나오는 한국사 인물이야기』, 책과함께, 2006.

이   한, 『다시 발견하는 한국사』, 뜨인돌, 2008.

이광표, 『국보이야기』, 작은 박물관, 2005.

이근호, 『이야기 한국사』, 청솔, 2008.

이기백, 『한국사 신론』, 일조각, 2002.

이덕일, 『살아있는 한국사』, 휴머니스트, 2003.

이덕일·이희근, 『우리 역사의 수수께끼』, 김영사, 2004.

이만열, 『우리 역사 5천년을 어떻게 볼 것인가』, 바다출판사, 2000.

이어령, 『삼국유사이야기』, 서정시학, 2006.

이은성, 『대한민국사 자료집 6』, 국사편찬위원회, 1990.

이이화, 『못 다한 한국사이야기』, 푸른역사, 2000.

이이화, 『인물한국사』, 한길사, 2003.

이이화, 『한국사의 아웃사이더』, 김영사, 2008.

이정식, 『한국현대 정치사』, 성문각, 1986.

이태조, 「학습동아리를 활용한 통합교과형 논술 지도방안 연구」, 부경대학교교육대학원, 2007.

이한상, 『황금의 나라 신라』, 김영사, 2004.

이한우, 『조선사 진검승부』, 해냄, 2009.

이현희, 『이야기 한국사』, 청아출판사, 2007.

이희근, 『한국사는 뜨겁다』, 거름, 2006.

일 연, 김원중 역, 『삼국유사』, 민음사, 2008.

임동주, 『우리나라 삼국지』, 마야, 2006.

임 윤, 「김유신 연구」, 목포대학교 교육대학원 역사교육 전공, 2006.

장애자, 「초등학교의 전래동화 지도 방안 연구」, 건양대학교 교육대학원, 2006.

장영숙, 『고종의 정치사상과 정치개혁론』, 선인, 2010.

전국역사모임, 『우리 아이들에게 역사를 어떻게 가르칠 것인가』, 휴머니스트, 2002.

정구복, 『새로 읽는 삼국사기』, 동방미디어, 2000.

정기철, 『논술교육과 토론』, 역락, 2001.

정미선, 「역사적 사고력 신장에 효과적인 소그룹 독서지도 방안 연구」, 경기대학교 국제·문화대학원, 2005.

정해랑, 『국사와 함께 배우는 논술』, 아세아문화사, 2007.

최용범, 『하룻밤에 읽는 한국사』, 중앙 M&B, 2001.

최유영, 「한국 글쓰기 연구-글쓰기 교육 프로그램 개발 사례연구를 통하여」, 영남대학교 대학원, 2008.

토니부잔 저, 라명화 역, 『마인드맵 북』, 평범사, 2000.

한국역사연구회, 『고려시대 사람들은 어떻게 살았을까』, 청년사, 2009.

한영우, 『다시 찾는 우리 역사』, 경세원, 1998.

한정수, 『청소년을 위한 한국사』, 평단, 2009.

함규진, 『108가지 결정』, 페이퍼로드, 2008.

저자소개

이은주

한남대학교 평생교육원 강사(역사논술지도사·세계사지도사)

대전시민대학 한국사교육전문가 강사

대전여성가족원 한국사지도사 강사

대전선거관리위원회 초빙교수

한빛작은도서관 관장

한국사논술 지도의 방법과 실제

교사를 위한 수업이야기

초판 1쇄 인쇄 2017년 2월 23일
초판 1쇄 발행 2017년 2월 28일

지은이 이은주
펴낸이 이대현
편 집 박윤정
펴낸곳 도서출판 역락
　　　　서울 서초구 반포4동 577-25 문창빌딩 2층
　　　　전화 02-3409-2058(영업부), 02-3409-2060(편집부)
　　　　팩시밀리 02-3409-2059
　　　　이메일 youkrack@hanmail.net
　　　　등록 1999년 4월 19일 제303-2002-000014호
　ISBN 979-11-5686-894-1 93800

* 정가는 표지에 있습니다.
* 파본은 구입처에서 교환해 드립니다.

■ 이 도서의 국립중앙도서관 출판예정도서목록(CIP)은 서지정보유통지원시스템 홈페이지(http://seoji.nl.go.kr)와 국가자료
공동목록시스템(http://www.nl.go.kr/kolisnet)에서 이용하실 수 있습니다.(CIP제어번호: CIP2017004950)